中国地方文化研究资料系列丛书

桃花源说诗

酉阳土家族苗族自治县民族宗教事务委员会 编

西南交通大学出版社
·成 都·

图书在版编目（CIP）数据

桃花源说诗 / 酉阳土家族苗族自治县民族宗教事务委员会编. —成都：西南交通大学出版社，2019.11
（中国地方文化研究资料系列丛书）
ISBN 978-7-5643-7277-4

Ⅰ. ①桃… Ⅱ. ①酉… Ⅲ. ①诗歌评论－中国－明代－当代 Ⅳ. ①I207.22

中国版本图书馆 CIP 数据核字（2019）第 284201 号

中国地方文化研究资料系列丛书
Taohuayuan Shuoshi
桃花源说诗

酉阳土家族苗族自治县民族宗教事务委员会　编

责任编辑	武雅丽
封面设计	原谋书装
出版发行	西南交通大学出版社 （四川省成都市二环路北一段 111 号 西南交通大学创新大厦 21 楼）
发行部电话	028-87600564　028-87600533
邮政编码	610031
网　　址	http://www.xnjdcbs.com
印　　刷	成都蜀通印务有限责任公司
成品尺寸	170 mm × 230 mm
印　　张	20.25
字　　数	320 千
版　　次	2019 年 11 月第 1 版
印　　次	2019 年 11 月第 1 次
书　　号	ISBN 978-7-5643-7277-4
定　　价	108.00 元

图书如有印装质量问题　本社负责退换

《桃花源说诗》编撰委员会

序

诗是一种古老的、具有韵律的、言志的文学体裁。“诗言志”作为理论术语提出来，最早大约是在《左传·襄公二十七年》记赵文子对叔向所说的“诗以言志”。《尚书·尧典》中记舜的话：“诗言志，歌永言，声依永，律和声。”《庄子·天下篇》说：“诗以道志。”许慎《说文解字》云：“诗，志也，从言，寺声。”袁枚的《随园诗话》开篇就是《诗言志》。《诗大序》说：“诗者，志之所之也；在心为志，发言为诗。”

诗具有非凡的文化力。中国南朝文学批评家钟嵘在《诗品·序》中曰：“动天地，感鬼神，莫近于诗。”关于诗的表现手法，他认为：“故诗有三义焉，一曰兴，二曰比，三曰赋。文已尽而义有余，兴也；因物喻志，比也；直书其事，寓言写物，赋也。”

按照袁枚“性灵说”的观点，真情、个性、诗才三方面因素，是诗歌创作主体必须具备的条件。“真情”是诗人创作的首要条件，袁枚认为“情至不能已，氤氲化作诗”。所谓“个性”，就是“作诗，不可无我”。“我”者，就是诗人特有的秉性、气质和审美能力。所谓“诗才”，就是诗人创作必须具备的特殊才能，如文化功底、才思等。古人说：“诗文之道，全关天分，聪颖之人，一指便悟。”

重庆酉阳何时有诗歌？根据郑宾于“诗是无论什么时代都存在着的，有人的处所，有男女的处所，有自然和人类交涉的处所，就有诗”[①]的观点，酉阳在很早以前的新石器时代就该有诗了。据《酉阳清源》《酉阳

① 郑宾于：《中国文学流变史》，中州古籍出版社 1991：2.

邹家坝》两部考古著作载，清源遗址和邹家坝遗址的绝对年代应在距今4800—4600年。那时，在古老的清源遗址和邹家坝遗址中就已生活着新石器时代的先民。酉阳大溪笔山坝考古发现，6000年前这里的先民已栽培水稻。

但有诗歌的历史和有诗集存世的历史却相差甚远。众所周知，《诗经》是我国最早的一部诗歌总集，收集了西周初年至春秋中叶的诗歌，共三百多篇。

酉阳有文字记录最早的律诗是在明成化（1465—1487）时期，冉云的《题仙人洞》："洞里神仙渺莫猜，海风幸不引船回。四围苍藓雕虫篆，一脉灵泉撒蚌胎。花自无拘开又落，云如有约去还来。谁能静习长生术，向此烧丹扫绿苔？"[①]这是迄今所见的土家族有文字记载的最早的律诗，也是酉阳律诗之祖，土家族律诗之始。这是一首观景感怀之作。首句以"神仙渺莫猜"置疑，尾联以"谁能"否定，表明作者唯物辩证的观点，从而觉悟了仙人之说。中间两联描写景物，"花自无拘开又落"表达了作者追求自由、自然、闲适的生活。"云如有约去还来"句，作者运用了拟人的手法，将自然界的风云变化写得颇有灵性。该诗格律工整，文辞秀美，颇具卓识。

酉阳第一部诗歌总集是光绪元年（1875）由冯世瀛编辑出版的《二酉英华》，收录酉阳州（含黔江、秀山、彭水）59人之诗作 2 972 首，系小坝夏承勋、夏晋光捐刻。

所谓说诗，就是对诗歌从艺术性、思想性等方面进行点评，或者对诗歌创作理论、改革等所做的一些探讨。纵观我国诗歌评论领域，其著作真是汗牛充栋，南朝有钟嵘的《诗品》，唐代有司空图《二十四诗品》等，宋代有欧阳修《六一诗话》和严羽《沧浪诗话》等，明代有杨慎《升庵诗话》等，清代有袁枚《随园诗话》和沈德潜《清诗别裁》及金圣叹评《杜诗》等，近现代有宋育仁《三唐诗品》和王闿运著、酉阳王简辑

---

① 彭继宽主编：《土家族文学史》，湖南文艺出版社版，1989：111.

的《湘绮楼说诗》等，当今有冉云飞《像唐诗一样生活》和李亚伟《人间宋词》等，不胜枚举。

然而，在酉阳的文学史上却没有一部有关诗歌评论的专著，以至于这方面成为一项历史空白。为了填补这一空白，酉阳土家族苗族自治县民族宗教事务委员会坚定文化自信，发扬文化自觉的精神，组织相关人员编撰了这部《桃花源说诗》。这是一部具有酉阳地域特质的诗歌评论及诗歌理论探讨方面的集子，书中收录了酉阳历史上从明代到当今有关文人对酉阳作者诗歌的评论和酉阳诗人在诗歌创作上的一些理论探讨及酉阳地域之诗歌记事等。《桃花源说诗》有鲜明的地域性、时代性、首次性，编纂本书的目的在于填补酉阳文学评论在诗歌方面的历史空白，为将来从事酉阳文学研究者提供基础素材，并为今后酉阳的诗歌创作提供一定的理论指导，从而提高诗歌创作水平和鉴赏水平。

由于编者水平有限，力有不逮，书中错讹之处在所难免，敬请读者批评赐教。

黎　洪

2019 年 10 月

目　录

评说篇

探讨篇

纪 事 篇

桃花源说诗

评说篇

明　代

重庆酉阳于南宋绍兴元年（1131）至清雍正十三年（1735）间一直推行的都是土官、土司制度，在明永乐六年四月甲辰，即 1408 年 5 月 21 日，始设四川重庆卫酉阳宣抚司儒学（《太宗实录》卷七八），开启汉学教育，但一般贫民子弟难以入学学习汉文化，所以文化相对落后。在明代，有关酉阳的诗词作品主要来源于两个方面，一是酉阳的客籍文人，如文安之、范汝梓、吕大器等；二是酉阳土司统治阶层，如冉云、冉舜臣、冉天育等。其中，冉天育的诗词无论是思想性还有艺术性都有较高的造诣，他还开创了酉阳土家族人填词之风。

在明代，有关酉阳的诗歌评论很少，仅见谢国梗在《詹詹言集序》中对土司冉天育的诗作有所评价，谢认为冉天育的诗作具“四有”的特点。

谢国梗评冉天育之诗

谢国梗，字圣植，浙江太平贡生，南明时为贵州石阡府推官、知府等。清兵平定贵州，遂隐居梵净山，自号天台逸人。著有《铜仁府志》。康熙三十年（1691）于梵净山剃发出家，法号世空，年 90 余乃寂。

谢国梗在《〈詹詹诗集〉序》中，评价冉天育的诗：

> ……诗全集凡若干首，近体[1]为多。读之知本名诸生[2]，投笔从戎，远经辽左。其后师还，泛东海，观涛于广陵，溯大江而上。盖矛头盾鼻[3]之艰危，马背船唇[4]之况瘁[5]，抚事怀人之感慨，伤今吊古之凄凉，不知凡几，而一一发之于诗。
>
> 故其诗有雄杰之气，有淡远[6]之音，有飘忽[7]之神，有苍莽[8]之致……前爵主之诗，诗也，而进于道矣……

通过上述文字的描述，我们对冉天育的诗的特点有一个大概的感知，即其诗从体裁上看多为格律诗，即近体诗；从诗词创作素材来源看，来源于生活，感情真挚；从思想性、艺术性看，其诗有雄杰之气、有淡远之音、有飘忽之神、有苍莽之致。其诗称得上好诗，得益于冉天育本人的生活经历和学习钻研及创作得法。

注释：

[1] 近体：近体诗即格律诗。
[2] 诸生：明清两代称已入学的生员。
[3] 盾鼻：盾牌的把手。
[4] 马背船唇：指在旅途中。
[5] 况瘁：劳累。
[6] 淡远：意境冲淡高远。
[7] 飘忽：迅疾貌；轻快貌。
[8] 苍莽：指无边无际的样子。

冉天育（？—1644），字大生，崇祯十年（1637）贡生，冉跃龙的庶长子，明世袭酉阳宣慰司宣慰使。幼习儒，少习武，精翰墨，有谋略。崇祯十四年（1641），酉阳土司发生内乱，其兄土司冉天麒因兵变被杀。众推冉天育袭土司职。冉天育生子六：奇镳、奇锟、奇锴、奇铣、奇锳、奇钊。奇镳袭职。

黎洪①读酉阳人明代诗词点滴

在明代，酉阳留存于世的文字资料不多，专著更是难得一见，其诗

① 黎洪，重庆市酉阳土家族苗族自治县人，生于 1966 年 10 月。重庆诗词协会会员、中华诗词学会会员。曾任教师、乡镇干部、县档案局（馆）长、县委党史研究室主任等。组织翻印清代《酉阳州志》《酉阳直隶州总志》《二酉英华》等。组织编写出版《中国共产党重庆历史·酉阳自治县卷》，主编《酉阳历史名人录》《中国共产党酉阳历史大事记（1949—2006）》《漫话酉州》（上下册）。编著《冉崇文诗文拾遗》《茶话酉阳》《酉阳抗日战争资料汇编》《红军在酉阳》《桃花源说诗》。著有《黎洪随笔》《桃源诗草》。编修有《酉阳编办志》《酉阳移民志》《酉阳安全生产监督管理志》等。

词可谓少之又少，非常珍贵，它彰显了一个地域的历史文化，现将余读酉阳明人诗词之管见录于后，以待方家赐教。

冉云，字天章，号静轩，明成化时（1465—1487）在世，冉廷辅（简斋）之子，明世袭酉阳宣抚使司宣抚使。幼好文翰，娴吟咏，雄武大略。成化十三年（1477），敕进阶明威将军。

题仙人洞[1]

洞里神仙渺莫猜，海风幸不引船回[2]。
四围苍藓雕虫篆[3]，一脉灵泉撒蚌胎。
花自无拘开又落，云如有约去还来。
谁能静习长生术，向此烧丹扫绿苔？

这是一首观景感怀之作，首句以“神仙渺莫猜”置疑，尾联以“谁能”否定，表明作者唯物辩证的观点，从而觉悟了仙人之说。中间两联描写景物，“花自无拘开又落”表达了作者追求自由、自然、闲适的生活，“云如有约去还来”句，作者运用了拟人的手法，将自然界的风云变化写得更有灵性。该诗格律工整，文辞秀美，颇具卓识，是酉阳有文字记载的最早的律诗，也是酉阳律诗现见之祖，土家族律诗之始[4]。

注释：

[1] 仙人洞：原注：“在铜鼓潭南保安坝，今仍此名。”见《酉阳直隶州总志》（2009 年 7 月，巴蜀书社）。《二酉英华》载《题仙人洞》：“洞里神仙渺莫猜，登临此日费徘徊。四围碧树留残照，千载丹炉冷劫灰。花自无心开又落，云如有约去还来。烹泉煮石谁能耐，且慢题诗扫绿苔。”

[2] 海风幸不引船回：传说东海有蓬莱、方丈、瀛洲三山，乃神仙所居，上有不死之药。战国时齐威王等曾派人访山求药。这里暗指此洞僻塞，求仙采药者罕至。

[3] 苍藓雕虫篆：洞内苔藓丛密，斑纹好似雕虫篆书。雕虫篆，又名云战笔书，其体垂画纤长，旋绕屈曲，有如虫形。

[4] 见彭继宽主编《土家族文学史》（111 页），1989 年 9 月湖南文艺出版社。

冉舜臣（？—1507），字良弼，号西坡，别号寻乐子，冉云之次子。长兄纯臣性高旷，不乐官禄，让位于弟。舜臣于孝宗弘治初元（1488）

袭宣抚职，封明威将军。喜诗词，惜全集已佚。现有诗《题大西洞》、文《飞来山记》等存于世。生子六：仪、值、杰、俊、佑、位。以仪袭职。

题大西洞

鬼斧何年为劈开，洞天风景足徘徊。
泉锵佩玉[1]冷丹壑，竹泛莎香上石苔。
姑射[2]千年留胜迹，华阳[3]六月净尘埃。
莫因仕宦迟吟兴，取次[4]清游览胜来。

该诗格律严谨，语词精粹，善于用典，又能联系个人身份地位抒怀，具有豪情雅兴，是咏大西洞之滥觞之作。祝注先评曰：“大西洞为酉阳名胜，历代题诗颇多，而是篇或为滥觞。作品格律严谨，词语精粹，尾联抒慨，恰合富贵闲人的襟抱，故而显得真切、率直。”

注释：

[1] 泉锵佩玉：谓泉水流泻似金玉之声。
[2] 姑射：神仙。
[3] 华阳：指仙人居处的华阳洞。
[4] 取次：任意。引申为畅怀。杜甫《送元二适江左》：“经过自爱惜，取次莫论兵”。

冉仪，字公表，号松坡，冉舜臣之长子，明世袭酉阳宣抚使司宣抚使。武宗正德二年（1507）袭职。爱诗文，好道，黄冠羽客，盈于宾馆，尝于僻处谈玄览胜，烧丹炼汞，信奉虔诚。曾在大西洞中修炼，铸铁鹤一只，号“铁鹤真人”。其嫡长孙冉维屏土司，有《大西洞题名》云：“隆庆三年七月七日志大西洞中观铁鹤遗址，仙人高风在焉，殊仰止。”其“仙人”即指冉仪。冉仪的诗作多溢“道”气，但技法圆熟，语言练达，多有佳作。撰有《霞峰寺钟铭》《铜鼓铭》等存于世，有诗集，全集已佚。现存诗六首。生四子：元、亨、亶、京。以元袭职。

题大西洞

混沌谁为凿？灵区别一天。
洞深风习习，泉细水涓涓。
树古宜栖鹤，亭虚可迓[1]仙。
赏心无限意，瑶草自芊芊。

作者以“混沌谁为凿”的设问开头，引起读者的好奇，带领读者去探寻、了解；紧接着一句“灵区别一天”引人入胜，让读者产生了解大西洞之“别一天”在何处的迫切愿望。然后作者以点睛之笔描绘了具有洞中风、泉中水、栖鹤木、迎仙亭的一幅自然山水图，展现在读者眼前。最后以“赏心无限意，瑶草自芊芊”收尾。全诗运用了“总、分、总”的结构形式，首尾两联是总论，中间两联是分述。该诗在写作上运用了心理学的元素，格律工整，文笔清新，是一首难得的好诗，在某种程度上可作习作之蓝本。

注释：

[1] 迓：迎接。

桃　涧

浓因带雨淡蒸霞，几树无言自着花。
流出山来缘底事，赚他刘阮不还家。

祝注先评曰：“这是一首巧丽轻灵的景物诗，余韵蕴藉，颇耐赏玩。在诗人笔下，桃涧景色优美，天然无饰，安谧恬淡，一如仙境。结尾一问一答，既扣题意，又于翻新典实中辟出蹊径，深化一层。”

冉仪留存于世的诗作还有：《赠万族冉斌》（明正德十三年万县族人朝祖，作诗赠之）《题云城》《翠屏山》《寻春》等，载《二酉英华》。

冉元，字宗易，号月坡，冉仪之子，酉阳土司。幼英敏，意志不凡，其父冉仪器之，择硕儒为之师友，数年，学日进，通经义，能文章，暇则习射骑，鸣镝走马，气雄万夫，才兼文武。有诗集，全集已佚，现存诗两首半。嘉靖间袭职。正德八年（1513），冉元献大木（楠木）20根，嘉靖二十年（1541）再献大木 20 根，诏量加服色为酬赏。

冉元性慕霞举[1]，有先人志，尝偕道流数人，访沅山水，览胜留题，逾月始一返司治。后经石堤，江岸有藏书崖，是古神人庋[2]秘籍处，命舟往探，至则峭壁插天，鸟飞不过。仰视崖畔，有柜色朱殷，似木器之新髹[3]者然，但苦无路可登，如海上三山，可望而不可至。乃舍舟而陆，崎岖数十里，始造其巅。俯视江流一线，江树一发，风帆上下，微若稊米[4]，山巅风利如锥，砭人肌骨，从者皆目眩神夺，噤不能语；而冉元指点云树，谈笑自如。以长绳自缚，使数人持其端，翩然如飞鸟下坠，移时复引而上，从者问何所见，元默然不言。元于藏书峡内见秘书，有似示元以退止者，入夜遂携次子冉维屏遁去。长子维翰袭职，访元不获，同母弟冉亨以官舍署司事。复遣人四出，踪迹于楚之沙门石，得元一诗，跟迹访至河南，与侍从者相遇，冉元好道，终于河南。

《四川通志》:“夔府万县冉仁才墓，嘉靖二十年酉阳宣抚司嗣孙冉元奉诏重修，墓旁华表书‘潜德重光’四字。冉元存诗三首不足:《题大西洞》《阅边次息宁姑》《题沙门石》(残缺)。”

注释:

[1] 霞举：志向高远。
[2] 庋（guǐ）：搁置。
[3] 髹（xiū）：把漆涂在木器上。
[4] 稊（tí）米：小米。

题大西洞

一自逃秦别有天，洞门关锁白云边。
春来鼓枻[1]桃花水，莫道渔郎尽是仙。

注释:

[1] 枻（yì）：船舷，短桨。

冉舜臣、冉仪、冉元祖孙三人，独爱大西洞之美，题咏有继，在艺术上各有所长。该诗中，诗人以陶渊明《桃花源记》之说构思落笔：“一自逃秦别有天”，然后写远景：“洞门关锁白云边”；再发挥想象力，写春天泛舟桃花溪的感受，最后又以《桃花源记》的传说“渔郎”收笔。全诗首尾呼应，结构严谨，诗人给我们描绘一幅大酉洞神似桃花源的山水图。逃秦即避秦，避乱。唐鞠信陵《移居洞庭》诗云：“重林将叠嶂，此处可逃秦。”最后一句“莫道渔郎尽是仙”，“尽”隐喻游人不少之意。

冉元之《题大酉洞》是明代酉阳人和酉阳地方官吏在诗作中最早渗入大酉洞具有《桃花源记》元素臆想的作品。

陈梦昭先生在《桃花源诗文集》中云：“冉元诗，侍其英敏，始从直观感觉中接触到‘一自逃秦别有天’的桃源实质。其后三句，续写了‘洞门、桃花水、渔郎’等，始揭示出‘桃花源’的本来面目。此诗能将大酉洞与桃花源紧密联系在一起来写，言简意深，发人探索，陶潜虽逝，知者犹存。使桃源重获一线生机者，实自冉元始。”

阅边次息宁姑

阅尽边疆玉帐开，万峰千壑绕军台。
丁宁勉效忠贞节，莫负驰驱此度来。

息宁姑，《酉阳直隶州总志》载：“即《一统志》所谓宁息洞也，在州东一百八十余里，俗名大河坝[1]。河西群峦竞爽，如跂如骞，千奇百态，形家[2]呼为凤入群乌。”此为明代酉阳土司的练兵之所。诗的前二句写景，边疆辽阔，群山起伏，如帐如幕，依次展开，将静景动态化。后二句寄望，作者希望子弟兵要忠贞、节孝，莫辜负来此操练。驰驱指策马疾驰，奔走效力。这里指练兵。此诗渗透了作者儒家忠贞节孝和镇国安邦的思想。

注释：

[1] 大河坝：在五福乡之老寨，与笔山坝相望。

[2] 形家：旧时以相度地形吉凶，为人选择宅基、墓地为业的人。也称堪舆家，即风水师。

题沙门石

浪打沙门石，孤舟冻不撑。
野狐秋拜月，山鬼夜吹灯。

“此诗尚未全，然音节极古。”也许是冉元遁出后，于楚之沙门石，留给族人寻访者之诗，这是他留存于世的最后的残诗。从残存的内容看，给人一种孤独、阴森、肃杀之感。

冉御龙（？—1604）：字中乾，冉眉坡（维屏）嫡长子。万历二十四年（1596），冉维屏薨，冉御龙袭职。万历三十年（1602），御龙因裒（póu）集先人诰敕，付梓藏之，曰《敕诰恩荣录》。太史邹廷彦为之作序。御龙有诗集，全集已佚。现存诗四首：《玉盘仙迹》《石鸣钟鼓》《龟鹤遐龄》《飞泉洒玉》，载《酉阳直隶州总志》和《冉氏族谱·总谱》。全系写大西洞之景。冉中乾袭职凡八年，无子，母弟跃龙袭职。

玉盘仙迹

石盘谁琢向山阴[1]，比似洼尊岁月深[2]。
寄语世人如学道，满斟玉液洗凡心[3]。

首句以“石盘谁琢”置疑，并告知其方位在山之北；第二句说明其形状和历史，状如底深陷的酒杯，历史深远；三、四句寄语世人，如若要学道修行，需用较多的玉液洗涤凡心，要舍去红尘，这好似作者对学道修行的觉悟。

注释：

[1] 山阴：山之北面。
[2] 洼尊：深陷的酒杯。
[3] 玉液：玉精、琼浆。道家认为饮玉液可长生。

石鸣钟鼓

双星化作洞天琛[1]，音响居然革与金。
长恨空山人不识，时时风雨作龙吟。

作者以充分的想象力，认为石鸣钟鼓是天上的星星，化作大西洞天然的珍宝，在碰撞中发出鼓革与锵金的悦耳之音。最后作者笔锋一转，发出可惜“长恨空山人不识，时时风雨作龙吟”的惋叹，使诗的意境跌宕起伏，增强了艺术感染力。

注释：

[1] 天琛：天然出产的珍宝。《文选·木华》："其垠则有天琛水怪，鲛人之室。"李善注曰："天琛，自然之宝也。"

铁鹤灵龟

九皋无处觅仙禽[1]，况负图书出水心[2]。
胜地由来饶胜迹，黄冠何事别追寻[3]。

作者结合大西洞铁鹤灵龟这一景致，联想到神龟给大禹献洛书治水的典故，发挥超凡的想象力，认为神龟在深远的水泽没有找寻到铁鹤，才背负洛书出于洛水。接着，作者又说自古名胜之地多胜迹，修道之人为何还要去其他地方追寻理想之地？此地即是名胜。

注释：

[1] 九皋：深远的水泽淤地。《诗·小雅·鹤鸣》："鹤鸣于九皋，声闻于野。"

[2] 况负图书出水心：指神龟背负洛书献给大禹的典故。

[3] 黄冠：黄色的冠帽，多为道士戴用。用以指代道人。

飞泉洒玉

漏天竟未补娲皇，白雨飞空乱作行。
闻道庐山浇瀑布，可能洒地作琳琅。

作者用巧妙的构思，将大西洞这一临空洒玉的景致说成是女娲补天遗漏所致，增强了景点的神话色彩；再描绘其形作行，其动以飞，其色为白。"白雨"句以区区七字，勾画了一幅大西洞飞泉洒玉图，真可谓诗中有画。最后，作者的艺术思维又发生了一次飞跃，由眼前飞泉洒玉，联想到庐山瀑布，猜想其洒落在大地的都可能是珍珠琳琅。

这四首绝句摘自《酉阳直隶州总志》，格律工稳，写大酉洞之四景点，其景今犹存。在表现手法上，情景交融，巧用典故，想象力丰富，思想跳跃性大，体现了诗人诗歌艺术的创作能力和对文字的驾驭能力，以及诗人特有的禀赋。

冉跃龙（？—1624），字上乾，号海门，酉阳土司。冉维屏嫡次子。明万历三十二年（1604）袭酉阳宣抚使。万历四十七年（1619），解奉集之围，再援沈阳，遭后金军伏击而全军覆没，酉阳土兵阵亡 1 700 多人。熹宗天启元年（1621），明廷加授冉跃龙酉阳等处军民宣慰使，再辖平茶、邑梅、石耶三洞长官司和绞楼寨、马蹄溪等三千户所，同时诰封其元配舒氏为一品夫人。生子七人：天麒、天育、天嗣、天允、天机、天德、天泽。天麒袭职。存有《大酉洞题记》一篇："万历丁巳季春，偶游鹿鸣草堂，饮于大酉洞天。飞花泛酒，松翠滴衣，好景娱人，不觉浮白大醉，同时游者为广陵缪天目，清江李子靖，各有题咏斯游，诚一乐也。"

冉天育（？—1644），字大生，崇祯十年（1637）贡生，冉跃龙的庶长子，明世袭酉阳宣慰司宣慰使。（余见第 4 页）

冉天育有诗集《詹詹言集》，谢国楩、滕之伦校定，谢国楩作序。

酉阳诗人陈梦昭先生在其编辑的《酉阳历代诗词选》中云："据编者所见，冉天育为明代酉阳诗人填词之始。"

冉天育是酉阳土司中诗词佼佼者，一则其诗词兼工，二则其思想性颇高，有为国捐躯视死如归之志，其思想境界远远高于那些咏景及写仙风道气之作。其军旅诗词读之荡气回肠，颇具男儿之志。其诗有史料与文学价值。中南民族学院教授祝注先在《诗人冉天育》一文中称赞："就现存作品而言，冉天育的艺术才华和造诣都足以证明，他是川（渝）东南地区一位卓有成就的诗人。"袁安娜在《酉阳土司作家冉天育文学创作述论》中做了较为全面细致的分析，她认为，就其题材而言有山川景物，如咏《大酉洞八景》等；有军旅生活，如《出征感怀》等；有朋友唱和，如《沙市徐园古柳别刘中翰》等。其诗的艺术可概括为：形象生动，感情深厚，有高昂的斗志，技巧成熟。

《酉阳直隶州总志》载其诗六首。《二酉英华》载冉天育之诗五首。《酉阳冉氏族谱》载有诗词若干。

题沙市徐园古柳别刘司马应翰

此树婆娑忆汉南，名园饯客酒初酣。
不需更说桓司马，离恨条条已不堪。

作者记述了在湖北沙市离别刘应翰的难舍之情。作者以“柳”为题，其实就暗含了折柳赠别之意。柳在古代诗词中常指离别之意。

出山海关

长城临海复依山，万马萧萧晓度关。
警报频闻休细问，男儿死国胜生还。

如此铁马金戈、气魄雄浑的军旅诗作，让人荡气回肠。一句“男儿死国胜生还”表达了作者为国捐躯的英雄气概。

从征辽左感怀二首

一

提封远览壮怀开，赳赳貔貅拥将台。
胸次虽无韩范略[1]，肯教仇葛犯边来？

该诗言作者报国之志。

注释：

[1] 韩范：宋代名臣韩琦和范仲淹的并称。《宋史·韩琦传》：“琦与范仲淹在兵间久，名重一时，人心归之，朝廷倚以为重，故天下称为‘韩范’。”

二

雄边千里暮烟开，仗节[1]重登上将台。
曾是先人题咏处，编头儿女诵诗来。

作者受朝廷的派遣，再次踏着先人的足迹，出征辽东，战后金官兵，不畏牺牲流血，富有诗情画意的乐观主义精神。

注释：

[1]仗节：手执符节。古代大臣出使或大将出师，皇帝授予符节，作为凭证及权力的象征。

归途口占

已拼马革裹轻尸，万里归来感不支。
料想故园今夜月，有人凝望已多时。

作者战罢归故里，沿途感慨万千，两地相思尤浓。

从征辽左经阵亡处举酒酹之

日惨更风号，千军血一刀。
黄沙平地起，白骨比山高。
国帅生为戳[1]，男儿死亦豪。
裹尸无马革，薄奠只村醪。

该诗记述了万历四十七年（1619），酉阳土司冉跃龙遣弟见龙和其庶夫人白再香奉朝廷之命，帅兵解奉集之围，再援沈阳，酉阳士兵遭后金军伏击而全军覆没，死亡 1 700 多人，主帅杜松失律论死一事。字里行间表现了边关征战的激烈悲壮和自己准备为国捐躯的豪情壮志。“黄沙平地起，白骨比山高”反映了战争的残酷；“国帅生为戮，男儿死亦豪”表达了作者视死如归的英雄气概。该诗颇具男儿气节和报国之志。

注释：

[1] 原注：时主兵者，失律论死。编者补注：论死者指主帅杜松。

渡鸭绿江

黄云黯黯北风凉，浩瀚江流出大荒。
於菟群邻增杀气[1]，白狼河近惨天光。
雄兵引我三边远，瘦影偎人万里长。
遥指皮船催竞渡，大旗一角映斜阳。

该诗具有英勇豪放之气。

注释：

[1] 於菟：楚人称虎为於菟。

登铁城寨

选胜劳登陟，凭虚揽辔时。
灵岩蹲虎豹，高岫列旌旗。
雷动疑鸣鼙，风回欲舞崎。
河山盟带砺，千古壮洪基。

铁城寨又名铁围城、马鞍城，在龚滩镇后山，宋代金头和尚起义之据点，冉守忠平之而世代统治酉阳六百余年。

作者在首联叙事，叙述自己骑马登高到铁围城。第二、三联写铁围城之景，分别介绍了静态的石、洞，动态的风、雷四种不同的景色。尾联作者笔锋一转，志在抒情，缅怀先祖冉守忠在此平息金头和尚之乱，从此建功立业，子孙世袭，统治酉阳数百年之业绩。

除　夕

四序璇玑转，和风喜渐调。
岁余惟此夕，月朔又明朝。
话旧醪倾柏[1]，祈新颂献椒[2]。
春光人不觉，已入柳梅条。

诗人记述了酉阳土司时期在除夕喝柏叶酒、新年祈福、送新年祝辞等民风民俗。

注释：

[1] 柏：柏酒即柏叶酒。汉族传统习俗，谓春节饮之，可以辟邪。

[2] 颂献椒即椒花颂。典故名，典出《晋书·列女传·刘臻妻陈氏传》。晋人刘臻的妻子陈氏，聪慧能写文章，曾经在正月初一献《椒花颂》。后遂用为典实，指新年祝词。

辽旋舟次广陵饮朱给谏宜[1]苏宅时令弟文鼎孝廉将北上

戎马驱驱万里征，归舟偶次广陵城。
二分明月还乡梦，两树荆花恋客情。
谏议封章传北阙，孝廉家法重西京。
燕然他日铭勋处，好倩磨崖笔阵横。

作者记述了在戎马征程的间歇，于广陵朱宜苏家饮酒时，恰逢其弟朱文鼎将进京赶考一事，并预祝朱文鼎事业有成，其功勋记于麒麟阁。表达了诗人对友人的美好祝愿。

注释：

[1] 给谏：宋门下省有给事中，掌封驳政令违失，另有左、右谏议大夫分隶门下、中书二省，掌规谏讽谕，二者合称给谏。

以上摘自《二西英华》。

咏大西洞八景

万山嶙峋洞天幽，结驷联翩作胜游。
霄际松风青霭霭，涧边桃瓣水悠悠。（松峰耸翠、桃涧流红）
云梭雾縠劳天姥，匝地有声震钟鼓。（机织烟霞、石鸣钟鼓）
泉飞断续落珠玑，石室藏书俱太古。（飞泉洒玉、石室藏书）
玉盘注水何晶莹，饮之年如龟鹤龄。（玉盘仙迹、龟鹤遐龄）
炎蒸消尽还堪赏，莫使烟岚枉闭扃。

作者以简练的笔法，将大西洞八景一一描绘。展现在读者眼前的是松风云霞，绿水桃花，云蒸霞蔚，匝地有声的画卷，既有纪实之笔，又有神话传说，给人以清逸幽邈、玄奥神奇之感。

龚　滩

裂石轰雷水势雄，浪花千丈蹴晴空。
轻舸未敢沿流去，人鬼鱼龙一瞥中。

作者围绕一个“险”字着墨，首句写万历元年（1573）黔江（乌江）

山洪暴发，山体垮塌，裂石而成龚滩险滩，江水奔泻，如雷轰鸣，水势雄雄。第二句写激流千丈，白浪滔天，蔚然壮观。第三句言水势太险，小船不敢随波逐流。末句作结，写龚滩凶险莫测，瞬息万变，人鬼鱼龙之变化就在转瞬之中。龚滩，在乌江与唐岩河汇合处。蹴，即踢，引申作触。据笔者所知，这是较早写龚滩的一首诗。

门栓峡

黔酉分隅相对雄，山门关锁入苍穹。
巉岩插壁浑无地，剩有洪流一线通。

作者从大处着笔，对乌江门栓峡之险作了不同凡响的艺术概括。一句“巉岩插壁浑无地，剩有洪流一线通”，非常形象贴切地描绘出峡之高、狭，展示了作者深厚的文字功底和精妙的遣词造句能力。门栓峡在今重庆彭水县境，高谷和下塘口之间。

碧津桥[1]客窗醉后

岩水通津近绕城，长桥侧影一弓撑。
莫将驷马高车志，输与当年马长卿。

摘自《历代土家族文人诗选》。

该诗前半部分写景，后半部分抒情，体现了冉天育远大的理想。诗的思想性强，艺术性高。

驷马高车，即驷马高盖车，古时达官贵人所乘。马长卿，就是司马相如。字长卿，四川成都人。《华阳国志·蜀志》载，成都城北有一升仙桥，司马相如初入长安求取功名，于桥旁的送客观题字“不乘赤车驷马，不过汝下”以立志。

诗人冉天育由碧津桥联想到司马相如离别故乡去长安求取功名之志，发出“莫将驷马高车志，输与当年马长卿”的誓言，体现了其追求理想的豪情壮志。作为土司统治者子弟，不安于现状，能有如此大志，实在是难能可贵。

注释：

[1] 碧津桥：在酉阳土司城之河上，明万历中建。清嘉庆五年(1800)知州吴大勋重建，后历代多次重建。

漫题答周子安甫明

数亩怡心宇宙宽，不须戎马逞桓桓[1]。
闲将羌管吹梅落，醉任吴钩射斗寒。
随意讴吟同牧唱，逐时清景共樵看。
自欣得遂天然乐，敢道东山学谢安[2]。

这是作者答友人周安甫之作，诗中表达了作者旷达不拘，超凡脱俗，隐逸自乐的思想。

注释：

[1] 桓桓：威武勇猛的样子。

[2] 谢安（320—385），字安石。陈郡阳夏（今河南太康）人。东晋著名政治家，少以清谈知名，最初屡辞朝廷征召、任命。隐居会稽郡山阴县之东山，与王羲之、许询等游山玩水。

酬苏州陈梅泉指挥来韵，曩[1]曾共事辽左二首

一

回忆从征辽海间，两人共命各生还。
论功试解君衣看，不是刀瘢即箭瘢。

二

三载交情酒一杯，吟笺忽向画堂开。
天边云树重翘首，犹忆凭戈待旦来。

这两首绝句是作者与陈梅泉的唱和之作，在诗中，作者回忆了两人在辽海征战中三年枕戈待旦，生死与共，出生入死，战功卓著的征战场景。

注释：

[1]曩（nǎng）：以往，过去。

冬日同周子安甫饯武陵王文学

迢递高天亦有涯[1]，寻常一别漫咨嗟。
相期到日重投辖[2]，赌取松萝试雪花。

这是一首饯别诗，作者记叙了某年冬日，自己与周安甫为王文学饯行一事，抒发了作者不叹息今朝之别，而期待重逢之喜的情感。一句“迢递高天亦有涯”表达作者对未来充满希望的乐观主义的精神。

注释：

[1] 迢递：遥远貌。
[2] 投辖：陈遵留客的典故。喻主人好客，殷勤挽留。

以上摘自《酉阳直隶州总志》《历代土家族文人诗选》。

冉天育对酉阳文学的巨大贡献，还在于对词的传承与创作。在明清之际，酉阳文学对词似不够重视，一是表现在创作者甚少，从现有史料看，在明清两代，所留存的酉阳籍的诗人、诗作较多，而词人、词作则很少。在明代仅见冉天育有词作八首，载《冉氏族谱》（389-390 页）。清代有冉永涵（竹田）词两首：《忆秦娥·饮周延翁友莲堂》《沁园春·山居述怀》，载《酉阳直隶州总志》（589 页），晚清朱德宝（虹父）著有《选梦楼词》，其词 114 首载于《历代蜀词全集》。其余未见有词作存世。二是酉阳地方志收录的词人、词作也很少。《酉阳直隶州总志·艺文志》之“诗余”收录有词 10 首，其中宋代黄庭坚 6 首，清代彭水县令沈承勋 1 首，黄履康（似懒）1 首，冉永涵 2 首。

冉天育词如下：

点绛唇·春怀

频眺蓉城，望断江山音信杳。花妍卉巧，只恐朱颜老。
人在天涯，许多归梦绕。春光好。祖鞭应早，莫使迷芳草。

词中的“断、山、信、多、梦”的平仄都还有待商榷。为此，在尽量忠实原作的基础上，笔者斗胆仿作如下，恳请方家指正。

点绛唇·春怀

频眺蓉城，望枯江水音书杳。花妍卉巧，只恐朱颜老。
人在天涯，无数归思绕。春光好。祖鞭应早，莫使迷芳草。

玉楼春·春怨

宝鸭香焚香雾彻，孤眠又度清明节。春日融融春意懒，绿杨枝上鹃啼血。

妾忆君兮君念妾，相思缕缕成千结。何事他乡不早归？令人惆怅花梢月。

词中的“眠、度、明、日和第二个融、春、意、懒、杨、上、啼、思”，第二个“缕”以及“千、事、乡、早、人、怅、梢”等的平仄有待商榷。笔者仿作如下：

玉楼春·春怨

宝鸭香焚香雾彻，孤枕难眠寒食节。融融春日没欢愉，绿柳枝头鹃滴血，
妾忆君兮君念妾，缕缕相思难了结。何缘客舍不思归？令我低吟花下月。

点绛唇·咏康隆馆前丛桂双叶

佳树年深，天香长把秋光罥。翠云千片，绿荫满庭院。
征瑞尤奇，一叶分两面。群芳羡，娇波频转，欢笑腾清宴。

词中“荫、满、两”等平仄有待商榷。为此，笔者仿作如下：

点绛唇·咏康隆馆前丛桂双叶

佳树年深，天香长把秋光罥。翠云千片，绿树遮庭院。
征瑞尤奇，一叶分双面。群芳羡，娇波频转，欢笑腾清宴。

满庭芳·新秋

高阁寒初，庭阶雨歇，枝头别是丰标。萦黄缀绿，盈袖暗香飘。曾

问广寒仙客，移将来，月殿根苗。勤护惜、雕栏宝砌，处处幔红绡。

开筵当此际，红行翠列，舞艳歌娇。正家国康隆，郊甸氛消。趁此芳辰佳夕，借尊罍、磊块频浇。待他时，夷游绿野，日日醉花朝。

词中“来、护、待、时”等平仄有待商榷。笔者仿作如下：

满庭芳·新秋

高阁寒初，庭阶雨歇，枝头别是丰标。萦黄缀绿，盈袖暗香飘。曾问广寒仙客，移来的，月殿根苗。勤疼惜、雕栏宝砌，处处幔红绡。

开筵当此际，红行翠列，舞艳歌娇。正家国康隆，郊甸氛消。趁此芳辰佳夕，借尊罍、磊块频浇。期他日，夷游绿野，日日醉花朝。

捣练子·秋夜

秋夜永，香篝寒。凤帐鸳衾解合欢。妙舞新歌看不倦，玉山无力酒阑珊。

词中“香”应是仄声。香篝即熏笼，烘笼，烘烤火取暖之用。宋周邦彦《花犯·梅花》词有“更可惜，雪中高树，香篝薰素被”句。

如梦令·感旧

花下相携红袖，一别又经秋后。锦字忽飞来，恰似与卿邂逅。红豆，红豆，哑谜开缄参透。

满江红·春词

莺斗蝶忙，都只为，流光如掷。更可惜，绿红堆里，飞花狼藉。柳眼新晴金缕灿，竹梢过雨琅玕碧。问溪头、春涨几多深？刚盈尺。

较酒量，犹三石。疏懒性，看成癖。扪壮心不禁，掀髯如戟，一点离情依远梦，数茎短发和心白。见楼头，皓魄几回圆，频移席。

词中“蝶、较”平仄有待商榷。

菩萨蛮·秋夜

蛩吟灯暗琼窗冷，蟾光移过花枝影。梦觉酒阑时，此际寄相思。

檐马因风战，龙漏转更箭。深夜灿冰丸，开轩独自看。

词中“际、相、马、风”平仄有待商榷。笔者仿作如下：

菩萨蛮·秋夜

蛩吟灯暗琼窗冷，蟾光移弄花枝影。梦觉酒阑时，此时寄苦思。
因风檐马战，龙漏转更箭。深夜灿冰丸，开轩独自看。

蟾光即月光，古代常用蟾蜍指代月亮。檐马是挂在屋檐下的风铃，风吹作响。龙漏是古代计时的一种漏壶。铸为龙形，故名。唐太宗《冬宵各为四韵》有“雕宫静龙漏，绮阁宴公侯”句。更箭是浮在刻漏水上指示时间的箭头。杜甫《湖城遇孟云卿》有“岂知驱车复同轨，可惜刻漏随更箭”句。

以上词作摘自《冉氏家谱》。

上述冉天育的八首词，从内容上看，多写男女之情，如《点绛唇·春怀》《玉楼春·春怨》；有写昔年红颜相忆的，如《如梦令·感旧》词云：“花下相携红袖，一别又经秋后。”在封建社会，作者作为土司统治阶层，对男女之情能有如此大胆的独白，实属难能可贵，体现了作者思想观念开放；还有记歌舞盛会以抒怀的，如《满庭芳·新秋》：“红行翠列，舞艳歌娇……趁此芳辰佳夕，借尊罍、磊块频浇。”就其创作风格而言，感情真实，语言朴实、流畅，声韵优美。冉天育是我们所见到的有文字记载的渝东南第一词人，他的词是酉阳词史上珍稀之作，犹如凤毛麟角。

彭福荣教授所著《乌江流域土司时期文学探赜》（2013 年 8 月，重庆出版社，189 页）认为：“冉天育和冉永涵等人之词在重庆民族地区尚属首次，虽题材囿于怀春感秋、咏物言愁，但标志着本土作家基本掌握了填词的技巧，是地域文学发展中的重要成就。”

清　代

酉阳诗词发展兴盛的历史条件

重庆酉阳从雍正十三年（1735）改土归流后至清末，多种因素促进了诗词的兴盛发展。

自雍正十三年（1735）酉阳改土归流到辛亥革命（1911），前后经历了乾隆、嘉庆、道光、咸丰、同治、光绪、宣统七代清朝统制，近180年历史。这一阶段是酉阳诗词发展的鼎盛时期。《巴渝诗词歌赋》著作者熊宪光、王广福等认为："清代是巴渝本土诗人崛起的时期，其主要标志是诗人的数量较前大为增多，孙桐生在光绪五年（1879）主编的《国朝全蜀诗抄》选入巴渝籍的诗人有60多位，其中酉阳有冉正维、田世醇、冉瑞岱、冯世瀛、蔡世佑、冉崇文、田经畲、曾乙垣、冯文愿、冉崇治、冉正岳、万松等12位。"酉阳诗词的发展和诗人的出现主要得益于以下几个方面的影响：

1. 社会变革冲破地方桎梏，清政府对教育相对重视，乾隆对诗词的挚爱及积极创作的影响

清代，统治者为了教化民众，加强统治，在一定程度上对教育趋于重视。康熙帝曾亲颁《训饬士子文》，要求学子"隆重师儒，敦孝悌以事亲，秉忠贞以立志"。乾隆对诗词十分喜爱，并积极创作。据载，乾隆皇帝在位63年，总计写下了4万余首诗。其创作之高产，可谓历代之首，其对百官示范和促进诗词发展的作用不言而喻，上有所好，下必有所效。

2. 酉阳文化教育机构的兴办对诗词的发展产生了积极的影响

诗词是具有深厚底蕴的文化元素，文化的传承和弘扬需要学习和培训，还要有积极有效的载体来推动。文化教育机构自然是第一位的有效

推动工具。

改土归流后，酉阳直隶州相继创办了四座书院和酉州考棚。

二酉书院：原名钟灵书院。乾隆二十二年（1757），州牧李光爽始建，同年，继任州牧张兑和落成。院址在州治以北，因面临钟灵山而得名。嘉庆十四年（1809），州牧姚钟英、州判丁必荣捐俸重修。嘉庆二十四年（1819），州牧段逢藻改建于州治之南，以其面对二酉洞，故改名为二酉书院。“二酉”亦是文化深厚的代名词，自古就有“学富五车，书通二酉”之说。咸丰五年（1855）州牧凌树棠续修。

龙翔书院：乾隆二十七年（1710），当时州同刘复仁首倡捐养廉银，绅民张祖谋、李联柏、熊永乔、任维志、黄显等复捐银，备材鸠工，数月而成。嘉庆二十二年（1817）秋，州同黎永清复捐银，绅民黄永清、田广新、田毓异、王明典等各捐银钱、田土扩建增修。道光十八年（1838），州同钟叶篪倡导重建。

龙潭经院：光绪初年，龙潭王森泰自置地基修建房屋于龙潭镇的北外灯笼铺（即今龙潭中学桂花园）。

酉西书院：光绪初年，龚滩镇巡检司郑子从和地方绅士在龚滩镇创办，院址在其镇中街四方井下边。

酉州考棚的设立和院试的举行：道光元年（1821）七月初三，清廷准允酉阳设立考棚，道光三年（1823）初行院试。

酉阳直隶州师范传习所的举办：光绪三十年（1904）初，清政府颁布《奏定学堂章程》。同年秋，根据《奏定初级师范学堂章程》规定，初级师范学堂由府、州、县设置，未设初级师范学堂的府、州、县可先设师范传习所。酉阳直隶州守李仁宇委州庠“举优行”的王勃山、夏仲和开办酉阳直隶州师范传习所，先在县办中等小学堂，王勃山任监督。后地址在考棚。招生 30 余人，培训三个多月，卒业后学员回乡办初等小学堂①。

酉阳州一年制师范学堂的组建：光绪三十二年（1906）春，直隶州正堂唐我圻于考棚办酉、秀、黔、彭四属一年制师范学堂，委谭灼庵为监督，谭灼庵聘王勃山为监学。学生卒业后回县开办初等小学堂②。

① 酉师校收藏有《王勃山自传》手稿复印件，对此记载详明。

② 酉阳中等师范学校现收藏有该届卒业生陈湘垣的卒业证书原件。

书院学生除学习四书五经外，还要自学钻研《天章炯戒》《周易折中》《圣谕》《性理精义》《名教罪人诗草》《明史》等16种著作。所以，在一定意义上讲，酉阳清代文化教育机构的兴起，促进了酉阳诗词的发展。

3. 外来酉阳的流官对酉阳文化教育事业的影响

外来流官对酉阳文化的影响主要体现在来酉之流官捐俸银或养廉银，购典籍，对酉阳学子耳提面授及士子间的诗词唱和等。据清代周询所著《蜀海丛谈》云："酉阳知州每岁养廉银一千二百两。（知县六百两）"据史料知，来酉履职州官中有相当一批人，为酉阳的教育自捐俸银或养廉银，办学校，购典籍，授学业。知州吴大勋就是其中之一。酉阳州进士冉广燏在《（重修学宫）序》中云："（吴大勋）顾尤切切于文教，进诸生而课之，择其优者给资助试，乃时召诸生讲经义、课文章、终日不倦。尝手著《读易枝词》《图卦杂说》，凡五脱稿而成……每课呈送文艺亦不下数十首，公一字一句改易指示，务使理法兼到而后止……"

赵藩，光绪二十年（1894）授酉阳州知州，在任3年。酉阳地处荒僻，经济落后，青年学子多刻苦学习，但家境贫寒，鲜有藏书。赵藩见此，捐出自己俸银，购经史子集八千余卷，置于二酉书院，供士人抄阅。同时，每月举办三次经史讲座，自己亲自选题讲课。

又如《酉阳直隶州总志·政绩·文吏》载："黔江县令翁若梅，案牍余闲，亲课文艺，凡学校，三台书院……皆其所修葺。"

还有知州高塘，直隶南和县人，乾隆庚辰（1760）举人，五十二年（1787）任酉阳直隶州知州。任内留心文教，以振作士林为己任，选刻《左传》《国语》《国策》《史记》、前后《汉书》六种文钞，家户皆弦诵之。

同时，官僚、士子间在酉阳的诗词唱和亦长盛不衰。乾隆五十七年（1792），知州丁映奎记："清舫尝谯集僚友于舫中……同人唱和，极一时之盛。一时诸公相继唱酬，州人称为盛事。"同样，赵藩在酉阳时也曾邀幕僚和酉阳文人墨客在涉趣圆、大酉洞相互唱和，留有《酉阳酬唱集》。上述举动促进了酉阳的文化发展，培养了一批青年才俊。

4. 经济的发展和思想的开放促进了酉阳诗词的发展

在经济上，经过了康乾盛世的积淀和改土归流后赋税的安设征收，诗词的传承和发展有了物质条件。《总志·食货志》载："（邵志）载酉阳新辟苗疆，向无田亩科则，雍正十三年奉文安设。”在思想意识上，由于改土归流，打破了过去“汉不入境，蛮不出洞”的封闭格局，通过“流官走进来，举子走出去”，大大地开拓了酉阳老百姓的视野，使他们思想得到了前所未有的解放，意识得到升华。冉裕棐、陈继薰、朱德宝（虹父）、冯壶川、冉崇文、陈汝燮、陈景星、蔡世佑等人，通过在外为官或游览交友，结识了很多同僚、名士，这些人写下了很多经典之作，特别是陈继薰等还积极支持清政府的改革。

上述诸因素在一定程度上促进了酉阳诗词的发展，同时，也促进了酉阳诗词评论和诗词创作的理论探讨。

谢国梗评冉奇镳诗

谢国梗在《〈詹詹言集〉序》中对冉奇镳之诗评价云：

> 爵君[1]以英年袭世职，其为娱耳目、悦心志者，无所不具，而乃肆力[2]于诗，且诗之工力[3]至此也，爵君之所得者深矣……乃知爵君之学，盖得于师友者半，得于家学者亦半也……玉翁爵君承家学，绍前休[4]，先后工吟，正如老泉[5]、东坡父子济美……

谢国梗称赞冉奇镳继承家学，尽力于诗，工吟咏；冉天育、冉奇镳父子之才犹如苏洵、苏轼父子。

注释：

[1] 爵君:指冉奇镳。
[2] 肆力：尽力。
[3] 工力：指与所费功夫相应而获得的某方面素养和技能。
[4] 绍前休：绍，继承。前休，前人的美善言行。
[5] 老泉：宋代文人苏洵，字明允，自号老泉。

文安之评冉奇镳诗

文安之（1592—1659），字汝止，号铁庵，天启二年（1622）进士。湖北夷陵人，永明王拜为东阁大学士（宰相）。文安之曾两次来酉阳，第一次是顺治十年（1653），第二次是顺治十六年（1659），与酉阳土司冉奇镳交往甚厚。文安之在酉阳留下了较多的诗作，他曾为冉奇镳的《翠拥轩诗集》作序，在序中，文安之赞冉奇镳在诗歌创作上“锐意作者，尤工近体”。

文安之《〈翠拥轩诗集〉序》（节选）

……癸巳，道出酉阳，晤冉子玉岑于道周[1]，凤举[2]鸿轩[3]，朗朗如玉山相照，余不觉为之倾洽。玉岑以终军弃繻[4]之年，擅超宗凤毛[5]之誉，锐意作者，尤工近体。予得而卒业[6]焉，腴而泽[7]，沈郁而多干[8]，忠爱君父之志，缠绵笔端，洵挽疆手[9]也……

注释：

[1] 道周：路旁。

[2] 凤举：飘然高举。

[3] 鸿轩：雁高飞。比喻举止不凡。

[4] 终军弃繻（xū）：终军，字子云，西汉济南人，年少有才，18岁被举荐为博士弟子，赴京师。过函谷关时，守关吏卒交给他一件帛制的“繻”。终军初不识此为何物，当得知这是一个返回过关的凭证时，慨然掷之于地，自信地说：“大丈夫西游，终不复还。”守关吏卒为之瞠目。到长安后，终军以上书称旨官拜谒者给事中，奉命巡视东方郡国。他手持朝廷符节，骑高头大马，再过函谷关，守关人员认出此人正是前次弃繻的青年，叹服其志远才高。后以此喻少年立大志。

[5] 超宗凤毛：谢凤，字超宗，南北朝谢灵运的儿子，十分好学，文辞优美，孝武帝曾赞扬他说“超宗殊有凤毛”。谢凤生于晋安帝元兴二年（403）。宋文帝元嘉十五年（438），担任鄞县令，其后担任安南将军、广州刺史。元嘉三十年（453）去世。《龙文鞭影》中有“伯伦鸡肋，超宗凤毛”之句。

[6] 卒业：谓全部诵读完毕。

[7] 腴而泽：指冉奇镳的诗作内容丰富而光亮润泽。

[8] 多干：“干”通“翰”，多干即多翰。翰，指文史方面的才能。

[9] 洵挽疆手：洵，实在。挽疆，指挽救时局或保守疆土。此句可理解为（冉奇镳）实在是挽救时局的能手。这里是文安之对冉奇镳的赞

誉，或者是其策动冉奇镳反清复明的试探。文安之来酉阳是有目的的，就是欲说服土司反清复明。但冉奇镳以时局为重，于顺治十五年（1658）向清廷奉表投诚。

杜同春评冉奇镳诗

杜同春，字南池，上海松江县拔贡生，康熙五年（1666）任重庆黔江知县。曾受冉奇镳之子酉阳土司冉永沛之请，校注、重刻冉奇镳之《拥翠轩诗集》并为之作序。杜同春给冉奇镳的诗每首都作了评语。

杜同春《〈拥翠轩诗集〉序》（节选）

……我玉岑先生，综家学[1]之渊源，洞石室[2]之秘奥，天姿学力，独冠一时。磊落[3]襟期[4]，最擅风雅[5]……诸体略备……余以沈珠当耀，自有不可韬掩者。每首僭加评语……知先生之诗，当与二酉而并永也……

冉奇镳（？—1676），字玉岑，系冉天育之子。冉奇镳幼袭宣慰使。在七叔冉天泽的辅助下，多次平息内讧外患。明末遗老多有流亡入酉者，冉奇镳均热忱款留。顺治十五年（1658）冉奇镳向清廷奉表投诚，康熙三年（1664）九月奉旨，准以宣慰原官，子孙世袭。寿 32 岁。生子十人，其中冉永沛第六，以嫡袭职。

注释：

[1] 家学：家族世代相传之学。
[2] 石室：古代藏图书档案处。
[3] 磊落：壮伟貌、俊伟貌。
[4] 襟期：襟怀、志趣。
[5] 风雅：指《诗经》中的《国风》和《大雅》《小雅》。亦用以指代《诗经》。这里代指诗歌创作。

林確评冉永涵诗

林確，字石宦，平都（今重庆丰都）人。其子曰坚。曾在酉阳司宣慰幕供职，康熙十四年（1675）夏，到酉阳。为冉永涵（芳林）《蟪蛄声诗集》作序。在序中赞其工吟咏，其诗清声亮节，并从其力、其音等角度，对冉永涵的诗作了如实的评价。

林確《〈蟪蛄声诗集〉序》（节选）

……芳林工吟咏……至读其诗，清声亮节，如秋天鹤唳，媚丰斌致，如春花燕攒。其力之攻坚摘瑕[1]，愈于壮士奋臂疾呼，挽强洞札。其音之惨栗寂历[2]，又胜于崩崖飞瀑，缩人肌肤。少年力诗，即臻斯地，驯而上焉。吾不知于古骚坛席上，当虚何等位次以待吾芳林也……吾愿芳林以倾动韩公之英练[3]，效达夫[4]晚年而力诗不倦，其庶几相与以底于大成乎。

注释：

[1] 摘瑕：指出瑕疵。

[2] 惨栗寂历：惨栗，悲痛之极。汉王褒《九怀·思忠》："感余志兮惨慄，心怆怆兮自怜。"寂历，犹寂静，冷清。

[3] 倾动韩公之英练：唐李贺七岁能辞章，韩愈、皇甫湜始闻未信，过其家，使赋诗。贺援笔辄就，自题曰《高轩过》。两人惊奇之，自是有名。事见《新唐书·文艺传下·李贺》。后遂以"高轩过"为敬辞，意谓大驾过访。

[4] 达夫：高适，字达夫，年过五十始留意诗歌创作，后成为唐代著名的边塞诗人。

冉永涵，字芳林，号竹田，冉奇镳次子，土司冉永沛（椿林）之弟。幼嗜读书，耽吟咏，清初贡生，以明经终，博学工诗，著有《蟪蛄声诗集》。冯壶川在所辑《二酉英华》中云："此与前二集，余少时犹及见之，今皆散失，无复有存焉者矣。"居铜鼓潭瓦砖坝，其诗富有田园风味，颇有隐逸之风。

王长德评冉永涵诗

王长德，字尘田，乐温（今重庆长寿）人，与冉永涵交往久而厚。

王长德《〈蟪蛄声诗集〉序》（节选）

……适芳林年兄以所作《蟪蛄声集》见示，其五七言律体、绝句居多，对之如逃空谷，而见良师友也。浣露静坐，午夜紬绎[1]，则耳目发皇[2]，尘胃荡涤。

移乎如松涛之谡谡[3]，焕乎若春花之荧荧[4]，骎骎[5]然成一家矣。

夫寄托殷遥[6]，古今一致，苟中无所感，而徒为骚人览物绘影，镂水之言，亦何益乎。

然则蟪蛄之声，尚犹在耳，其尚静恶哗，抚今念昔，殆有取法于宣尼[7]者欤……今复得见其诗绰有盛唐风致……若夫由储、王、曲江、襄阳、岑、常诸家，而上溯乎靖节[8]之清徽，与十九首、苏李赠答之音节……

王长德从三个层次对冉永涵的诗给予高度的评价。第一自然段是描写冉永涵的诗的艺术感染力，是言王长德的自我感受，即“对之如逃空谷，而见良师友也……则耳目发皇，尘胃荡涤”。

第二自然段从诗的动态之美和色彩之美上评价冉诗自成一家。

第三自然段讲述诗歌的传承。

最后一个自然段是讲述冉永涵的诗的艺术表现手法，认为其诗取法于孔子，有盛唐风致，有陶渊明之清徽，有苏武、李陵赠答诗之音节。

注释：

[1] 紬绎：引出端绪，整理出头绪，引申为阐述。

[2] 发皇：使开朗，显豁。《文选·枚乘〈七发〉》：“分决狐疑，发皇耳目。”

[3] 谡谡：喻刚劲严峻。南朝宋刘义庆《世说新语·赏誉》：“世目李元礼谡谡如劲松下风。”

[4] 荧荧：光闪烁貌。

[5] 骎骎（qīn qīn）：盛貌。唐柳宗元《感遇》诗之一："东海久摇荡，南风已骎骎。"

[6] 殷遥：丹阳郡句容（今江苏句容）人。生卒年不详，工诗，词彩不群，而多警句，杜甫尝称许之。

[7] 宣尼：汉平帝元始元年追谥孔子为褒成宣尼公，后因称孔子为宣尼。见《汉书·平帝纪》。

[8] 靖节：即陶渊明，东晋大诗人。字元亮，谥靖节徵士。

黎永清评冉正维诗

黎永清，字定斋，正黄旗汉军，乾隆六十年（1795）举人，嘉庆十六年（1811）任酉阳州同。在任五载，除暴安民，多惠政。州同黎永清赞冉地山之诗来源于生活，感情丰富，下笔千言，高雅古朴，脱口有奇气。曾为冉正维《老树山房诗集》作序。

黎永清《〈老树山房诗集〉序》（节选）

嘉庆辛未，余捧檄赴酉阳分州任……有间，出先生《老树山房诗集》示予，且属予为序。予读其诗，高古简远，非有道德人不能为是语。且集中为清寿者诗凡二，清且感且惭，不图汪伦之名，竟附李青莲以千古也。

抑予闻之先生宅外有皂荚树，大数围，荫数亩，盖千百年老树也。故先生以之名其山房，即以之名其集，有是哉。

新诗脱口有奇气，殆即所谓"老树着花无丑枝"者耶。夫物无不老，花草之老则枯萎而已，唯树之老者，礌砢离奇，轮囷蟠曲，令人对之，想其阅朝代，经岁时，节高貌古，生意不尽。辄复俯仰低徊，而不能已。而先生坐于老树山房，谢春华，佩秋实，其礌砢离奇，轮囷蟠曲之气，一皆泄之于诗，令人俯仰低徊，击节叹赏而不能自已者，又复何如乎？

然非先生之负才德，敦品谊，则虽日对大夫之松，丞相之柏，征君之柳，操笔命纸，动辄千言，又何足重哉！余钦先生之为人，因益重先生之诗。世有读先生诗者，当并学先生之为人，可也。

冉正维（1766年6月—1834年10月），字德隅，号地山，嘉庆辛酉（1801）拔贡。冉广鲤的长子，冉崇文的祖父。今泔溪镇人。隐居讲学，一时名下多出其门。辛卯夏，酉大饥，首捐谷数十石平粜，为尚义者倡，全活甚众。壬辰冬，李牧徽典莅州，延主书院讲席，以年谊故重违其意。为山长三年，年七十卒。生平淹贯诸子百家，著有《老树山房文集》六卷、《醒斋诗文稿》四卷、《外集》二卷、《字音辨讹》四卷、《地理刊谬》二卷、《卜验医验》二卷，均待梓行。

罗升棓评田旦初诗

罗升棓，字瑄琳，号次桓，广东绍庆府阳春县进士，道光三十年（1850）任酉阳直隶州知州，咸丰元年卸任，咸丰二年复任，咸丰三年卸任，在任期间俘获太平军梅昌明等1 000余人，分别处决释放，名闻于朝。在酉阳大酉洞石壁题有“太古藏书”。后调潼州、重庆、夔州知府。69岁告老还乡。工吟咏，著有《兀兀集诗钞》。罗升棓评田旦初得作诗之旨。

罗升棓《〈田旦初明经卧云小草〉序》（节选）

……田君之诗，以抒写性情为主，其自叙曰：不过言吾之所欲言。有味哉！得作诗之旨矣。集中咏史怀古，以及赠挽诸篇，皆情之至者也。

田世醇（旦初），字旦初，道光丙申（1836）恩贡，酉阳酉水河镇（原后溪镇）老柏沟板板上人。从其诗可知，他读了较多的书，诸如袁枚的《小沧山房诗集》、崔鸿的《十六国春秋》《六朝正史》《明史》以及陆游的《剑南诗抄》等。《二酉英华·田旦初》云：“田旦初，名世醇，号一斋，田砚秋之师。州恩贡，少工制艺，中岁乃肆力于诗，天资高旷，落笔则超然拔俗，今人中之高适也。”著《卧云小草》四卷。

汪来溪评冉瑞岱诗

汪来溪，字翕川，甘肃陇西人。道光壬午孝廉，加捐本班来川，道光六年（1826）补酉阳州州同。道光十二年（1832）夏到酉阳任州同，性清廉，神于听断，在任数载，口碑遍道途。俸满验看，十八年（1838）调署宝川局库官，十九年复还本任。二次俸满，委署清溪令。汪素有痰疾，次年卒于任。酉阳州同汪来溪评冉瑞岱诗爱不忍释，出资为其印刷出版并作序。

汪来溪《冉瑞岱〈偶存草〉序》（节选）

……继复出其诗古文词若干卷，属予点定。余覆览数过，爱不忍释[1]，每种摘取数十篇，为捐廉镂版[2]，以公同好，石云谦让未遑。余谓必李、杜而后言诗，则诗之可传者无几矣；必韩、苏而后言文，则文之可传者无几矣。我辈从事斯道，果其天资学识，迥异恒流，则发为文章，必有一种清光逸气，郁勃楮墨间，爱之者固不得而私，忌之者亦莫得而掩。石云年方强仕[3]，其所造固不止此，然即此已可传矣……

注释：

[1] 爱不忍释：喜欢得舍不得放下，极言喜爱。
[2] 镂版：雕版印刷。
[3] 强仕：四十岁的代称。语本《礼记·曲礼上》：“四十曰强，而仕。”

刘景伯评冯壶川诗

刘景伯，字石溪，内江人，著有《蜀龟鉴》。《蜀龟鉴》之所以定名为该名，是酉阳冯子壶川题其鉴曰：“蜀龟鉴。名龟，治乱也；名鉴，虽治不忘乱也。明崇祯十七年，大龟浮江三日，成都陷。龟之告凶也，信矣。”《蜀龟鉴》是清朝刘景伯所撰写的一部叙述明朝末期张献忠等农民起义军进入四川后，川中发生的一系列重大事件的历史文献。刘景伯评冯壶川自少即能诗，其写景状物极其生动逼真，其诗得力于经术者深。

刘景伯《〈俟虫吟草〉序》（节选）

……吾于壶川冯子见之矣，壶川自少即能诗，中间习举子业[1]，遂潜心经义。道光癸巳，下第[2]归，尽取先儒传说，剖其同异，而究其指归[3]，阅二十二年，成书三十余卷，初不专以诗名也。然身所涉，历山川之高深，云物之变幻，大邑通都之凭吊，凡一切可惊、可愕、可喜之状，靡弗穷形尽相[4]，发其难显之情。而叩之皆古音，探之多理趣，无烟火气，无斧凿痕，盖其得力于经术者深，充然洒然，不自知其诣之至此也……

注释：

[1] 举子业：为应科举考试而准备的学业。明清时专指八股文。
[2] 下弟：弟通“第”，科举时代指考试没有考中，落第。
[3] 指归：主旨，意向。
[4] 穷形尽相：形容描摹极其生动逼真。

冯世瀛（壶川）（1794—1885），字廷灿、澹如，号壶川，别号雪樵，酉阳州北小坝人。生于书香人家，自幼好诗文，嘉庆十九年（1814）与胞兄世熙（京庵）同榜考取秀才。癸巳（1833）京城会试，入翰林院编修。道光辛卯（1831）举人，三考进士不中。道光二十六年（1846）夏任四川金堂训导。咸丰八年（1858）因病解任回籍。咸丰十一年（1861），发匪[1]之乱，区画防剿，力靖内奸。叙功，保加五品衔。著述颇丰，有著作30多部，有诗集《俟虫吟草》（收录了作者1821—1868年作品）。编辑有诗集《二酉英华》。

注释：

[1]发匪：清代对太平天国军队的贬称。清廷规定汉人须遵从满人风俗，剃光前额的头发，而太平军为表示反满的决心，仍按汉族传统习俗蓄发。

邹光第评冯壶川诗

邹光第，字丹崖，威远人，著有《丹崖诗抄》。邹光第评冯壶川之诗无体不备，无体不工，其足之所到、心之所感、耳目所闻所见，一一发之于诗，自成一家，藻耀高翔，定当不朽。

邹光第《〈俟虫吟草〉序》（节选）

道光庚戌春，金堂学博冯子壶川以所作《俟虫吟草》见示，诗凡四册，共六百余首，阅之无体不备，亦无体不工。且言皆有物，不为吟风弄月之词……志向往也……酉阳界邻黔、楚，特蜀东一隅耳。壶川生其乡，虽未知于古人何如，要其足之所到，心之所感，耳目之所见闻，靡不于诗乎发之。藻耀高翔[1]，摆脱凡近，殆于自成一子者。而乃屈于冷官，不获登金马玉堂[2]，抒其鸿藻，岂命足以限人耶！第就其诗观之，定当垂诸不朽已……

注释：

[1] 藻耀高翔：文采焕发而又高飞翱翔。形容风骨文采双全的文章。多用于称赞诗文佳作。南朝梁刘勰《文心雕龙·风骨》："若风骨之采，则鸷集翰林；采乏风骨，则雉窜文囿。唯藻耀而高翔，固文笔之鸣凤也。"

[2] 金马玉堂：指进朝廷做官。

冉瑞岱评冯壶川诗

冉瑞岱（1797 年 3 月—1862 年 2 月），号石云，道光乙酉（1825）拔贡，注选州判，改注教谕。咸丰九年，以防剿黔匪功，保训导，不论班次即选。岱系冉崇文三叔。曾为二酉书院山长，咸丰四年因屯政有功曾在务川总司屯供职，咸丰六年回酉守制，以课子为计。所著有《二酉山房随笔》20 卷，《二酉山房诗集》10 卷。冉瑞岱系冯壶川的内弟，两人交往甚厚，彼此了然于心，常有吟咏酬和。冉瑞岱在《〈俟虫吟草〉序》中，从多角度对冯壶川不同体裁的诗加以评价，并赞扬冯壶川多才多能，著述甚富，于五经四书，均有阐发，不拘一格。

冉瑞岱《〈侯虫吟草〉序》（节选）

……自来论诗者，无过性灵、声调二端。主性灵者，或失之朴；尚声调者，或失之华。余尝持此以观近人之诗，窃叹兼之者不数数觏，乃今于吾老友冯子壶川之诗见之。

壶川少即工诗，以方习举子业，未遑专治。弱冠后，四应秋试，三上春官，前后流寓锦江暨京师者，几廿年。凡其所至，与贤豪友，与高逸交，与大人先生游，而其诗日进。又以其间览山川之雄奇，观人事之得失，与夫草木之异状，禽虫之殊声，耳之所闻，目之所见，无一不得之于心，应之于手，而其诗益进。

予于壶川诗，读凡数十过，评几数百言，爱其五古以遒峭[1]胜，七古以疏宕[2]胜，近体以清俊胜。匪但兴到之作，不拘性灵，而机趣洋溢，不矜声调，而音节铿锵，乃至勉强应酬之什，流连光景之词，亦无不有精光逸响，贯注其间，求之近今，殆罕俪[3]矣。

壶川博极群书，著述甚富，于五经四书，均有阐发，诗特其余事耳。而天分高者，持见必精，学力邃者，发言胥当，能者不拘一格，吾于壶川信之。

丙辰夏，壶川由金堂广文任，手录前后诸作，删为二帙，属予跋以数言，藏诸行箧，以便观览。予谓有如此著作而不公诸同好，恐违造物生才之意。因怂恿付梓，并书管见，以质壶川，且以质世之读壶川诗者。

注释：

[1] 遒峭：谓文章曲折多姿。

[2] 疏宕：谓声调抑扬顿挫，文气流畅奔放。宋苏轼《琴操·醉翁操引》："好奇之士 沈遵闻之往游，以琴写其声，曰《醉翁操》，节奏疏宕，而音指华畅，知琴者以为绝伦。"

[3] 罕俪：少有伦比。

李卿穀评冯壶川诗

李卿穀，字红樵，道光二年（1822）举人，任四川长宁知县，累升湖北督粮道，代理按察使。咸丰四年（1854），太平军攻陷武昌，湖北巡抚青麟逃亡湖南，卿穀守城而殉难。追赠布政使，并赠骑都尉世职。

《侯虫吟草》中载，道光己酉（1849）长至（夏至）前十日，李卿穀于金堂县署评曰：

三复巨制[1]，剪刻省净[2]，莹发襟灵[3]，丽不葩粉，萧潇跨俗，五言尤推长城，此诗中射雕手[4]也，姚武功[5]见之，定当採入《极玄集》中，冯定远后风雅，又在君家谨志向仰，俾后读壶川诗者，知有古蓼红樵其人也，厚幸矣。

注释：

[1] 巨制：杰作。

[2] 剪刻省净：剪刻，形容文字工于雕琢。唐殷璠《河岳英灵集·祖咏》："咏诗翦刻省静，用思尤苦。"省净，亦作"省静"，谓文字简洁。

[3] 襟灵：襟怀，心灵。

[4] 射雕手：斛律光（515—572），字明月，朔州敕勒部（今山西西北）人，北齐名将，斛律金之子。初任都督，善于骑射，号称"落雕都督"。后拜大将军、太傅、右丞相、左丞相，封咸阳王。这里是说冯壶川是诗坛高手。

[5] 姚武功：姚合，中国唐代著名诗人。陕州（今河南陕县）人。元和十一年（816）进士，授武功主簿。历任监察御史，金、杭二州刺史、刑部郎中、给事中等职，终秘书少监。世称姚武功，其诗派称武功体。编有《极玄集》。

陆次山评冯壶川诗

陆次山，名矶，字次山，号铁园，杭州萧山人，善书画，山水亦佳。少时兀傲不群，诗古文皆有奇气。著有《陆次山集》。

《侯虫吟草》中载，咸丰癸丑（1853）正月，陆次山于成都之小天随斋评曰：

胎息[1]古人，自抒胸臆，感时抚事，陈芳之遗。

注释：

[1] 胎息：犹师承；效法。清纪昀《〈陈后山诗钞〉序》："然胎息古人，得其神髓，而不掩其性情，此后山之所以善学杜也。"

石彦恬评冯壶川诗

石彦恬（1789—1861），字麟士，晚号素翁，重庆涪州（今涪陵）人。学问渊雅，工诗精书法，历遍吴越名山，交其贤豪，书法益进。晚岁骎骎逼晋人。尝以千金购蕲州淳化阁版归涪，自有记。著有《三君子堂文集》。

《侯虫吟草》中载，咸丰戊午（1858）蒲节（端午节）前一日，石彦恬（麟士）读评于涪陵钩深书院曰：

备阅[1]大集，内含精妙，外吐华腴[2]，空灵[3]之中，色相俱彻，五古渊源汉魏，古调独弹，尤非摭拾[4]，唐宋以后，唾余者，所能望其仿佛，与老弟阔别甫数十，须臾而精诣，遽已如是，益信昔贤士，三日不见，当刮目相待之言，为不我欺也！

注释：

[1] 备阅：尽阅。南朝梁刘勰《文心雕龙·通变》："虽古今备阅，然近附而远疏矣。"

[2] 华腴：指文辞华美。

[3] 空灵：清新灵活。清李渔《闲情偶寄·词曲上·词采》："说话不迂腐，十句之中定有一二句超脱；行文不板实，一篇之内但有一二段空灵，此即可以填词之人也。"

[4] 摭拾：收取；采集。

董贻清评冯壶川诗

董贻清，字叔纯，道光癸卯（1843）举人，曾任青神知县、酉阳知州，因同治四年酉阳教案被撤职。著有《偶成集》。

《侯虫吟草》中载，同治乙丑（1865）闰五月朔有二日，阳湖董贻清（叔纯）于酉阳官舍评曰：

古近体皆沉博绝丽[1]，瑰玮奇特，直欲蹙踏[2]，鲍谢[3]规橅[4]，唐贤殆必传之作。"

注释：

[1] 沉博绝丽：沉，深长，博：渊博。此句指文章的含义深远，内容渊博，文辞美妙。

[2] 蹙踏：压倒。宋苏轼《次韵章传道喜雨》：“先生笔力吾所畏，蹙踏鲍谢跨徐庾。”

[3] 鲍谢：南朝诗人鲍照和谢朓的合称。唐杜甫《遣兴》诗之五：“赋诗何必多，往往凌鲍谢 。”

[4] 规橅：指人物的才具气概。

冉广鲤评己诗

冉广鲤（1730 年 2 月—1802 年 3 月）字海容，号松亭，岁贡生。冉崇文的曾祖父。著有《信口笛吟草》，其在自序中云：“予诗老妪能解，孺子可歌”。从其《信口笛吟草自叙》可知，冉广鲤性好诗，才思敏捷，能信口而吟，限时而作。其诗重于音律，通俗明快，大众能读。

冉广鲤《信口笛吟草》自叙

余素不工诗，而性复好诗，每览昔人友朋赠答之言，山川游历之作，兴往赠古，情来答今，则心得所好，学步效颦，不能自已。甚则同人杂坐，酒酣耳热，刻烛计寸，击钵数声，分韵联吟，事亦时有。

积而久之，因复成帙，敢言诗哉！天籁人籁，自适其适而已。客有过而谓之者曰：古人之诗如三百篇，皆可被诸管弦。汉兴，郊庙乐章皆三四言诗，而亦可以协律。及唐人旗亭画壁[1]，与李白《清平调》三章，亦五七言绝句耳，当时伶伦[2]之侣，演而歌之，诗之通于乐也久矣。吾子善抚丝桐[3]，而复工于吟咏，意者子之诗，其亦有协于律乎？予曰：唯唯否否[4]，昔在汉世，太师于诗能歌《关雎》《鹿鸣》数章，然但明其铿锵鼓舞，而不知其节度。

况予之诗，老妪能解，孺子可歌，此正如樵之讴牧之唱，趁韵[5]而已，平仄且不必谐，而又遑言夫律乎。抑宋人诗云：牧童归去横牛背，短笛无腔信口吹。予之诗信口而出，何异夫信口而吹也。

因约诗言，自名其集，世有问我诗者，请于桃林垌野间，倾耳而听之。

注释：

[1] 旗亭画壁：《集异记》载，唐代著名诗人王昌龄、王之涣、高适三人在旗亭（一个酒家）暗听歌女唱歌，每唱到自己的一首，就在墙壁上画一道标记，然后看谁的诗词作品被歌女唱得多，多者则为胜。

[2] 伶伦：乐人或戏曲演员的代称。

[3] 丝桐：指琴。古人削桐为琴，练丝为弦，故称。

[4] 唯唯否否：形容虚与委蛇，佯应而不置可否。

[5] 趁韵：谓作诗硬凑韵脚，而不顾内容是否得当。

陈景星评陈汝燮诗

陈景星（1844—1916），又名其楠，字小山、云五，号笑山，重庆黔江石钟乡朱家岩人，系冯世瀛的弟子，著有《叠岫楼诗草》。陈景星对陈汝燮之《答蝯诗草》评价甚高，称其自成一家，为二酉诗学之冠。他同时对陈汝燮的诗之优劣得失做了多层次的评价，认为陈汝燮诗至性、豪迈，有特色，自成一家，为近人所未有，精于推敲，重视锤词炼句，其诗有韩愈、孟郊、元稹、白居易之风。其不足在于，作者游迹有限，足迹仅仅限于巴蜀，其诗得江山之助不够，眼界不宽，胸怀不广。

陈景星《〈答蝯诗草〉序》（书选）

冯雪师以经学名海内，冉石云、冉右之两先生以诗、古文辞流誉全蜀；而得其宗法，能独自成一家者，则唯我答蝯广文……君平生精力，悉萃于诗……至性诗甚多，其豪迈处，几夺供奉之席矣。信乎为二酉诗学之冠也……其登峨眉、眺雪山及咏怀古迹之作，苍茫凭吊，横绝一时……后走遂州、游黎雅……所赋古近体，穷搜冥索，觉苍莽盘郁之气，奔赴腕底。缒凿幽险而出以自然，为近人所未有。其他里居、咏物篇什，尤为新隽。偶拈一语则神采欲飞，偶炼一字则百思不到。合韩、孟、元、白为一手……尝考君游迹仅遍蜀中，得江山助所造已如此；倘能纵览燕赵吴越之区，龙门大河之险，其旷逸雄奇之致，悲歌慷慨之际，必有度越古今者。惜囿于一偶，未获展其怀抱，不禁为君叹息也！

陈汝燮（1828—1900），又名序初，字答泉，别号答蝯，生三子三女。三子：驷光、驯光、奎光。三女：长适段，次适冉隆虞，三适崔。酉阳优廪生。今板溪山羊人。其父陈继珪，年22卒，母年23而孀，与伯兄继璜同居。燮遗腹生，学成曾受经雪洞，复主二中书院讲席，亦曾受聘讲学于成都凤佛堂明府幕中。历届州牧对燮甚推重。赵藩任酉州牧时，就署左引泉筑两湖，为欧波馆，园名涉趣园。招燮唱酬其中。赵藩曾以保甲局务相委，初燮婉言谢绝，辞而不受。后赵藩以人民意和乡梓相孚望相勉，燮屈以受之，而从师弟子辈亦相随而至，局内外皆满。燮73岁高龄时，三子奎光病卒，哀痛过甚而逝。

燮诗遗稿，民国时由其子驷光（菊餐）收集整理，共得诗集八卷，楹联一卷，名《答蝯诗草》，约900首，从侄值光赞资付梓出刊传世，现尚有幸存者。

王大章评陈汝燮诗

王大章（1867—1944），字槐庭，酉阳龙潭镇人。1896年中举，被知州赵藩明令委任为山长，并将私家书斋改为经院，为酉、秀、黔、彭各县童生准备参加乡试讲授经史。尔后，被清政府选派去日本考察，回国后曾在吉林学署和武汉等地为官。辛亥革命后，任河北省蠡县知事，因不满袁世凯称帝，辞去官职，临行时当地百姓送一“勤政清廉”的金匾。返酉后，他联络酉属四县的知名人士，征得四川省政府同意，在他经院的基础上创办了省立五中即龙潭中学。1938年，率地方各界人士数十人上书省政府，请求在省立五中增设女生部；1940年又率地方各界人士数十人上书省政府，请求免迁省立五中；1941年，再次率地方各界人士数十人上书省政府，请求勿令省立五中停招初中班或改中学为师范。夫子一生忠诚爱国，1939年逾古稀还为各界人士修建的“抗战建国阵亡将士纪念碑”题词。他学识渊博，擅长诗文，在蠡县任职期间，曾编印《蠡屋杂诗》一册。桃李盈门，王勃山、陈德元、李玉昆、刘扬、邹杰等皆系其得意门生。中华民国二十一年为《答蝯诗草》作序。

王大章《〈答蝯诗集〉序》（节选）

酉阳山川旁魄[1]，才隽代兴。雪樵、孝端先师以经术显。（冉）石耘、（冉）右之、（陈）小石三先生以才华胜。（陈）子京、（陈）子骏以词章闻。（陈）燕士、（陈）榕庵、（陈）简廷又以古文擅长。诸子皆能诗，诗皆秀出[2]，然未尝以之名家也。其专以诗名家，独步当时，为法亦世[3]声施[4]，名望高挹群流者，以山羊坪陈广文答猿先生为最著。

先生淹贯[5]略流，博极群书，孝友风节，又盖世无双。故其发为诗也，笃于志，而细于律，能卓然独树一帜，以风世垂教于无穷。盖其殚六七十年苦工精力，毕萃于斯，非偶然也……

注释：

[1] 旁魄：旁薄，广大无边。

[2] 秀出：美好特出。《国语·齐语》：“于子之乡，有拳勇股肱之力，秀出于众者，有则以告，有而不以告，谓之蔽贤。”

[3] 亦世：奕世，累世。《诗·大雅·文王》：“凡周之士，不显亦世。”

[4] 声施：名声流传。

[5] 淹贯：深通广晓。唐杨炯《杜袁州墓志铭》：“淹贯义方，周览典籍。”

白新民①评陈汝燮、陈景星诗歌创作

陈汝燮和陈景星现存诗共 1 600 余首，他们从某种意义来讲可以说

① 白新民（1939—2006）男，重庆酉阳白竹人，1959 年考入云南大学中文系。1963 年 10 月 30 日毕业后在内蒙古集宁市文教局工作，1974 年 12 月 31 日调四川涪陵地委办公室调研科工作，1981 年 1 月任酉阳县委副书记，1991 年 2 月任黔江地区行署秘书长，曾任黔江地区民委主任。亲自参与黔江地区和酉阳自治县成立的相关工作。撰有《履痕》手稿（20 万字许），待梓。

是川东南土家族文人古典诗歌创作的集大成者，值得我们认真研究。

（一）

陈汝燮，字达泉，号答猿，酉阳州山羊坪人，约生于1830年前后。陈汝燮出生前父亲即已去世，为遗腹子。传统教育虽然使陈汝燮醉心于从“开科取士”之门步入官场，但这扇森严的大门始终没有为他敞开，他终身只是一个穷秀才,仅在雅州知州罗次垣的衙门里做过幕宾兼教席，在酉阳州总理过保甲事务，以授业解惑终老桑梓。

陈汝燮虽然出身清苦，家境贫寒，但年轻时却颇为倜傥风流，诙谐豪放。在他三十余岁所创作的《六月十四日夜醉候小亭邀饮于香山故宅》一诗中，就活脱脱地写出了他自己的旷达风致：

席地醉月月亦醉，月落杯底凭人吞。
古今只此一丸月，吞尽如何月尚白？
月裹在腹还在天，醉里狐疑猜不得。
旋枕山石仰面眠，月入醉眼月更圆。
爱月起舞复长啸，山鬼走避疑狂癫。

这首诗，写景真切生动，写情酣畅淋漓，不仅使我们看到了诗人的形象和情怀，也使读者看到李白的影子，有一种“举杯邀明月，对饮成三人”的豪情。由此也使我们感到陈汝燮古典文学造诣之深、古代文人对陈汝燮影响之深。

正是由于诗人有这样一种情怀和风致，所以他在《正月始雪忆后山春梅正放走觅得花喜而成咏》中吟哦老梅：

老梅僵卧巉岩窦，梅桩半坏梅枝瘦。
一冬晴暖花不发，递信时有樵儿候。
春来几日酿春寒，雪如蝴蝶飞成团。
冒雪访梅向岩径，径旁杂树排栏干。
蹬危陡转雪欲锁，冷香远远来迎我。

他赞扬水仙：“梅花称高人，水仙如静女。”（《一瓶插梅花水仙淡雅相致真绝妙嘉偶也戏为二花催妆用创韵事》）他喜爱挺拔的峻岭，在《结屋》中写道：

山人结屋小于舟，妙看青山绕屋稠。
屋就地偏多转角，山如人傲不低头。

梅花斗寒而开，水仙洁白无瑕，峻岭不随人俯仰，这实际上正是诗人自己人生的写照。在《后耐寒歌再赠竹闲》一诗中，陈汝燮与人共勉，“尔我趋炎都不屑”。在《馆中呈州司马文松岩先生》一诗中，他自负高洁：“逍遥喜不猪肝累，奔兢羞为狗骨争。”诗人的品格当然是很令人感动的，但是在那个时代，一个士子的前途无非三种：最理想的是金榜题名，入仕做官；其次是充当幕僚，为人作嫁；无可奈何下才设馆授徒。陈汝燮也免不了在这条道路上踽踽前行。他先是寒窗苦读，多次赴试；一次又一次败北，仍不气馁，总希望有朝一日能脱下蓝衫，换上紫袍。在《破砚》一诗中，他寓情于物，表示自己雄心：“洗涤何须瞒缺处，磨研到底有穿时。”1873 年，诗人已经年逾不惑，虽然家境贫寒，贫空如洗，依靠亲朋故旧的资助始能治装，但仍怀一线希望，上省垣赴试。其时所作的《闰六月杪赴省乡试留别群季及门诸子七律四章》和《出门行》，情感真挚，催人泪下。

历代的士大夫都认为“功名本是真儒事”。但一旦“功名”和人过不去的时候，再旷达的人也难免发一阵牢骚。陈汝燮居住在一个闭塞的土家山乡，立志改变自己的处境，又每不称意，因此对科举制度就难免由愤懑到憎恨。在《熊鼎之孝廉北上》一诗中，他出言不逊：“当世只知金榜贵”；在《遣兴四首》中，他说得更大胆：

科名风马牛，默默知计左。
悔不早投笔，尸拌马革裹。
悔不早学仙，身骑鹤背坐。
落拓长如此，真愧裸虫裸。
举酒望青天，满眼奇愁堕。

又：

如今几卷书，多被人读坏。
胸先入势利，出处一蜂虿。
举世趋其风，毒痛无不届。
此辈占富贵，操术特狡狯。

山鸟尔何干，乃呼咄咄怪？

如果说个人的遭遇使诗人心存不满，那么连年不断的战事、经常出现的“匪警”、时大时小的灾情、各族人民号呼转徙的悲惨生活，则使诗人对整个社会制度越来越感到失望和不满，对人民群众寄予越来越多的同情。秀山是一个美丽的边区城镇，平畴沃野，花团锦簇，但因兵戎满地，文教不兴，一片萧瑟。他在《过秀城》中写道：

斗大方城镇蜀陬，公然黔楚此咽喉。
远山雄秀开荒徼，原树青苍入早秋。
问字空寻杨子宅，筹边正筑李公楼。
多云指点频回首，拼作征鸿客燕俦。

在《官桥》中写道：

数株古树翠凌霄，尘马晴迷路一条。
山岭硗顽茅草瘦，店房冷落爨烟销。
恶兵争道驰轻骑，野牧沿奔弄短箫。
笑拂征衫吟不就，饥肠辘辘过官桥。

官桥，是离秀山县城不远的一个村落，本是地坝洞长官司一个比较富庶繁华的地方，由于兵荒马乱，变成了这样一副萧条景象，诗人连解饥救渴的一个逆旅也找不到，由此可见世事凄惨。

这种景象，在邻近的贵州一带更加令人担心。在《廿六日正大营早餐》诗中，诗人写到了自己的亲身经历：“骤呼贼至矣，震如疾雷鸣。男妇鸟兽散，当阶弃孩婴。骇我跣而走，同伴双目瞠。”

在《宿凉亭凹》诗中，诗人把人民群众饱受战乱之苦、如同惊弓之鸟的情状，写得跃然纸上，历历如在眼前：

峰脚鬼神疑暗谷，峰头守兵有茅屋。
直上十里据天险，今夜权为放胆宿。
地炉活火烧枯薪，围坐笑认劫外身。
同行一儿睡未久，拥被惊号下床走。
群超牵曳唤使醒，尚说贼贼不住口。

在《肖雨根廉以唐寿山刺史萍踪合韵诗见示并约过访题卷尾以当介绍》诗中，诗人认为：“今人不如古，论世辄惆怅。”

在《和肖雨根孝廉镇江感怀元韵》和《题皇朝一统中外舆地图》两诗中，诗人愤世嫉俗，更加直接。前诗中说："吁磋乎！通商议定门大开，谁信开门盗不来？"后面一首也谴责："洋教洋商遍市廛…… 漫将揖盗学忧天，时务不知非杰俊。"

既然时局不好，而个人政治上又不得意，诗人便以寄情山水和赠答唱和为娱。他的山水诗，明白晓畅，感情浓烈，充满了对祖国大好河山，特别是对故乡一草一木的热爱，一颗炽热的赤子之心呼之欲出。如《醉侯小亭约游署西山沟寻山麓涧断处而返》：

西山背街路，僻境人少知。
桥小石为板，村幽花夹篱。
啮人嫌豹脚，院妇有娥眉。
树底泉堪漱，凉生落照时。

又如《宿苏溪》：

店房深照夕阳红，点缀深山入画中。
第一过桥榕树底，几家门系钓鱼篷。

再如《红叶》：

老枫乌桕染霜匀，点缀山林别有春。
飞落疑来投刺客，称呼艳到作媒人。
荒寒郊野秋如画，绚烂文章醉有神。
嘱咐西风休扫去，石阶吟座当花茵。

这三首诗，前二首写山村黄昏，后一首写山村秋色。三首都从最典型的景物上落笔，轻描淡写，别具神韵。其他许多这类的诗，也都是只求字词的生动贴切，略加点染，但山乡的幽趣、山居的陶然如在眼前，情景交融，达到了很高的艺术境界。

雍正十三年（1735），清政府对酉阳土司实行了"改土归流"，这本是一件推动历史前进的好事，但在这一过程中，却又采取了一系列限制土家族、苗族人民表达自己民族感情、民族意愿、民族心理素质的政策，这是很不得人心的。可是，由于当时民族压迫深重，绝大多数士人在这个问题上也不敢缀一词。陈汝燮出于对时局的不满，出于对自己家乡的挚爱，他直接间接地抒发情感。在《跨鳌亭放歌》诗中，他说："我原二西山中客，结茅深住白云间。梗泛铜江携破砚，蛮花佗鸟笑风狂。”在《自涪入西山行杂咏十四首》中，又说：“迢迢千里一征鞍，佗鸟蛮花另眼看。妙值秋凉新雾雨，岚烟裹袖晓成团。”他在《钟灵山》诗中，通过对土司的追念，表达了自己无比深厚的民族感情：“茔残翁仲蛮夷长，诗感蓬蒿磊落才，无限钟灵佳气在，晴霞散绮瘴烟开。”

其赠答之作在现存近九百首诗中占了很大篇幅。这类诗朴实无华，情意缠绵，不少篇什动人心扉。如《赠别樊茂材周卿》：

绝好同人绝好缘，一年小住惜流年。
忽看棋弈成残局，忍听琵琶过别床。
分手约寻千里梦，痛心谈记四更天。
黄金难买书生傲，纵受恩多不受怜。

正如陈景星在评他的诗作时说：“里居、投赠、咏物各篇什，尤为新隽。偶拈一语，则神采欲飞；偶练一字，则百思不到。合韩孟元白为一手，沈博幽香，愈嚼而味愈出。”这个评价，看似溢美之词，但真正读过陈汝燮这类诗的人，一定会认为这并非妄言。

为了应科举，当然首先要在诗文上下功夫。嗣后，虽然科举已毫无指望，但因习以成癖，诗人也就率性地把作诗当作自己生活的一个重要组成部分。这对于一个既不愿做终日斗鸡走马的无赖，又不愿做一生售字卖文的清客的落第秀才来说，应当是难能可贵的。

在《江茂材少淹约为三峨之游五月初八日舟发锦江率成奉赠》一诗中，诗人对自己诗的风格有过思考，他说：“君诗韩昌黎，我诗孟东野。”孟郊一生处境困顿，生活凄苦，作诗喜为穷苦之词，以苦吟著名。他曾多方面悲叹自己饥寒冻馁的生活，其激越悲愤的情绪，几难遏止。陈汝燮的诗也的确有大量篇幅感慨自己生不逢时，人生蹉跎；而在作诗下功夫方面，也有自己的独到处。《苦咏行》道出了个中的甘苦：

一字一句吟难就，微声拥鼻双眉皱。
升天入地伏心兵，捕得诗来如捕寇。
诗成落笔军奏凯，字字城坚还甲胄。
酒醒茶罢灯残候，旧题才毕新题又。
呕出心来值几钱，未必篇篇梨枣寿？

宇宙奇诗写不完，此心何苦同诗斗！
君不见，山人有癖在苦吟，诗草渐多人渐瘦。

在《宿峨城》诗中，诗人直截了当地道出自己的追求：“但愿搜奇诗，字字绝尘俗。”

读罢这些诗句，我们能发现陈汝燮确实和孟东野有许多相似之处，同时也能感受到他继承了那一生穷愁潦倒的杜工部的衣钵。陈汝燮的追求和杜甫老人“为人性僻耽佳句，语不惊人死不休”的苦吟有惊人的相似之处。在《重寓石牛寺感赋》诗中，诗人更写出了自己的苦心：“怕读时文遭佛骂，苦搜佳句当禅参。”参禅，是佛教禅宗的修行方法，习禅者为求开悟，向各处禅师参学功夫。陈汝燮对于作诗是这样的虔诚，难怪有人说他“平生精力悉萃于诗”。

由于诗人不断实践，不断探索，不断总结，对作诗的旨趣确有不少独到的领略。他主张诗要自然而发，不要主观地去冥思苦索：“若问诗来处，诗人自不知”(《得诗》)；“无题即诗题，或者诗愈好”(《秋日无题》)。他认为诗要有新意，别具一格，而并不在于多寡：“用兵如作诗，出奇意独创”(《恭同吴仲宣制军养荷归里留别尊经锦江两书院诸生韵公饯奉呈》)；“文章最忌是平平，作势留心看两倾”(《雨势》)；“摘去余苞花更大，比如诗好不贪多”(《菊花词》)。他觉得诗要经常写，要写真情，写自己的切身感受：“中年何物陶哀乐，屡月无诗损性灵”(《枕上》)；“幽梦说劳他日到，情深落笔总缠绵”(《去思诗送州尊赵公归剑川》)；“长安米贵居不易，穷愁抑郁诗益奇”(《望峰先生南船北马诗集题词》)。诗人不仅这样主张、这样认为、这样感觉，在创作中也是这样去实践的。

陈汝燮写诗虽然十分注重锤词炼句，反复强调“字字绝尘俗”，但实际上他的绝大多数诗是通俗易懂的。如《蜀荔枝词》四首，内涵浅近，声调铿锵，大有民歌风味。至于《渝州竹枝》四首，更是清新活泼，妙趣横生，与时下土家人所唱的山歌毫无二致。

通过上述粗浅的分析，我们不难得出这样的结论：陈汝燮的诗歌创作，不论是思想内容还是艺术特色，在土家族文学史上都应占有一席地位。他同时代人、进士出身的陈景星就认为他于诗歌创作“得其宗法，独能自成一家”。稍后一些时候的王大章对他的评价更高：“今读其诗，无美不备。杜子美抑郁悲壮，韩昌黎妥帖排傲，黄涪翁凝重沉稳，王介甫突兀折旋，皆兼而赅之。富有千篇，复不苟一字。凡独构之思，奇辟之境，皆有寝馈，有来历，体物工细，声光并茂。”使人惋惜的是，由于诗人受阅历、眼界所限，卸不掉肩上因袭的重担，思想比较保守，他的诗不仅对当时全国发生的一系列重大事件没有涉及、没有态度，就连发生在他身边的大事件，也态度暧昧，甚至是非不分，如把一部分苗族人民不堪清政府的盘剥重压而举行的起义称为“贼氛”，甚至披挂上阵对太平军作战，这都是不可取的。

（二）

在人生的旅途上，陈景星和陈汝夒几乎走着同样一条道路，只不过陈景星的道路更坎坷、更富于悲剧色彩。

陈景星，别号笑山，公元 1839 年生于四川省黔江县（今重庆黔江区）石钟乡。石钟当时属酉阳州管辖，陈景星的父亲时在酉阳州署供职，他就在当地攻读。著名经学家冯世瀛曾做过他的塾师，而且两人建立了非常深厚的师生之谊。后来由于家遭不幸，全家迁贵州省的石阡县落籍 。

陈景星发蒙即苦读，长成即漫游，由西南到华北，由中南而华东，可算得是行万里路读万卷书的佼佼者。而且他还慕宗悫之长风，投笔从戎，辗转于军旅间，阅历丰富，生活基础扎实。但直至五十五岁时才得赐进士出身，此时科举制度的寿命只剩下了十一个年头了（1905 年废除科举），其势已经是强弩之末。但陈氏毕竟跨过这一步走入了仕途，他先在齐鲁放赈，继在这一带任县宰，对民生的疾苦有直接的了解，对国家的安危有切身的感受。这样一个复杂的经历，给陈景星的诗歌创作打下了坚实的基础，加上他自己对“四书”“五经”烂熟于心，他的诗歌创作达到了相当的思想深度和较高的艺术境界。他的一部分诗，早在光绪元年 即由业师冯世瀛梓入《二酉英华》，后经增删再刊入《蜀诗所见集》，1910 年又在天津重新付印。陈景星的同时代人对他的诗歌评价很高，特别是冯世瀛对他尤为钟爱。1870 年的夏天，冯氏曾这样写道：

一

惠我出新诗，盈篇皆珠玉。
宛如出水荷，秀色夺波绿。

披阅双眸争，回环竟夕读。
余芬溅齿驻，隽永萦心曲。
馋涎笑老饕，得陇重望蜀。

二

琅琅楚游篇，八九吞云梦。
鱼龙奔腕底，诡谲不可控。
宝璐灿星冠，衙官卑屈宋。
拟缀飞霞佩，籥云相伯仲。
跛牂转自惭，仙骥难追从。

1870年，陈景星31岁。尽管师生弟子间免不了偏爱，但诗人那时的诗作在川东南众多的文人学子中已经出类拔萃，这是无疑的。这一时期的诗作《壮志》，展示了诗人“蠖屈有时伸，昂头天外去”的抱负，仿佛一个虎虎有生气的初生牛犊，其风格、气势、艺术感染力，都显示出诗人才气不凡。《大水行》则写出了大水的恣肆和劳动人民所受的苦难，诗人触景生情，兴屈平之悲，慨周处之勇，伤时悯农之情洋溢于字里行间。

诗人把自己的诗分成《壮游》《磨铁》《田居》《尘劳》《拾余》《感旧》《津门》《沪滨》等集，现存诗歌近七百首。这些诗，多数是伤时感事之作，通过个人的遭遇而发出种种感叹。他或赞梅花、咏芙蓉，表明自己为人处事的高洁；或称古人、颂贤达，抒发自己壮志难酬的苦闷。从屈原到贾谊，从祖逖到冯驩，从陈仲子到竹林七贤，差不多汉族历史和文学史上的一些有名的人物，都从他的笔下一一走过。但是诗人在这里并不是为了发思古之幽情，故作高深，而是有感而发，真情流露，所以这类诗是很动人的。如《龙池感怀》：

唾壶声碎欲悲歌，心绪牵骚唤奈何！
自古文章憎命达，断无才士不愁多。
琴弹流水思钟子，璞抱空山泣卞和。
未卜前途行得未，伯听禽鸟唤哥哥。

又：

频年旅迹叹飘蓬，历尽崎岖万念空。
处世自惭如小草，知音谁肯问焦桐。
著鞭太猛难希祖，弹铁无聊欲效冯。
冷眼漫将余子看，纷纷都是可怜虫。

诗人怀才不遇，知音难觅，本想效法祖逖，闻鸡起舞，报效朝廷，无奈没人赏识、举荐，只好像孟尝君门下的食客冯谖那样，手弹长铗，口念归去。还有一首《重九日乙垣转仙约同周小瀛马芝泉两刺史登甲秀楼用元人萨都剌九日登石头城韵》：

曲江何必宴鳌头，落日登楼又感秋。
枫叶有声人渐老，芦花无际水长流。
半生湖海余豪气，万里关山激暮愁。
阁外芙蓉应怨我，年年负汝事遨游。

这首诗，无论写景还是抒情，都十分自然、生动。看起来诗人豪气尚在，实际上已经是无可奈何。人生消逝的感慨，宏图未展的惋惜，深深的忧虑，都饱含在56个字中。

1885年，诗人46岁的时候，投笔请缨，到了中法战争的前线，怀着一颗拳拳的爱国之心，希望能在金戈铁马中为国建功立业，个人也能争取一个出身。所以这年的三月，当70岁的老将冯子材在镇南关外与法国侵略者展开激烈战斗收复谅山的时候，诗人喜不自胜，以《喜闻官军收复谅山》诗以志之：

捷音一夕遍苍梧，积雨声中病亦苏。
荒徼渐收唐郡县，长绳横贯鬼头颅。
喜看日月销兵气，想象风云拥阵图。
不为开边缘继绝，圣朝神武古今无。

诗人虽然在这里歌颂“圣朝”的“神武”，但腐朽的清政府却拿抗法官兵取得的胜利作为向法国统治集团乞和的资本。四月七日，慈禧太后颁发停战命令，一场抵御外侮、抗击强权的正义斗争就这样被断送了。诗人对此感慨万端。在《柳州送春》中写道：

九十韶光老，三千客路长。
吟因新病减，春比大军忙。
战事成和局，归思切故乡。
征途何濡滞，愁对乱山苍。

大丈夫既不能马革裹尸，又不能回过头来走登科入仕之路。1894年，诗人55岁，经过又一场角逐，终于榜上有名。按说，这位曾胸怀大志的儒生，是一展抱负的时候了。但是，作为吊民放赈的京官，作为升堂理事的县令，他所接触到的，却是社会的黑暗、政治的腐败、民生的疾苦，所以这一时期的诗作，更加深重凝练、痛楚凄切。深感“宦海无静澜”，“闻之辄头痛，思之心转酸”（《戎申上巳后九日黄沚兰大令招游千佛山分韵》）。在《出都赴天津作》一诗中，诗人更是声泪俱下：“不作京国游，宁识仕宦贱。朝作鸣岗凤，夕作破巢燕。”

1900年，诗人任文登县令时，因威海租界与英人力争，触当政者忌，因而去职。其时，诗人年已过花甲，政治上前途暗淡，便出游上海，过起了寓公的生活；又适逢家门不幸，众多亲人故去，诗人的情绪更加低沉。在《七十晋五生日述怀》二十首诗中，诗人总结了自己一生的经历，生动地表现了一个处在风云变幻之时的封建士大夫的际遇，以及自己在封建教育所织成的罗网中纠缠、撕扯的矛盾和苦闷。在《胡春丞别驾由青岛回黔过沪见访小饮话别》一诗中，这种矛盾和苦闷更加明显：

黔山路隔水西遥，青岛潮从沪北消。
好趁春风还竹国，正逢微雨润花朝。
明湖回首磋蓬梗，殷社伤心赋黍苗。
如此乾坤需痛饮，别怀权借酒杯浇。

表面看来，这不过一首一般的离别之作，然而“赋黍苗”一句，却和盘托出了诗人的心思：“知我者谓我心忧，不知我者谓我何求？”诗人对清政府还是那样的意往情牵！

19世纪末20世纪初，西方先进思想已经传入中国，人民开始觉醒。但是，民众长期受封建教育，爱国忠君的意识在头脑中根深蒂固。陈景星虽然饱经忧患，身处十里洋场，写的诗“半是忧时感事篇”，但他的思想太陈旧、太迂腐，不是忧时而奋起，而是感事而消沉。他看不到先进思想的传播、社会的进步、人民群众的觉醒。

陈景星出身低微，和人民群众有广泛的接触和联系，同情他们的疾苦。早年的《大水行》《黄平行》是其代表。前者我们已经述及，诗人在后一首诗中对人民群众饱经战乱、流离失所的悲惨生活的描写，蘸血染泪，饱含深情。全诗三十三韵，四百二十七字，一开始就单刀直入："上黄平，黄平地旷无人耕。"十个字，提起了一个悬念。接着，诗人写了二十年的战乱使得黔东一带十室九空、蒿草满地的场面，这种情况下县官只得出榜招募。号令一出，湘人就"襁负衣牵来络绎"。由此，我们清楚地看到，贵州世道不好，湖南也不见佳，不然，后者何至于离乡背井来到这狐兔出没的地方？更何况一路上风餐露宿，在饥饿和死亡线上挣扎，"平原浩浩悄无人，但见磷飞冤魂啸"。湖南的情况不佳，天府之国的四川呢？"昨年蜀人迁永兴，来二万人死过万。"十四字把四川的境况也一语道破。三个省的凶年饥岁，实际上是对全中国的概括。诗的思想性和艺术性达到了高度的和谐和统一，难怪业师也要"迎门忘倒屐"（冯世瀛《叠岫楼诗草·题词》）了。这类诗，还有如《哀小屯》，跳荡激越，为民请命："贼罪不容诛，将军何苦杀无辜。贼来共作秦廷哭，贼破翻同赵卒屠。乱世人民如草芥，连营大帅悉筐符。"《瞿粟叹》中对鸦片的危害深恶痛绝："我来播州道，感叹频篙目。"《出都赴天津作》面对民众遭水灾之苦而造成疮痍满目的景象，徒呼苍天，无可奈何："谁为事疏凿，活此万饥殍。"

诗人的许多写景诗，字斟句酌，情景交融，从乡土气息中隐隐透出民族情感，意境深远，思绪别致。如《登八寨城楼有怀省垣诸友》：

数峰迢递入云平，野麦青青绿绕城。
霁雪生凌妨马足，好风隔水送鹅声。
山中宦味多清苦，客里光阴误雨晴。
多少神交天末隔，稚楼南望不胜情。

景色由远而近，层次清晰，氛围有静有动，有情有声，情趣盎然。又如《宿盘龙讯》：

月落归桡急，风狂巨浪侵。
灯光明渡口，峰影宿江心。

岸阔知春早，舟移话夜深。
携琴海天望，何处觅知音。

这首五律比起上面所引的七律，在写景抒情上更胜一筹。诗句涉及听觉，有桡声、浪声；涉及视觉，有月光、灯光、峰影；第五、六两句涉及生活的哲理。诗歌把自然景物的必然写成有意识的自觉，一个“明”字，一个“宿”字，既把灯光写活了，也把山峰写活了，没有深厚的功底，是达不到这样高水准的。诗人的一些写景诗，写了道观、佛寺，写了铁索桥、梵净山、溪州铜柱、甲秀楼铁柱，特别是酉水风光、武陵山景色，其中不少诗简直就是川鄂湘黔各族人民生产生活的画卷。诗人在《谷洞道中》写道：

野径斜穿入古松，笋舆摇梦睡尤浓。
几家屋角留残雪，一路滩声出破峰。
猎担人归分鹿肉，浑泥草湿认牛踪。
前山爱绝斜阳外，涂粉施朱十数重。

在土家族地区，农闲或野兽危害特重的季节围兽打猎，俗称“撵仗”。往往由村寨中极有经验的老人带头，顶“草神”，敬“梅嫦”，青壮年数十百人扛火铳、呼猎犬，山河震动。每有所获，则见者有份，实为古朴淳风。诗人捕捉到这一情景，轻描淡染，风味别致。又如《赵燮臣观察汉上书来话及乡事感而有作即以寄怀》：

故乡景物正繁华，高下梯田处处蛙。
毛笋密添三亩竹，油桐开满四山花。
陂塘静影留云住，村市喧声散日斜。
料理蚕眠人少暇，筠篮忘摘雨前茶。

这首诗选择武陵山区最有代表性的景物，粗略勾勒，重点突出，读后使人大有身临其境的感觉。

通过以上对陈景星诗歌的介绍，我们认为他的成就确定不可低估。但诗歌发展到20世纪，格律诗已逐渐从诗坛上隐退，代之而起的是生气蓬勃、直抒胸臆的白话诗，这样，无论陈景星的诗歌创作达到了怎样的高度，人们也未没来得及对他进行深入、全面的评价，他也只能承其先，无法启其后，这是他个人的局限，也是历史的必然。

白俊奎[①]评冉崇文诗

一、生平及创作概况

冉崇文（1810—1867），字右之，重庆酉阳人。自幼聪明过人，淡泊功名富贵，热心地方史料著作。开朗乐观，豁达大度，乐于助人，与乡邻十分亲善，深受民众推崇爱戴，其文学才华与史学造诣在酉阳州均有重大影响。他饱读诗书，文笔优美又朴实无华、浅显易懂；他撰写的碑文，至今仍零散地存在于泔溪民间墓碑。有关他的逸闻趣事，至今仍广为流传。所主撰的《同治增修酉阳直隶州总志》二十四卷，至今保存完整无缺，此书以文学的笔调撰写历史、自然、地理、社会生产的内容，文史相得益彰。其中录入其他文人很多作品，唯独没录入他自己的诗词歌赋等体作品，可见他谦虚谨慎，风格高尚。《冉氏族谱》十二卷，对冉姓家族人物世系传承完整，历历可数，真实性很强，很多人物与故迹都有线索可寻。但他的诸多诗歌、对联、散文等作品多已失传，这是酉阳文学的重大损失。仅从其《同治增修酉阳直隶州总志》序言，便知其散文繁富曲折，贬恶劝善，文风古直，要言不烦。其《洋烟赋》尺幅千里，历数吸鸦片烟之害，平白如话，朗朗上口，无雕琢痕迹。广东布政使江国霖评曰："斯作人情道尽，痛切非常，非个中人不能构此。"咸丰三年（1853），四川学政何绍基（子贞）来酉主考，崇文获优廪生。子贞云："冉生崇文诗论甚有抱负。"并亲笔书扇赠之。惜其诗集今已散佚，经现代酉阳县文联冉仲景十余年的挖掘、搜罗、编辑，仅得其诗作 70 余首。其著作今尚存者除《酉阳直隶州总志》二十四卷、《冉氏族谱》十二卷外，还有《酉述》三十六卷，《二十四史节抄》四十五卷。

---

① 白俊奎，土家族，重庆酉阳人，博士，重庆工商大学副教授，中国古代文学、民俗学硕士生导师，著有《中国花鼓戏的流播与酉水花鼓戏的人文内涵研究》（2008 年 8 月，四川大学出版社），主持有"重庆少数民族语言现状调查研究"等 6 个省部级课题，发表学术论文六十余篇。

二、诗文的思想内容

1. 诗　歌

冉崇文现存诗歌大致分为：时政诗、唱和赠别诗、咏史怀古诗、纪游抒怀诗和爱情诗五类。

（1）时政诗：如《闻客谈金陵兵燹状感赋》四首。

一

十年烽火惨沙场，忧国何人问女桑。
话到江南离乱事，白头父老泣斜阳。

二

山楼津渡尚依然，铁锁销沉旧战船。
欲问孝陵何所似？寒鸦飞起墓门烟。

三

残荷衰柳满前汀，落日荒原鬼火青。
风景不殊城郭变，诸公怎不泣新亭！

四

玉树歌终璧月残，眉楼一角影阑干。
秦淮河下胭脂水，流过清溪作嫩寒。

近代中国经过两次鸦片战争，逐渐沦为半殖民地、半封建社会。帝国主义列强瓜分中国的战争和清政府对太平军的围剿战争，十年兵燹，使江南农业荒废，哀鸿遍野，民不聊生。作者借言江南白头父老在斜阳中悲伤哭泣以传达自己的忧郁、悲哀与伤痛。

第二首写明朝首都金陵楼台、渡口依然存在，但当年的巨型铁锁和旧战船已销沉，规模宏大的明孝陵，而今荒凉落寞，无人祭奠，墓门只有寒鸦烟雾，仿佛在向人诉说历史的沧桑巨变。

第三首想象兵灾后的南京，沙汀满目残荷衰柳，夕阳笼罩下的荒野到处是青色的鬼火。后二句用东晋王导、周顗新亭对泣典故，质问当权者：你们为何不像王导那样“当共勠力王室，克复神州，何至作楚囚相对？”

第四首写秦淮河昔盛今衰。借用陈后主亡国之音《玉树后庭花》影射时事，讽刺繁华享乐的歌声已尽，只剩下半壁残月照着李香君的媚香楼，隐喻半壁江山萧条冷落；秦淮河漂浮着浓腻的胭脂，流过清溪更显得寒意凄凉。江山易主，物是人非，繁华消歇，作者在沉痛的伤今悼古中，微露讽刺。

（2）唱和赠别诗：如《秋夜月下步石云叔韵》。

唯有秋来月，与人添苦吟。
圆光能几夜，古魄到如今。
萤影露华重，虫声稚子寻。
遥情无尽极，惆怅亦何深。

诗人触景生情，唯有秋天的月亮才能增添他苦吟的诗兴。月光虽不能夜夜常在，但古老的月亮却又万古长存。其中含有宇宙永恒与人生苦短、阴晴圆缺与悲欢离合的许多感慨。萤火虫在霜重露冷中更显黯淡，孩童循虫声寻找萤火虫更加难寻,诗人渴望和追求光明的艰难于此可见。由此自然遥思深远，惆怅无限。

《伯高祖潜修公诗追和志感》在追忆、赞美祖先中寄托了对历史、社会政治的评价和感慨。

遗卷重头展，先芬欲诵清。
九重知治绩，一律罄循声。
业已迁移散，灾因忌刻生。
双山何处是？终古断归程。

冉崇文送别诗都写得昂扬向上，对朋友既依依难舍，又鞭策激励，是情深义重的壮别。如《送友人早行》:

晨光开曲径，晓色动行云。
送尔穿花去，飘然落叶纷。
抚琴悲别操，赠剑待奇勋。
还忆少陵句，何时重论文？

（3）咏史怀古诗：如《忆明季金陵旧事》四首。

（一）

六代兴亡古战场，近连吴会远柴桑。
如何一载为天子，又抱铜驼泣洛阳。

（二）

石头钟阜势巍然，四镇临淮结战船。
绝好家居甘撞坏，纤儿犹未解忧边。

（三）

流水栖鸦下无汀，六陵风雨哭冬青。
风流赢得桃花扇，合付悲歌柳敬亭。

（四）

尽撤防江采石兵，左兵为重北兵轻。
庙堂水火争方急，已报貔貅入禁城。

四首均写南明弘光朝建立一年就覆亡的悲哀及弘光的荒淫腐朽。马世英、阮大铖专权祸国，排挤史可法，激反左良玉清君侧，竟撤销边防四镇兵力来打内战，使清兵乘虚攻陷金陵。其借古讽今之意，不难窥见。又如《抵成都》（共四首，此为第二、三首）：

二

残山剩水尽勾留，况向名都作壮游。
秦代何须开蜀道，禹图先已重梁州。
不知今日谁扬马？空听田夫说汉刘。
写遍费家笺纸谱，兴亡遗迹不胜收。

三

廿年家食自盘桓，偶逐云龙策锦鞍。
诸葛庙前怀古易，少陵祠下作诗难。
歌声吹入江风听，山色招来玉垒看。
谁访摩诃旧池馆，月明宫树不胜寒。

第二首从大禹看重梁州，到秦惠王派五丁力士开辟蜀道，从汉代文豪杨雄、司马相如，到三国的刘备蜀汉政权，历代兴亡之感不尽笔底。

第三首缅怀诸葛亮、杜甫，以及后蜀花蕊夫人摩诃池馆纳凉写宫词等事，怀古幽情连绵不断。

《遗怀》二首通过写历史人物的遭遇，对历史规律的认识，寄托自己的人生感悟。

（一）

四明休问贺知章，生本无才重庙廊。
为处四间知稼穑，因逢病后悟文章。
情缘拟向闲中忏，梦境多从好处忘。
桐帽棕鞋凭制就，小晴园内正花香。

（二）

青史唯留骨几堆，不如观化且衔杯。
偷桃难得神仙技，食芋谁为宰相才。
酒沃枯肠芒角出，琴弹焦尾好音来。
世间清福凭吾享，仲蔚门前一径开。

前一首从贺知章引发感慨，后一首则写读史的总体观感，都表现了诗人愤世嫉俗、洁身自好、追求自由独立的个性。

（4）纪游遣怀诗：如《游昭觉寺》二首。

（一）

长松古柏郁青苍，楼阁层层舍利光。
佛法无边门广大，僧寮有定地清凉。
幢幡静彩遮闲院，钟磬余声落下方。
此境由来开觉悟，禅机谁领妙莲香。

（二）

花木葱茏小巷深，喧哗旧院已销沉。
当年御宴宸游地，此日怀人访古心。
凤阁烟寒荒础外，羊车影断绣苔深。
千秋忽动兴亡感，独立斜阳费苦吟。

（原注：寺为前蜀王建宣华院故址。）

作者宣扬佛法无边，心静自然凉，要求人们通过觉悟去领会禅机心性，不虚度此生。第二首则写昭觉寺院昔盛今衰，寄托千古兴亡之感慨。又如《和秦乐山九日登高原韵》：

万里桥南我旧游，琳宫梵宇足清幽。
寒鸦几点道旁树，清磬一声江上楼。
访古先从碑碣认，醉归偶为管弦留。
唯余一事惭佳节，七度都逢毷氉秋。

琳宫、梵宇、寒鸦、清罄、古碑、管弦，清丽的景色反衬悲秋之情。再如《抵成都》之一：

家居艳说锦官城，到此真堪慰客情。
沃野广开天府界，丰碑高揭大官名。
迎人花鸟层层丽，过眼风光一一清。
搔首凄凉怀往古，武担山下暮烟平。

天府之国的锦官城，美景目不暇接，使诗人心胸拓展、眼界顿开，怀古之幽情亦油然而生。

（5）爱情诗：如《烟芜恨》写一段刻骨铭心的爱情，浸透往事如烟的离愁别恨。

（一）

歌残桃叶事无因，漫学微之记会真。
美满未完心上事，娇憨犹殢梦中身。
谁言世界皆情种？遮莫江湖有恨人。
日暮高城看不见，芙蓉杨柳总伤情。

（二）

频年护懵比青棠，身老柔乡又醉乡。
珠玉难留天上唾，蘅芜空袭梦中香。
谁怜刻骨抛红豆？悔不同心矢白杨。
绵绵此恨了无极，车轮空转九回肠。

用王献之《桃叶歌》，元微之《会真记》等爱情典故，用芙蓉、杨柳、青棠、蘅芜、红豆等香艳的意象，写出如烟如芜、凄婉缠绵的爱情遗恨。

2. 赋　作

冉崇文《洋烟赋》描绘当时的酉阳州吸洋烟成风：“倘不吃烟，便巨骂泥脑壳死不开花”；许多人倾家荡产：“富豪之家，高明之彦，因此鸦烟，不顾体面。未经三载，家业一败如灰；不上两年，衣服尽行未见。”许多人家“水尽山穷”“盐乾米净”“无可奈何，田地已经卖尽；没从出路，衣服一概当完。”吸鸦片者身体健康受到严重摧残：“面目凋寒，罔惜形同色鬼；容颜枯瘦，可怜身似病鸦。”“从前一肥二胖，何等玉润珠圆！而今九死一生，出自心甘情愿。”衣服破烂，肮脏不堪：“身中肥虱似鱼鳞，顶上头发如茅扇；衣服滥同渔网，上下不止千疤；裤子破若战裙，前后刚剩一片。”丑态百出：“自怜有瘾，怕闻别处烟香；奈何无钱，忍吞口中流管咽。烟屎翻来五道，犹说香甜；混食吃到几回，人皆厌贱。”吸鸦片使家庭受到连累：“妻子无食，难免出乖弄丑；儿女未婚，谁来穿针引线？”造成世风日下的恶劣局面：“败俗伤风，妇女们也吃成大瘾；呼朋引类，缙绅辈亦丧了英华。”深刻剖析后，再写对洋烟“夺命之膏”“害人之物”的深恶痛绝：

> 更有贪闲假哥，败家孽障；只顾贪欢，不知自量。贪数口之残烟，拖一身之重账。人前每夸海口，金银财宝满仓，家中常断火烟，油盐柴米无一样。邀约三朋四友，逗钱挑烟；不分五阴六阳，打街骂巷。残烟数口，烧成柴炭乏灰；草荐一床，俨然芙蓉帐暖。睡去鼓打五更，醒来日高三丈。想方设计，搞得路断人稀，左倒右颠，吃过生养死葬。善骑流黉马，驮得亲朋货物，一去不来；会驾簸箕云，掣得妻子钗环，到手即散。东拉西扯，有借无还；前欠后赊，非卖即当；家具动用，都熔化在烟雾之中；衣服鞋袜，尽灭于灯光之上。
>
> 又见松香客闻风而来，混食虫穿街而跑。希图一口半口，不胜七颠八倒；专于吃飞食，朝朝深巷闯求；常想赶漂烟，夜夜上门寻找，打听终须为画饼。如此结果，难解今日之倒悬；这样下台，徒悔昔年之侥幸。当年款式，到此成空；昔日风流，而今成灰。与其后悔无穷，胡不早思自禁？奉劝吃烟子弟，莫抛费父母银钱；有瘾明公，好保守祖宗根本。前车可鉴，毕竟害的何人？

后悔已迟，快须跳出铁岭。果能立誓不吃，怕什么瘾发作难？若肯狠心戒除，又何须人参桔梗？明人不用细说，请自三思；烟毒实是害人，切莫充狠。须知一提即穿，休得棒打不醒。偏吃得妻离子散，城墙底下好开灯；若搞得家败人亡，稀汤亦能过瘾。

作者善于炼字炼句，富丽精工，铺张扬厉，汩汩滔滔，洋洋洒洒，意到笔随，文白兼用，明白晓畅。全文入木三分，惟妙惟肖地刻画了抽鸦片烟者丑陋的形态情状，鲜明的态度和刚硬的言辞彰显出全赋健朗厚重的风骨。

3. 史传文学作品

冉崇文的史传文学作品主要体现在《同治增修酉阳直隶州总志》和《冉氏族谱》中。他擅长人物传记，除冉氏世袭土司群体外，还有系列女性人物传记。他善于从人物传说和言行中传达人物的神韵，这在《冉氏族谱》中比比皆是，将民间传说夹杂在人物传记中，使人物形象更加栩栩如生。如《冉氏族谱 · 白太夫人》：

冉跃龙夫人白氏，司治后溪人，总管官白某之侄女，父母早卒。……常浣衣于溪，见水有黄盖影照其身，惊以告嫂，……及长，……伺其兄某等会射，试投石超距、击刺诸技，则默识而潜习之。然不苟言笑，不形辞色，故兄辈无得而识焉。年及笄，适宣慰选女之令下，选女者，本司司君立正嫡外，仿古者诸侯一娶九女之义。使媒妁相人，选良家女入署，备继室也。……夫人偶出于侧厢，相者瞥见之，惊曰："此谁氏女？"……相者曰："容色举止甚异常，胡不一相也。"……为夫人借新衣，帔饰以出……容光焕发，盼睐有神……既出，相人拜曰："此天人，过男儿远矣。"于是相人、媒妁辞去……逾数日，宣慰聘礼至，入署，进止以礼，德容兼备，正嫡舒夫人，视如姊妹，宣慰海门公，亦深加礼敬。万历三十四年援辽之役，冉见龙领兵以行，诸子（冉）天育、（冉）天允皆在行间，夫人请于海门公，以女兵数百人，为诸子殿，海门公从之。及奢崇明之叛，诸道分道进攻，崇明投水。酉司与安邦彦合兵时，酉阳再奉调，夫人后率诸子督兵以往，与秦夫人良玉兵相合。贼犯遵义，夫人进击之，大破之，擒崇明妻安氏及其妹彦辉焉。师还，舒夫人韪其功，让以封诰，夫人逊谢不敢受，后，明廷诰赠一品夫人。舒夫人先卒，及瑞伯（冉）

天麒公立时，年方九岁，夫人抚以听政，外则夫人子大生（冉）天育公、肖生（冉）天嗣公，总握司事，内外协治，境内大安。后大生公袭职……

冉跃龙土司白夫人为诰命一品夫人，她的出身、性格、修养、武艺、功业、精忠报国，在民间传说、言行描写中得到淋漓尽致的刻画，与曾为酉阳州土司总管族的后溪白姓民国十五年增修的《南阳（白）氏族谱》的记载如出一辙，生动传神，令人感叹和景仰。《冉氏族谱》其他人物形象也写得惟妙惟肖。

（注：经作者同意，该文摘自熊笃主编《巴渝古代近代文学史》，2010年1月巴蜀书社。）

中华民国

中华民国的几十年处于一个屡遭动乱和思想空前解放的时代。经历了辛亥革命、军阀混战、抗日战争等，整个时期几乎都处于动乱之中。同时，由于辛亥革命和五四运动的影响，这一时期国民的思想也是最活跃的。

生活是艺术的源泉，在这一时期，酉阳的诗词受到了多方面的影响，也形成了不同的流派。陈梦昭先生认为，在民国时期酉阳的诗词有两大流派。

一是“诗界革命”派。追随梁启超、黄遵宪、谭嗣同、夏曾佑等，主张诗要有新意境、新语句，革其精神，衣其形式，扩大题材范围，融入新思想，弘扬爱国主义精神和民族意识，这一文学流派以刘杨、陈宽等为代表并多写一些新诗篇。

另一派是传承派。在县内一些从政、从教的资深诗人，奉宋代“江西诗派”为正宗，受世称“同光体”（同治、光绪诗体）或“南社”诗人影响较深，在写作风格上与“诗界革命”派有别。其表现形式是爱用典，制造僻词，晦涩难懂，多写长篇古风，大有复古倾向。

以上两种诗风诗体各有千秋，是重庆酉阳诗词对前代的继承和发展。此外，此时也不乏诗人对诗歌的评价和论述。现集其时诸家评价时人诗歌于后。

王大章评刘扬诗

中华民国十二年（1923），酉阳王大章在其所作序中说：

……吾友刘子香浦，酉阳志士也，晚清末季，即有淬新思想，行吟江湖，别怀宏抱，履险犯难以脱人之厄，笃于公谊而尤勇，于公益殆有其性情者也。香浦家世能诗，幼读父书，长复寝馈六籍，博涉九流，其为诗文不拘于模仿，而自然成章，是又娴于格调矣。然则香浦之性情，以义而动，其格调又受自于学也，朗诵其诗，零珠粲锦，以足惊人。今读《香湖诗集》弥令人击节赞叹，而如见其人。呜呼！……集中，诗虽不多，而高瞻远瞩，览悱恻渺绵[1]自足动人，灵均[2]国家之感，子建[3]骨肉之情，少陵[4]友朋之宜，右丞[5]山水之音，香浦乃兼擅其胜矣。

昔汉文读长卿赋，恨不与同时，不知其为当世人也，吾与香浦亦何幸同时哉，每诵是篇辄有茂陵消渴之想，后之读其诗者，必以为文园复生，而恨其相见之晚也。

注释

[1] 渺绵：悠远、不尽貌。唐李白《赵炎少府粉图山水歌》："洞庭潇湘意渺绵，三江七泽情洄沿。"

[2] 灵均：战国楚文学家屈原字灵均。《楚辞·离骚》："名余曰正则兮，字余曰灵均。"

[3] 子建：曹植，字子建。

[4] 少陵：唐代诗人杜甫。杜甫常以"杜陵"表示其祖籍郡望，自号少陵野老，世称杜少陵。

[5] 右丞：唐代诗人王维，善诗、画，字摩诘，号摩诘居士。唐肃宗乾元年间任尚书右丞，故世称"王右丞"。

石青阳于中华民国十九年（1930）为刘扬印刻《香湖诗草》①。石青阳在所作序中说："喜其诗有革命志气，并能振发革命精神。"

方旭评刘扬诗

中华民国九年（1920），桐城方旭在所作序中说：

……香浦此诗有清新之气，无穿凿之痕，而动中格律出之自然，得温柔敦厚之旨矣。余非深于诗者，然诵叫器之，词则恶其鄙悖玩纤巧之，句则病其装饰，以为失其本性之灵，而役于物也。

① 《香湖诗草》，刘扬著，1930年石青阳刻，藏四川大学图书馆。

香浦阅世既深，而性天独厚，诵其诗，如见其人矣，岂独可与言诗哉。

杜香皋评刘扬诗

中华民国十五年（1926），杜香皋（杜蘅）在序中云：

……洞悉三唐格调……加以豪气干霄，游踪遍地，秦关楚塞，锦囊到处随身，剑阁、燕台，牙管未尝离手，浔阳九派……莫非诗料？所至有江山之助……消间则短什抒怀，或事则长歌当哭，故集中诸作重古澹也，直同篆鼎瓦棺。其雄豪也，不啻风樯阵事，其幽思哀慕也，如秋虫号野秋之间，其俯唱遥吟也，如春鸟弄晴窗之外，芬芳悱恻，是性是灵，敦厚温柔，可群可怨，金声掷处，惊风雨而泣鬼神，珠唾落时，发芙蓉而铺锦绣……

石青阳评刘扬诗

石青阳于中华民国十九年（1930）为刘扬印刻《香湖诗草》。石青阳在所作序中说：

……故其发为诗也，雄浑苍劲，悱恻动人，洵足谆薄俗而起里颓，知其所从来者远矣，良由君负革命先觉，奋驰数十年不有禄……志虑忠纯，百炼不磨，诗当如其人……每诵君诗，则喜其有革命志气，并能振发革命精神，爰付剞劂，以广流传……

由此可见刘扬之诗不凡也。刘扬有诗才、有气节、有卓识，时人评价颇高。更难能可贵的是，孙中山先生于1919年1月7日在《复香浦勖与杨庶堪、熊克武等共谋大计函》中赞其“卓识宏虑，深可钦佩[1]。”

注释

[1] 附：孙中山《复香浦勖与杨庶堪、熊克武等共谋大计函》（1919年1月7日）

顷读手书敬悉。巴蜀控扼大江，形势重要。执事（对对方的尊称）先机识变，联络豪俊，培养基础，注意民政，主张分权，卓识宏虑，深可钦佩。

沧白（杨庶堪，字沧白）、锦帆（熊克武，字锦帆），川中之良，正宜共倾肝胆，以谋大计。并望执事周旋其间，俾悉融素见，协力同规，庶治理骎骎（qīn qīn，比喻事业进展很快）仪行全国耳。

此复并颂筹祺。

孙文

刘扬（1874—1953），字香浦，酉阳后溪镇（今酉水河镇）人。清光绪三十年（1904），考入重庆高等学堂。清光绪三十二年（1906）加入同盟会，清光绪三十三年（1907）回酉阳活动于酉酬、大溪一带，结纳绿林豪俊。宣统三年（1911）五月，组织酉阳保路同志会，被公推为会长。同年九月初，在酉酬、大溪举行武装起义，公推为参谋长。民国元年（1912）六月，被选为酉阳州议会议员，七月，被选为四川省临时议会议员。中华民国二年（1913）东渡日本，参加了改组后的中华革命党。中华民国三年（1914）秋，由日本经云南回川。中华民国三十二年（1943），当选为四川省临时参议会第二届会议参议员，常驻成都。中华人民共和国成立后，被聘为四川省档案馆文史研究员，1953 年逝世。

杜焕章评陈子骏、陈子驭诗

民国二十四年（1935）十月，陈子驭的好友杜焕章在所撰《〈埙篪集〉序》中，对陈子骏、陈子驭两弟兄的诗歌风格各做了不同的评价。他称陈子骏的诗有声韵之美，有恢宏之气，情深意远；称陈子驭的诗以质胜，其古体真力弥满，近体风趣诙诡，其诗理足，故语朴而俊，质而有力，赞扬陈子驭对待学问能一如既往，对待官位爵禄，不喜、不戚，超然物外。

杜焕章《〈埙篪集〉序》（节选）

……今读骏诗有云，激浪喧豗[1]，铿訇[2]愤簿，天乐齐鸣，鼓钟竞作，如骏马蹴踏而香尘迸飞；如疾雷轰烈而风涛壮阔；如壮士击剑而哀厉长吟；如嫠妇[3]哭泣而呜咽叫绝；人来其间，退立错愕，横奇无匹，天风浩然，慨然曰：是即骏之诗。序也，取以序之，宜也。

驭之诗，以质胜，其古体真力弥漫，近体风趣诙诡。比之骏一时，瑜亮集中诸作，皆约言丰义，见到十分，能说到十分，无不达之意，质胜故也。

质由识生，识由理足，古人有谓诗不谈理者，余每非之，夫不谈理，非诗也，三百篇无之。

驭之诗，理足，故语朴而俊，质而有力。其佳者，近大、小雅，不关句之长短也。吾人涉学自振，临之以兵革患难而不改其常，试之以轩冕[4]，涂泥不为加，不为损，遇不为喜，不遇不为戚，不在语言文字之末也。然非语言文字，无以观胸中所畜之理，非有遇有不遇又无以见豪宕、纵横、清遒、高逸之概。

今观《埙篪集》中，每于所置及离合之踪，随意吟啸，其郁勃深稳，磊落抑塞之气，光怪昂藏不可掩蔽，而又昂头天外，漠然无有富贵贫贱之见存焉，其识度之越人，不亦远乎……

注释

[1] 喧豗（huī）：形容轰响。唐李白《蜀道难》诗："飞湍瀑流争喧豗，砯（pīng）崖转石万壑雷。"

[2] 铿訇（hōng）：形容文辞铿锵有力。

[3] 嫠（lí）妇：寡妇。

[4] 轩冕：借指官位爵禄。《庄子·缮性》："古之所谓得志者，非轩冕之谓也，谓其无以益其乐而已矣。"

本书编者闲读《埙篪集》，见《埙篪集》中有多人作序，序者站在不同的角度对骏、驭两人之诗各有评价。

何其湛评陈子骏、陈子驭诗

……回环雒诵[1]，击节狂呼，字字欲仙，声声戛玉[2]，霓裳曲只应天上，广陵散[3]故在人间，胜概[4]豪情想见，唾壶击碎[5]，薰香拜祝，直教笔砚都焚尽。

先生于髫龀[6]之年，负圣童之目，石麟[7]谶验，雏凤声清，奇文见赏于宗师[8]，出语每惊其长老。允宜骧首[9]，云路矫翼天衢[10]，奏黄钟大吕之音，作清庙明堂之器。

而乃棘闱困踬[11]，橐笔[12]奔驰，名刺生毛[13]，输蹄销铁，谷子云唯司笔札[14]，楼君卿[15]但致侯鲭。淹白雪之雄才，郁青霞之奇气，宜其唉嗢不平，郁伊善感，拔剑斫地，呵壁[16]问天，观于《感怀》《古意》诸篇，权奇跌宕，大有凌谢超颜之概，磊落嵚崟，盖泽古者深，故光芒冲于斗极，遭时不偶故，痛哭甚于唐衢[17]也。

而子驭者，才大于海，气吐如虹，抱家国之忧，走风雷之笔，咏樱花于三岛[18]，写柳色于重关，纵吻成澜，因心振彩，灯挑莲幕，则有句皆仙，响振琴堂，则无音不雅。间织回文之锦，乃如走坂之丸，虽复马去牛来，感怆不少，蜗争蚁斗，险难曾经。《秋兴》一篇，词本怜于慷慨，《琴心》三叠，音不失其和平，然则鸽原竞爽，雁序[19]联吟，异曲同工。

前邪后许，合之则蓝田之双璧，判之则桂林之一枝。非必红杏尚书[20]径超踪于大宋，亦岂凤楼学士必借助于贤昆也……

注释

[1] 雒（luò）诵：反复诵读。雒，通“络”。清戴名世《〈方百川稿〉序》：“得尽读两人之文，往往循环雒诵，不忍释去。”

[2] 戛（jiá）玉：敲击玉片。形容声音清脆悦耳。

[3] 广陵散：琴曲名。三国魏嵇康善弹此曲，秘不授人。后遭谗被害，临刑索琴弹之，曰："《广陵散》于今绝矣！"见《晋书·嵇康传》。后亦称事无后继、已成绝响者为"广陵散"。

[4] 胜概：美景；美好的境界。

[5] 唾壶击碎：晋裴启《语林》载，王敦酒后吟咏曹操的诗句，并击唾壶为拍，以致唾壶尽缺。后遂用"击缺唾壶"等形容对文学作品的高度赞赏。后也用以形容有志之士的愤慨之情。唾壶，旧时一种小口巨腹的吐痰器皿。

[6] 髫龀（tiáo chèn）：髫谓儿童下垂之发，龀谓儿童换牙。故髫龀谓幼年。

[7] 石麟：即天赐麒麟。指生了一个聪明有文采的男孩。《南史·徐陵传》记，徐陵字孝穆，东海郯人。母亲臧氏，曾经梦见五色云变化为凤，栖息于左肩之上，然后生了徐陵。当时有位宝志上人，人称他有道术。徐陵才几岁的时候，家里人带着他去占验，宝志以手摩其头顶说："天上的石麒麟啊。"光宅寺惠云法师常感叹徐陵大器早成，称他为颜回。徐陵八岁时就能写文章。十二岁通晓《庄子》《老子》文义。成年后，博览史籍，谈吐纵横，有辩才。

[8] 宗师：明清时对提督学道、提督学政的尊称。这里指四川学政杨礼南（秉璋）等。

[9] 允宜骧首：允宜，合宜。骧首，比喻意气轩昂。

[10] 云路矫翼天衢：云路，比喻仕途，高位。矫翼，比喻施展才能。北周庾信《哀江南赋》："始含香于建礼，仍矫翼于崇贤。"天衢，指京都的大路。

[11] 棘闱困踬：棘闱，指科举时代的考场。古时试士，以棘围试院以防弊端，故称。困踬，受挫，颠沛窘迫。

[12] 橐（tuó）笔：古代书史小吏，手持囊橐，簪笔于头，侍立于帝王大臣左右，以备随时记事，称作持橐簪笔，简称"橐笔"。

[13] 名刺生毛：名刺，名片。生毛，损坏。

[14] 谷子云：即谷永，字子云，长安人。西汉时期官员。

[15] 楼君卿：即楼护，字君卿，齐人。其父世医，君卿为京兆吏数年，甚得名誉。是时王氏方盛，宾客满门，五侯兄弟争名，其客各有所厚，不得左右，唯护尽入其门，与谷永俱为五侯上客，长安号曰"谷子云笔札，楼君卿唇舌"，言其见信用也。

[16] 呵壁：屈原放逐，彷徨山泽。见楚有先王之庙及公卿祠堂，图画天地山川神灵，琦玮僪佹，及古贤圣怪物行事，因书其壁，呵而问之，以泄愤懑。后因以“呵壁”为失意者发泄胸中愤懑之典。

[17] 唐衢：唐穆宗时人。应进士不第，能为歌诗。工八分书。

[18] 三岛：日本。

[19] 雁序：比喻兄弟。

[20] 红杏尚书：宋代词人宋祁，字子京，任工部尚书，所作《玉楼春》词，有“红杏枝头春意闹”之句，时人张先称之为“红杏枝头春意闹尚书”。后亦简作“红杏尚书”。

庐懋原评陈子骏诗

长宁庐懋原在序中评价云：“……子骏先生诗集环玮连状，词虽参差，而諔诡可观，其充实不可以已……”

蔡锡保评陈子骏诗

酉阳蔡锡保在序中评价陈子骏云：

> ……子骏先生以名诸生肄业尊经书院，为湘潭王公壬秋所赏拔，顾数奇楼赴乡闱，皆荐而不售，其抑塞磊落之气，一寓之于诗，故其诗纵横排奡，有不可一世之概，迄今读其长古数篇，犹可想见其酒酣耳熟，歌乎呜呜时也！予尝谓子骏之诗近于李，子驭之诗近于杜……”

陈宽（子驭）在自序中说：“予闲事吟讽，然因辛亥岁，编辑《西顾日报》悉被警察搜去，盖四十岁以前，豪放之作，已略无存者。而先兄遗稿，亦仅检得其三十岁及晚年东归后（指留日归来）古近体诗各若干首。”这是介绍陈宸、陈宽两弟兄诗作之时代背景。

陈宽（子驭）在《伯兄子骏家传》中对陈宸（子骏）一生有比较详细的介绍。纵观全集，就诗的内容可分为抒怀纪事、写景状物、应酬唱和、怀古忆旧等四大部分。

子骏之诗从体裁上看，可谓诸体皆备。在241首诗中，有五古、七古、五律、七律、七绝、五言排律等。各种体裁都得心应手，实难多得。

子骏感情奔放，有如大江之流，一泻千里。多悲情之作，悲时事之艰，叹己身之困，哭黎庶之愁，彰大夫之节。其言感情奔放，如《七夕，幕府诸君，竞为诗歌，余酒后耳热见猎，心喜走笔，直抒胸臆，不复计工拙云》近 400 字、《将之建南留别省门诸君子》近 600 字、《陟大相岭》近 500 字、《七月五日与署中诸君子登泸山望海归而有作》800 余字、《不能忘情吟 · 悼侍女李红嬉》近 900 字，这些长篇，作者一气呵成，不能不说是其感情奔放热烈的体现。具有深厚的思想感情，是诗人的基本元素。

陈宸（1848—1912 年），原名序適，字子骏，后易名宸、梓焌，酉阳石门山人。幼聪慧，十二岁入州学，有神童之誉，十二三岁即工诗赋文章，十五岁食饩。四川学政杨秉璋（礼南）在 1864—1867 年按试酉阳间，颇惜其才，多次赐书刀扇联等物，并举荐到四川尊经书院受教于王闿运（壬秋）门下，王闿运称其“以小学博通，果酉阳之秀”。在省城近 30 年，应乡试十一次，屡荐不中，辛卯（1891）中第 64 名，临时调取原卷，因卷面涂改太多，怀疑有弊而罢。在乙未（1895）丙申（1896）间，陈宸因赋闲郁郁寡欢，于某次酒席间忽发狂疾，年余后稍有康复，然每当听到风声、水声、鸟语声都如讥骂其生，唯杯中之物略可解忧，终日郁惶，民元壬子（1912）歿，终年 64 岁。

其著述多被廖季平携去，谓代其刊印，然未能如愿。其弟陈宽（子驭）收其 20 岁后、30 岁前及东渡日本归来后的遗诗辑成专集，与陈宽之诗合编成《埙篪前后集》(《埙篪前集》为子骏之作,《埙篪后集》为子宽之作)，刊印于民国乙亥年（1935）。今存四川大学图书馆。

陈宽（1868—？），字子驭，酉阳丁市石门村人，墓碑在中华民国三十六年十二月二十日立，曾任巴县、仁寿、安县、合川县长。清宣统三年（1911）主《西顾报》笔政。晚年居成都，与刘叔平等结“怀风诗社”。辑其兄陈宸（子骏）诗作合刊《埙篪前后集》，1935 年左右出版，屈鼎勋乙亥年题写书名——《酉阳陈氏埙篪集》，四川大学图书馆有藏。《埙篪后集》乃陈宽（子驭）所作，共有诗作 585 首，其中五古 15 首、七古 20 首、五律 108 首、七律 133 首、七绝 202 首、五言排律 4 首、五绝 3 首。

王闿运评王简诗

王闿运（1833—1916），晚清经学家、文学家。字壬秋，号湘绮，咸丰二年（1852）举人。光绪六年（1880）受张之洞之邀入川，主持成都尊经书院。著有《湘绮楼诗集》《湘绮楼文集》以及日记等。中华民国五年（1916），王闿运曾给王简的《竹盦诗录》作跋。跋有句云：

> ……酉阳王简以知医，来视余疾，且以诗为贽，不求闻达而有哀怨之音，盖其隐居求志，而其遁世无闷之心，实为今日之罕见……丙辰七夕王闿运题于山塘湘绮楼。”

可惜未见《竹盦诗录》序，不得时人之评。

从其跋文中寥寥数语可知，王简安于隐，其诗哀怨鸣不平。

江运鸿评王简诗

江运鸿（1908—1993），生于江西萍乡一个肖姓农民家中，原名肖朝阳，因家境贫寒，乃出继湖南醴陵江姓家中，改名为江运鸿。初中未毕业即自谋衣食。系柳亚子南社社员、中华诗词学会湖南发起人之一，著有《流亡词》《孤萍一叶》《烟柳集》《桑榆集》等。在抗日战争期间，于1944年至1946年2月在酉阳龙潭避战乱，其《流亡词》大都于此创作。其间与龙潭文人有诗词唱和。

江运鸿之《诗友集》有云：“王简，字竹简，四川（今重庆）酉阳人，为清王湘绮先生之得意门生。晚年住龙潭，悬壶济世，救命无算。余于中华民国三十三年冬，避难抵龙（潭），曾于熊成周先生家，见其受庄新葺四绝，后又在周尔宾先生处见此四章，虽略有同异，然其风格自高，意境自远者。惜乎，王简已于去年灯节后作古。心仪其人，而终不得一晤也，悲哉。

江远鸿此集录王简绝句诗四首。

一

新葺幽居署受庄，田间饫领稻芒香。
曲廊一角葡萄影，曝背[1]调孙爱夕阳。

二

分甘娱目任盘桓[2]，为课园丁耐岁寒。
绕屋当阶多种柳，安排生意老来看。

三

成都旧友寄新诗，橘绿橙黄正是时。
旋向中庭看不足，辉增蓬荜感临池[3]。

四

门前大道日通车，偶坐林荫玩物华。
过客都谈风味好，湄村泉水点新茶。

江运鸿云："此诗和者甚多，余亦有和章，珠玉当前，不录可也。"

注释

[1] 曝背：以背向日取暖。唐李颀《野老曝背》诗："百岁老翁不种田，惟知曝背乐残年。"

[2] 分甘：典故。李贤注引《孝经·援神契》："母之于子也，鞠养殷勤，推燥居湿，绝少分甘。"本谓分享甘美之味，后亦以喻慈爱、友好、关切等。

[3] 辉增蓬荜：即蓬荜增辉。蓬荜，蓬门荜户，简陋的房屋。使陋室增添光辉。临池：《晋书·卫恒传》："汉兴而有草书……弘农张伯英者，因而转精甚巧。凡家之衣帛，必书而后练之。临池学书，池水尽黑。"后因以"临池"指学习书法，或作为书法的代称。

王简（1877？—1943），字竹父、竹闲，号栗坡居士，酉阳渤海人。精医术，擅诗词，长期客游于湘、鄂、京、沪。在湘时与王闿运等名流相唱酬吟咏，与淡庵、鳌峰居士、傲霞山人、笑梅、昙叟（龙潭万锦昙）等称酉阳七子。师从王闿运，在王闿运去世后，为王闿运编辑《湘绮楼说诗》，校刊《湘绮楼词钞》，出版《湘绮楼毛诗评点二十卷》。著有《竹龛诗录》6卷。在陈解南先生处有其父梦昭先生遗下的《竹龛诗录》（3～6卷）合刊为1本。

中华人民共和国

中华人民共和国成立以来的诗词发展历程、创作成就及问题，刘梦芙先生在《当代诗词的发展历程、创作成就与存在问题》[①]一文中有详细的论述。

刘梦芙先生把中华人民共和国成立以来 70 年的诗词创作分为两个时期，即从 1949 年到 1978 年的“沉潜期”和十一届三中全会之后的 1979 年至今的“复兴期”。

沉潜期：1949 年中华人民共和国成立后，消除了自 20 世纪初以来近 50 年的战争状态，社会面貌发生翻天覆地的变化。一部分在民国期间就已成名的诗人词家怀着对国家统一、民族解放的欣悦心情，在作品中热情歌颂新时代；一部分人则觉得旧形式在新社会已不合时宜，搁笔不作。最主要的原因是五六十年代接连掀起政治运动，直到 1966 年“文化大革命”爆发，高潮迭起，风雨频来。在政治运动中，知识分子是首当其冲的批判对象，动辄得咎，于是噤若寒蝉，诗词这种古典文学品种几无生存之地，遑论繁荣发展。从中华人民共和国成立到“文化大革命”结束近三十年间，刘梦芙称之为诗词沉潜期，这一时期大量的有历史价值的作品流散于社会，庋藏于私家，有待全面深入地发掘和整理。

复兴期：十一届三中全会扭转极“左”路线，此后，中国步入改革开放、经济建设的新时期。文化、学术界的多项禁令被取消，环境大为

① 刘梦芙，1951 年 7 月生，安徽省岳西县人。曾任《中华诗词》编辑部副主任。1999 年 8 月，调入安徽省社会科学院文学所，从事近现代诗词研究。编著有《啸云楼诗稿》《偕怡然先生谒镇平蕉岭丘仓海故居》《冷翠轩词》《近现代诗词论丛》《二十世纪名家词述评》《二钱诗学之研究》《百年词选》《唐诗百首评注》《宋词百首评注》《山水诗百首评注》《古文观止译注》等。

宽松，压抑多年的诗词开始复苏，以全国各地众多的诗社成立，诗刊创办，诗词活动兴起，网络诗词逐步发展壮大等为标志。

酉阳也不例外，情况与全国基本相似。其诗词发展历程也正如刘梦芙先生所言，经历了沉潜期和复兴期。由于受政治的影响，在沉潜期创作和保留下来的作品，寥寥无几。陈志宪、陈梦昭、万藻仁等人有少量诗词作品留存于世。在复兴期，陈梦昭、万藻仁先生等于 1988 年 5 月 1 日成立了“桃花源诗”社。诗社的宗旨为“挖掘乡土文学遗产，改革振兴旧体诗词，反映社会主义时代精神，建设社会主义精神文明，探索汉文学在酉阳土家族苗族地区发展史”。

“桃花源诗”的成功在于两个方面：反映现实主义和乡土特色。反映现实不仅仅停留在讴歌上，还应有针砭，反映人民大众的心声。所谓乡土特色，就是反映酉阳的风土民俗、自然环境、历史人文等。

“桃花源诗”的不足之处也是较为明显的。主要表现在佳作不多、艺术水准不高，还有不少的作品存在格律问题。一些作者格律还没过关，自己又疏于学习，对创作要求不严，满足于自娱自乐、浅尝辄止的状态。

评价诗歌需要两个条件：一是较高的艺术识鉴；二是说真话有真情。诗贵在情，情贵在真，要有独特的风格。这就要求作品要具有较高的思想性、艺术性。为此，创作者对事物的认识要独居慧眼，要有领悟能力，要有辩证思维，否则其思想境界就不高。诗词创作的艺术性更非一日之功、一蹴而就，非下苦功夫和长期锤炼不可。

改革开放以来，酉阳诗、词、楹联发展强劲，前所未有。主要表现为喜爱和学习诗词楹联的人员增多了，与外省市交流学习的活动增加了，向全国诗词楹联有影响力的大家学习的频率增多了，发表诗词楹联的刊物增多了，国家级的会员增多了……酉阳诗坛呈现出老中青相融合的局面，思想活跃，认识多元，创作积极，作品质量日益提高，作品在《重庆国诗》《中华诗词月刊》等刊物上陆续发表，甚至获奖。

1984 年 6 月 30 日，胡长辉先生、储再德先生等在酉阳县民委的组织领导下，创办《酉水》民族文艺刊物。

2014 年 10 月 18 日，杨琼英女士牵头组建酉阳诗词楹联协会，创办《酉阳风华》，酉阳诗词、楹联文化翻开新的一页。至 2015 年 5 月 31 日止，酉阳呈现出“四刊四报”[①]的局面。

2017 年 3 月 23 日，白明跃先生创办微信诗刊《诗话桃花源》，用新媒体弘扬国粹，弘扬正能量，发出好声音。一方面宣传酉阳大桃源文化，另一方面给诗社会员一个交流平台，通过留言，也向全球华人提供一个诗词互动平台。诗刊每半月编辑一期，通过公众号发表。至 2019 年 5 月已经发表近 150 辑，读者量达 100 多万（次），促进了文化的交流和发展，促进了民族的团结和融合。

同时，酉阳的新体诗也得到了蓬勃的发展，涌现出了一大批诸如冉冉（女）、冉庄、李亚伟、杨犁民、冉仲景、孙亚西、蔡利华、杨清海、袁宏、向笔群、崔荣德、任明友、冉雪峰、倪金才、王世清等在当今诗坛具有一定影响力的诗人。这一时期，酉阳的诗歌评论也得到了空前的发展和繁荣，丰富了酉阳文学评论在诗歌方面的内容。现摘录诸家评论于后。

冉启华[②]谈酉阳土家族山歌之民族特色

土家族是一个历史悠久、能歌善舞的民族。土家人具有自己的民族语言，词汇丰富，在长期的生存、繁衍和生产劳动中，用勤劳与智慧创造出独具风格、多彩多姿、脍炙人口的民族文化和民间文艺，并在大量吸收汉文化的基础上不断发展、创新。土家族山歌，就是其中独具民族特色，具有广泛性、群众性、流传性的一种民间文艺形式。

土家族山歌源于山民生活，其内容丰富，形式多样，民族风情浓郁，涉及生活、劳动、爱情、争斗、交友、传说及事件等。

---

① 四刊：《酉水》《桃花源诗刊》《酉阳风华》《酉阳党史》（2014 年 11 月创刊）；四报：《酉阳报》《酉阳作家》（2015 年 1 月 1 日创刊）、《桃花源赶场天》（2014 年 10 月 8 日创刊）、《二酉书苑》（2015 年 4 月 21 日创刊）。

② 冉启华，1952 年 7 月生，中西医结合副主任医师，酉阳自治县麻旺镇人，曾任酉阳县医院书记、副院长，中华诗词学会会员、重庆诗词学会理事、桃花源诗社社长兼主编。曾获“全国中医药文化建设工作先进个人”“全国行业标兵人物”等荣誉。著有《方药新咏》《临证效方》《杏林闲咏》《杏林抒怀》《杏林逸兴》。编有《酉阳民俗诗词选》，该书收录整理酉阳传统佳节、民俗、民间文艺、美食、民歌等资料，内容丰富，是酉阳民俗文化的缩影。

一、土家族山歌传唱广泛

土家族山歌极具广泛的群众性。无论是耄耋翁妪、青年男女，还是放牛牧童，都十分喜欢山歌、会唱山歌、爱唱山歌：

山歌不唱不开怀，唱起山歌好快哉。
阿哥情妹齐开口，男女老幼尽歌才。

不唱山歌苦悠悠，唱起山歌解忧愁。
唱得青山星辰转，唱得乌江向北流。

土家族没有文字，山歌靠口头传承，虽然是粗言俗语、土腔土调，但也意境深邃，押韵上口。多数山歌由老人们传唱，年轻人互相学习，或自编自唱而传承。

老年人在家闲着无事，高兴时亦会自己哼两曲。如一边打草鞋，一边唱山歌："先把棕丝扭成索，再将稻草反复搓；勒紧鞋帮加耳子，轻松走路乐呵呵！"一曲山歌，直把打草鞋的全过程唱个明明白白。青壮年常用山歌戏姑娘、逗嫂子，或在劳动中、休息时唱。如休息时所唱的山歌"山歌唱起笑声飞，老少歇气坐一堆，一股干劲随歌起，几首唱罢除劳累。"

上山看牛的小牧童，也会唱几首山歌："清早起床把鞋穿，赶着牛儿上高山。高山顶上青草嫩，牯牛愉快我也欢。"牧童山歌，清脆悦耳，随着晨风在山中回荡，恰如一幅土家牧牛图展现在眼前。

有的山歌具有一定的地域性，仅在某些乡镇传唱，或在少数山寨流传；有的山歌则人人会唱，广为流传。如：

大雨落来细雨飘，打湿情妹花围腰。
围腰打湿不要紧，打湿情妹啷开交！

凉风绕绕天要晴，画眉绕绕要出林。
凉风出在凉风洞，画眉出在山腰林。

前一首歌唱阿哥相戏情妹之意，更见怜香惜玉之心；后一首歌唱土家山乡凉风习习，雀鸟在林间飞来飞去的美丽风光。这两首山歌在土家山寨中流行最为广泛。

二、土家族山歌内容丰富

土家族山歌不拘形式，题材广泛，丰富多彩，不择时间、地点，常常是走到哪里唱到哪里，见到什么就唱什么。唱山唱水，随心所欲，即兴而歌，随口而唱。如：

土家男女爱山歌，越唱心中越快活。
心中想啥随口出，眼睛所见都是歌。

看见小姑娘为父母送午饭，小伙唱："斑鸠叫声谷姑咕，赞扬小妹送晌午；背上背的红豆饭，手上提的菜豆腐。"

看见小伙在山路边喝凉水，姑娘唱道："小情哥呀小情哥，路上凉水莫乱喝；喝了凉水得了病，不害奴家害哪个？"小伙听到姑娘清脆的歌声，随口回唱道："多谢情妹提醒我，一片关爱记心窝；体壮如牛身强健，切莫担心有疾疴。"

看见山沟那边有一个姑娘，小伙有意与其搭话，遂唱道："我的歌声飞过沟，不知情妹可害羞？虽是人生面不熟，愿与情妹共忧愁。"如果姑娘不答话，小伙还会继续唱："口唱情歌给妹听，看妹应声不应声；点灯还要双灯草，唱歌还请妹接音。"

看见河对岸、山对面有人，小伙会大声吆喝，高声唱歌："吆喝一声请答腔，隔山隔水摆歌场；开声请问名和姓，不知阿妹住哪方？"如果双方搭上腔，就开始对唱起来："你不先唱我就来，山歌越唱越开怀；唱得情妹心欢喜，两情相悦幸福来。"姑娘接唱道："你唱完了我又来，山歌越唱越宽怀。唱歌做事才有劲，幸福如泉动地开。"对歌前要常规性套问对方姓氏，以避免同族之人相互戏逗，引人讥笑。

土家族人在山崖上砍柴，在山弯里割牛草，男女老幼都喜欢在那里放声抒啸、歌唱，都喜欢倾听山歌在群山间回应、旋转之声，尽情陶醉在大自然间。

山歌源于大自然，悠扬婉转应群山；
吆喝之声撞岩上，欢声喜气上云端。

割草爱到老鹰岩，砍柴爱砍倒钩柴；
台鹰绕着山歌转，人唱山歌兴致开。

这悠扬、欢快的山歌，无疑是一幅幅优美的山川画卷；这回肠荡气的天籁之声，怎么不令人陶醉？

三、土家族山歌源于劳作

土家山歌多源于人们的生产劳动，有的一边劳动一边唱，有的在休息时唱。土家人在生产劳中所唱山歌，如劳动号子一样，能令人平添干劲，忘记疲劳。

活路做了几面坡，山歌唱了几大箩。
唱起山歌增干劲，不知劳累乐呵呵！

太阳下山坡背岩，扛把锄头拗把柴。
别人说我好勤快，我不勤快富不来。

凡生产劳动，皆有相应的土家山歌。如：

春耕山歌

阳春三月田中冷，我有山歌化坚冰；
牛儿踏歌不知累，我唱山歌闹春耕。

犁飞耙舞泥土笑，串串山歌把春闹；
牛鞭甩得震天响，赶着春天来报到。

栽秧山歌

大田栽秧行对行，山歌唱起长又长；
手拿秧子一百天，丰收在望喜洋洋。

薅秧山歌

茁壮秧苗沐艳阳，清脆山歌随风扬；
脚薅杂草手扯稗，盼望秋收谷满仓。

搭谷山歌

搭完一丘天才红，又听搭斗响叮咚；
黄金杠色谷满坝，丰收就在山歌中。

一幅幅耕作之图，一曲曲丰收之歌，歌中有画，画中有诗，诗自成歌，歌自醉人。这就是土家山歌源于劳动，歌唱劳作，千秋承传，永不衰败的缘由所在。

土家人在山坡上薅苞谷、高粱、大豆等，亦有很多优美的山歌。后来有的山寨在山歌的基础上，逐渐发展成薅草锣鼓，演变为另一种赞美和促进生产劳动的文艺形式。

土家人还喜欢在生产劳动中唱山歌，一边劳动，一边互相戏逗看见姑娘薅海椒，即唱："太阳出来像火烧，妹在后园薅海椒；阿哥看见心不忍，叫声情妹我来薅。"歌中既有赞美青年男女热爱劳动之词，亦含小伙相戏姑娘之意。

看见对面山上有姑娘捡柴，即唱："对面姑娘捡柴烧，热爱劳动好勤劳；情妹若是嫁给我，柴不捞来水不挑。"歌从赞美入手，隔山戏人。

四、土家族山歌其乐无穷

土家山歌来自生活，在生活中发展创新，雅俗相间，其乐无穷。山歌中富含挑逗之心、戏闹之词，又有讥讽之趣事，常常令人捧腹大笑。人们在欢快、嬉笑之中促进和谐，增进情谊。

如戏栽秧女："大田栽秧兜对兜，捡个螺蛳田坎丢；螺蛳晒得大开口，情妹晒得香汗流。""大田栽秧先栽角，情妹下田把鞋脱；担心白腿黄泥染，最怕蚂蟥裤裆梭。"

这两首山歌皆在戏栽秧女，特别是后一首，唱出了姑娘家初下田时既怕脏，又怕蚂蟥的心理状态。姑娘们有时被人一吓，会立即尖叫起来，引得满田栽秧之人哄笑连连。

戏扎鞋女："清早上山去捡柴，路见情妹在扎鞋；青布面子白布底，几时量我尺寸来？"在路边见姑娘缝鞋，即笑问人家：打这么大一双鞋，是不是量过我的脚呀？有的姑娘也会白眼相投，红脸笑骂："看你笨来说你呆，拐脚拐手胡乱猜；你只配穿十八转，岂配奴家来扎鞋？"猪贩子赶猪走长路，常要给猪穿草鞋，是用稻草缠绕十八转而成，姑娘仅用“十八转”三字，反将小伙子戏谑了。

戏大姑娘：“十七八岁姑娘家，劝你莫坐湿地下；一来怕那虫虫钻，二来怕那蚂蚁夹。”“十七八岁没出嫁，留在家中没打发；看到鸡公踩鸡母，心头就像刀刀杀。”此类较为粗俗的山歌常常出自青壮年之口，只是唱着好玩，极少直面姑娘而唱。

叹童养媳：“十八媳妇三岁郎，洗脸洗脚抱上床；半夜流尿到处摩，是你妻子不是娘。”童养媳，土家人俗称寒八媳妇。常因新郎年龄太小，夜间既要尿床，还会到处乱摩，蒙眬之中错把妻子当娘了！

戏嫂子：“漂亮嫂子实在乖，最是酒窝逗人爱；大哥夜夜有酒喝，小弟不会却想来。”“昨天夜晚做一梦，看见哥在嫂怀中。一觉醒来还在笑，也想将嫂来顺从。”在土家族中常有小兄弟顺口戏嫂，或在他人教唆之下挑逗嫂子的习俗，亲嫂、堂嫂，都可以开玩笑。当然，其结果自会挨嫂子一番笑骂，或被几个年轻嫂子捉住“筛糠”，笑作一团。

戏表姐表妹：“樱桃好吃树难栽，心想表姐口难开；亲上加亲人羡慕，表姐不愿表妹来。”虽然现代医学已证实近亲不宜结婚，但几千年来，土家人确有不少夫妇是表兄妹结婚的。凡姑家之女，可嫁舅家之子，名曰骨种，或叫开老亲。而且很多土家山寨都有“姑家女，伸手取；舅家要，隔河叫”的说法。婚配既可，表兄妹互相嬉戏，自在情理之中了。

见到河坎上有两个女人在行走，小伙便会唱山歌相戏：“小河弯弯水清明，倒映岸上两个人；前头是我幺姨妹，后面是我屋头人。”若是一男一女，定会将第三句改成“前头是我亲舅子”。这首山歌，主要是用于戏弄极其熟识的异姓之人，若是不认识的人，只能轻声地唱，不能让她们听到，否则定会挨骂，或带来不必要麻烦。

五、土家族山歌充满情爱

土家山歌充满激情，爱意连绵，青年男女人人喜欢。

小伙若看见哪家姑娘长得漂亮，有意追求，则出口相赞，以搏好感：“看见情妹一身青，摇摇摆摆仙女身；生在阳间人人爱，到了阴间鬼也争。”好一首恭维山歌，赞美之意几乎达到极致。

小伙欲与姑娘交往，则唱山歌搭讪：“莫道山歌不值钱，连起几多好姻缘；我亦想用歌作线，能否与妹来相连？”若姑娘不予理睬，即再唱道：“天上有雨雨要落，情妹有话你要说；是好是歹说一句，夜晚我才睡得着。”在土家山寨中，确有不少姑娘、小伙素不相识，因唱山歌而互相认识、了解，终成连理。

小伙子思恋情人，彻夜未眠，第二天看到姑娘，即用山歌告知：“太阳大了难做活，月亮大了睡不着；心想情妹看窗眼，一夜望到月亮落。”好一个痴情男子，相思不寐，望穿双眼。姑娘看上小伙，亦用山歌试探：“小情哥呀小情哥，家住何方姓什么？吾今待字在闺阁，只盼有人来撮合。”小伙愿意即答曰：“情妹有意我快活，回家就请媒来说；若得与妹成连理，终身同唱爱之歌。”

月圆之夜，青年男女柔情蜜意，相依相拥，情歌对唱，尤为动听。阿哥唱道：“月亮出来遍地银，照到后阳豇豆林；我爱豇豆成双对，愿与情妹过一生。”姑娘接唱道：“月亮出来白茫茫，照到后阳桃树上；情投意合交好运，妹也有意爱小郎。”阿哥续唱：“月亮出来挂天边，我家贫困你莫嫌；十五月亮圆十六，与妹团圆在哪年？”姑娘答唱道：“韭菜开花细绒绒，我既许郎不怕穷；只要二人情意好，定叫日子火样红。”

妻子清晨早早起床，在菜园中干活，丈夫疼爱有加，轻唱山歌相慰：“叫声阿妹我的娇，莫让露水弄湿腰；粗毛重活郎的事，岂能叫你苦操劳。”

六、土家族山歌紧跟时代

由于土家山歌具有随编随唱、随口吟唱之特点，其歌词常可随唱者（歌手）随意改编。因此，土家山歌亦能够紧跟时代，具有永久不衰的强大生命力。如以下讴歌新时代的新山歌：

赞农税减免

自古为农苦种田，皇粮国税大如天。
今朝农业全无税，千家万户乐无边。

龙子巡天

神舟七号太空飞，灿烂五星广宇辉。
龙子巡天留足迹，中华崛起展雄威。

乌江流域是土家族人聚居之地，亦为土家山歌的主要发源地之一。千百年来，土家族山歌已成为土家族人生活的一部分，他们世代传唱，不断创新。一首首恋曲，一回回浪漫，土家族人在山歌中生活，并用山歌丰富着新的美好生活。

诗歌中的生命低语[①]

——评冉冉诗

向笔群

冉冉，女，原名冉艳丽，重庆酉阳人，1963 年出生，重庆作家协会副主席。1985 年开始发表作品，2003 年参加鲁迅文学院首届中青年作家高级研讨班学习，2001 年加入中国作家协会。在《诗刊》《民族文学》《星星》等诗刊发表大量的诗歌。出版诗集《暗处梨花》[②]《从秋天到冬天》《空隙之地》等，其中诗集《从秋天到冬天》获第七届少数民族骏马奖；《空隙之地》[③]获首届“艾青诗歌奖”。成为重庆市具有创作特色的土家族诗人。

从 20 世纪 90 年代开始，冉冉先后创作了《奶奶死了》《树与河流》《踏雪》《湿房子》《再次梦见杨》《暗处的梨花》《在鸟儿的眼里》《写给朱冉》等诗歌作品。作为一个少数民族诗人，民族文化元素在她的诗歌里比较少见，抒情的传统诗歌元素比较少见，她的诗歌大多是一复调的形式表达生命的诉求。如《往回走》：

该死的风/该死的月光/哪来的铃铛响//该死的大路/该死的树丛/狗背样晃荡的是山/河流回淌/去它的静/去它的哭/痛哭/哭声被

---

① 该文发表在 2013 年第 5 期《星星 · 诗歌理论》。向笔群，土家族，重庆酉阳人，教授，研究生导师。2009 年作为特殊人才引进贵州工作，在《文艺报》《民族文学》《山花》等报刊发表文学评论近 100 篇。出版学术专著 10 部，《乌江放歌》获贵州省首届网络文学大赛冠军。长篇小说《县治》获第三届长江杯网络小说大赛冠军，获得贵州省第十二届人民政府哲学社会科学优秀成果奖。

② 冉冉. 暗处梨花[M]. 成都：成都出版社，1996.

③ 冉冉. 空隙之地[J]. 中国文联出版社，2003（3）.

狗吠着/它忧伤/它跑/狗比忧伤跑得快//回走的路/跟来时一样/树梢摇动无数的狗尾/兴奋地矮下来。

诗歌是人们心灵的言说方式，表达人们心灵的生命追求。从这个意义来说，冉冉是一个具有心灵感悟的诗人。长诗《短歌：献给 A》就是一例典型的佐证。这首诗是一首当代的爱情诗篇。一次偶遇，让一个女性的心灵产生了生命的悸动，潜藏在心中的密语开始无奈缠绵浅唱：

秋天送来爱情/我爱你 没有缘由/就像大地朝向天空……我爱 但不会说出你的名字。

连续四个“我爱你”或者“我爱”就定下了这首诗的叙述格调。作为一首爱情长诗，没有什么炽烈的抒情，而是通篇的冷静叙述，写出了一个女性内心的浮动情绪。在这首长诗中，诗人用得最多的意象就是秋天，秋天作为一种诗歌象征，表现了一个女性成熟的心态：

去年秋天 在车站/我们同乘一辆车/“去哪里？”我问/“去天堂”/他一直坐在我的身边/从正午到黄昏/我以为他就是你。

一问一答似的倾诉，给人以生命的某种轮回或暗示。天堂在哪里？其实就在人们无穷无尽的追求里。

冉冉是当代女性诗人中比较理性的诗人，她的诗歌没有惊天动地的激烈文字，而是一种淡雅的表述。抒情成分比较少，而是冷静、沉稳、低调：

我所爱的每一个人，都是你/同样的执拗/同样的坚韧/他们在秋天里疾行/酷似你的姿势/他们在风中沉默/有着你的背影/漫长的夜晚/只为你准备/暗夜隐瞒了你的映像。

读到冉冉这几句诗歌的时候，我就会想起女诗人舒婷《神女峰》中女性对传统爱情反叛的强音：“与其在崖畔上展览千年，不如在爱人的肩头上痛哭一晚。”表达了一个历史语境下现代女性对爱情的深情呼唤。而在冉冉的诗歌里，听到的却是另一种女性的爱情低语，表达出一个女性传统朴素的爱情追求，字里行间暗含着欲说还休的一种生命情绪：

我说不出你的名字/是不想减轻心中的痛苦/是不想打开通向你的路径/是为独自呼喊你的名字/而你是怎样称呼我的呢？每当

你犹豫着开口/腼腆的声音如在梦中/总也传不出去。

诗人以女性的独特视角和细腻的表现手法，再现一个女性心中挥之不去的秘密，让人心灵震颤。

在现实中不少有情人，总是在不经意中错过了他们终生难忘的爱恋。冉冉通过诗歌，把人性放置在心灵中一再追问，从容地表达久违的生命意识，显现出人生无可奈何而又苦苦追求的心境：

你的声音是我通向/幸福之门的唯一途径/有时城中蜿蜒/有时在林中隐藏/只要你开合双唇/我就能找到你。

在《短歌：献给 A》中，看不到当下爱情诗歌那种强势词汇，总是一种不紧不慢的表述，以心灵的情绪弥漫着诗情。读者仿佛在与一个传统女性进行心灵对话。一种忧伤，一种无奈，一种梦境，一种偶遇……在冉冉诗歌中和风细雨地浸润着诗意，像一杯陈年老酒，在读者心中慢慢地发酵，让人陶醉在她款款深情的低语中。

冉冉的诗歌表面上看不到抒情，也看不到那种汪洋恣肆的反叛语言，但却表达一种理想主义的人生追求：

设想一下/多年以后 重逢/在车站 当我们互相看见/拨开拥挤的人群/焦急地靠近/你拥挤有些佝偻/耳朵像失修的天线/接收不到音讯/“去哪儿？”我大声地问/“去天堂”你跨上车/一直坐在我的身旁。

不妨这样说，《短歌：献给 A》超脱了当下爱情诗歌的俗气与直白，以生命中的偶遇作为诗歌元素，传统中却体现坚贞：

我的头有些昏眩/我的心头剧烈的颠簸/噢 幸福是巨大的/像身体没有了边界/我的爱人/让我喊出你的名字吧/我已经失去耐心/我不怕坠入地狱。

诗歌表现的精神是诗歌界长期争论不休的话题。吕进先生认为，一首优秀诗歌在于生命关怀和生存关怀。他在《诗，生命意识与使命意识的和谐》里强调：“从近年的新创作观察，优秀诗歌总是生命意识与使命意识的和谐。”[①]优秀的诗歌总是表现人性关照和生命的追求。冉冉的诗歌中渗透着生命的情绪或心灵的彷徨，以平实的语言把生命状态写得淋漓尽致。如组诗《空隙之地》中的《最大的雪》《两个孩子来报喜》《胖子》《吃饭》《往回走》等，她总是不紧不慢地叙述着生活或者生命中的某种状态，平和式的语言中总能发掘着生命的意蕴。如《最大的雪》：

最大的雪/躺在地上/朝东走去/西北风不停//一个人戴着帽子/没有了耳朵/攥紧的拳头在听/从清晨到黄昏/两只脚在互相追赶/两只耳朵轮流熟睡//天黑了/最大的雪躺在地上/比入眠的狗还要安静。

一场雪境通过诗人的表述,一个有声有色的画面就呈现在读者眼前，诗歌的在场感油然而生。

在诗人形象化的诗歌语境中,生命场景和情绪得到前所未有的释放。对生命与场景的心灵叙述成为冉冉诗歌的一大优势，在她诗歌作品中反复运用，形成她诗歌创作的一大亮点。如《内心的闲话》：

内心的闲话/是一堆乱石//乱石垒着窝/鸡在发声//乱石砌着墙/墙头走着马//乱石开着花 妖艳又邋遢//乱石横中爬 蜻蜓身子螃蟹脚/乱石贴地飞/羽毛笔乌黑//乱石推开乱石/天空下着雨/乱石搂着乱石/中间夹着磁。

诗人通过一系列新奇的意象，对“内心的闲话”不温不火地进行多层面透视，让人在会心的微笑中得到生命的启示与升华。《冬天》就是用心灵低语的形式把冬天的景致表现得惟妙惟肖，表现出诗人对冬天或者生命的留恋，冬天场景画面徐徐地浮现，如第一节：

好久没有人声/野火零星地燃起/筒子从树上落下/“咚”的一声/令人心惊。

一个乡村冬天的场景被诗人抛出，画面中的各种景物交融，勾勒冬天的立体的世界。女性细致入微的观察和表达成为该诗的主格调，克服了当下诗歌“口水化”弊病。

---

① 吕进. 对话与重建[M]. 重庆：西南师范大学出版社，2004.

整个冬天/你都在谛听/唯恐风离去/没有风的夜晚/耳朵和皮肤/都会失去知觉。

冬天的形态款款地飘然而至，让人产生对冬天的遐想。如第三节：

每年的风/刚开始/是哪里出发//每次的追忆/都是从老人开始。

在《冬天》中第九节很有意境：

挑一个熟悉的人共同回忆/比如母亲/她的额头总是摆满乱发/衣领总是敞开/年复一年 在风中不停的耕种。

一个母亲的形象在诗歌开始的几句已初显端倪，渗透着不凡的艺术表现力。第十节同样是写女性，但是人物的形象与母亲大相径庭，没有重复第九节的写作套路：

还有祖母/那个倔强地沉默着的女人/她的目光锐敏/行止冷漠/你永远无法知道/她所忍受的/哪些已经不堪/哪些已经超越极限。

可见，冉冉善于从一些人们不经意的生活状态中发掘诗歌因子，用人们的生存状态诠释出生命的本色，把自然界的生命元素融合为一体，表达出她内心感悟。比如十七节：

大风还没有过去/风扑打着石头/就像扑打着龟裂的土地/石头渐渐变软/没有人留意/哪一刻它突然坍塌/成为粉末。

冉冉诗歌大都属于平和、冲淡、重叠式（复调式）的心灵低语。如《下雪》《梅花开发》《乌黑的树在摇晃》《悬挂在树上的蜂巢》《山巅的乌杨》《暗处的梨花》《丈夫》《父亲》《母亲》《和谁说话》《鸟的眼里》等。《母亲》：

王同志/是我的妈//那会儿她还活着//站在供销社的柜台里/前面是阴天/身后是五颜六色的布匹/她瘦小 端正/细密的牙在冷风中闪亮/她总是在吸气/丝丝丝长长的吸/好像空气即将枯竭……

几句形象化的语言表述，让一个曾在供销社工作的母亲形象惟妙惟肖立体地展现。

她在乡场上 她/开门 卖货 为人民/服务 生儿育女/谦卑地微笑/絮絮不休地自责。

这几句诗歌让人回到一个特定的时代,回顾尘封在心头很久的往事。正如邹郎在《大地与内心的歌者——对冉冉诗歌的释读里》说:“简单本色的言说里显现出世间万物的延绵繁衍不息，真切，自然，就像生活本身在次第展开一样[①]”。冉冉通过她心灵的倾诉，还原生活的底色，让人的心灵产生丝丝的痛楚。可以说,《母亲》是冉冉的真情流露，对往事书写中隐含对逝去母亲的无限怀念。一而再，再而三的叙述中，书写了她对母亲的敬畏与歌唱。

她的眼眸时常发亮/那是她在幻想/她的一生须臾也未离开过/漫无边际的幻想/我们是她激情培养的种子/是她生命催放的花朵/母亲 九泉之下/看见这些病树 这些哑花/你是否会丝丝丝伤心地吸气。

诗的生命意识或明或暗地闪耀着人性的光芒，调侃似的语言消解了传统脸谱化的母亲形象:

王同志/是儿女们的中心/她的周围是千百山民/她兴致勃勃为每一个人服务/微笑操劳 耗尽生命/她曾经是我们的母亲/如今已化为烟尘。

人们生活的状态是冉冉诗歌倾诉的对象，她老是打量着人们生活中司空见惯的物事，从这些物事中寻找她诗歌因子。她在倾诉中表达出自己的人生观念。如《奶孩子的妇女》就是书写一个普通妇女奶孩子的意象，表达她对母性无私的赞颂:

这个母亲/用她有病的牙齿/一日三餐吃力地咀嚼/食物变成乳汁/流经衰弱的器官回到乳房/孩子在她的怀里/一会儿吮吸一会儿睡去/看着新鲜的婴儿/哑然失笑/她不知道自己的担忧/哪些是多

① 邹郎. 大地与内心的歌者——对冉冉诗歌的一种释读[J]. 中国文联出版社，2003(5).

余哪些是及时的。

用生存场景叙述，把读者拉近生命的本身，是冉冉诗歌创作的一种命题，透着生命或者心灵的元素，彰显她诗歌创作的特色。

冉冉的诗歌基本是充满着生命低语的作品，以冷抒情方式表达她对人世间的感悟与解读，既有对生活的透视，也有对生活本身的倾诉，她把对生命的拷问放置于诗歌语境下,从容不迫地表现出自己的内心世界，成为当下中国少数民族诗歌界不可多得的思考之作。

一个普通农妇的生存哲学[①]

——读土家族诗人冉仲景的叙事长诗《米》

向笔群

冉仲景是一个关注生存和生活的诗人，除了书写地域（康巴高原、武陵山区）风俗风景的诗歌之外，还关注普通人的生存。他以自己母亲为原型创作的叙事长诗《米》(《民族文学》2013 年 12 期）就是一首具有生存意义的诗歌，以生活之中的“米”为意象，书写诗人对艰难生存中母亲生活的注解，抒发对普通而伟大母亲的无限颂歌。

“米”是人们生活的必需物质之一，一个一辈子劳碌辛苦的母亲在临终前，吩咐自己的儿子多买些米，让人非常触动。母亲是从物质匮乏时代走过来的人，把粮食（米）看得十分贵重，仲景就是从自己母亲的生活状态中找到书写逝去母亲的感情出口：

电话里，她说：“仲景，没得米了，
去街上买点回来，不然，
我和你爸爸明天就要挨饿了。”

诗歌由母亲临终前，电话嘱咐儿子买米，引出母亲（娘）平凡而苦

① 该文发表在 2015 年 6 月 10 日《中国民族报》。

难的一生。我读彭学明的散文《娘》时泪流满面，我也因为读仲景的《米》鼻子酸楚，因为他们两人的作品都反映了一个普通农家母亲的生存哲学。

她是我娘（她说过，只有
吃商品粮的人，才配叫作妈妈）
打完这个电话，她就
离开了让她劳累一生的浮世。

现实生活中，像仲景娘一样底层的母亲在武陵山区比比皆是，仲景就是从自己娘的生命历程中抽取具有典型意义的生活况景进行诗化叙述，书写普通平凡母亲的生存状态和真实人性。作者没有拔高诗歌中的人物形象，而是真实再现一个底层女性的生存状态：

她是，唯一一个，用电话，留下遗言的人
而遗言的核心内容，居然是米
竟然是米，也只能是：米

“米”作为一个特定的诗歌意象，本质上是表达的因子，一个历经饥饿的娘，肯定把粮食看得十分重要。因为在78年的生存历程之中，维持基本的生存是一个农村女性的最为原始的需求，粮食作为人的第一生存要素，理所当然地进入作品主人公的人生视野：

她的信仰，是粮食
她的宗教，是米
米，带给她憧憬，带给她快乐
还给她带来了勤劳、悲哀和无穷无尽的屈辱
太简单了，别说七十八年，
哪怕是一万年，也特别短暂：
一粒米，就概括了她的一生。

冉仲景的《米》凸显出一个卑微而朴素母亲的人生，作为一个底层的不屈不挠的生存者，没有什么崇高的精神追求，也没有什么现代的审美，生存是她一生的最为基本的追求，让人感到真实透彻，正因为真实，才能打动读者。

诗人从儿子的视角打量母亲。长期生存在农村的娘，一辈子大多数时间都是在为家庭操心，从 17 岁开始，为了养活弟弟妹妹和出身大家闺秀不会干活的娘，从青春期就开始担负起一个家庭的重担。除了家庭的重担以外，还遇上自然灾害和社会的因素，目睹了乡下的生存灾难，就是因为缺乏粮食，让一个农村女性刻骨铭心。为了自己的弟弟妹妹，她常常在山上吃一些红刺泡。这些生存的细节十分真实可信，也把武陵山区的一个普通女性的生存状态写得一览无遗。作为一个具有善良人性的女性，在自己的弟弟妹妹成家之后才考虑自己的婚事，31 岁才嫁给一个乡村教师，当半边户，拿生产队最低的工分。但娘作为一个农村女性却不服输，向生产队长讨要公平，要求增加工分，维护一个人的基本尊严：

同时，向社员同志们无声宣告，
在冉家坳，拼劳力，男人也强不过她。

从这个细节中，一个农村妇女的人格显得高大，作为人的尊严只能从工分上得到体现。显然，就是这些行为方式，构成一个农村女性的生命内核。32 岁才有自己儿子，在公社医院，抱着儿子偷偷出院，因为她还要回家干家务和农活：

她跟婶娘聊天：我家仲景要吃饭
不勤快些，饭往哪儿来

这就是一个普通农村女性的生存哲学，在当下看来有些不堪信，但是在当时的语境下，却是真实的生存状态。作为半边户的农村女性，要比普通的农户付出得多。当自己的子女受到侮辱的时候，劝导自己的子女“莫还口，莫惹祸”，当自己的儿子被人打之后，又不顾一切地为儿子“报仇”，这与一个普通的农妇生存合拍，也表达出一个农村女性的舐犊之情，是人性的书写。为了度过青黄不接的日子，作为女性，她到三十千米外的银岭去背洋芋，跌进山谷受伤之后，仍然顽强地将洋芋背回家。

她微笑着，从被条里，吃力地
伸出血肉模糊的右拳，然后，慢慢

摊开来：一粒洋芋！

作为一个农村的女性，没有高大的宣言，而是用自己行为诠释了普通人的生存哲学。作为一个农村女性，劝儿子努力读书，过上好日子。当“我”在天坑受伤捡回一条小命时，她抚摸着儿子的伤疤“不无忧虑”，此时无声胜有声，这些行为闪耀母性光芒。

后来，因生存方式发生变化，为自家稻田能够不遭旱灾，发动一家人为稻田积水；再后来，“农转非”失去土地之后，又深深眷恋着自己的土地。

悔恨难当。农转非的政策
将她从土地里拔了出来
移植到小镇上，做一个无事可干的家属
她心里的空，她心里的痛
无人可以体会，真的，无人。

把一个离开土地的农家女性的内心世界写淋漓尽致。虽然只有寥寥数句，但是让人读到了真挚之情。

从前她常叨念“只有鼎罐煮米饭，
哪有鼎罐煮文章”。自从
知道儿子做了诗人之后，她改口了——
写得好文章，胜过太上皇。

当她得知县报纸上有儿子的文字的时候，仔细阅读，保存好报纸，置于枕边，显得情真意切。

作为一个农村女性的母亲，始终离不开“米”：
她曾跟父亲说：你儿子，
要得，写了那么多字，买得到好多大米！

当被疾病折磨，最后没有逃脱死神时，当家里的亲戚向躺在棺材的母亲告别的时候，诗人意识到是米压弯娘的身体，是米压住娘的命。一个普通的劳动女性，没有逃出生存重压的厄运和宿命。诗人作为儿子，深深地认识到这点，用十分朴素的语言诠释了娘生存的哲学，同时也表达了对母亲的感激与怀念。

岁月慢慢。她有没有喜悦过
有没有快乐过，有没有
骄傲过，有没有幸福过？
除了辛勤、穷困、卑怯、隐忍和挣扎
她还能有怎样的人生？
如今，她去了遥远的天国
是否还为米惊惶忧惧？
当我又一次拿起手机，附于耳旁
再也没有人叫我去买米。

《米》的基调十分质朴与真诚，字字句句透出诗人对母亲的无限追思，同时也为我们书写一位普通乡村母亲的生命价值和生存哲学，其价值与艾青的《大堰河，我的保姆》异曲同工，尽管作为生活在底层的土家族诗人冉仲景常常被人们低估，时间将证明我的观点是否正确。

冉庄，诗情飘洒在山水之间

向笔群

冉庄（1938—2011 年）出生于重庆酉阳土家族苗族自治县龚滩古镇，毕业于四川大学化学系。20 世纪 50 年代中期开始诗歌创作，其处女作《贺喜队》发表于《四川文艺》1956 年第 3 期，从此他开始走上诗歌创作的道路。其主要创作成就出现在改革开放时期，创作了大量的文学作品，约两百余万字，也因此成为重庆少数民族的代表作家之一。他和土家族作家孙因一起被称为“重庆少数民族文学的缔造者”。曾任重庆市作家协会副主席。

李鸿然在《冉庄：自然本色地表达真情和诗意》[1]中肯定冉庄的创

① 李鸿然. 冉庄：自然本色地表达真情和诗意[M]. 昆明：云南教育出版社，2004.

作成就时说：“冉庄是诗人、散文家、诗文评论家，几个方面都有突出的成绩。”但是，我认为，冉庄的文学成就主要是表现在诗歌方面，其在《人民日报》《人民文学》《文艺报》《当代》《十月》《诗刊》《民族文学》《红岩》《萌芽》《星星》等刊物发表诗歌、散文、文学评论及文艺理论 140 余万字。其诗歌、散文及文艺理论选入多部选集。他出版了《山河恋》《沿着三峡走》《山海心曲》《与云为伴》《唱高调的黑母鸡》《冉庄诗选》《旅美诗抄》《冉庄短诗选》等共九部诗集，其中，《冉庄诗选》获第六届全国少数民族文学“骏马奖”（诗歌奖），这标志着他的诗歌创作达到了高峰。

冉庄的诗歌内容以咏山水为主，表达诗人对祖国大好河山的无比热爱之情。吉狄马加在《坚实的足迹——序冉庄文集》里认为：“作为一个少数民族诗人，冉庄以创作大量的山水诗篇赢得了诗坛的普遍关注，冉庄在创作中追求人与自然的和谐美，追求明朗清新的风格，诗作大多简洁而富于韵律，注重语言的锤炼。”我们以《河山恋》里的《听康定情歌》为例：

一首溜溜的情歌/唱红了一座山/唱红了一座城/唱得了大哥大姐/情真意切/相依为命/和睦团结/谊长情深。

诗人的《听康定情歌》把一种地域的文化精神延伸为民族的审美状态，传达了诗人内在的生命感受。再如《葛洲坝的闸门》：

一台织绢机/横跨长江岸//朝映日一轮/夜伴月一弯//滔滔素绢亿万匹/日日夜夜织不完。

诗人以葛洲坝闸门的水为诗歌意象，以素绢作为长江水的比拟，自然而然地把生活里的优美意象与国土的意象巧妙地连接在一起，歌颂祖国江河的壮美。立足于山水，感怀于真情，成为冉庄山水诗歌创作重要的体式。山水在冉庄诗歌里是一种书写的载体，通过山水的书写而表达诗人的内心世界。如《神女峰剪影》：

高峡峰顶/站在云端/云若衣袖雾如裙/头插金簪胸配玉/瑰霞堆脸庞/欢悦藏眉宇//浪花江天来/涛飞云霄去/空谷响惊雷/绝壁抛浪雨/风雨几千年/船工赞神女//三峡女子航标站/建在巫峡里/石屋耸立的峭壁上/标志与天齐/日为峡江升航标/夜将标灯峰上举//门

前一江东流水/窗与神女紧相依/挥手导航来/扬眉送轮去/往来旅客相笑送/三峡当代神女。

诗人将三峡神女与当代的劳动者联系起来，把历史传说融于现实的思考中，使诗歌的艺术价值得到了提升。杨四平对冉庄的山水诗歌解读十分恰当："冉庄的山水诗，抒情主人公总是"缺席"，但他却是潜在而并非虚空的。换言之，诗人让山水直接呈现在读者眼前，而自己宁可做无名英雄，在'诗外'作'画外音'的解说①。"冉庄山水诗歌的成就得到了诗歌界与评论界的认同。半个世纪以来，世界各地的山水是他创作的主要对象，是他不竭的创作源泉。其中，有歌唱祖国大好河山的《山河恋》，有书写三峡风景与人文景观的《沿着三峡走》，有遨游于少数民族地区的《山海心曲》《与云为伴》等，也有表现美国社会及人文的《旅美诗抄》。其主要的诗歌创作的核心就是把自己的心放置在山水之中，进行诗化的考量。他在谈到自己的《山水情缘》时说："蓦然回首，数十年过去了，我对山水之情依然如初。然而我对山水的体会随着年岁的增加而渐变：年轻时，只肤浅地知道山水之间有感情变化；中年时，只陶醉于山水灵性的审美抒发，年岁渐老，心境才融入山水自然，与之同化，与之合一②。"

冉庄的创作实践已经证明了自己创作理念，如《洱海夕照》：

苍山峭壁/雾轻轻/云淡淡/洱海玉液/波涌云天/溶溶天海一色/哪里的堤岸。

聂作平认为："冉庄的山水诗有卓尔不凡的特质，有了诗人时时以一颗敏感的心在山水之间所荡起的恋情与真挚。"诗歌《古镇》就是典型的佐证：

星稀月朗花弄影/古道断桥边/柳绿映古镇/一江清溪水/洗得灯火明。

质朴凝练的诗句，赋予了一种天籁之音，音乐的质感在咏物之间有机的形成，给人一种古朴的韵味。又如《大宁河畔》：

---

① 杨四平. 交点上的艺术——冉庄诗文述评[M]. 重庆：西南师范大学出版社，1997.

② 冉庄. 诗歌创作谈[N]. 文艺报，1999-01-28.

犀牛望日月/奇峰搅云天/钟乳倒挂悬崖畔/深宫紧锁碧水潭/山重水复处/又是一重天。

表现出冉庄诗歌里的传统文化之美，具有一种朴质、典雅、凝重之感。

聂作平对冉庄的诗歌进行了中肯的评论:“冉庄的诗歌明显区别于当代诗坛大多数诗人，一言以蔽之，冉庄就是走的一条被众多年轻诗人所诟病的民歌加古典的道路。”冉庄自幼生活在少数民族地区，这里的民歌成为诗歌创作的一大元素。他把通俗易懂的民歌语言巧妙地运用在诗歌创作之中，使他的诗歌具有民歌韵味。如《高山流水》：子期虽已去/伯牙何须碎琴弦/世人千千万/终会有知音。对历史传说解读后产生了自己的感慨，表达了自己的思想。他的思想常常在诗歌之外，诗人对书写的物事进行了叙述之后，不经意地反映了自己的深刻的历史反思，给人一种明朗而含蓄之感。

有人认为，冉庄注意继承，却不保守，坚持民族化、群众化，却绝不排斥现代化、多样化。如《神女夕照》:

三峡绝壁/倒挂苍松/鹰从峭壁过/云在半山涌/抬头望/神女彩袖缤纷/面土胭脂红//我乘巨轮来/明月挂天中/笑问神女何曾见/春夜泊船走江东？/神女默无言/唯见浪花涌/双颊一片红。

涂鸿在《固守与超越中的困惑——土家族诗人冉庄的创作的个性心理分析》中说:“冉庄写下不少吟咏山川景物的诗篇，但在这些“山水诗”中，他既无老庄追求的那种虚无出世的境界，也没有魏晋玄学诗人以山水自娱的循世情绪，而是在“山水诗”中寄寓了强烈的现代情思。他将诗歌创作的主体思想灌注到自然的山水之中，使自然山水变鲜活，蕴含着明显的时代意识、个性意识与生命意识。”

色彩流云/是潇洒是长衫/巍峨的山巅/是诗人的冠冕/大江缓缓地移去/仿佛我看见屈原//当年你从这里/踏遍楚国山川//人民的凄惨不幸/都刻着你的竹筒/你那奔放的歌声/还回荡在人民的心间/人民真正的诗人/竟遭到权贵不满/假如你今天在世/绝不会有所非难/大江冲去了沉渣/历史又滚滚向前。

可见，该诗已经超越了山水诗歌的范畴，在历史反思之中，诗人融入对现实的思考。

朱先树评论冉庄的山水诗时说，冉庄的诗主要是赞美，赞美自然、赞美生活、赞美人。这可以说是他诗歌的主格调[①]。潘颂德曾经在《壮丽河山的颂歌，民族形式的探索》里对《山河恋》的诗歌进行高度的评价："其诗歌致力于新诗民族形式的探索，具有诗句简练、意境深远等明显特色。"如写山的诗《黄山吟》：踏遍山和水/唯觉黄山美/深潭流泉淌/峭壁苍松翠/云海浩瀚/雁绕山飞。写水的诗如《澜沧江》：

> 画廊悠长悠长/凤尾竹与油棕树/簇拥着傣家楼房//落日余晖/从云隙撒下/道道光亮//卜哨赶摆归/拖一片彩霞/洒一路芳香//姑娘挽筒裙/孔雀飞入江/澜沧江翻起喧腾声浪//醉了山，醉了树/晚霞悄悄/偷望迷人的澜沧江。

诗人把视觉、听觉、嗅觉、触觉融为一体，勾勒了一幅澜沧江的优美画面，力图使诗歌与人、与自然合一，从而达到一种艺术的效果。冉庄诗作大多简洁而富于韵律，注重语言锤炼，善于化用古典。浓厚的民族传统文化积累，使他的作品充满凝重之思、质朴之情、古典之美，从而显示其独树一帜的诗歌品质。

有人说，故乡是一个诗人创作的起点，也是一个诗人终生的写作载体。在他的诗集《沿着三峡走》中"乡情依依"栏就有歌咏他故乡龚滩古镇的《龚滩古镇》《乡恋》《山民》《山溪》等诗篇。如《龚滩古镇》：激越的涛声/赞美着龚滩古镇//踩得发亮的石板/从江边铺满小街/一直伸向蓝色的云//一口四方井/上下七百年/滋润千家人。龚滩古镇是一个具有1700多年历史的古镇，是冉庄的故乡。冉庄的诗歌不是停留在一些表面现象的描摹上，而是把自己的笔深入到历史的深处，进行生命的历史观望。如《乡恋》就是表达出自己的创作思想：

> 儿时不懂故乡情/总是把居住地当乡音/转瞬过半百/双鬓染白银/寻根入乌江/一路热泪横。

彭斯远《冉庄的山水诗及其评价》认为："作为一个行吟诗人，寄情山水自然是冉庄诗歌的特点。但他虽旷达潇洒，却决不游戏人生。在当

---

① 冉庄. 行吟诗人[N]. 文艺报，1999-01-28.

今不少诗人背离民众，疏远社会生活而片面追求生命本能冲动抒写，沉溺于创作主体以其潜意识的私语甚至呓语自娱之际，他力求运用充满民歌和古典诗词韵味的诗句抒写对于大自然和社会人生的现实感喟，从而显示出他对诗美观念的一种理解与选择，这种真诚执着的创作态度，是应受到读者褒奖的。”①苏光文认为：“流淌于土家族诗人冉庄四十余年行吟之中的诗情诗意，依然是那执着追求而又一以贯之的爱与美。尤其是抒写长江三峡与少数民族的诗歌，犹如柔婉而雄浑的和弦，响亮地弹奏出爱与美的乐声。”②冉易光在《冲决幽门的歌吟——试论冉庄文学创作的民族性》里说道：“冉庄的文学创作，已经进入了民族意识作为精神推力的自觉阶段。他游走在中心与边缘之间。也就是说，冉庄作为一个土家族诗人，既有书写本民族的诗歌，又有书写非本民族的诗歌。由此可见，作为一个少数民族诗人，他的创作领域是广阔的，他的创作视野也是开阔的。”其《古松》就是一个案例：

将军带着士兵/来到岷江岸边/一棵挺拔的古松/把他的心神搅乱//当年长征的时候/曾和一棵古松为伴/歼灭古松旁边//现在来到这里/同样指挥作战/要把一座电站/修在古松旁边。

六言论句式，反映了当时提倡“新民歌”时期的历史语境，与主流文学接近。

冉庄的诗歌成就主要表现在他的山水诗歌方面，他对当代山水诗的“当代性”进行了自己的阐述：山水诗的创作必须写自然山水不能止于山水，述地方的风情不可终于风情，要在主体意识和自然山水再现过程中，讴歌新时期的新人、新事、新观念，从而创作出新时期审美体验的最高境界，使之达到物我相亲、物我同化、超越自然的境界。

冉庄不仅讴歌中国的大好河山，也关注其他地区的风景，如他的《旅美诗抄》就是写在美国的所见所闻，表达了一个少数民族诗人的世界意识。如《你好，洛杉矶》《好莱坞》《拉弗里和水》《唐人街》《自由女神赞》等，表达了诗人的宽广的胸怀。《站在福弗水坝上》:

---

① 彭斯远. 冉庄的山水诗及其评价[J]. 民族文学研究，1999（1）.

② 苏光文. 冉庄的山水诗[J]. 涪陵师专学报，2000-03-23.

巨大的水坝/将克拉多河/拦腰切断/托起一片蓝天//看着坝边的雕像/几十名劳工斗天战地/这是中美人民友谊的见证/几十年前的中国劳工/为建设水坝就做出了贡献。

平实的语言，表现出一种客观的人生观。《你好，洛杉矶》采用四言四句的中国古诗的格律，平易而让人感到诗情画意。

以正合，以奇胜

——杨清海诗歌艺术世界管窥

彭　鑫　田景友[①]

杨清海的诗歌艺术世界绚丽多彩，美不胜收。读者徜徉其中，可得醇正、丰富、新奇的审美体验。其诗意正，有充沛的正能量。这源自诗人浓郁的家国情怀、真挚的情感和“益人神智”的哲思。其诗象奇，诗有新颖活泼的意象。这源自诗人推陈出新，中外合璧，熔铸出奇特的“意象”。其诗言奇，有新而确、奇而妥的语言。这源自诗人拥有纯熟的驾驭语言的能力，最大限度地释放了语言的诗性。

绪　论

每次徜徉在杨清海的诗歌艺术世界里，总是被“意”之“正”、“象”之“奇”、“言”之“奇”打动。诗人“以正合，以奇胜”，创造出一个绚烂的诗歌世界，给读者以醇正、丰富、新奇的审美享受。

《孟子·万章下》有云：“颂其诗，读其书，不知其人，可乎？是以论其世也。”读诗，知人论世，必不可少。杨清海是重庆酉阳人，土家族，

---

① 彭鑫，酉阳县高中语文骨干教师。主研重庆市教委规划课题 4 项，主持酉阳县教委规划课题 1 项。在省级教育刊物发表论文二十余篇，获得重庆市 2017 年中学语文教师现场论文大赛一等奖。
田景友，重庆市高中语文骨干教师，重庆市酉阳第一中学校副校长，酉阳县名校长工作室成员。主持重庆市教委规划课题 1 项，主研重庆市教委规划课题 4 项。在省级教育刊物上发表论文十余篇，多次获得重庆市“基础教育改革论文大赛”一等奖。

重庆市作家协会会员，重庆市电视艺术家协会会员，曾任酉阳县委常委、宣传部部长，现任酉阳县大副主任、党组副书记。他的诗作见于《中国风》《文艺报》《北京诗人》《大众诗社》《浮萍文学》《中国新农村》《公民导刊》《山东文学》《参花》《银河系》《酉水》《酉阳报》等报刊网络媒体，收入《新诗百年·中国当代诗人佳作选》《中国跨世纪诗人》等多个选本。他出版有诗文集《面对武陵山》和诗集《心灵的烙印》。关于其人其诗，重庆诗人袁宏有一个经典的评论："杨清海主任一边忙于政务，一边耽于诗歌创作。他用自己的行动示范引领和支持鼓励酉阳文学。"

杨清海的诗歌艺术世界绚丽多彩。著名作家、中国作家协会主席团委员、重庆市作家协会荣誉主席黄济人在《〈心灵的烙印〉序》中说："……出于对这首诗（《父亲的手套》）的喜爱，我建议杨清海将它谱成歌曲，让大家唱起来，而诗人则需要继续沿着心灵的烙印，把自己的心声永远传唱下去。"著名作家、评论家、第六届"骏马奖"获得者冉庄在《浓烈的诗情——读杨清海〈面对武陵山〉》中说："读了他的《面对武陵山》，我觉得很富浓烈的诗情"，又说"……（他）创造了崭新的诗歌意境，带给了人们美的感染和享受，这不是清海个人的天才创造，而是诗人们共有的天才创造力"。

笔者不揣浅陋，针对其诗歌艺术，就"意正""象奇"和"言奇"三个方面进行一些探索。

一、意之正：充沛的正能量

古人论文学，有一个经典论断："意，犹帅也。"（明末清初王夫之语）可见，写诗，对"意"不可不慎。笔者以为：意正，乃是写诗最关键处。杨清海的诗歌艺术世界，有着充沛的正能量，"意"特别"正"。

这"意之正"，得益于诗人的"真情""党性"和"哲思"。这三者水乳交融，在其诗歌艺术世界里完美统一。白居易在《与元九书》中说："感人心者，莫先乎情。"其诗，源自内心的真情，就像冉庄先生所说："（杨清海的诗）闪烁着两个大字——真情。"真情流露，诗之"意"自然"正"。毛泽东的《在延安文艺座谈会上的讲话》指出，作家要"站在党的立场，站在党性和党的政策的立场"。作为一个忠诚的共产主义战士，诗人党性强，又善于把党性融入诗歌中，如盐入水，无痕有味。同时，诗人以辩证唯物主义烛照大千世界，哲思悄然融进诗歌。

杨清海诗歌艺术世界里的“意”主要有三种：一是浓郁的家国情怀；二是感人的亲情与爱情；三是“益人神志”的哲思。

（一）浓郁的家国情怀

中国诗歌中的家国情怀源远流长，滥觞于《诗经》。“有人斯有群矣，有群斯有忧患矣”与“知我者，谓我心忧；不知我者，谓我何求”便是其中名句。可以说，爱国乃是中华文脉的道统。诗人继承、发扬了这一优良传统：诗心容天下，忠贞见笔端。

家国情怀是杨清海诗歌的重要基因。在《七月，继往开来的季节》中，诗人笔尖蘸满深情，写南湖“酝酿一个历史的典故”，写长江“叩醒灿烂辉煌的日出/融化近代百年沦落的凄苦”，写“血雨腥风的刑场上/那满怀希望振臂高呼”，写“面对党旗我们自豪地说/人民已经当家做主”。在诗尾，诗人直抒胸臆地表达了一个忠诚的党员的心声：“作为真理的追求者，永远做廉洁的公仆。”《厦门与金门》则流露出对祖国统一的殷切期望——“海风把每一个/华夏子孙/美梦传递/朝阳啼血”。《阿德的手机铃声》从一个普通导游阿德的手机铃声，引出海峡两岸人民共同的心愿：“统一，历史必然/《义勇军进行曲》/久久回荡耳旁。”

白居易有言：“文章合为时而著，诗歌合为事而作。”真正的诗歌，总是富有历史使命感的。诗人关注国家的发展，关注人民的疾苦。在《纤夫道——乌江行断想》中，诗人以对比手法讴歌“马达”，讴歌先进生产力，讴歌乌江流域“旧貌换新颜”。乌江是壮美的，又是惊险的。过去，江上行船常需纤夫拉动。这些纤夫唱的“古老的歌”是那样的“苦涩”，那样的“惆怅”。乌江上的风，“撕碎过手织的遮羞布/抽打过带血的胳膊”。那些艰难的岁月令人心酸：“霜，曾轻轻地/点染过浓黑的眉毛/咀嚼过粗糙的赤脚。”经过诗人的层层渲染，乌江“行路难”被表现得淋漓尽致。末尾处，诗人为马达欢呼，为时代的进步欢呼：“面对初露的晨曦/为‘马达’放歌”。这就让读者形象地感受到先进生产力对改造世界的巨大作用。在《一“网”情深》里，诗人为建设光纤网的人们鼓劲：“事业深情呼唤/建设光纤一张网”。在《该死的莫拉克》中，诗人对台湾同胞受台风“莫拉克”的侵袭饱含深深的同情：“毁村庄/断桥梁/满目疮痍/让人悲伤不已分外烦扰。”

祖国的大好河山，自是诗人一助，同时，诗人又以诗篇回赠它们。诗集《心灵的烙印 · 纵情山水》，共有 12 首诗，每一首都是“胸中山水的迷人肖像”，都是写给祖国河山的“情诗”。《印象西湖》表现了西湖勾魂摄魄的美丽：“你，被森林锁住/山是那样的翠/你，被美丽锁住/水是那样的蓝/你，被故事锁住/情是那样的浓。”《游绍兴》赞颂了绍兴的钟灵毓秀：“会稽山下/老街/一个诞生巨匠的地方/烟卷越燃越短/话题越来越长。”《河湾山寨》为乡村的旅游发展而欣喜：“打磨如玉的寨落/你换颜/我快乐。”

诗人近作《敦煌，遇见春天》的字里行间充满对敦煌的痴迷：“于是，自然的恩赐/化为月牙母亲的乳汁。”《一路向北》则把三峡之巅的壮美描绘得令人心醉：“满江满河的神韵/一滴，一晶莹/一掬，一甘甜/醉了游人。”山河之美与诗人的“性灵”相互激荡，交融出一首首描绘山川的大美之诗。

（二）感人的亲情与爱情

亲情与爱情，是诗歌亘古弥新的主题。由于真挚的情感和深切的体会，杨清海诗歌中的亲情与爱情散发着独特的艺术魅力。诗人以爱情与亲情这两个音符，奏出了最动人心弦的旋律。

《父亲，让我给你洗一次澡》，是一篇令人泣下的诗篇。诗人为父亲洗澡，希望给父亲“洗走疾病/洗掉烦扰/洗来快乐/洗出欢笑”。一片孝心令人感动。“洗青你满头的白发/洗平你满身的皱纹/洗直你佝偻的身躯/洗净你岁月的不老。”诗句里饱满浓烈的情感，道出了多少子女的心声。

《父亲的手套》则从一个新颖的角度（父亲的手套）歌颂父亲，歌颂父爱。父亲是一个好石匠：“他把一个石匠的忠诚/一锤一凿地/记录在乡邻的房前屋后。”父亲更是一个好父亲，在辛劳的生活中也不忘给孩子以甜蜜：

> 栽秧的季节/装满秧泡/播种的季节/装满茶树泡/薅草的季节/装满地皮泡/那些香甜红嫩的泡哟/至今仍叫我/垂涎欲滴。

父亲对家的热爱与责任感更是令人动容：“他把对子女的责任/记录在那一双双/充满希望的/破烂的手套里。”而父亲的手套既是父爱的象征，也是家风的象征：“他说，留着它/让儿孙们知道/热爱生活　懂得珍惜/我们也倍加看重/留着永恒记忆。”

《母亲的一声吆喝》，以诗的笔触记录了诗人年少贪玩想砍李子树做弹弓，母亲决然阻止："母亲一声吆喝，梦想落空。"多年后，诗人所得颇丰："每个春天我收获风景，夏天拥有果实。"而尾句"感恩母亲的一声吆喝"饱含了对母亲的感恩，激起了读者对母爱的共鸣。

《家》分别写了童年的家、青年的家、中年的家和老年的家。家，温暖："父母把最好的吃的煮上/叫一声'幺儿吃饭了'/一切烦恼全遗忘"。家，有力量："家是不竭动力，为理想而战。"家，有责任："责任扛肩上/虽然有时也困倦/但责任在肩要敢于担当。"家，有幸福："老年的家，幸福写在脸上/就像一个陈列馆/把所有作品和荣誉珍藏。"最后，诗人用两个句子精练地总结了家的真义："家啊，是心灵的起点/也是心灵栖息的地方。"

《张开想念的翅膀——致爱妻》，情真意切，感人肺腑，每一句诗都是以炽热的情写成。"人类，曾千百次/叙说过爱的甜蜜/大自然以神秘的笔触/记录无数爱的奇迹。"这是对人间最美的感情——爱情——发自内心的赞颂。"我凝视着乌江和长江/洒下一腔爱的音符/轰隆的马达载不动/只有我的爱妻/才能用心装起/贮藏。"这一段化用李清照"只恐双溪舴艋舟，载不动许多愁"，却又不着痕迹，有王勃"落霞与孤鹜齐飞，秋水共长天一色"化用庾信"落花与芝盖同飞，秋水共长天一色"之感，并且还融合新意象——"马达"，推陈出新，堪称经典。这首诗的经典之处还有许多，例如："我记得，你说过/爱诗的人思想未必健康/但，请相信/我有自己的信仰/我爱诗，是为了/让生活充满多彩的内涵/决不把我情感的帆船/驶向那陌生的港湾/我要把生命的热情和希望/化作唯一向你倾诉的衷肠/要知道，没有你/我将没有诗情/也不会有蓬勃的力量。"正如黄济人先生所评价的："读遍天下情诗，恐怕也找不到这样的诗句，而正是这样的记叙，让我在党性之外读到了人性，在原则之外读到了柔情，爱情本就像土地那样真实。"

（三）"益人神志"的哲思

杨清海诗歌中的哲思源自诗人丰富的智慧、深邃的灵性和对辩证唯物主义的深刻把握。它们蕴藏在诗人的众多诗歌之中，集中表现在《组诗七首》里。这七首诗精粹凝练，蕴含丰富，诗味隽永，既给读者以美的享受，又对读者充满启迪，激发了读者探求真理的热情。

《树叶》:“绿色，固然充满生机/枯黄，又何尝不是一种美丽。”诗人以辩证法烛照世界，发现被俗见遮蔽的一面——枯叶是另一种美。《蜗牛》:“深藏不露/别人贬损你不在乎。”诗人借蜗牛来赞美大智若愚的不在乎外界评价而坚守内心的智者。《信鸽》:“知道回家的路很远/你依然奋不顾身。”不仅是对信鸽不远千里、为了身上任务而勇敢前行的赞美，更是对具有信鸽一样品质的人的讴歌。《山芋》通过一件小事“有人嫌山芋烫手”表达了对“缺乏智慧和信心”的人的批判。《风铃》:“没有风的给予/你就无法发声”这两句诗，生动形象地揭示了辩证唯物主义的一个真理：事物是相互联系的，无因也就无果。《灯塔》:“永远不变的信念/照亮过往人的前程。”揭示了“信念”对人类的重大作用，激励人们树立坚定的信念。《指南针》赞美了指南针“不论何时何地，始终认定一个方向”，更赞美了那些为了理想坚贞不屈的人们。

尼采说:“一切文学，吾独爱以血书者。”杨清海是以真情，以“血”作为书写诗歌的材料，并兼之以“党性”和“哲思”，最终为其诗歌艺术世界染上了一层绚丽的底色。

二、象之奇：新颖鲜活的意象

俄罗斯文坛有句经典的流行语:“诗人是捕捉意象的猎人。”由此可见意象之重要。意象使诗人心中的感情和思想得以“成形”，变得具体可感，从而击中读者的心灵。诗歌意象的质量，直接关系到诗歌的意蕴和诗歌的美感。

判断一个意象是否高质量，是有一个标准的。谢榛在《四溟诗话》中说:“夫情景相触而成诗，此作家之常也。或有时不拘形胜，西面言东，但假山川以发豪兴耳。譬如倚太行而咏峨眉，见衡漳而赋沧海，即近以彻远，犹乎兵法之出奇也。”这就指出了诗人营造“意象”要像用兵那样，“以奇胜”。而要营造奇特的“意象”，就需要丰富的想象力。这正如陆机《文赋》中的八字真言:“精骛八极，心游万仞。”

在杨清海的诗歌艺术世界里，有着新颖鲜活的意象。这些意象不落窠臼，是诗人的独创，当得住一个“奇”字。它们有的是从中国古典文学中改造过来的，有的是从西方文学移植过来的，有的是从现代生活萃取出来的，还有的是从工业时代和信息时代新生出来的。

“秋”这个意象的悲凉之态，始自战国宋玉的《九辩》：“悲哉，秋之为气也！萧瑟兮，草木摇落而变衰。”之后，“秋”这个意象除了在刘禹锡《秋词》等寥寥几首诗中变得辽阔豁达之外，其余几乎都是一副“悲情”的脸孔。而在诗人《秋天的写意》中，“秋”这个意象清新有力，一扫中国古典诗歌里的那种凄凉之态，也比刘禹锡《秋词》中的“秋”多了新的表现的维度。《秋天的写意》中的“秋”是“清新”的：“清澈得/能见河床的年轮”；是“温暖”的：“晚霞，在夜幕上/写一行暖融融的诗句”；是豪迈的：“南飞的大雁/把寂寥牵向远方”。

这样新奇的“意象”，在其诗歌艺术世界里俯拾即是。在《圆》里，诗人萃取现代生活的物象，“圆”不仅是“旋转的唱片”还是“启航的标灯”。《云》中的“云”不是古典诗歌的“白云遮望眼”，而是带着思念和记忆的“奇形怪状的生灵”。它们会困倦，需要“风轻吻一下”；还会被感动落泪，这时“浪漫的情调/占据偌大的空间”。而在《铁轨》里，“铁轨”是一个男子汉的形象：“用生命的脊梁/把责任托起”。《海燕》里的“海燕”成了一个浪漫主义诗人，能“把海面写成了诗行，乌云化成逗句”。《草原》里的“草原”是一个“种植诗歌的地方”，而“敖包是诗眼”。《夏之潮》里的“太阳”又是一个喝了酒红了脸的汉子：“夏日的太阳/像喝醉了酒/满脸通红/热辣辣有点激动”。《梅》中的“梅”不是梅，而是“智者的情商/诗人的灵感”。《面对武陵山》中的“森林”不是森林，而是童话、彩笔、标杆、灵感和伙伴。《彼岸》中的“此岸”是“一轮熟透的太阳”；彼岸是“一枚柔美的月亮”。《梦在桃花源》里的“石鸣钟”是“凸起的诗眼”，“无字天书”是“不朽的诗魂”。这些奇特的“意象”，令人惊艳，让人叹为观止。

刘勰《文心雕龙·神思》有云：“观山则情满于山，观海则情溢于海，我才之多少，将与风云而并驱矣。”诗人在一花中寻找世界，在一叶中悟得菩提，还青青翠竹之法身，解郁郁黄花之般若，裁剪物象，浇灌情感于其中，推陈出新，中西合璧，熔铸出令人耳目一新的“意象”。

三、语之奇：新而妥、奇而确的语言

诗被称为语言的艺术。诗的魅力很大一部分是来自语言给人的审美享受。关于诗的语言，古今中外的文学理论家都有不少探讨。

近代俄国的形式主义有一个著名的理论——“陌生化”，英语翻译为defamilliarization，也被称为“反熟悉化”。诗人让语言“反常”，给读者延长感知语言的长度，增加语言对读者心理的冲击和震撼。这一理论诞生后，由于具有较强的阐释力，在东西方产生了巨大影响。笔者既服膺“陌生化”，又以为中国古典文论里有比它更加全面的阐述。

明末清初文学家李渔在《窥词管见》中说：“琢句炼字，虽贵新奇，亦须新而妥，奇而确。妥与确总不遇一理字，欲望语之惊人，先求理之服众。时贤勿论，吾论古人，古人最工此技。有最服予心者，‘云破月来花弄影’。”李渔所讲的“新而妥，奇而确”，不仅强调语言的“陌生化”，也强调在“陌生化”的基础上还要“合情化”“准确化”。“合情化”是指语言虽是“陌生化”的，但语言之中蕴藏的情感，应该是能引起读者共鸣的，令读者“心有戚戚焉”。“准确化”是指语言虽是“陌生化”的，不一定吻合“物理现实”，但一定吻合“心理现实”。

诗人杨清海善于驾驭语言，做到了“新而妥、奇而确”，擦亮了语言，使语言折射出晶莹透彻的光芒。诗人在《呐喊》中写道：“纤夫，驮着/沉甸甸的岁月。”“驮”本是与具象名词搭配的，而岁月是无形的。“驮”与“岁月”搭配，这是陌生化，是新，是奇。而纤夫的日子艰辛，生活劳顿，岁月就像一个沉甸甸的包袱，压得他们喘不过气来。所以“驮着/沉甸甸的岁月”，这样搭配，又是那么自然，那么妥帖，把纤夫艰辛的生活形象地、准确地描写了出来。

类似的纯熟驾驭语言的例子，在诗人的诗歌艺术世界中，如同沙滩上的贝壳，比比皆是。《铁轨》里说：“最单调的音符，也是最动人的旋律。”“最单调”和“最动人”乃是矛盾之语，将两者搭配，新奇的同时，并不让人感到突兀。因为火车在铁路上的响声，的确是单调无比；而铁路给山民带来便捷，带来经济收益，带来外面世界的精彩，这单调的响声又是山民心中的福音，所以称之为山民心中最“动人的旋律”，是那么契合山民的内心。在《秋之果》里，“即使把记忆风干/仍与美梦拥抱”。生活中，记忆是无形的。在诗里，记忆恰如葡萄，可以风干，风干之后，另有一番滋味。“记忆”与“风干”搭配，在笔者的阅读视域内，是第一次，很新奇。但是，记忆给人以无穷的遐思和回味，这又是每个读者都有过的心理体验。所以这句诗，既带来新鲜感，又引发了读者心灵共振。

在《父亲的手套》里，父亲的手套是神奇的，不仅可以装各种“泡”，还可以装“故事”“温馨”“希望”和“家教”。在《冬之思》里，红围巾裹住的不仅是脖子，还有欢笑：“红围巾裹着欢笑。”《驿站絮语》里，无形的乡情和思念都是可以编辑的：“我们把一缕缕乡情和一串串思念编辑在一起。”《彼岸》中“一枚熟透的太阳”，“熟透”与“太阳”相搭配，让我们重新发现“太阳”，“太阳”成了我们最熟悉的“陌生人”。在《黄葛树之春》里，无法捕捉的“阳光”能够“珍藏”：“学会在春天珍藏阳光。”在《天眼，你望见了什么》里，“梨花”可以被“洗白”：“梨花被春雨洗白/群山深情呼唤/那位呕心沥血的智者。”在《城市天桥》里，无形的“童心”能够“洒下”：“洒下一路耐人寻味的童心。”在《行走的微笑》里，“微笑”竟然能够“剪出”：“剪出行走的微笑。”在《一百五十年一见的月亮》里，无影无形的“温暖” 竟会“绽放”：“冷风吹动我的白发，把温暖绽放。”这些新奇而妥帖的语言，极大地释放了汉语的诗性，带给读者丰厚的审美愉悦。

当代文学理论家马大康在《诗，语言的共和国》中说：“在诗国中，语言挣脱了种种束缚，获得了自身最充分的自由和自主，它自由地组合着，不愿接受语法的规范，也不受逻辑的约束，甚至连字词也蜕去了原有的概念硬壳而成为迷蒙的晕环。”诗人杨清海以纯熟的驾驭语言的技巧，解放了语言，也解放了读者的心灵，使读者能在诗国中摆脱“必然王国”走向“自由王国”。

小　结

杨清海的诗歌艺术世界，博大精深，需要我们细读精研。笔者非常喜欢重庆诗人黎洪的一首诗，题目叫《黎洪读杨清海诗集〈心灵的烙印〉感赋》。全诗如下：“天生是俊才，信手撰鸿裁。教化痴愚醒，怡愉云雾开。彩毫穿纸背，大义净嚣埃。吾爱当多读，时时置案台。”短短的八句诗，凝练地概括了杨清海其人其诗。

如果你既想给心灵浇灌正能量，又想给心灵以审美愉悦，那么请走进杨清海的诗歌艺术世界。当你走进它时，你会应接不暇；当你离开它时，你会依依不舍。

南风与孤独

——杨犁民诗歌精神气象

彭　鑫

绪　言

孤独是人的宿命。每个人都有独自面对浩瀚的宇宙、广漠的世间、荒凉的内心的时候，只是或多或少而已。无法彻底摆脱孤独，这是人永恒的悲剧。应对孤独，是人类精神史的一件要事。从慰藉心灵的视角看，一部文学史，就是一部“应对孤独”的历史。

对于文学来说，孤独是一柄双刃剑：划破了归属感的同时，也划破了麻木感。在带给人疏离感、空虚感、失落感的同时，孤独也敏锐了感知力，强化了审美力。在孤独中，人反观自身，体验真实感受，进行深刻的思考，体验精神的自由。可以说，孤独是“心灵之殇”，亦是催生审美心态的一个“触媒”。蒋勋说：“孤独或许就是美学的本质。”此言不虚。

孤独之于作家，犹如石子之于河蚌。孤独伤害了作家，也成全了作家，增强了创作者的欲望和艺术独创性。正如清末二知道人在《红楼梦说梦》中所说的：“蒲聊斋之孤愤，假鬼狐以发之；施耐庵之孤愤，假盗贼以发之；曹雪芹之孤愤，假儿女以发之：同是一把辛酸泪也。”同时，作家也回报了孤独，将它敞亮：蒲松龄敞亮了被科举制度禁锢了的才子们的孤独；施耐庵敞亮了在奸臣当道的环境下报国无门的英雄豪杰们的孤独；曹雪芹敞亮了在封建礼制下真心相爱却不能结为连理的恋人们的孤独。

而对于读者来说，阅读这些“敞亮”的孤独，正如“借他人之酒杯，浇己心中之块垒”。文学里的孤独，让读者心中的孤独得到宣泄。这就是文学应对孤独的一个法门：作家将孤独敞亮，读者借此“宣泄”孤独。同时，“应对孤独”，文学还有另外两个法门：一是通过“打开‘隐秘’的诗性”和“将宇宙人情化”来排解孤独；二是营建精神秘境，悠游其中，消融孤独。

“应对孤独”的三法门，杨犁民的诗歌可谓兼得之。他的诗中有万千孤独：人在时间长河中的孤渺之感，人与人的疏离之感，人与自身的疏离之感。世间几乎所有的孤独，都在他的诗中“敞亮”。同时，他打开“隐秘”的诗性，采撷缤纷诗意，又营建出一个个精神秘境——心灵的栖居所。读者的孤独因此得到宣泄、排解和消融。如果说，孤独是围困生命的大雪，那么杨犁民的诗歌就是抚慰生命的南风。

一、万千孤独：孤独在“敞亮”中得以宣泄

在文学中将孤独“敞亮”并非易事：一是作家要敢于直面孤独、尊重孤独、拥抱孤独；二是作家要有深邃的思想，能看见孤独的本质；三是作家要有深厚的文学功力，能将孤独形象地呈现。“敞亮”孤独，是文学创作的一个“吃力处”。

而在当今消费主义盛行时代，“敞亮”孤独，又是一个“费力不讨好处”的事。在“娱乐至死”的氛围里，面对人的“孤独之殇”，通过感官刺激来“遮蔽孤独”，无疑是一条取巧之路。但这无疑是饮海水解渴，越饮越渴。读者的孤独，将郁积得更沉重。所以，在当下的文化语境中，“敞亮”孤独不仅是一个文学技艺的问题，更是一个文学良知的问题。

杨犁民尊重孤独，珍惜孤独，拥抱孤独。他的精神风向标是朝向孤独的：“我的痛苦不是来自孤独本身——/我的痛苦在于我永远只是孤独的孪生兄弟——/而不能和孤独合二为一。”（《孤独说》）这从他的诗歌题目中也可见一斑：《黄昏回到几十年未住的荒屋》《坐在山顶油菜花田俯瞰山下城市和人间》《坐在南海椰子树下想起了历史和教科书》《在呼伦湖与一匹骆驼对视》《深山赋》，等等。同时，沉思的性格、驾驭汉语的技艺、对人和人生的执着与热诚，使他能为世间万千孤独“去蔽”。读者的孤独，因之得以宣泄。

（一）人在时间长河中的孤渺

“江畔何人初见月？江月何年初照人？人生代代无穷已，江月年年望相似。”（《春江花月夜》）。面对无尽的时间长河，人的无奈、无力、形影相吊之感油然而生。这种永恒的孤独是哲人骚客的吟唱母题：“逝者如斯夫，不舍昼夜”（《论语》）；“前不见古人后不见来者，念天地之悠悠，独怆然而涕下。”（《登幽州台歌》）

同时，人类理性深处的永恒意识更增加了这种孤渺之感。人类越向

物质世界和精神世界深处扩展，就越感觉到自身的渺小与孤单。与无限的物质世界和精神世界相比，人作为有限的存在，不可避免地成为一粒孤独的尘埃。

在《时间河流》中，杨犁民写尽人在时间长河中的孤渺之感：

千年的大山/也要在我波涛里淘尽/成为卵石/成为流沙一粒/只有我啊/一如既往地奔腾不已。

而这种孤渺之感，是亘古的，是旷世的："像无尽的沧桑/像无边的孤独/没有来源/也没有归宿。

时空浩瀚，人渺小得如一粒灰尘，孤单得甚至一无所有："对宇宙来说，我更渺小，无穷小/像恒河沙数/然而大多数时候，这里只有我一个人/重庆只有我一个人，地球只有我一个人，宇宙也只有我一个人/一个人出生，一个人活着，一个人死去/一个人说话，一个人沉默，一个人对抗，一个人妥协，一个人打败自己/我无门无派，最多只有几个 QQ 群。"(《无穷小》)时间残忍，青春终将一骑绝尘而去。想挽留时间，就像用竹篮打水："整整一天，我都在看他们，橘红色的三个人/在西城河里打捞着什么……事实上，河水上也没有什么可以打捞，既不产鱼/也不出虾，当然也没有黄金/和钻石。我看到的，只是他们因时间的改变/而产生的位移。难道是打捞时间，过去，童年，王氏，记忆……以虚空对虚空，抓一把空气如抓往昔岁月/将徒劳当成一生的事业。"(《打捞流水的人》)。

面对永不停息的时间，人孤单得只能靠记忆取暖：

当我再次成为宴席的主角/吹熄几十年沧桑的蜡烛/我便会再次忆起：/二十岁生日/一群穷学生，以及/那个温馨的小餐馆/只是那时，请柬也请不来你们了/我的朋友啊/请柬也请不来我们的年少/年少的贫穷和富裕。(《二十岁的生日》)。

岁月无情，人注定要遭遇种种"告别"：

一路走来，离开人群到地下/沉睡的人，意境不少了，悉数堆积。多年前/小学同学骆银花走了/一个班丧失了三十二分之一……去年舅母死了，一场大雪，变成了把骨灰/终于扔掉了风箱般的身体/接着是表弟的岳父，上山挖树根/被机群般的马蜂围攻，千疮百孔/一起长大的小妹医院输液回来/从此长睡过去，亲戚丧失若干分之一/而母亲，已八十多岁，风烛残年。(《真的不痛》)

一篇读罢头飞雪，孤独感瞬间渗入骨髓。

每个人都要成为孤儿，这是无法摆脱的悲剧："他的母亲死了，他哭得涕泪滂沱/此前，他的父亲已离世多年/如今，父母双亡，他成了孤儿/白发苍苍的孤儿，哭得涕泪滂沱。"每个人终将独自一人面对世界："旁观者，要理解他的伤心——/从此，去往另一个世界的队列中，/排在他前面的，再无别人。"（《孤儿》）

（二）人与人之间的疏离感

人与人的疏离几乎是不可消除的。正如《渤海火车站》写的："铁轨切开河山，把大地分成左边和右边/把我们分成了我和你。"这种人与人的疏离是永远无法填平的"鸿沟"，即使是亲人也不例外。

人与人无法彻底了解对方：

> 在同事眼中，我每天按时上班，下班/风雨无阻，在家人眼中，我们每天按时出门/提着夜色回家。是的，我在这里，/一直都在，不曾逃离。/而作为更大人海中的一粒砂砾，/从没有做出过砂砾意外。可他们不知道，/很多时候，我一个人，离开了我，灵魂出窍，/仿佛梦游者，在寻找另一个走失的自我，开始了漫无目的的远行。（《远行》）

无论是谁的精神世界，都无法完全被人了解，这是永恒的。

人最大的孤独，来自虽在熙熙攘攘的人群中却依然"踽踽独行"，就如《穿过人群像穿过一片树林》所写："一个人从人群中走过/像穿过一片稀疏的树林/岁月空旷，空气寂静。/我在树林中走了很久，也没有走到/尽头；偶尔回首，周围的树木/熟悉得有些陌生；有时我想喊/却没有人答应，仿佛它们也有自己的路/要赶。"在人群中，人与人的距离不亚于人与植物的距离。人的这种孤独感是伴随一生的："我就这样漫无目的地/走着，不知不觉，走掉了一生。"

即使是亲人，有时不仅是疏离，甚至不得不"遗弃"。面对无情的"铁律"，人常常身不由己。面对疏离，至亲之间也充满无奈感和无力感："大街上遇见年迈的母亲……我没有看见她，是坐在我旁边的妻子看见的/妻子告诉我时，我的汽车刚刚开过去，陷在车流中/我不能回头，更不能将车子停下，或者掉头/只能任由它越走越远，在长河中止不住流淌……"这种疏离寒冷得甚至像"遗弃"："汽车越去越远。母亲不知道，我们经过了她的身旁里走出来之后/几十年了，我一直在流浪——一个脱离了母体的人/注定了，要被母体遗弃在大地上。”（《遗弃》）这种孤独冷如寒冰。

有些孤独，夫妻之间也无法慰藉：“有许多东西，都是我们共同的，比如/房屋，金钱，仇恨，贫困，儿女，亲戚，直至命运/可是我越来越力不从心，也有许多东西/无法相互替代，比如：衰老，疼痛，疾病。”（《情语：今生今世》）亲密无间的两人之间，依然有无法解开的“疏离感”：“我们跋涉在各自的一生里，彼此最近时最相隔最远/当一生和一生完结，仍有什么不肯停息。”人常常只能一个人“独享”孤独。

人永远都在等待知音的过程中，内心渴望知己的程度与想要摆脱孤独的程度相对等：“我在等一个远朋的来访，像一匹骏马/一边吃草，一边等待着远方/内心的骑手，还没有到来/他说走吧，我就跟他走了，他说流浪/我就跟他去流浪。”（《铁匠》）可是知己或许永远不会到来，来的或许只是和孤独一样冷的雪：

> 可是他一直没有到来，我只得把铁打下去/二千年过去了，他还是没有到来/我只得一直这样打下去，这时候，雪更大了，叮叮当当。（《铁匠》）

人的一生也许就是等待知音的一生：“等一个人，或等一封信，等掉了一生/东风八百里加急，我就是不醒。”（《阳台》）

《电影院》就是人在人群中充满孤独感的一个象征：“通常都是/人群潮水般退去/字幕都已现完/银幕上留下一片巨大的光——曲终人散/我才最后一个从座位上站起/座椅们这时候/从屁股上解放出来/咣当咣当/相继回到了/原来的模样/我一回头/身后是一片寂静的/海洋。”面对人群，有时就像面对一片海洋，那么无边地孤独，那么浩瀚地孤独。

（三）人与自身的疏离感

“我”是由很多种“自我”构成的。人有多少种社会角色、多少种心理追求，就有多少种“自我”。其中最本真的自我与最现实的自我常常相隔千里，甚至是不共戴天的仇敌：

> 一个名字，用来写诗，印书，在文字中称王/行走江湖，醉酒，结交朋友，自我放逐/养孤，享受孤独，途穷，喊痛，自爆秘密和羞耻/一个名字用来结婚（离婚）/填档案和学历/看病，存钱，办

> 信用卡，当父母、儿女，扶起和亲戚/跟活着的和死去的都扯上关系，打官司、签合同/评职称，编族谱，贴讣告，写悼词，刻墓碑/两个名字，两种身份，两张画皮，共用一具身体/互不相识，又经常打架，你死我活，有你无我。(《身份》)

自我之间的疏离，是最痛的“孤独之殇”：“自我伤害了我，让我在人眼中，活得极不像人/千疮百孔反被误认为棱角。我没有一块毛铁可打/也没有一片雪花为我而下。每每/想起嵇康阮籍，悲人也自悲/他们活得并不潇洒——我竟不能像他们那样活。”(《来临》)

这些自我之间甚至大动干戈，最本真的自我常常不得不缴械投降：

> 突然从路边草丛跳出来，有时一个人/有时几个人。拿枪，拿刀，拿棍，/面孔模糊，身份不明。要我抖落金银细软，/交出思想，交出名字，交出决定；交出沉默，/愤怒，支持，反对，固执，妥协；/交出听其言观其行；要我跟他走，/把自己招安。还要交出独守天下的一个大王，/和内心拥抱的一锭黄金。(《废墟》)

更凄凉的在于，最本真的自我常常无处寻觅：“隔着铁栅栏，他们固执地认为，/我被关进了牢笼，拼命要把我救回他们那边去。作为回应，/我只能嘱托医生把栅栏关好，/防止他们一言不合就自杀和杀人。/后来我发现他们全都跑进我身体里来了，/我身体里有座精神病院，/里面群魔乱舞，随时要破门而出。”(《精神病院》)为寻找最本真的自我，人不得不跋涉一生。

人生一世，万千孤独。《一个人在海边》就是对这种孤独之痛的隐喻：“用太平洋洗脸，海水越洗越干净/用太平洋哭泣，泪水越哭越汹涌/一个人，在海边，坐拥的/是整个宇宙的/痛”。

二、缤纷诗意：以诗性排解孤独

杨犁民是葆有孤独心态的诗人：“我的痛苦不是来自孤独本身——/我的痛苦在于我永远只是孤独的孪生兄弟——/而不能和孤独合二为一。”(《孤独说》)在孤独中，“移情”心理现象极易发生。“美感经验中的移情作用不单是由我及物的，同时也是由物及我的；它不仅把我的性格和情感移注于物，同时也把物的姿态吸收于我。所谓美感经验，其实不过是在聚精会神之中，我的情趣和物的情趣往复回流而已。”(朱光潜

《子非鱼，安知鱼之乐？——宇宙的人情化》）

杨犁民独与天地精神相往来：“我一个人坐在那里，此刻/就算把我一个人放在旷野，置于暴雪和群山中心/我也只有沉默，没有恐惧。”（《武陵听雪》）心与物深度交流，万物成为人的知己，甚至与人融为一体。以此，孤独得到排解。

同时，在孤独的情境中，诗人的感觉、情感触角更加敏锐。日常生活中的那些细微、琐碎的事，常见、平凡的景，微妙、难以言传的情，在澄净如镜的“孤独之心”中闪烁出缤纷的诗意。这些“隐藏”的诗性也成为温暖孤独的篝火。

（一）万物的灵性：引万物为知己

在孤独中，杨犁民“收视返听”，对世界、对心灵有了更深刻、更丰富、更持久的体验。在宇宙的人情化过程中，人的孤独被自然万物所慰藉。正如辛弃疾的名句：“我见青山多妩媚，料青山见我应如是，情与貌，略相似。”在杨犁民的笔下，万物皆具灵性。雪、云、月、腊梅都是他的精神伴侣。

《唯物主义的蝉》就是典型：“它已经很空了，唱无所唱，吐无所吐/是因为哭空了，还是因为空而哭。”蝉的孤独，也是诗人自身孤独的投射。人何尝不是以各种方式呐喊以排解孤独：“不得不让我怀疑，如此急切地用声音/撕开自己，到底是出于生理之需，还是心理之需。”这慨叹，既是伤蝉，又是自伤；既是为蝉悲哀，又是为自己悲哀。诗人因此在自然中找到了一个知己——蝉。

诗人追求庄子“逍遥游”的心境。这种情愫，在白云身上得到了应和：

> 真有些羡慕它们了：对于人来说，最幸福的事，莫过于做一片云，/不用识字，也不用做算术题，/赤条条来，赤条条去，自由，是最好的教育。/成天东游西逛，人间的大小事务皆看在眼里，/无牵绊，无评论，天地声音飘散成寂静。/不吃饭，不用钱，无牵无挂，无父无母，无贵无贱，都是天空所生，/天空生下它们以后就什么也不用管了，死生有命，去来随性/无所事事，就是最好的修行。”（《向白云学习》）

白云就是诗人的同道中人,诗人在追求精神绝对自由的路上不孤单。

《以羊为师》也是如此。诗人追求哲思、善良,博爱之路有一个相依相偎的伙伴:“少说话,学会思考,星空下沉默”;“头顶尖角,把它当成饰品,/而不是武器”;“以身饲虎,也无遗憾,只不过换个身体继续活着,/身后无数同类,依然在大地上走来走去”。

而在《火车穿过春天》中,诗人以诙谐的语言将火车这个无生命的“庞然大物”化为一头牛:“这该死的牯牛/是什么时候又挣脱了栏圈/跑到了春天的田野里/气宇轩昂,还打着响鼻。”这让人仿佛回到了童年的牧牛时光:“它先是偷吃了秀山的一畦蔬菜/见我追赶,便跑进酉阳/顺便打起了一片豌豆的主意。”在幽默的诗中,火车也有生命的温度。

诗人心中的美好,和万物身上的美好心心相印。如《腊梅树》:“她为什么这个时候开?这绝对不是/一个生物学的问题。开得那么放肆,那么孤独/那么自以为是,那么毫无道理。仿佛/世界,都是她一个人的!/我是一个从众如流的人,没有腊梅的勇气和骄傲/我只能站在腊梅树下,吸一口气/不过已足够沁人心脾。”诗人自谦没有腊梅的孤绝。其实没有腊梅的孤绝,又如何能如此透彻地理解腊梅的孤绝。孤绝的腊梅和孤绝的诗人,相互取暖。

“相看两不厌,唯有敬亭山。”(李白《独坐敬亭山》)杨犁民把自然万物拟人化,引为知己,温暖灵魂。

(二)心物圆融:从孤独走向圆满

庄子在《齐物论》中说:“昔者庄周梦为蝴蝶,栩栩然蝴蝶也,自喻适志与,不知周也。俄然觉,则蘧蘧然周也。不知周之梦为蝴蝶与,蝴蝶之梦为周与?周与蝴蝶,则必有分矣。此之谓物化。”在“物化”中,人与物的鸿沟被填平。在心与物的圆融中,人实现了精神的丰盈。

《松林间》是心物圆融的典型。诗人在松林中葆有着思考的独立性:“数以亿计的松树在生长,一棵棵孤独的/灵魂,就这样坚守住了自己/我不喜欢人群,人群越多越喧嚣/人群只会裹挟个体/。”在冥想状态下“天人合一”,人与物融为一体:

> 一阵风来,每一棵松树都是/醒着的。没事的时候/我总是一

个人来这里/来到这松林间，我会变成三个人：一个来/一个人已经回去，一个人还坐在这里/坐成一棵松树：头发绿成松针/躯干日益俊朗，周身细胞畅快的呼吸/慢慢伸出十指的枝条，脚指头渐渐长成了根须。

在《我并不比一棵小草高大》中，诗人的情趣和草的意趣相印证：“我在草上走，被一滴露水叫醒/吸收了一泡牛粪的营养，向一朵野花挥手致意/我在草上走，我也走不出一棵草。”在平等心里，诗人活成了草的模样：“我并不比一棵草高大，也并不比一棵草更卑低/我在草上走，我就是一棵草而已。”最终，诗人与草俱化，达到心与物融为一体的愉悦境界。

正如朱光潜在《“子非鱼，安知鱼之乐？”——宇宙的人情化》中所说的：“艺术和宗教都是把宇宙加以生气化和人情化，把人和物的距离以及人和神的距离都缩小。”甚至人与物合而为一。在城市化浩荡前行、人与自然之物的疏离越来越严重的今天，心与物的交融，对人的精神圆满愈发重要。

三、打开“隐秘”的诗性：在美中忘记孤独

天下之物，因为常见，似乎并没有什么新鲜之处。然而如果以“静观”的态度去看，就能获得“万物虽参差，适我无非新”的体验，打开很多隐秘的诗性，采撷到缤纷的诗意。在审美中，永恒的孤独常常被忘却。

在普通的弹棉花的工作中，也有满满的“诗性”：“冬天来临的时候，他网住溅起的积雪，/四四方方，又厚又温暖。”这种温暖不仅是肉体的温暖，更是心灵的温暖。而弹棉花的声音，也如音乐声般动人：“他打开音乐的魔盒，引来漫天飞舞的云朵，/随后又铺开一方草原，挥赶着他的羊群。”弹花匠仿佛一个音乐家，能带来最美最温暖人心的旋律：“月光下，他背着一张长弓，像落魄的肖邦，/背一张竖琴。”平凡如尘埃的弹花匠，一身都是诗意的温暖：“他在黑夜里走，寒冷，也让他三分。”

又如《石头开花》打开了石匠艰辛生活中的诗性：“每砸一下，他的身影和铁锤，都要在空中停顿一下/每砸一下，他都要长舒一口气/在这千钧一发的停顿里/他把全身的力气，都凝聚在了一柄铁锤上/他把心中

所有的块垒化成石头，纷纷砸碎在地/在他眼里，世界上最美的花朵，是这一地碎屑。”砸石的常事里，也有诗性的花朵。

而《放牧云朵的人》将飞行员的工作变为一曲田园牧歌：“这世上最美的工作，是像他那样/骑着一只大鸟，放牧白云”。将冷冰冰的飞机“转化”为一只充满神性的鸟儿。就连白云也成了有生命气息的羊群：“往返于此与彼之间，航线固定/但天空无边，全是环境，每天都在放牧不同的羊群。”突然迸发的诗性，如电光火石，刹那间温暖了心灵，温暖了世间万物：“有一刻，我真的不想回地面了，一辈子在天空放牧/可是这时候晚霞来了，瞬间染红了机身。”

只要细心体会，生活中的一次回眸也能让人得到满满的温暖。《陪儿子去读书》写的是生活中一件极小之事。父子俩一路沉默，但是到了校门口之时，儿子的回眸与父亲的驻足，让这件小事的诗性洋溢出来：“走到校门口一百米，隔着一条街，我停住了/让他一个人进去。他过街之后/透过汹涌的人流和车流/回过头来，看了我一眼/又继续前行。”儿子回头一眼，就抚慰了父亲心中的所有孤独：“就像，我早已知道，他会回过头来/而他也知道，我会站在那里。”

如果能够“胸襟像一朵花似的展开，接受宇宙和人生的全景，了解它的意义，体会它的深沉境地”（宗白华《论〈世说新语〉和晋人的美》），那么就能与万物结为知己，做到心物交融，在万物、常人与常事身上采撷到缤纷的诗意，从而消解那注定的孤独。杨犁民的诗，见证了这一点。

四、精神的家园：南风消融积雪样的孤独

在审美世界中，人的精神得以解脱。通过“诗意的栖居”，人生艺术化，进入冯友兰先生所说的“天地境界”：“它可以表现为对日常生活、人际经验的肯定性的感受、体验、领悟、珍惜、回味和省视，也可以表现为一己身心与自然、宇宙相沟通、交流、溶解、认同、合一的神秘经验。”这样也就找到了人生的归宿、精神家园和终极关怀。这就是庄子所说的“天乐”。

在“天乐”的精神境界里，浩荡南风般的诗意，能消融心灵上的积雪样的孤独。正如杨犁民在《买诗的人》中所说的：

卑微而骄傲地活着/怀抱孤独，以诗为炉/驱散内心的冰雪和寒冷。

（一）审美秘境

杨犁民以诗歌构建审美秘境。在这个秘境里，弥漫着“审美意识”，世间的风景融入自我之中，达到一种情景交融的意境。在审美意识关照下，一片大雨之境，也成为一个精神自由之境：“退守人间三万里/雨的边界就是国家的边界/最近的边境线，是屋檐。”（《大雨如瀑》）一夜大雪，造就一片大美之境：“江山如玉，如创世之初。区别在于起伏/在于没有区别。鸟兽入林，皇帝遁形”（《又是一夜大雪》）。

即使是城市中的一块普通的菜地，也能成为一个心灵的栖息之处：“没事的时候，我总是来到这里，我没有什么话要说，/也没有什么事要做，我只是来坐坐而已。/它们也早已习惯了我来到这里，它们也没有什么话要说。”在宇宙的人情化中，作者心灵得到了莫大的慰藉：“只是亲人一样，陪我一直坐在那里，晒晒太阳，听听风，看看云，/偶尔有些蝴蝶和蜜蜂飞过，我们都不说话，仿佛保持着/上古以来的默契。”最终心灵与万物冥合为一。“我愿意，一直就这样做下去，陪它们开花，结果，长出新芽，/随腐烂的落叶，返回大地。”诗人的精神与大地融为一体，感受到宇宙的生命：“天地的动静、四时的节律，昼夜的来复，生长老死的绵延”。在宇宙的生机中，心灵得到慰藉。

温馨的故乡自是诗人灵魂的理想居所。在《故乡或者酉阳》中，诗人写道：“尽管，我也想像古人一样，读万卷书，/行万里路，尽管，我也想遇见无数，/想遇见的人，经历无数，想经历的事，/万水千山走遍，怀抱热望与梦想。”外地虽美，却终究比不上故乡：“我还是愿意，回到这里，千万次出走，又千万次返回”。只有故乡才能抚慰他的孤独的灵魂：“再大的森林，也只有一棵树，能够为我，/遮风挡雨……/——江山太大，远方太大。唯有这里/不大不小，刚好能够安放/伤痛和屈辱，血脉和姓氏，刚好能够安放，灵魂和肉体。”在诗化的故乡中，山水都有灵性，皆是心灵的回响。

不仅如此，杨犁民还借助汉字与想象，营建出温暖灵魂的审美秘境，《我的小木屋》是典型。“在茫茫冬天的原野上，远离尘嚣的森林里/是我的小木屋，古老而又坚固，四周大雪覆盖。”在这个冷清而又宁静的环境里，时间仿佛凝固，心灵与美景交融：“这里时间是一只走停的表、千年的苔藓、斑驳的松树，/不紧不慢自行飘落的雪花。/这里生命是松明子的芳香，/是松鼠的嬉戏，是树枝被雪压断后发出的声响。”诗人达到了禅定的意境：“我住在这里，没有想起过谁，也没有被谁想起，/一个又一个的世纪就这样过去了，也许有过一只白熊，/来我的屋外嗅了嗅，又悻悻地离开。”在忘我的感受里，获得心灵的宁静：“没有人来过这里，也没有道路，我忘记了我是谁，/是什么时候，是怎样到这里来的。”无边无际的雪中，极孤寂又极温暖：“我住在这里，用思想的碎柴片生活，/而雪依然不紧不慢地下着，从来没有停过，也没有打算要停。”漫天大雪与诗人澄明的心境契合，连一片雪花都成了灵魂之友。

又如《破庐说》营造的“破庐”秘境。“我想有一座破炉，它像鸟巢挂在大树上一样，/挂在地球的某一角落里，倾斜遥远，简单随意，/有山，有水，有树，天空无限打开。”这里空旷，可以装下一切温暖的景与人：“世界像一面镜子，总有一片云，无时无刻停泊在窗户里。虽然破庐并不能装下所有的天空，/但是所有的天空均可为庐所用，/星星和月光，夜夜照临，洒下银辉和露水，/打湿梦境和枕巾，相濡以沫的爱人，听凭时光流逝，容颜衰老，不说话，也不追问。”在这所精神之庐里，诗人以寂寞为伴，挥霍光阴至极又珍惜光阴至极：“这里什么也没有，一年四季，寂寞围困着这里……偶有一阵风过，山谷不息。”最孤独又最不孤独：

> 我宁愿积雪经年不化，/这样我就有足够的理由，足不出户，/围炉静坐或读书，/红红的火焰，映红了窗户。

（二）时空幻境

杨犁民还在诗歌中精心营建了时空幻境。通过时空幻境，人从必然王国走进自由王国，打破时间的界限，或化为古人，或寻觅知己，古与今融合为一，没有止境，没有终始。审美主体在对时空的超越中，摆脱心灵上的一切束缚，获得审美的大自由。

如《唯有蟋蟀的叫声》就是以“蟋蟀声”为引子，构建出一个穿越古今的艺术幻境。“唯有蟋蟀的叫声，最悠远/只一声，便把夜晚叫回了泥土/把时间叫回到过去。把大地/叫得宽大如席……”诗人发掘出这声音里诗性力量和审美积淀（蟋蟀是古人的“爱物”，有大量有关蟋蟀的艺术作品，形成了关于蟋蟀声的审美文化）。因此，心灵得以在时空间自由穿梭：“这叫声，伴随着草根，四处生长/跺一下脚，便会溅起一片/有时感觉它是村庄的隐痛和顽疾/有时又感觉它是大地的心脏。”在这时空幻境里，蟋蟀声是村庄的秘密，又成了乡愁的“肉身”。

而在《武陵听雪》中，诗人营造出一个晶莹空明的幻境。“这样的夜晚，我总是一个人独坐书房/围着火桶，静坐到深夜，它们远远来了。”在孤独中，诗人的听觉敏锐无比：“寂然无声/却能清晰地感觉到雪落大地，窗户边/就能听见其呼吸。”而“十万武陵山/一夜白头，瞬间塌陷下来/河水也放慢了速度。”这个雪满群山的幻境，令人沉醉。在审美愉悦中，人超脱于孤独之蛛网。

在《南诏岛听雨》中，诗人在神游中穿越历史，于一片静谧幽寂中体味雨的灵性。“我没有手表，也不开电视/今夜我是本岛和时间的王，我只是这样静静地坐着/把雨听到深夜，与茶几上的书保持一样的沉默/仿佛沉默是静止的时光/不知过了多久，许是受凉了把/我打了个寒噤，从朝代中回过神来/冷风掀动帘布/浅窗外，洱海涨潮了。”这是一片雨之审美幻境。

《诸峰生长》营造出一个“无我”的时空幻境。“我一个人来到旷野/晚风吹过我的身体，吹走几十年沧桑岁月/吹得我赤身裸体似的。只有这个时候/我才是孤单的，清醒的，独立的，因而也是真的，此刻/我不是父亲，也不是儿子，不是丈夫/也不是女婿，不是长辈，也不是晚辈，不是上级，也不是下级/不是楼上，也不是楼下，不是同事”。去除了世俗的一切标签之后，人心澄明，一草一木里的禅机呈现出来：“我是露水之外的一滴露水/我是小草之外的一株小草/大树之外的一棵大树，石头之外的一块石头/我是众多星星之外的一颗星星/月光下的一个黑点，被拉长的人影。俯下身子/我也是一个甲虫，一只蚂蚁，作为一具什么躯壳。”

在“无我”的审美状态之下，人心亦孤冷亦温暖：“腐烂在泥土中，当我站立/我就会长成一座山峰，跟着十万武陵山/齐刷刷向天生长。向穹庐和寂寞的高处/长出十万零一座荒凉。”

在时空幻境里，以孤独对抗孤独，最终超越孤独：

> 我只是静静地坐着，看远处的树林和山岗/白云太多了，多得只剩下忏悔/世界陈旧如雪。一如翻新的棉絮/我从我中醒来，走出昨天的身体，又走进今天的身体/除了沉默/我幸福得无法言语，只能任由时光一再老去（《世界陈旧如雪》）。

结　语

人，必然孤独，永远孤独；人，需要孤独，超越孤独。孤独是人类精神史的重要组成部分，这也是人无法改变的命运。所幸的是，人有文学。

文学的本质问题，就是人文关怀的问题。正如杨犁民在创作谈《用文字重建一个自我》中所言：“文学让人温暖……这是心灵的烛照，精神的呼应和惺惺相惜。一个孤独的人，一个掉队的人，因此找到了彼岸，回到了他的原乡。”一个优秀的作家，关注的必然是慰藉灵魂的问题。

杨犁民的诗歌，直面人类生命中最本质的、无法改变的孤独。他的心态、他的诗歌，都有孤独的气质。万千孤独，在他的笔下纤毫毕现。万物都是他的知己，甚至与他相互交融。他的诗歌擦亮了隐秘的诗性。他营建的精神家园里，有审美秘境，有时空幻境。正是这些，使得他的诗歌具有溶解孤独的力量。

杨犁民书写孤独，又消融了孤独。他的笔下，有“敞亮”的孤独，有浩荡的南风。这是他诗歌的精神气象，也是他的诗歌贡献的明证。

桃花源说诗

探讨篇

一地有一批人从事诗词理论的研究，有一套自成体系的、完备的诗词理论，在一定程度上，对这一地区，这一时期的诗歌创作具有一定的指导作用。纵观酉阳历史，在我们所发现的史料中，还没有看到一部有关酉阳之域诗词理论方面的专著。但自清代以来也不乏论者，似明珠散失在各典籍之中，今撮其大概，与读者分享。

清　代

冉瑞岱论诗

冉瑞岱，号石云，酉阳泔溪人，道光乙酉（1825）拔贡，注选州判，改注教谕。曾为二酉书院山长，咸丰四年（1854），因屯政有功，曾在务川总司屯供职，咸丰六年回酉守制，以课子为计。

在诗歌创作上，冉瑞岱对诗的性灵和声调有一定的研究，其在《冯壶川学博侯虫吟草序》中说："自来论诗者，无过性灵、声调二端。主性灵者，或失之朴；尚声调者，或失之华，余尝持此以观近人之诗，窃叹兼之者不数数觏……而天分高者，持见必精，学力邃者，发言胥当……"（摘自《酉阳直隶州总志》538 至 539 页）

这是冉瑞岱论述性灵与声调二者的关系。在诗歌创作中能兼备声调与性灵二者关系的人很少。同时，冉石云还认为诗歌创作与本人的天分和自身的学识有关。

冉广鲤论诗

冉广鲤，字海容，号松亭，酉阳泔溪人，岁贡生。冉崇文的曾祖父。他在《信口笛吟草》中说：

……天籁人籁，自适其适而已……古人之诗如三百篇，皆可被诸管弦。汉兴，郊庙乐章皆三四言诗，而亦可以协律。及唐人旗亭画壁，与李白《清平调》三章，亦五七言绝句耳，当时伶伦之侣，演而歌之，诗之通于乐也久矣……昔在汉世，太师于诗能歌《关雎》《鹿鸣》数章，然但明其铿锵鼓舞而不知其节度……（摘自《酉阳直隶州总志》538页）

这是冉广鲤论诗与乐之关系。他认为要重在追求音律之美，诗与歌是相通相融的。

冉正藻关于诗歌创作十论

冉正藻，字棁菴，酉阳岁贡生，冉崧维明经之弟，诗笔清俊，有诗文之论。如《舟中与朋辈论文》讲作文之道，《论诗》十绝讲作诗之道。

（一）

濡染淋漓笔一枝，此中消息少人知。
僧推不及僧敲雅，最爱昌黎一字师。

冉正藻要求作诗要锤字炼句，讲究推敲。

（二）

晓风残月胸怀暇，活虎跳龙笔力雄。
全要一般生面辟，应声虫是可怜虫。

诗人要求作诗要创新，不人云亦云。

（三）

燕语莺歌总是春，一番花鸟一精神。
权门讬足终何用，李杜由来少替人。

诗人要求作诗要有独立的思想和人格，不做权贵的代言人。

（四）

思如泉涌笔如花，机杼天然自一家。
不解风流苏学士，豪吟何苦押尖叉？

冉正藻倡导诗歌创作不要用窄韵或险韵。相传苏轼咏雪要求禁用“玉、月、梨、梅、练、絮、白、舞、鹅、鹤、银”等字。熙宁七年（1074）十一月，苏轼赴密州知州。时值寒冬，下了一场大雪，便做了《雪后书北台壁》二首：

其一

黄昏犹是雨纤纤，夜静无风势转严。
但觉衾裯如泼水，不知庭院已堆盐。
五更晓色来书幌，半夜寒声落画檐。
试扫北台看马耳，未随埋没有双尖。

其二

城头初日始翻鸦，陌上晴泥已没车。
冻合玉楼寒起粟，光摇银海眼生花。
遗蝗入地应千尺，宿麦连云有几家。
老病自嗟诗力退，空吟冰柱忆刘叉。

这两首诗前一首韵押“十四盐”，属窄韵；后一首韵押“六麻”，却用了“叉”这样的险字。后来人们将这种体裁称为“尖叉体”，主要内容是咏雪诗，押韵严格按照苏东坡之诗用过的几个字。

（五）

几个挥毫便欲仙，几人说法上乘禅。
灵毫未识诗三昧，纵得骊珠亦偶然。

诗人冉正藻认为诗歌创作需要长时间的磨炼，非一日之功。即使有一二句惊人之句，亦是偶然所得，不能沾沾自喜。这是批评那些才学几年诗就自诩有诗仙之才，才学几年法就自认有禅师之能，对诗之三昧都不知的浅薄之士。

骊珠即宝珠。《庄子·列御寇》："夫千金之珠，必在九重之渊，而骊龙颔下。"这里指佳词妙句。何为诗三昧？历来说法不一，大体包含意味、韵味、情味。

（六）

嫣然桃李媚春光，春好多因春色强。
拨得琵琶三两调，启容粗服学王嫱。

传说王嫱（昭君）不贿赂画家，因而画师毛延寿在为昭君画像时，故意丑化其形象，使她长期深锁后宫，最后出塞和亲。在元帝为昭君饯行的宴会上，她才被召去见元帝。昭君一出面，满朝文武顿时为之倾倒，只见她亭亭玉立，光彩照人，确是"闭月羞花之貌，沉鱼落雁之美"。作者借王嫱的故事，要求创作要用扎实的功夫，展示事物的真、善、美。

（七）

一缕游丝袅半空，牛沾烟雨马随风。
嗤他獭祭如山者，问尔何年识化工。

獭祭，又叫作獭祭鱼。獭是一种两栖动物，喜欢吃鱼，经常将所捕到的鱼排列在岸上，在古代中国人的眼里，这情形很像是陈列祭祀的供品，所以就称之为獭祭鱼或獭祭。后引申为堆砌的意思，形容文学上喜欢多用典故的现象。宋代的笔记《杨文公谈苑》中就提到唐朝诗人李商隐写诗作文时，为了使用典故，常常要查阅许多书本。这些书摊在屋子里，就像獭摆放鱼的样子，因此被人取了一个"獭祭鱼"的外号。作者借这个典故，要求作诗不要堆砌文字，要善于用典。

（八）

风流自数东西晋，台阁休夸大小苏。
笔但能驰思但敛，歌谣中有禹皋谟。

诗人冉正藻认为诗歌创作在面对众多题材时，要讲究构思，文笔奔放，主题鲜明。

（九）

幻出烟云万种看，不徒纸上字平安。
庖厨渊海皆诗料，欲扫陈言下笔难。

诗人认为作诗题材颇多，诸如“庖厨”“渊海”皆可入诗，要去掉陈词滥调，写出掷地有声之作。

（十）

紫韵红腔细细吟，须知锻炼本功深。
羚羊挂角缘何巧，巧在当头没处寻。

（以上十绝摘自《二酉英华》142 页）

冉正藻认为作诗要下狠功夫，恒久锤炼，重在追求诗的意境。

罗升棓诗论

罗升棓，字次垣，咸丰三年（1853）任酉阳知州。他在《田旦初明经卧云小草序》中云：

诗以通性情者也，三百篇尚矣。汉魏以降，作者代兴，其间上下千古，纵横六合，惊才绝艳，无穷出新，极尽诗之能事，要皆抒写其性情而已，故尝论之。

两汉人心近古，诗情朴茂，魏晋风气稍薄，诗亦浮靡。

唐以诗取士，人竞才华，诗亦争奇斗巧，词挚而情不真，独杜工部、李谪仙感愤时事，一往情深，其诗恻恻动人。

宋诗词旨清要，情根于理。

元明以来，徒工声韵，其于真性情远矣。

唯其本于性情也，故豪迈者高华，哀思者幽怨，耽情山水者纤微淡远，感怀君国者慷慨激昂，发于情之不禁，动于性之自然，在作者不知其所以然也。

今人论诗，动曰追踪汉、魏，模仿李、杜，讵知诗以言情，情之至者，千载下读之，犹沨沨移人，若强己之性灵，以求合于古人之格调，岂有当于诗之旨哉。”

（摘自《酉阳直隶州总志》537 页）

在这里，作者论及诗与性情的关系、灵性与格调相统一和历代诗之得失。

王长德诗论

王长德，字尘田，他在《〈蟪蛄声诗集〉序》中云：

诗者，自娱悦之物也。当其意境相触，悠然经造，前无古人，后不知来者，无端而遇之，斯无端而咏之矣。

故三百篇不尽出于学士大夫之手，里巷讴吟，自合天籁。然变而为楚骚，为汉魏，为陶谢，为宋齐梁陈，为初盛中晚，为宋元明，风气固殊，而铢两分寸，有确乎不可移易者。何也？意境之相触，悠然径造，各有君形者存也。昔袁中郎云：古人之诗，历千百年读之，如新出于口。今人一诗甫就，已若红朽之粟，非以其无君形者邪？予尝三复斯语，殊发怖汗，而不能悬习，迄以无成。”

（摘自《酉阳直隶州总志》535-536 页）

上述文字论述了诗是大众的产物，非士大夫独有，诗是心灵的结晶，重在真情和灵感，要有新意，不陈腐。

刘景伯诗论

刘景伯，石溪，内江人，其在《冯壶川学博侯虫吟草序》中云：

昔袁简斋尝怪孙渊如诗渐钝，渊如谢之，有“避公才笔去研经”之句，盖谓经生之与骚客相反也。夫人特患不深于经耳，苟深于经，何患诗不工。诗之作也，始于虞廷之赓歌，成于商周之雅、颂，而盛于十五国之风谣。孔子删定为三百篇，以垂训千古。

是诗固经也，后世诗人，若香山似《尚书》之疏通，长吉拟《周易》之奇诡，少陵法《春秋》之谨严，得其一节，皆足以名家，而谓条贯兼赅，转有妨于诗乎。

（摘自《酉阳直隶州总志》537-538 页）

这是作者论述诗学与经学的关系。苟深于经，何患诗不工？

邹光第诗论

邹光第，字丹崖，其在《冯壶川学博侯虫吟草序》中说：

夫吾蜀骚才，自汉、唐、宋至元、明，后先相望，几难更仆数。然若长卿，若子云、升庵，皆生长通都，切劘固易，即射洪、眉州、仁寿，亦密迩锦城，唯谪仙崛起彰明，而跌宕自豪，子美而外，无人与角，于此见豪杰诞生之无所择于地也。

这是作者论述诗人与地缘之关系，也就是人文关系。

中华民国

王大章论诗

王大章在《答蝯诗草弁言》中云：

……今读答蝯之诗，无美不备。杜子美抑郁悲壮；韩昌黎妥帖排傲；黄涪翁凝重深稳；王介甫突兀折旋。皆兼而赅之。富有千篇，不苟一字。凡独构之思，奇辟之境，皆有寖馈，有来历，物体工细，声光并茂，殆由平日积学为诗，非临时以诗为学也。

从上述这段文字中，我们可以看出王大章对杜甫、韩愈、黄庭坚、王安石等古人诗歌的风格都有所研究。同时，他还提出了写诗与学识的辩证关系，要求写诗要凭借学识的积累，而不能把写诗作为一种学识的招牌。

王大章在《〈香湖诗草〉序》中云：

书曰：诗言志，律和声。志者，今性情之说也，律者，今格调之说也。是诗尚性情，格调所从来远矣，诗者志之所之也，诗志本双声，在心为志，故其字者心士，发言为诗，故其字从言士心，志出于性情，发言成为格调……五声八音，一出天籁，一应节奏，……性情、格调，诗家不可偏废也……

王大章要求弄清“志”“言”关系，认为诗人创作要性情、格调并重，二者不可偏废。

余鸣皋对诗词平仄的研究

余鸣皋，民国元年（1912）在酉阳“师范传习所”毕业，后在酉阳、贵州沿河等处教学四十余年，享年九十余岁。曾在瓦砖桥任私塾先生(私塾设在酉阳钟多镇钟灵山下瓦砖桥余氏宗祠内)。乐于治学，著有《平仄类书》《酉阳地名对》《反切用语》《倪氏笔法》等书籍。其《平仄类书》应该是对诗词格律的研究，是研究平仄的一部专著，憾未能一睹。

（摘自《酉阳文史资料选辑》第五辑 8 页）

三百篇后的风诗问题①

郑宾于②

在今世通行的三百十一篇《诗》之中，有《周南》十一篇,《召南》十四篇,《邶风》九篇,《鄘风》十篇,《卫风》十篇,《王风》十篇,《郑风》二十一篇,《齐风》十一篇,《魏风》七篇,《唐风》十二篇,《秦风》十篇,《陈风》十篇,《桧风》四篇,《曹风》四篇,《豳风》七篇等一百六十篇的《风诗》，占去全书的一半多，而且《尔雅》中间也还有许多篇是“风诗”的嫌疑，由此可见这《国风》之诗的势力之大了。

什么是《风》？《风》就是“风俗”!《国风》就是一国的“风俗”!

---

① 原载《北京大学研究所国学门月刊》1926 年第 1 卷第 3 期，第 255-267 页。署名“郑宾于”。选自《郑宾于文存》。熊飞宇编，广西师范大学出版社，2014.12。

② 郑宾于（1898—1986），学名孝观，偶用笔名“冰鱼”。酉阳人。早年毕业于成都高师。1923 年入北京大学国文系旁听。1924 年为北京大学研究所国学门录取。曾参加歌谣研究会、风俗调查会和方言研究会。后任保定育德中学国文教员、北京中俄大学讲师、福州协和大学教授。1929 年秋返川，辗转于成都师大、成都公学、四川大学、成都大学、建国中学、宾萌公学、尚志学院，并曾赴雅安。1949 年后，任教于列五中学。1959 年始进入四川文史研究馆。其著作主要有《长短句》《文艺琐谈》《中国文学流变史》和《人间的批评》。

因为各国之平民所作的风谣，都足以表现他们国家的民情习俗之故，所以唤它作《国风》。晋左太冲《三都赋叙》曰："先王采焉，以观土风。见'绿竹猗猗'则知卫地淇、澳之产；见'在其板屋'则知秦野西戎之宅。故能居然而辨八方。"由此更可见《国风》即是各国的风俗，并不是什么"风，风也，教也，风以导之，教以化之……上以风化下，下以风刺上，言之者无罪，而闻之者足以戒"的"讽谏书"或"颂美文"。

无论什么时代，任何国家或地方，它的民情习惯都是长久地继续增进或存在着，所以它的风诗风谣也就不断绝地创造；无论任何人都得承认这个理由，而无须稍事狐疑的。

《诗经》虽然不是孔丘先生所删，然而说它是春秋时代的一部诗歌总集，这是为现代大多数的人们所赞同的。如此说来，那十五《国风》至多也只是春秋之世的十五国的风俗习惯，绝不能牵扯到春秋以后的战国，难道时至战国，而各国的风俗习惯犹然如故，所以民间风谣不复再有创作乎？（十五国以外的国家当然亦有《风》诗，所以不存于三百篇中者，因为被采集的人弃掉了，以非本问题所能顾及之故，所以不谈）不然何以战国之世竟无《国风》？

我对于这问题有两个答案：

（1）在十五《国风》之中（其实不必尽是《国风》)，已经有许多篇是战国时的风谣，不过现在都是杂厕在一块儿，很难于去鉴别。前人解说"某诗刺某人，某诗是某某德化所及"等类的腐滥话完全靠不住。

（2）战国时代的风谣并不是没有，至今还有很少部分存在着，不过都被历来的人们忽略了。人们都被几千年来的成见所驱，也往往不视此类作物有似风谣。

对于第一个答案的解释是：现在所存的三百篇的诗歌总集已非周时定本，原是汉人杂凑起来的东西。

先秦的书籍是不是全被秦始皇火化虽然是很有辩护的余地，然而秦始皇焚书却是牢不可破的事实了。姑从一般人之说，承认秦始皇只烧却民间之所收藏，并没有烧官府之所庋置；那么，项羽入咸阳，火烧秦宫室三月不灭，则那些先秦的古籍总必于此付诸一炬了，因为事前只有萧何搜取秦时的天下"图书"，此外也并无留存。

然则所谓三百篇的《诗经》也者，确实是被烧毁无疑，何以其书除掉了六篇《笙诗》以外，至今依然存在。

余应之曰：今世所存者，盖非周代初时搜集之本矣！今且用万斯同《诗说》之说为证："刘歆言秦焚《诗书》。汉兴，惠帝之世，始除挟书之律。当此之时，一人不能自（按《汉书》作独）尽其经，或为《雅》，或为《颂》，相合而成。是知非删定之本矣！"（万斯同删定之意虽是指孔子，然而我们适可以由其话中证明汉人合集之《诗经》并非周代定本之旧）班固亦言"诗三百篇，遭秦而全者，以其讽诵不独在竹帛故也"，益知《诗》为众人所集矣！

盖汉初诸儒，习闻"三百"之语，故当汉定之后，各以平时所记忆，皆笔之简册，足成三百之数，又以己意分为《风》《雅》《颂》，以为孔圣所得之遗书如是，夫孰知非其定本哉！

汉人平时所记忆的当然不定是周初定本内的诗，不过他们之所记忆的都是一些先秦歌诗、春秋战国的歌诗罢了。（商、周间的歌诗早已亡掉，存者已属断章零片，他们当然无须乎讽诵而记忆这种东鳞西爪的东西）以他们这种平时所熟习的诗歌杂凑三百十一篇总不足，只得扯一个幌子，说它是"有声无辞"，其实他们已是不曾记得了。

既然如此，所以我便断定在这汉人杂凑的三百五篇之中，一定有好些篇数是战国时风谣而不是春秋时的风谣了。更彻底些说：现在通行的三百五篇只是汉人凑集春秋、战国时代的诗歌！

对于第二个答案的解释呢，须有实在的作品来证明：散见于诸书的歌谣等记录，虽然也与《风》诗同等，然而此处且不管它。

战国之世的北方《风》诗实在难于稽查了，即是要搜集通常的谣谚，也是寥寥无几，这真令我奇怪：且来看看南方罢。

南方之国，唯楚为早，唯楚为大，是以诗歌之起，楚人是绝不谦让的。王应麟《闲学纪闻》云："艾轩谓《诗》之萌芽，自楚人发之，故云：'江、汉之域，诗一变而为《楚辞》，屈原为之唱'，是文章鼓吹多出于楚也。"这话是极端地恰当，不特是不落成套，不陷于旧说而已。所以《周南》《召南》便是楚诗之始，便是楚国的《楚风》（详见拙著《中国文学史革》）。

楚国的民性有打破旧俗的革命精神，富于真情的流注，颇有浪漫的色彩，不信，但看《周南》的《关雎》《汉广》《桃夭》，《召南》的《摽有梅》《江有汜》《野有死麇》等便可知道了。他们能够破除社会上之所谓礼法而直行其热烈的情，男女之间也绝无所谓“妨闲”之要避忌，这便是楚国民众的风俗和习惯。

此在《诗经》的《国风》之中有，在战国之世的《楚辞》也有。试看《九歌》《招魂》《大招》罢。

我们须得先了解这三篇东西都是当时楚国民俗的恋情歌谣，其后经民众的认许，把它们当作一种祷告“爱神”的祭歌或舞歌，又因为用了巫觋来代他们祷告，代他们歌唱或跳舞（有时他们也自己跳舞），所以也渐渐变成了巫歌。巫歌虽然巫歌了，然而犹是楚国的“风谣”。

这一种风谣经过屈原的修饰后，便名之曰“九歌”；经过宋玉的修饰后，便名之曰“招魂”；经过景差的修饰后，便名之曰“大招”。（说《九歌》是巫歌，已经是古已有之的说法，无须我再来说明；至于《大招》《招魂》是巫歌的理由，则又是个创说，请读者参看我的《中国文学史革》好了——中亦详论《九歌》。又三篇东西刚好经过他们三人的修饰的证明和理由，亦详于《中国文学史革》中）

于此，我们且先来看看《招魂》。

魂兮归来！去君之恒干，何为乎四方些；舍君之乐处，而离彼不祥些。

魂兮归来！东方不可以托些；长人千仞，惟魂是索些：十日代出，流金铄石些；彼皆习之，魂往少释些；归来归来，不可以托些！

魂兮归来！南方不可以止些；雕题黑齿，得人肉以祀，以其骨为醢些；蝮蛇蓁蓁，封狐千里些；雄虺九首，往来倏忽，吞人以益其心些；归来归来，不可以久淫些！

魂兮归来！西方之害，流沙千里些；旋入雷渊，爢散而不可止些；蚕而得脱，其外旷宇些；赤蚁若象，玄蜂若壶些；五谷不生，藂菅是食些；其土烂人，求水无所得些；彷徉无所倚，广大无所极些。归来归来，恐自遗贼些！

魂兮归来!北方不可以止些。增冰峨峨，飞雪千里些。归来兮!不可以久些。

魂兮归来！君无上天些。虎豹九关，啄害下人些。一夫九首，拔木九千些。豺狼从目，往来侁侁些。悬人以嬉，投之深渊些。致命于帝，然后得瞑些。归来归来，往恐危身些。魂兮归来!君无下此幽都些。土伯九约，其角觺觺些。敦胨血拇，逐人駓駓些。参目虎首，其身若牛些。此皆甘人。归来归来，恐自遗灾些。

魂兮归来，入修门些。工祝招君，背行先些。秦篝齐缕，郑绵络些。招具该备，永啸呼些。魂兮归来!反故居些。

天地四方，多贼奸些。像设君室，静闲安些。

高堂邃宇，槛层轩些。层台累榭，临高山些。

网户朱缀，刻方连些。冬有突厦，夏室寒些。

川谷径复，流潺湲些。光风转蕙，汜崇兰些。

经堂入奥，朱尘筵些。砥室翠翘，挂曲琼些。

翡翠珠被，烂齐光些。蒻阿拂壁，罗帱张些。纂组绮缟，结琦璜些。

室中之观，多珍怪些。兰膏明烛，华容备些。二八侍宿，射递代些。

九侯淑女，多迅众些。盛鬋不同制，实满宫些。

容态好比，顺弥代些。弱颜固植，謇其有意些。

姱容修态，絙洞房些。蛾眉曼睩，目腾光些。

靡颜腻理，遗视矊些。离榭修幕，侍君之闲些。

翡帷翠帐，饰高堂些。红壁沙版，玄玉梁些。

仰观刻桷，画龙蛇些。坐堂伏槛，临曲池些。

芙蓉始发，杂芰荷些。紫茎屏风，文缘波些。

文异豹饰，侍陂陁些。轩辌既低，步骑罗些。

兰薄户树，琼木篱些。魂兮归来!何远为些。

室家遂宗，食多方些。稻粢穱麦，挐黄粱些。

大苦咸酸，辛甘行些。肥牛之腱，臑若芳些。

和酸若苦，陈吴羹些。胹鳖炮羔，有柘浆些。

鹄酸臇凫，煎鸿鸧些。露鸡臛蠵，厉而不爽些。

粔籹蜜饵，有餦餭些。瑶浆蜜勺，实羽觞些。

挫糟冻饮，酎清凉些。华酌既陈，有琼浆些。归来反故室，敬而无妨些。

肴羞未通，女乐罗些。陳钟按鼓，造新歌些。《涉江》《采菱》采菱，发《扬荷》些。

美人既醉，朱颜酡些。嬉光眇视，目曾波些。被文服纤，丽而不奇些。长发曼鬋，艳陆离些。

二八齐容，起郑舞些。衽若交竿，抚案下些。竽瑟狂会，搷鸣鼓些。宫廷震惊，发《激楚》些。吴歈蔡讴，奏大吕些。

士女杂坐，乱而不分些。放陳组缨，班其相纷些。郑、卫妖玩，来杂陈些。《激楚》之结，独秀先些。

菎蔽象棋，有六博些。分曹并进，遒相迫些。成枭而牟，呼五白些。晋制犀比，费白日些。铿钟摇簴，揳梓瑟些。

娱酒不废，沈日夜些。药膏明烛，华灯错些。结撰至思，兰芳假些。人有所极，同心赋些。酎饮尽欢，乐先故些。魂兮归来！反故居些。

再来看《大招》：

青春受谢，白日昭只。春气奋发，万物遽只。冥凌浃行，魂无逃只。魂魄归来！无远遥只。

魂乎归来！无东无西，无南无北只。

东有大海，溺水浟浟只。螭龙并流，上下悠悠只。雾雨淫淫，白皓胶只。魂乎无东！汤谷寂寥只。

魂乎无南！南有炎火千里，蝮蛇蜒只。山林险隘，虎豹蜿只。鰅鳙短狐，王虺骞只。魂乎无南！蜮伤躬只。

魂乎无西！西方流沙，漭洋洋只。豕首纵目，被发鬤只。长爪踞牙，诶笑狂只。魂乎无西！多害伤只。

魂乎无北！北有寒山，逴龙赩只。代水不可涉，深不可测只。天白颢颢，寒凝凝只。魂乎无往！盈北极只。

魂魄归来！闲以静只。自恣荆楚，安以定只。逞志究欲，心意安只。穷身永乐，年寿延只。

魂乎归来！乐不可言只。五谷六仞，设菰粱只。鼎臑盈望，和致芳只。内鸧鸽鹄，味豺羹只。魂乎归来！恣所尝只。

鲜蠵甘鸡，和楚酪只。醢豚苦狗，脍苴蓴只。吴酸蒿蒌，不沾薄只。魂兮归来！恣所择只。

炙鸹烝凫，煔鹑敶只。煎鰿臛雀，遽爽存只。魂乎归来！丽以先只。

四酎并孰，不涩嗌只。清馨冻饮，不歠役只。吴醴白蘖，和楚沥只。魂乎归来！不遽惕只。

代秦郑卫，鸣竽张只。伏戏《驾辩》，楚《劳商》只。讴和《扬阿》，赵萧倡只。魂乎归来！定空桑只。

二八接舞，投诗赋只。叩钟调磬，娱人乱只。四上竞气，极声变只。魂乎归来！听歌撰只。

朱唇皓齿，嫭以姱只。比德好闲，习以都只。丰肉微骨，调以娱只。魂乎归来！安以舒只。

嫮目宜笑，娥眉曼只。容则秀雅，稚朱颜只。魂乎归来！静以安只。

姱修滂浩，丽以佳只。曾颊倚耳，曲眉规只。滂心绰态，姣丽施只。小腰秀颈，若鲜卑只。魂乎归来！思怨移只。

易中利心，以动作只。粉白黛黑，施芳泽只。长袂拂面，善留客只。魂乎归来！以娱昔只。

青色直眉，美目媔只。靥辅奇牙，宜笑嘕只。丰肉微骨，体便娟只。魂乎归来！恣所便只。

夏屋广大，沙堂秀只。南房小坛，观绝霤只。曲屋步壛，宜扰畜只。腾驾步游，猎春囿只。

琼毂错衡，英华假只。茝兰桂树，郁弥路只。魂乎归来！恣志虑只。

孔雀盈园，畜鸾皇只！鹍鸿群晨，杂鹙鸧只。鸿鹄代游，曼骕骦只。魂乎归来！凤凰翔只。

曼泽怡面，血气盛只。永宜厥身，保寿命只。室家盈廷，爵禄盛只。魂乎归来！居室定只。

接径千里，出若云只。三圭重侯，听类神只。察笃夭隐，孤寡存只。魂兮归来！正始昆只。

田邑千畛，人阜昌只。美冒众流，德泽章只。先威后文，善美明只。魂乎归来！赏罚当只。

名声若日，照四海只。德誉配天，万民理只。北至幽陵，南交阯只。西薄羊肠，东穷海只。魂乎归来！尚贤士只。

发政献行，禁苛暴只。举杰压陛，诛讥罢只。直赢在位，近禹麾只。豪杰执政，流泽施只。魂乎来归！国家为只。

雄雄赫赫，天德明只。三公穆穆，登降堂只。诸侯毕极，立九卿只。昭质既设，大侯张只。执弓挟矢，揖辞让只。魂乎来归！尚三王只。

这篇东西被我这样的一排列，居然变为《三百篇》中的形式了，我们看它到底像不像《国风》呢?

从形式上说，则《招魂》前两段每章的起结都用“魂兮归来”一句重复着；而《大招》则几乎全篇的每章都有同样的形式，或首尾都用“魂乎归来”，或仅章末用“魂乎归来”，这种重复的用意，简直和《三百篇》被“乐工化”后的重复相同；《三百篇》之所以重复杂沓者，是为乐工要求音调谐和畅适之故；而此二篇之所以重复者，亦正所以求合于舞奏的优越也。原来楚人祀神也要唱歌，也要合乐，也要舞蹈，这是巫觋的任务如此，现在犹然存在，并不是我捏造事实。

证之本文，则:《招魂》篇中的“肴羞未通，女乐罗些；敶钟按鼓，造新歌些”等，便是歌唱时必须奏乐了。“二八齐容，起郑舞些；衽若交竽，抚案下些……”便是说跳舞了。《大招》篇中的“代秦郑卫，鸣竽张只；伏戏《驾辩》，楚《劳商》只……”便是歌唱时必须奏乐了。“二八接武，投诗赋只”等，便是说跳舞了。并且从这些辞句中，我们可以知道她们歌唱跳舞的时候是用觋而不用巫，其演唱奏乐或跳舞的时候，都是许多士女合作，并不是觋独施其事，凡曾熟味《招魂》和《大招》两篇的，都能相信这种说法并不是拟设。此在上二篇中固然有《招魂》中的“士女杂坐，乱而分些……”，“九侯淑女，多迅众兮”等句和《大招》篇中的“叩钟调罄，娱人乱只”等句为证，即《九歌》的《少司命》中也说:“满堂兮美人，忽独与余兮目成”，可见她们当时士女杂沓而欢聚以歌舞的情形，简直和现在欧西的跳舞会有些仿佛了。

本来《三百篇》中的歌舞也就不限于乐工；不过他们是贵族而讲礼教的，不如平民那样自由，男女合唱合舞当然办不到；然而歌舞的人数也必须在数人以上，即以略简单的而论，也有所谓天子八，诸侯六，大夫四，士二等说法。至于乡射大燕……之际，其用当必更繁。此是说它们的形式和用途都有可以相通的地方。

《招魂》自“天地四方”以下，大都四字一句，颇是整齐，这种形式在《三百篇》中当然是触目皆是，用不着絮叨的。

你不相信么，试看："德誉配天，万民理只"，不是颂扬他们德化广被吗？"登政献行，禁苛暴只"，不是赞美他们政教良善吗？"雄雄赫赫，天德明只"，不是歌颂他们用兵无敌，一怒而安天之民吗？然则此真正是"东征西夷怨，南征北狄怨"之诗了，这还有什么说的呢。《招魂》的"天地四方，多奸贼些"一段，自然也就是削平天下后人们的歌功颂德了；"肴羞未通，女乐罗些"一段，自然也就是饮马华山，放牛桃林，偃武修文以宴群臣之时了。如此一来，不特是《国风》，恐怕至少也要占"四始"中之一始罢。

自来解《诗》的人都好穿凿附会，所以把三百篇都笼罩了乌烟瘴气，使得人们至死也读不通；所幸《九歌》《招魂》《大招》等未厕于《三百篇》之列而蒙罩这些天罗地网。然而自王逸、洪兴祖以来，受了忠君爱国，讽谏……的诬蔑，也就委实不少了。

《九歌》是民间用以祭神的巫觋歌诗，这话在今日说起很是通行，不过我有以异于人者是：此等歌诗必然经过屈大夫的修改。然而这已是在《中国文学史革》中证明的了，似乎不用着重说。人们假如竟不以我说为然而完全归之于民间，则从比较文学上看，已成为不可能的事实，所以这层倒是无须顾虑的……

《九歌》《招魂》《大招》最足令人奇怪的，是语尾一用"兮"，一用"些"，一用"只"。我对于它们的解释只有一句话：因为它们产生于楚国小乡里之各别，而其人民之语音有异，所以有用"些""兮""只"之不同。此在《国风》中亦是常有的事，并不见得特别。如《周南》的《樛木》《采芑》《关雎》等语尾皆用"之"，而《汉广》又用"思"，《麟之趾》又用"兮"了。《邶风》的《旄丘》和《鄘风》的《墙有茨》《君子偕老》等诗语尾之用"也"，《齐风》的《著》语尾之用"而"，但同时也用"兮"。凡此都是根于某个小乡里的人民日常说话之习惯不同，所以从他们产生的歌辞也就自然生异了。倘若有人说因为《齐风》中的"俟我于著乎而，充耳以素乎而，尚之以琼华乎而"一诗与"东方之日兮，彼姝者子，在我室兮；在我室兮，履我即兮"一诗太不相类了，便疑心它不是《齐风》或不是国风，这不是太笑话了吗？所以哪怕它语尾用字不同，总是与风诗同一体例，总归是楚国民间的风谣。

讵料这等风谣是经过楚国本地文人的装饰，所以汉人把它总集起来，呼为《楚辞》；若是经过朝廷之士的笔削和乐工的度谱，自然便也“国风”了。这便没有什么稀奇。

倘若有人不承认我上面所举的各种材料不是风诗，则我将请他另为我举出这个时代的风诗来；倘若他举不出，则必须承认这种东西一定是战国时楚国的风诗。因为它篇中所表现的是楚俗，而且也一般的和《三百篇》一样可歌可舞。无论你从形式上或意义上或用途上说，它都有可与《三百篇》适合之处，所以必得要说它是《三百篇》后的楚风，是《三百篇》后的风诗。

倘若反对的人虽则不能指出别的东西可以说是《三百篇》后的风诗，然而终是反对不已，这便不足与言了。

何以故呢？“诗”是无论什么时候都有的，只要有人类就有诗，只要有欲望就有诗。人类发达、进化，诗也跟着发达、进化，这是无须疑心的。

春秋时代的诗既然已是如此之盛而至集成总集，则其时诗之发达也可知。何以以如彼盛行诗的时代，转瞬而降及战国，诗便绝宗灭种？不特是用进化论的学说讲不通，即举“文学史”的眼光也看不清白。

班孟坚说：“自孝武立乐府而采歌谣，于是有代、赵之讴，秦、楚之风。皆感于哀乐，缘事而发，亦可以观风俗，知薄厚。”所以自西汉而下，哪怕你两晋、南北朝、五代、宋……各时代之扰乱，而他们的歌诗都历历可寻。诗是什么时候都有的，而战国独没有，岂不咄咄可怪！

谓战国无《风》诗有三不可：

（1）在它之前有《三百篇》，在它之后有汉、魏以下各时代的乐府，从文学史演进的程序上说，它不应该有中断的事实。

（2）不能以战国的杀伐利害为《风》诗不作的理由，因为五胡十七国的侵害，宋、齐、梁、陈，梁、唐、晋、汉、周的干戈替代，也不亚于战国，然而他们的乐府歌诗是有的。

（3）若竟以为《风》诗至战国而即断，至汉乃始兴，试问这三百余年的《风》诗作者是如何的消灭法？何以消灭了数百年，到了西汉时忽然会再兴？所以说《风》诗是断而再兴，则于文学史上绝无线索可寻，是绝对讲不通的。犹之乎垂直一线然，上下两段皆有线形，唯中段独空断无物，哪里有的事！

所以我说《三百篇》后的《风》诗是有的：北方的《风》诗此时似已无可考究了，其显而易见的南方《风》诗，便只有《九歌》《招魂》《大招》等篇可以当得，人们绝不可因其已名《楚辞》而疑心。也许汉人集的《三百篇》之中仅有一些是战国之世的《风》诗（南方的和北方的）也说不定。

《招魂》《大招》《九歌》等既然是被屈大夫们改造过了，我们今日要想知道那些辞句是原来民间的，那些辞句是屈大夫们的笔削，这竟和周廷士大夫与乐工之于《三百篇》的修改一样，那简直是不可能！

（民国）十五，九，五日在福州协和大学。

读诗辨说——写在《三百篇后的风诗问题》之后[①]

郑宾于

《诗辨说》一卷，宋季赵德编。朱记荣云："德字铁峰，为宋宗室子，举进士，入元，隐居豫章，盖高节之士也。所著又有《四书笺义》一书。"

我既作《三百篇后的风诗问题》，偶然翻阅此书，觉得它有许多处所颇有可以供我前说之资助的，所以把它的大意摘述出来：

第一，何以《国风》之中无楚诗呢？赵氏说：

> 或谓《春秋》外楚，且《诗》云："蠢而蛮荆，大邦为雠。"《鲁颂》曰"荆、舒是惩"，《殷颂》曰："奋伐荆楚"之类，皆见于《诗》；则楚虽有诗，圣人必删之矣。然吴季札观乐于鲁定公二十九年，则固未经夫子之删；而当时所观《国风》已无楚诗矣。孰知楚之封域正在江、汉、汝、沱之间，以《汉广》《汝坟》《江有汜》数诗观之，其民被文王之化，得于耳濡目染者有素，而流风善政，犹有存者，则其诗亦楚之诗也。然圣人以归之周公、召公，其意深矣。迹楚怀王之时，《离骚》作，而楚之为楚可知，

① 原载《北京大学研究所国学门月刊》1926年第1卷第3期，第268-271页。署名"郑宾于"。

古诗之体变矣。

孔子删诗之说，我们当然是绝对不能信实有其事，不过他以《汉广》《汝坟》《江有汜》等篇来作为是楚诗的解答，是颇有见地的。楚何尝无诗呢？不过名目改变一下罢了。至于他以《离骚》为系继《汉广》等诗的变体的话，虽亦不无偏颇之弊，然而我们正可从此看出《九歌》《招魂》《大招》等篇的确是楚国的土风的理由来。

虽然如此，但是，他的“吴、楚皆南方诸侯，何以独无诗”的解答未免与他上面所说的意思太相矛盾了！他说：

> 陈诸侯之诗者，将以知其阙失，省方设教，为陟降也。时徐及吴、楚僭号称王，丕承天子威令，则不可黜陟；今弃其诗，夷狄之也。吴、楚僭王，《春秋》多有其事；徐亦僭者。《檀弓》云：“邾娄考公之丧，徐君使容居来吊，其辞云：‘昔我先君驹王。’”是其亦僭称王也。

《三百篇》既然已不是孔子所删而是周代的诗歌总集，当然无所谓褒贬之意。徐、吴之所以无诗于《三百篇》之中者，并不是它无诗，乃是当时采集的人未曾搜罗全备之所致（今时尚有吴、徐歌谣可证）。至于楚诗，则《周南》《召南》皆是，实已在采集之中了。即赵氏自已亦说《汉广》《汝坟》《江有汜》等是楚诗矣，今因不得其解之故，遂以之与吴、徐并列而说：“今弃其诗，夷狄之也。”何其矛盾糊涂到了这步田地！

第二，鲁与宋何以无风呢？赵氏说云：

> 先儒以为时王褒周公之后，比于先代；宋，王者之后，时王所客，巡狩述职，不陈其诗，理或然也。或又谓夫子有所讳而削之，则左氏所记当时列国大夫赋诗及吴季札观周乐皆无曰鲁风者，其说不得通矣。
>
> 又，濮氏曰：“鲁无变风，不知如《敝笱》《载驰》《猗嗟》诸诗，夫子窜之而系于齐矣。”（原注：《山堂考索》）

赵氏此说与“《鲁颂》《商颂》何以皆列于周”条之说大异，且其前后抵牾，实已不能自立其说。其说云：“鲁僭天子之乐久矣，于是乎有颂以为庙乐，又自作诗以美其君，亦谓之《颂》。王肃又云：‘季孙行父请命于周，而史克作是《颂》’；然则，其体固列国之风，而所歌者乃当时之事，又皆有先王礼乐教化之遗意。且夫子鲁人也，安得不录之乎？”（原注：《山堂考索》）他不知道《风》与《颂》的出产不同，体制不同，内容不同，用处不同，技术不同，遽然以《颂》当《风》，此乃无知妄说。且既曰“有颂以为庙乐，又自作诗以美其君矣”，而乃谓其体固列国之风，明知其毕而固同之，此乃强不同以为同也。既已谓《鲁颂》即是《风》诗，又说“鲁与宋无风”，颠颠倒倒地说，漫不加考，虽欲自固其说之新奇，无如说理太没有论理的条贯了。

按鲁与宋之无《风》诗，其理由正与吴、楚相同，不得谓比鲁于先代便没有风！巡狩述职便不陈其诗！意者，鲁史陈诗，不及土风；而宋之土风又了无趣味，所以《三百篇》中竟无鲁、宋之诗耳。

篇中所引濮氏之说（不知濮氏何许人）甚有过人的见地。诚然，如鲁国果无《风》诗，则《敝笱》《载驰》《猗嗟》诸诗将用何法解释呢？世人特见其第于《齐风》之下，遂群相谓以《齐风》矣。不知此乃编次上的窜入，并不是鲁国本来即无《风》诗！

第三，“诗之盛何独见于周”呢？他的解释是：

> 自有天地，有万物，而诗之理已具。非特始于《康衢》虞廷之作也。文至周而大备，故诗之咏歌，于斯为盛；而采诗之官，所以首见于周也。夏、商之去周已远，固不可得而考；然观《五子之歌》《猗那》之颂，则二代未始无诗也。特杞、宋为之后，而文献不足耳。若正考父得《商颂》十二篇于周太师，绝无而仅有者，又亡其七篇，概可知矣。

商、周以前的诗歌不特是“文献无征”，实在是史不足信。《康衢》虞廷之歌是绝不可凭信的。《五子之歌》，古人说法已自不同，假伪的成分自然是很多的；至如《猗那》，本系周诗（因为《商颂》全部皆系周诗，详见拙著《中国文学史革》），今乃说它是商时故物，未免太妄诞了。

周诗独盛的原因只有两个：一是时代演进的关系。时代愈演进，历时愈长久，诗歌的分量自然是会增加的。你不见六朝诗歌的增加胜于汉、魏，唐人诗歌的增加胜于六朝吗？二是商代的诗歌并未经人采集过，流行于民间的自然不能长久保存；且周代所采的诗歌，其中未必没有商代传流之物，不过及周而始加以采集，乃见其全耳。因此，世人见《三百篇》即知其为周时，故遂谓诗歌独盛于周耳。

除上所举数条外，如说“《雅》不言周而《颂》独言周”者，周是孔子所加的，这是他承受孔子删诗说的流毒。然而谓“《鲁颂》与商、周之《颂》不同”的理由，却是非常新奇可喜而极恰于事情的，今录其说如下：

《鲁颂》：三《颂》之中，《周颂》《商颂》皆用以告神明，而《鲁颂》乃以为善颂善祷。后世文人献颂，特效鲁耳，非商、周之旧也。

他这一段话真是发前人之所未发，立论确切之至。朱记荣说他疏证分明简要得多，也并不是过分之词。

其他诸篇虽然也颇有谬误的，但比诸上列数条，则已无甚重要，所以便不再说了。

附清朱记荣《诗辨说跋》：

> 《诗辨说》一卷，旧刻附在元人朱倬《诗疑问》后，国朝纳喇氏刊《通志堂经解》时只刻《诗经疑问》七卷，而不及此，以故世罕获见。道光间，海宁蒋氏刊《别下齐丛书》，始以此一卷附刻于后。自经兵燹，版已无存，传本亦绝希矣。今陈文桂庾以其篇帙过简，尤易亡佚，因假录其副，属为校刊存之（此书在朱氏《槐庐丛书》中），以为说《诗》家取资焉。窃意说经诸书，大都简要者多得，繁芜者多失；只此一卷，于《诗》之大旨，疏证分明，读《诗》者正不为无裨尔……

（民国）十五年十月二十三日，于福州协大。

秦风与豳风①

郑宾于

拙著《中国文学流变史》，彼时因欲力求简略之故，所以对于三百篇诗，都未曾有详细的论列；讨论得较详的，只有《国风》，只有《国风》中的《周南》《召南》（楚风）；然而，就我现在的学力看起来，也还颇有

① 原载《建国中学校刊》1931年第1期，第11-15页。文章标点与今多有不同，整理时尽量保持原貌。摘自《郑宾于文存》，熊飞宇编，2014年12月，第149-157页。

许多地方应该补充的。

《周南》《召南》都且如此，则其余之十三国《风》诗之不能满足我意，自不用说。本年九月之初，当我正在讲授《国风》的时候，因为感觉那篇太为简单之故，乃始乘兴就便之补苴：预备补苴事竟，修改全册既毕；然后举付北新，要他三版出书时再改正。

这篇《秦风与豳风》，就是我补苴国风许多篇中的一篇。现在，因为建国中学要编印校刊，今天得着建中校长姚勤如先生的信，要我于两周以内缴卷。想我入世以来，为了谋生，疲于奔命；金钱虽无重负，而文债多至“交关”。它事虽未能完，而文债不可不偿也。因检此篇以付之，或亦读者所谅与？

一九三一年十二月二十七日夜，
宾于记于成都支矶石公园。傍之澹庐。

秦地跨有禹贡、雍梁二州之地：其界自弘农、故关以西，京兆、扶风、冯翊、北地、上郡、西河、安定、天水、陇西；南有巴、蜀、广汉、犍为、成都；西有金城、武威、张掖、酒泉、敦煌；又西南有牂牁、越巂、益州。其在风诗，实即兼秦豳两国焉。

（一）秦　风

周幽王败于犬戎之后，平王东迁雒邑；而秦襄公以率兵救周之功，受封列侯，居有郊酆之地：“五方杂厝，风俗不纯。其世家则好礼文，富人则商贾为利，豪杰则游侠通奸。濒南山，近夏阳，多险阻，轻薄，易为盗贼，常为天下之剧。又郡国辐辏，浮食者多；民去本就末。列侯贵人，车服僭上；众庶放效，羞不相及。嫁娶尤崇侈靡，送死过度。天水、陇西，山多林木，民以板为屋。及安定北地上郡西河，皆迫近戎狄，修习战备，高上气力，以射猎为先。故秦诗曰：‘在其板屋’（师古曰：“小戎之诗也”，言襄公出征，则妇人居板屋之中而念其君子）；又曰‘王于兴师，修我甲兵，与子偕行’（《无衣》）；及车辚四载小戎之篇，皆言车马田狩之事。”（说见《汉书·地理志》，诸诗今不繁引。）

秦风除“尚武用兵”“好大喜功”“游侠通奸”而外，其尤可征者，如“送死过度”，则穆公埋葬，乃以生人为殉，临穴惴慄。“黄鸟列侯贵人，车服僭上”，则“锦衣狐裘，颜为渥丹”“黼衣绣裳，佩玉将将”。终南之诗，此指襄公。“郡国辐辏，浮食者多”；则前者“夏屋渠渠”（姚际恒云：“夏屋渠渠，即藏食有余在内之意。”自郑康成不喻此意，以夏屋为食具；近世杨用修力证之，谬也），而今也“每食无余”；前者“每食四簋”，而今也“每食不饱”矣！（权舆）“嫁娶尤崇侈靡”，实等馈送之事；以故康公送舅，既赠以“琼瑰玉佩”，复加以“路车乘黄”也。（渭阳）如此浮华，宜乎众庶响风仿效，而每羞其不相及了。

且如黄鸟一诗，原系“挽歌”“悼歌”之流，沉挚悲切，刻画最真。二千数百年后，偶读其诗，虽不见其人，但觉闻其声：幽情悱恻，有余恸焉。其诗曰：

交交黄鸟，止于棘。谁从穆公？子车奄息；维此奄息，百夫之特。临其穴，惴惴其慄。彼苍者天，歼我良人；如可赎兮，人百其身！

交交黄鸟，止于桑。谁从穆公？子车仲行；维此仲行，百夫之防。临其穴，惴惴其慄。彼苍者天，歼我良人；如可赎兮，人百其身！

交交黄鸟，止于楚。谁从穆公？子车针虎；维此针虎，百夫之御。临其穴，惴惴其慄。彼苍者天，歼我良人；如可赎兮，人百其身！

“秦穆公卒，以子车氏之三子为殉；国人哀之，为之赋黄鸟。”（《左氏传》。此文公十六年事）讲诗的人，以穆公为贤主，因遂归过康公。（唯《左传》说：“秦穆公之不为盟主也宜哉！”似直斥穆公，然亦误）朱熹《集传》，师承其说，便谓康公从父之乱命，其罪应有所归矣！不知从戎之事，乃秦戎狄之俗为然，非关于君之贤否也；何必为穆公回护而归罪康公哉？（此本姚际恒说）“且秦时风俗，不雄心于戈矛战斗，则逞技于猃歇射猎。（指四载诗言）至其声利所驱，虽豪杰亦且侧足于寺人媚子之间，方以为荣，而不知愧；其义士亦且沉酣豢养，与君为殉，而不可赎。盖靡然矜侠趋势之甚矣！”（唐顺之）诗之产出，岂徒作无病之呻吟耶？

又有《蒹葭》一诗，语调颇似周南之汉广，此因秦之东境，与楚毗连故，其俗亦渐偶同欤？

蒹葭苍苍，白露为霜；所谓伊人，在水一方；溯洄从之，道阻且长；溯游从之，宛在水中央。

蒹葭萋萋，白露未晞；所谓伊人，在水之湄；溯洄从之，道阻且跻；溯游从之，宛在水中坻。

蒹葭采采，白露未已；所谓伊人，在水之涘；溯洄从之，道阻且右；溯游从之，宛在水中沚。

这诗的技艺，写情状景，妙趣天成。姚际恒说："在水之湄，一句已了；重加'溯洄''溯游'，两番模拟，所以写其深企愿见之状。于是于下'在'字加一'宛'字，遂觉点睛欲飞，入神之笔。"(《诗经通论》)《史记·封禅书》说："自威宣燕昭，使人入海求蓬莱方丈瀛洲：此三神山者，其传在渤海中，去人不远；患且至，船风引而去。盖尝有至者，诸仙人及不死之药皆在焉。其物，禽兽尽白，而黄金白银为宫阙。未至，望之如云；及到，三神山反居其下；临之，风辄引去。终莫能至云。"这种境界，完全相类；蒹葭之伊人，等于封禅书之三神山：伊人宛在水中央，而三神山反居水下；伊人从之不得，三神山亦即之不得也。艺境造极时，诗与散文，各臻其妙！司马迁的这样写笔，皆从蒹葭一诗造化出来！

然而伊人是谁？自无达诂：姚际恒以为系"贤人隐居水滨，而人慕而思见之诗"；唐顺之则直认为隐士，他说：而乃有遗世独立，澹乎埃壒(ài)之外者；岂所谓一国之人皆若狂，而此其独醒者欤？而优游肥遁，若后来凿坏羊裘之徒者，在当时固已有人欤？予独惜其风可闻，而姓名不著，不得与诸人并列隐逸传中。然凿坏羊裘之徒，以其身而逃之；蒹葭伊人者，乃并其姓而逃之，此其所以为至也。

我以为凡三百篇与楚辞中之所谓"美人""伊人""君子"之类，皆系尽美尽善之寄托的，然则正不必拘泥它为男女，为贤人，为隐者了。

在秦风中的诗，尚有与蒹葭同义者，仅只《晨风》之三章耳。诗云：

鴥彼晨风，郁彼北林，未见君子，忧心钦钦。如何如何，忘我实多！

山有苞栎，隰有六驳；未见君子，忧心靡乐。如何如何，忘我实多！

山有苞棣，隰有树檖；未见君子，忧心如醉。如何如何。忘我实多！

彼言伊人，此言君子，意内言外，致慨大体相同。至于说到“文境”比于《蒹葭》，则这《晨风》相差实在太远了。

（二）豳　风

“昔后稷封斄（lí）（钱坫曰：“斄字应作邰”），公刘处豳（大王徙郊），文王作酆，武王治镐，其民有先王遗风，好稼穑，务本业。”“有鄠（hù）杜竹林、南山檀柘，号称陆海，为九州膏腴”“故豳诗言农桑衣食之本甚备”。《七月》之诗，总凡八章，首章即陈衣食之义。诗云：

七月流火，九月授衣。一之日觱发，二之日栗烈。无衣无褐，何以卒岁！

是说“衣”的重要，其下接云：

三之日于耜，四之日举趾。同我妇子，馌彼南亩，田畯至喜。

则是说“食”的重要了。次章咏豳公之宫女将随其女公子适嫁为媵，采桑治蚕以备嫁奁（衣裳之类），时正春日，景物添情；行将偕嫁，女心缘是以伤悲耳。尽态极妍，情境宛合。“后世咏采桑女，作闺情诗”，无以复加于此辞者矣！诗曰：

七月流火，九月授衣。春日载阳，有鸣仓庚。女执懿筐，遵彼微行，爰求柔桑。春日迟迟，采蘩祈祈，女心伤悲，殆及公子同归。

三章四章皆承次章诗义以为言。叙足女公子备嫁之事：

七月流火，八月萑苇。蚕月条桑，取彼斧斨；以伐远扬，猗彼女桑。七月鸣，鵙，八月载绩。载玄载黄，我朱孔阳，为公子裳。

此章辞旨，盖乃变文取新之义耳。衣裳的嫁具既已办妥（三章），于是更进而完其裘袍之服焉（四章）。

四月秀葽，五月鸣蜩。八月其获，十月陨萚。一之日于貉，取彼狐狸，为公子裘。二之日其同，载缵武公。言私其豵，献豜于公。

豳地盖在西北，气候严寒，非有重裘不能御其酷冷；是故北人尚武，秦豳为最：取彼狐狸，田猎攫取之事。固亦豳人生活方式之一种也。此诗首章即说“无衣无褐，何以卒岁？”于是承其后者，次章则宫女执筐以采柔桑，三章则裁制丝绩之物以为衣裳，而于四章，则“取兽为裘，亦兼为褐”（姚际恒语），盖亦假借这女公子出嫁预办陪奁之事，而陈说豳地四时之季候与其衣服之设备耳。

五章一首，应有二义：一为指陈农人栖息之时际，一为陈说其“改岁入室”之风俗。它说：

> 五月斯螽动股，六月莎鸡振羽；七月在野，八月在宇，九月在户，十月蟋蟀入我床下。穹窒熏鼠，塞向墐户。嗟我妇子，曰为改岁，入此室处。

其为指陈农人栖息之时际者。清御纂诗义折中之说，允为确当；其说曰：“圣人观物以宜民，一夫授五亩之宅；其半在由，其半在邑。春令民毕出，如在野而动股振羽也；冬令民毕入，如在宇在户而入床下也。豳民习此久矣！”至于谓其为“改岁入室之俗”者，则有姚际恒主张之。盖言岁时之寒暖，皆可从物类上见到：“五月斯螽已动股矣！六月莎鸡已振羽矣！七月犹在野，八月则已依人之宇下矣，九月尚犹依人而在户内，十月则蟋蟀且更进入于我之床下矣！以见豳地孟冬蚤寒如此。……首言‘斯螽’‘莎鸡’，末言蟋蟀，中三句兼三物言之；特以斯螽、莎鸡不入人床下，唯蟋蟀则然，故点蟋蟀于后。古人文章之妙，不顾世眼如此！”（《诗经通论》）此诗从五月写至十月，关于气候寒冷之次第，有条不紊，尤属超绝。且其诗意所呈，偏于言物，物由在野而至人床下，人亦由野而至入室处。因物以推人，循理更可以观见其风俗气候。此诗之妙，全在乎此！

六章分写各种食物，何者可以享老年，何者可以供农夫；琐碎食谱，逐月尝新。但凡菜豆瓜果以及酿酒取薪之事，靡不琐细详述妙趣横生焉。它说：

> 六月食郁及薁，七月亨葵及菽。八月剥枣，十月获稻。为此春酒，以介眉寿。七月食瓜，八月断壶，九月叔苴。采荼薪樗，食我农夫。

七章统言公私收获之际，亟应分治邑居（上入执宫功）野庐（亟其乘屋），用为蓄藏，以待来年。故说：

九月筑场圃，十月纳禾稼。黍稷重穋，禾麻菽麦。嗟我农夫！我稼既同，上入执宫功。昼尔于茅，宵尔索綯”。亟其乘屋，其始播百谷。

八章诵言“岁时伏腊，田家作苦，烹羊庖羔，斗酒自劳”之意。以故首陈藏冰之寒冻，继述田家之欢乐，津津乐道，宛如目击，每届年终，劳作寝息。朋聚而称觞庆祝，愿复更待来兹耳。可见豳民之忠厚，与夫北方风俗之淳朴也：

二之日凿冰冲冲，三之日纳于凌阴。四之日其蚤，献羔祭韭。九月肃霜，十月涤场；朋酒斯飨，曰杀羔羊。跻彼公堂，称彼兕觥，万寿无疆！

（宾于按，公堂并不是豳公之堂，乃是公众会聚之所。《毛传》解为学校，亦不得实）

《国风》记咏民俗风土之情况者，要以《豳风·七月》为真实：言其“鸟语虫鸣，草荣木实，似月令；妇子入室，茅綯升屋，似风俗画；流火寒风，似五行志；养老慈幼，跻堂称觥，似庠序礼；田官染职，狩猎藏冰，祭献执功，似国家典制书。其中又有似采桑图、田家乐图、食谱，谷谱、酒经。一诗之中，无不具备：洵天下之至文也。”（《诗经通论》）

现在《豳风》所集之诗，虽然共有七篇；然而《鸱枭》以下，皆谏诤王室与歌咏周公之诗。其讽谏王室者，或属周公自作，其歌咏周公者，盖即四国颂美思慕之辞。所以如此等篇，自应属之周公（所谓《周南》之诗，或应有此数篇）；而今竟隶豳风之中者，想系秦火以后，汉人编次，任意杂厕，漫不加考，遂致有此错误耳。

然则所谓《豳风》之诗，秦火以后，仅存七月一篇，可断言也。（说详周南一段中）

一九三一年九月二六日。

中华人民共和国

陈志宪[1]论杜甫五言长律的创造

杜甫是集汉魏以来诗体之大成而又有所变化、有所创造的伟大诗人。元稹说他“上薄风骚，下该沈宋，言夺苏李，气吞曹刘，掩颜谢之孤高，杂徐庾之流丽，尽得古今之体势，而兼昔人之所独专也”[2]。可见杜甫实能熔铸古今，掩有众长，“允为集大成之圣”[3]。杜诗所以集大成者，固然是由于多方的高度成就，但是在诗体的发展与创造上，表现得尤为突出。因为他的诗才高体大，无所不包，实具备了中国古典诗歌的一切体式，而且是无体不工，“无才不有，无法不备”[4]。所

① 陈志宪（1908年2月—1976年6月），字孝章，别号施堂，酉阳龙潭镇人。1935年毕业于中央大学中文系，从吴瞿庵专攻词曲。毕业后归成都，任教于成都多所中学。1941年到四川大学任讲师，1949年任副教授。中华人民共和国成立后，继续在四川大学任教，1958年任四川大学中文系主任。曾任四川省政协委员，民盟成都市常委，四川省文联常委、省志编委会文学组负责人等职。著有《西厢记笺证》(中华人民共和国成立前由中华书局印行)，《施堂词论》(手稿仅存二、三篇)，《苏轼词论》(稿存川大中文系)。酉阳自治县档案馆现保藏有其作品(复制件)词作30多首、挽联3联，评论有《论杜甫五言长律的创作》。有发表于《四川大学学报》的《杜甫和他的诗友李白》《是传统的继存又是传统的发扬——读毛主席的长短句歌词》《读毛主席词两首》，有发表于1958年1月26日《光明日报》的《牡丹亭的浪漫主义色彩和现实主义精神》，有发表于《文学遗产》18期和《光明日报》1954年8月29日的《关于桃花扇的一些问题》。尚未收集到的遗著有《谈王实甫的西厢记》《苏轼的词》《文献通考序笺注》《苏轼词的评价和影响》《苏轼研究》(一)等。《近代巴蜀诗抄》收有其词5首，《巴蜀近代诗词选》收有其诗3首。

② 见唐元稹《唐故工部员外郎杜君墓系铭并序》。

③ 见清宋荦《漫堂说诗》。宋荦（luò），字牧仲，号漫堂。该书是作者论诗，主张尊杜甫，认为韩愈、苏轼、黄庭坚、陆游、元好问都是学杜而成家的。

④ 见清施补华《岘佣说诗》。

以中国诗歌到了杜甫，古今各体大定，从唐以后直到“五四”以前都没有人能超出其范围。

杜甫在各种诗体的掌握和运用上，体现了特殊的艺术才能，真实做到如白居易所说的“尽工尽善”。这是杜甫的最大艺术本领。对杜甫的这一本领，不应只看到他的各体诗歌的形式完美，而尤其应该看到他在善于使用古今诗体的基础上，为了更好地表现诗的充实内容，推陈出新以发挥艺术最大功能的独特创造。

杜诗有别于盛唐诸家而能独步一时，影响百世者，在于他能广泛地总结前人经验，从而创造出既有充实的思想内容，又有完美的艺术形式的诗歌来。胡应麟说杜甫“体大思精”，“不尽唐调，而兼得唐调”。所谓“体大”，就是说他的诗有深刻的思想内容；所谓“不尽兼得”，就是指他能于兼人所有之外，更有所创造发展。所以胡应麟又说：“古体则脱弃陈规，近体则兼该众善，此杜所独长也。”[①]因此，我们对前人评杜所谓的“集大成”，并不能仅仅认为只是集结之功而已，须知从“集”到“大成”的过程中，是有其“广大悉备”的功力和“脱弃陈规”“取精用闳 ”的伟大创造。所以，我们研究杜甫的诗歌艺术，必须首先着重于他的创造精神。

杜甫各体皆工，从汉魏以来的五、七言古体固然是以他为“风雅之大宗，艺林之正朔”（胡应麟语）。自来论律诗的，莫不奉他为大家。至于杜甫的律诗之独创一格，算得上是前无古人、后少来者的，便是他的五言长律。长律又叫排律，称为长律，因为它是律诗的延长，可以从六韵到一百韵。称为排律，是就它于律诗八句之外，可以任意铺排而言。这种诗体的对偶平仄与律诗相同,除首尾各二句和律诗一样可以不对外，其余的句子都要成对，作起来比律诗更为困难。排律从六朝以来，就已具规模了，南北朝时期梁朝阴铿的《新成安乐宫》诗，就是“百代近体排律之祖”。只是唐以前作者较少，到了唐代，始专此体，作者也就渐多起来。初唐王、杨、卢、骆和陈、杜（审言）、沈、宋诸名家，都是排律的能手，不过他们所作的大约都是应别赠送之作，而且又都是短篇，没有什么更好的思想内容可言，仅是一些官样文章而已。

① 见明胡应麟《诗薮》内编卷四。

到了杜甫，打破过去排律最宜于应别应酬的局面，以他特殊的艺术才能，创为长达数十韵或百韵的长篇排律。于是规模宏大、百韵千言的五言长律，遂为杜甫所独步。而律诗的抒写领域，到此也就更为扩大了。杜甫的排律诗写得不少，五、七言排律共有 131 首，其中五言长律就有 123 首之多。在他的全部各体诗作中，五言长律比七言绝句还要多（七绝 107 首）。可见，他是乐于用这种约束性较大的诗体来写诗的。长律确实是约束性较大，写起来也特别困难，但杜甫却能因难见巧地写出来不少的佳篇，这可以看出他功夫十分深到和创造力十分宏伟。

可是研究杜甫和杜诗的人往往不大谈及他的长律，选杜诗的也多不予重视，有的选得很少，有的完全不选，甚至还以为杜的长律多应酬之作，没有什么价值，竟一笔予以抹杀了。我认为学习和研究杜诗必须注意到他的五言长律，才能全面了解他高度的艺术才能，以及他“兼该众善”而又有所独到的真实本领，尤其是他的“遣词必中律”“晚节渐于诗律细”和“清辞丽句必为邻”的创作实践，更须探索到他的五言长律，才可以更好地理解。这对于我们了解古典诗歌创作的甘苦和声律对偶在中国古典诗歌中所起的特殊作用，都是很有帮助的。

杜甫是一个全能的大诗人，凡是他成功而又有助于我们的经验，都应该加以研究。他的五言长律，在他的全部诗作中，是特别富有创造力的。我们若是因唐人排律一般多是官样文章，遂把杜的五言长律也等同看待，轻易地加以抹杀，是不公允的。杜甫的排律诚然有许多应酬之作，在唐人以诗相赠答，或者用诗作干请之具的普遍风气下，杜甫也喜爱用排律去写诗赠送故友知交和一些达官贵人，但是我们不能只凭题目上的某官某员去做简单的理解或论断，一定要从诗篇的具体内容去做深入的观察和分析。我们不能忘记杜甫是“饥贫百折气不阻，犹托微词存国是”[①]的伟大诗人，因而，对于他用五言长律刻意写成的许多赠送酬答之作，必须从这种诗体的美丽形式后面看出“托微词而存国是”的深远含义来。

例如杜甫广德元年秋天在梓州，所作的王言排律《送陵州路使君之任》，除起首一段简叙路使君被提升为郡守的因由以及结尾略致送

① 见清郑日奎《读少陵集》。

行之情外，诗的主旨全在中间的“战伐乾坤破，疮痍府库贫！众僚宜洁白，万役但平均”四句表现出来。这几句诗的意思是说：经过安史之乱，战伐刚平，乾坤已破，人民的创痛未复，朝廷的府库空虚，出任地方官的，应当廉洁清白，平均各种赋役，以减轻人民的赋役，解除人民的痛苦。对一位新去上任的郡守，竟毫不客气、毫无粉饰地说出这样一番诫勉的话来，是何等的词严义正，又是何等的真切恳挚。这不仅表示了对朋友的热望，也反映出了他爱国爱民的深衷，同时对当时战争频繁、官吏贪婪残酷剥削而给人民带来的深重灾难，也就揭露无余了。像这样寓意深切、字字金石的赠送之作，我们能说它是有意逢迎的无聊应酬吗？

又如他《奉送严公入朝十韵》虽是说了许多“颂旧绩”“勉新功”的话，但是赠诗的主旨，则在最末二句：“公若登台铺，临危莫爱身！”勉励严武此次入朝，若是做了宰辅之官，就当挺身为国，不惜牺牲，切不要为个人的禄位打算。这种含有责难之义的忠告之言，说明了他对朋友的殷切期许，完全是从人民国家出发，没有丝毫苟且取容之意、以图达到个人企求的目的，因而很明显地可以看出杜甫为人的正直无私，以及他平日“忧黎元”“希稷契”的政治抱负，他是怀着一种为人民、为国家而不惜牺牲自己的大无畏精神的。

杜甫的许多酬赠之作往往都将他对时局的严厉斥责和对朋友的殷切希望结合在一起。尤其是他那种从现实出发“托微词存国是”的深刻寓意和高度提炼的表现手法，使得他的这类诗篇，能脱去一般应酬的俗套，有着不同凡响的诗歌美质。这是我们看杜诗五言长律体的酬赠之作应该注意到的一个艺术上的特征。只要认识了他的这一特征，就不会因为他有酬赠之作遂不加分辨地贬低他的五言长律的价值，甚至连其独特的创造性也抹杀了。这是我们研究杜甫五言长律首先应该加以明辨的一个问题。

唐人的五言排律，最初都是短篇，大概只有六韵，至于数十韵以至百韵的长篇，则是杜甫的创举。所以，他在五言长律方面的创造是后来居上，前无古人。就其巨大的创造来说，也是多方面的。

第一，打破从前排律已成的短小格局，创为鸿篇巨制的新体，大大开拓了排律的书写领域。律诗本有许多严格的规律，约束性相当大，四韵八句写起来已经困难，把律诗延长为排律，那约束性就更大，写起来也就更难。若要演为数十韵或百韵，那确实是很不容易的。杜甫诗才大、学力足，又富有创造精神，所以他能不为排律旧的规范所限，有创造、有变化地发展了这一种诗体。他的发展变化不是堆砌很多的辞藻典故，从形式上去敷衍、去拉长，而是以更充实、更广大的题材内容，去求得形式的适应和表现的完美。他的五言排律，大的形式的使用是和大的内容相一致的，他是迂回交错地表现大的事物、大的议论、大的悲喜、大的爱憎，是先有了一种非短言所能尽，必须反复咏叹而宣泄的深厚情感，然后才形成他的五言长律的“极开阖变化，错综恣肆之奇”（仇注评语）的独创格调来。

从六朝到初唐，排律局限的应试、应酬、应制的局面，到了杜甫手中，遂为他博大的结构所突破，而以之写人物，写风景，写兵戈乱离的时局，写人民痛苦的生活，也写自己饥寒老病的艰难时历。这样就把向来内容贫乏枯瘠的排律，变成有丰富生活内容和完美艺术形式而为他独有的诗体。例如《秋日夔府咏怀奉寄郑监李宾客一百韵》，长达千言，是他集中第一首长诗。元稹在《杜工部墓系铭》中推为“铺陈终始，排比声韵，大或千言”的巨制。此诗写于唐代宗大历元年秋天，题诗咏怀，故详于自述。诗的大旨是写他久留夔府，“阻归坐困”的生活。在思归无望的感慨中，诗人回想京华，怀念朋友，描述老病穷途、身无所依的实情苦境。尤其是把流落穷居之状和国家的治乱、人民的疾苦结合在一起，于是显示了他个人生活与国家活动、社会现实，有着密切而又不可分割的关系，这样就带有时代特征，遂使所怀者大、所感者深，而诗的思想内容就越显深刻而充实了。至于牵连旁入的事情，则有夔府的风土景物、长安的生活回忆，又有对乡土骨肉的忆念、对身世交游的感伤，以及老而无归，想依郑、李为之主人，因交浅不能直言，遂托词将往求禅的深衷，也于诗的末尾隐隐流露出来。可见这一首百韵千言的长篇，是与诗人忧国忧民的忠愤和“饿走半九州”[①]的生涯分不开的。诗虽送给郑监和李宾客，但咏怀是主，郑、李是宾。杜甫与二人的相交，是由于诗文的契合，故诗中称美郑、李的地方，也只是着重写其诗才，并未

① 见宋王安石《杜甫画像》。

颂扬他们的功名，主要还是朋友之间应答，写他“自伤栖栖以老”的特殊境遇，借以展示他“乱离心不展”的郁闷和“生涯已寥落，国步尚迍邅”的悲愤。所以这首诗实际可以看成是诗人把个人遭际、朋友离合与国家治乱结合起来而成的一篇暮年漂泊史。诗虽是酬赠诈，但一点不妨碍它是杜诗五言长律的代表作。况且，诗人又是挟其高度的艺术才能，适应排律严格的规范，以整肃的语言、阔大的结构，把复杂的内容、深远的含意，描绘得汪洋恣肆、波浪层叠，气势非常博大。而且句句精致、字字峭拔，更深刻地帮助了思想感情的表达，大为增强了诗歌感人的特殊效果。

由此可以看出，杜诗如此大篇的排律，并非形式上玩弄技巧，而是由于他所表现的个人与时代息息相关的生活，以及由之而生的强烈又复杂的思想感情所决定的。同时，他那种极尽变化的铺叙排比，又能“随意转合，曲折自如”地适应内容的需要而表现得十分完美充足，这样就使得排律这一诗体的表现能力大大加强了。所以杜甫五言长篇的排偶律切之体、充实的内容与长大的形式有高度完整的统一，从内容到形式，都是富有独创性的。在杜集中，不仅这一首百韵千言的长排是既有合律的谨严程式，又有变换闳深的独特创造的，其他许多数十韵的长律，都同样具有这一特点。这就使我们不能不佩服他在扩大长律抒写领域上的特殊成就和宏伟的创造了。

第二，突破了前代偏于以律诗抒情的局限，创作叙述多样的长篇纪事诗。这也是杜甫前无古人的又一创造。我们知道中国古典诗歌，抒情者多，叙事者少，《孔雀东南飞》即是唐以前叙事诗之很少见者。因为诗的长篇最难，魏晋以前五言古诗，大概都不过十来韵，至唐代的李白、杜甫，五言古体始多长篇。如李《送王屋山人魏万还王屋》六百字，《经乱离后天恩流夜郎忆旧游书怀赠江夏韦太守良宰》八百字，杜甫的《自京赴奉先咏怀五百字》五百字、《北征》七百字。这种五言长篇的纪事诗，是古人少有的。所以宋代叶梦得说：“杜子美《北征》《咏怀》诸篇，穷极笔力，如太史纪传，此古今绝唱也。”[①]从短篇抒情诗到长篇

① 见宋叶梦得《石材诗话》。

叙事诗的出现，这确是中国诗体的一大发展。杜甫在这方面的成就是表现得很突出的。但一般都只重视他以五言古体写的《北征》《咏怀》等篇，却很少有人注意他用五排写的长篇纪事诗。其实，五古长篇纪事，李、杜同有；五排长律纪事，则为杜甫所独创，而且在杜集中以五排纪事的长篇，数量实较用五言古体写的为多。如《寄岳州贾司马六丈、巴州严八使君两阁老五十韵》《秋日夔府咏怀奉寄郑监李宾客一百韵》《夔府抒怀四十韵》《寄刘峡州伯华使君四十韵》《大历三年春白帝城放船出瞿塘峡久居夔府将适江陵漂泊有诗凡四十韵》《秋日荆南述怀三十韵》《秋日荆南送石首薛明府三十韵》《风疾舟中伏枕书怀三十六韵奉呈湖南亲友》等篇，长者千言，短者数百，都是可以登史诗之目的偏于纪事的长篇诗。这些诗都采用历任史家纪事的笔墨、赋家铺叙的方法，用英词壮采来写漂泊之情和毕生不尽的爱国之思。李子德评他的《寄岳州贾司马巴州严八使君》一诗说："叙事整瞻，用意深苦""如左、马大篇文字，精神到底，卓绝百代矣！"（《钱注杜诗》引）实则不仅这一首如此，上文所引诸诗，都是"用意深苦"，读之可知其所处时代和他对社会现实的态度。钱谦益在《钱注杜诗》中说："寄贾严二阁老一诗，可以补唐史之阙。"可见杜甫五言长律的叙事诗是兼有历史价值的。

排律诗有严格的程式，其句法与五言律诗同，篇法则大有区别。因为五言律诗仅四韵八句，描情写景，止尽于四十字之中；而长达数十韵或百韵的五言排律，其篇法自然就不是五言律诗的表现形式所能尽了。杜甫五言排律的长篇，在表达方式和表现手法上是多样的，或者自述、叙人，或者写景、言情，或者记事、立论，在一篇之内结合在一起。其在叙事体裁上的表现手法，也不是单一的，而是一种叙述性兼议论性的复杂描绘形式。例如《大历三年春白帝城放船出瞿塘峡》一诗，是诗人写他乘船出峡所经历的山川景物，以及由这些景物而引起的漂泊之情和对时事的感触。在写法上，前一半记出峡所经，是叙事体，后一半写漂泊之感，又是议论体。不过，就全诗来说，可以看成是一首叙事的长诗。诗的前半部分形象地描写峡中佳景和出峡的惊险情状，穿插了一些写得"极间丽的"小景致。这些描写的对象固然是客观的景物，但从另一方面看，则又是诗人所经历的事实，所以它是景的描绘，同时也是事的叙述。

诗的后幅，是诗人老年心路，触险惊心，感到国家“靖乱无时”，而自己又是“羁栖难定”，因为自伤漂泊，发出了一些论世、论人、论自己的感慨，虽是议论体，但仍是诗人感时伤已的自述。像这种情、景、事交错互见，而又议叙夹行，复杂多样的表现形式，我特别称它为叙述性兼议论性的复杂的描绘形式。

这里再举一个小例子来做证明。杜甫于大历三年春所作《白帝城放船出瞿塘峡，久居夔府将适江陵，漂泊，有诗凡四十韵》的第二段：“摆阖盘涡沸，欹斜激浪输。风雷缠地脉，冰雪耀天衢。鹿角真走险，狼头如跋胡。恶滩宁变色，高卧负微躯。书史全倾挠，装囊半压濡。生涯临臬兀，死地脱斯须。”这一段是诗人叙述乘船下峡经险的情景，把江水的险急描绘得极为形象。“摆阖”“欹斜”两句，写船行波浪中的波荡之象。“风雷”句写滩声之沸，如风雷隐地一般。“冰雪”句，状激流涌起的浪花，如冰雪般晶晶地耀于天空，前句状水声之沸，后句状水流之激，都是形象化的描绘。“鹿角”“狼头”写所经过的两个险滩，这两句借成语以写实境，造句非常工巧。“恶滩”即是指“鹿角”“狼头”，“宁变色”“负微躯”数句，言难处险境而不至变色，然而即使是安然高卧，已觉辜负微躯了。“书史”以下四句，言携带的书籍已完全倾乱，装囊半压，都被水浸湿了。因感到人的生涯有限，一旦临到危急惊险之际，死地当前，生命不过系于顷刻。从这一段的写法看，就险境的经历说，是叙述性的；就其渲染实境说，又是很形象的描绘；中间加入“恶滩宁变色，高卧负微躯”和“生涯临臬兀，死地脱斯须”四句，则是在叙述和描写之间，又加上了议论性的感发。尤其是“恶滩”二句，含义深长，意谓恶滩虽然危险，但能安命自持，所以临危而不变色。只是老年漂泊无定，深觉自负此生耳。我们从诗人平时“窃比稷与契”的想法来看，这种带有议论性的自慨是十分刻骨入情的，显得既很自负，又很沉痛。诗人这样写，遂将世路崎岖的感慨和郁勃不平的思想，从出峡经险的刻画中，借景抒情地宣泄出来。于是乘船下峡经过山滩恶水的事与所见到的景、所触动的情，三者交织在一起，益显示诗的悲壮雄浑，诗的艺术功能自然也就大大加强了。所以这种复杂的描绘形式，是能适应他所编制的五排长篇纪事诗的。因此，我们既要肯定五排体的长篇纪事诗是杜甫前无古人的独特创造，还要肯定适应这种新体的表现形式也是诗人成功的创造。这种创造不是偶然的，乃是诗人广为总结了史传、骚赋、五言古诗、五言律诗的写作经验而发展创造出来的。

第三，以五言长律论文、写人物，是杜甫在诗体运用上的发展、变化和创造。历来的评论者认为杜甫以绝句联章的形式论诗，如《戏为六绝句》《解闷》十二首，是前代诗人未曾有过的创举。但用程式很严的五言排律来论诗、写人物，则不能不说是开前人未有之举的创举。论诗之作如《偶题》："文章千古事，得失寸心知。作者皆殊列，名声岂浪垂。骚人嗟不见，汉道盛于斯。前辈飞腾入，余波绮丽为。后贤兼由制，历代各清规。"王嗣奭《杜臆》评此诗说："少陵一生精力用之文章，始成一部诗集，此篇乃一部杜诗总叙。"足以说明此诗的重要性。上文引的是诗的首段，仅仅十句，便道尽了"文章秘诀，诗统源流"。其识力之大，概括力之强，是古今诗人中少有的。此诗首言文章千古之事，作者须有千古认识力，能裁别真伪，明辨得失，做到取精用宏，奄有众长。杜甫功深力到，实大声宏，真是"寸心自有千古"，所以发端特自道心得说，说文章千古之事，得失我自知之。以下所论，即是他所谓的"寸心知""作者皆殊列，声名岂浪垂"，是总言历代诗歌的制作与成就。诗歌贵能变化，贵能创造。前代成名成家的作者，由于造诣各有不同，故在历史上都各有其地位，凡成功者绝不是偶然幸致，虚得声名。"骚人"二句，言诗歌从周到唐，几经变迁。上句统括汉以前，下句统括汉以后。从诗经到楚骚，是诗歌转变的一大枢纽，从楚骚到汉代的五言诗的成立，又是诗歌的大发展阶段。只是诗经、楚骚时已久远，如今五言方盛，大家所遵行的，还是汉代的旧章。"汉道盛于斯""前辈"二句，言历代诗歌的风尚和体貌。"前辈"指汉魏，"余波"指齐、梁，汉魏风骨高骞，气势飞腾甚高。到了齐、梁则尚词采声律，衍为绮丽一派；而末流专事雕绘，遂又形成"文章道弊"的哀靡之象。然而从诗统源流看，汉魏"飞腾而入，至六朝尚绮丽，亦其余波，不可少也"（《杜臆》）。所以"前辈之飞腾既久。而余波惠及后人"。六朝的绮丽，亦是诗歌发展的必然趋势。汉魏风骨，固当讲求，六朝绮丽也未可全非，若执一偏之见，那是不全面的。杜甫自谓"清辞丽句必为邻"，他不但不非薄六朝绮丽，反而还认为有值得学习继承的。“后贤”二句，言历代诗歌是随着时代的发展而有其新的成就。后世作者，若能“兼旧制”，捋新声，广为总结前人经验，酝酿以成一家之言，才能贯穿古今，艺术地去完成“千古事”的文章大业。由此可见诗人持论甚正，所见亦大。他把千百年来诗歌的源流和他对诗歌的主张，用排偶律切之体，写得那么概括，那么凝练，而且脉理又是那么精细，不仅看不出纂组雕绘的人为之迹，反而觉得语言运用更为精确化。因而使我们深深感到，杜甫对律体的运用与创造，真是做到了他自己所说“律中鬼神惊”的地步。

又如《寄李太白二十韵》：“昔年有狂客，号尔谪仙人。笔落惊风雨，诗成泣鬼神。声名从此大，汩没一朝伸。文彩承殊渥，流传必绝伦。龙舟移棹晚，兽锦夺袍新。白日来深殿，青云满后尘。乞归优诏许，遇我宿心亲。未负幽栖志，兼全宠辱身。剧谈怜野逸，嗜酒见天真。醉舞梁园夜，行歌泗水春。才高心不展，道屈善无邻。处士祢衡俊，诸生原宪贫。稻粱求未足，薏苡谤何频。五岭炎蒸地，三危放逐臣。几年遭鵩鸟，独泣向麒麟。苏武先还汉，黄公岂事秦。楚筵辞醴日，梁狱上书辰。已用当时法，谁将此义陈。老吟秋月下，病起暮江滨。莫怪恩波隔，乘槎与问津。”

这一首议叙诗写尽了李白的一生，王嗣奭说“此诗分明为李白作传”是一点也不错的。全诗二十韵二百字，篇幅不算太大，但诗人却紧扣李白的特征，对其一生的遭遇做了高度的概括。诗从李白的得名之始叙起，以警策之笔突出他“笔落惊风雨，诗成泣鬼神”的诗才。这样，一方面说明诗人对李白的倾心佩服，另一方面也说明李白确有惊人的本领，而不是浪得虚名，薄负时誉，其奇才出众，宜乎“声名从此大，汩没一朝伸”。接着写他以文采受知玄宗，得到很大的荣誉。哪知为小人所嫉，玄宗特令他去职还山，因而得于洛阳与杜甫相遇，一见契合，遂成文章知己。于是二人相与登山临水，纵情游乐，时而剧谈，时而饮酒，或醉舞梁园，或行歌泗水，真是极一时友朋之乐。诗人写李白与他订交后的漫游生活，特别突出李白的性格特征，说他是“未负幽栖志，兼全宠辱身。剧谈怜野逸，嗜酒见天真”。这几句叙述而兼评论的描绘，对李白生平才识、人品和豪放不羁的性格，说得最为深透明澈，既揭示了李白遭嫉辞归，漂泊山林的节概，也说明了两位伟大诗人相与契合的深情。“才高”句以下，诗人更以矫健的笔法，转到李白因永王璘事件而遭到的不幸，说他“才高”徒为人嫉，“道屈”绝无人怜，终于受谤被污，逐放夜郎，并以极爱惜的心情，虑其身危，叹其道穷。最后刻意为李白辩明，说他为永王璘所迫，本来是辞官不受的，也曾上书力辩自己的冤枉。可惜当时的大臣，有谁替他理冤呢？所以诗人沉痛地说：“已用当时法，谁将此议陈！”如今李白已经老了，还不时吟诗月下，已经病了，但仍是屈辱莫伸地流落在浔阳江边。只有望其安命善处，或尚有归来的一日。像这样一位绝代人才，竟含冤沉沦至此，愤恨难平，真想代他上诉于苍天啊！由此可见杜甫之于李白，相知最深，故对李白的一生能做如此精心结构的描述。在此描绘之中，特别着重与李白辩冤雪枉，剖明心迹，实是一篇呼吁控诉，是他极为愤慨的不平之鸣。李、杜不仅有同样伟大的诗才，在政治上的遭遇又相似。他们因永王李璘事件和房琯事件受到肃宗私心的毒恨，两人都几遭不测，被放逐在外，羁旅终身，漂泊而死。两人穷厄的运遇和穷厄的原因也相同，所以杜甫在此诗中议叙兼用，用意极具深微曲折。他痛心于李白的穷厄，又愤激地联系着自己的穷厄，因而以沉重之笔，叙写得十分深刻，十分沉痛。尤其难得地创造性地以排律来写，而又写得那么自然，那么深刻。这确是他经过高度提炼而达到的，为其所独擅的真正本领。

上面所谈到的几个问题，自然不足以概括杜甫在五言长律上面的创造力，不过是就管见所及提出一点粗浅看法而已。至于他在声律对偶上惊人的艺术技巧，以及在篇章结构上的开合相生、纵横驰骋，前代研究杜甫的注及经论家已多所论述，这里不拟多谈了。

总之，杜甫有读破万卷的学力，有无所不能的诗才，他在律体诗上独创的五言长律，确乎是开阔了一条古人所未曾走过的道路，对后世诗人也有较大的影响。唐代元、白和唐以后许多诗人所写的百韵长律都是学习他的，但都未能达到他“精彩绝伦”的高度艺术成就。这主要是由于他的五言长律是始终紧扣着当时的治乱盛衰的脉搏，仍然闪耀着人民性的光芒。同时又是艺术地以精密之体、完整之笔体现了充实内容，这就是杜甫的五言长律能有最高成就而为后世诗人所不及的原因所在。我们今天虽不必再去写作这种体裁，但杜甫的首创精神和他那种刻苦的、熟练的创作是值得学习的；同时，他在五言长律创造上为适应诗的内容而采用的某些表现手法和描绘形式，从积累前人的写作经验以提高我们的欣赏与创造来说，也还是值得借鉴的。

我国诗词发展的初步体会

李代渠[①]

20 世纪 50 年代，是我的青少年时代。由于生活在农村，每逢一年一度的新春佳节，村里要搞娱乐活动，如耍龙灯、扭秧歌，演剧等。当时，最流行的歌剧是根据李季的民歌体叙事长诗改编的《王贵与李香香》，还有贺敬之、丁毅执笔的大型秧歌剧《白毛女》，在这些带有浓厚民歌色彩的剧作中，我担任某些角色，要表演，要背台词，无形中受到了民歌诗体的熏染。特别是《白毛女》的剧情深深地吸引我，剧中的音乐、唱词、念白简直扣我心弦。如杨喜儿逃出黄家时唱道："要想逼死我，瞎了你的眼窝！舀不干的水，扑不灭的火！我不死，我要活！我要报仇，我要活！"这段唱词，语言简练炽热，音韵和谐，简直起到了一个字一声雷的作用。那时，我也读过《李有才板话》等带有民歌风味的诗唱，如："一进地主门，饭汤一大盆。勺子搅三搅，浪头打死人。"这首诗，以劳动人民的幽默感，用夸张的手法，辛辣地讽刺了地主对长工的剥削和虚伪性。我觉得这些诗歌押韵，好背，写起来也不难，于是也模仿着写几句出来。如："一进我家门，鸡鸭一大群。下蛋咯咯哒，捡蛋喜煞人。"当我看见"闻鸡起舞"的字画时，我便在脑子里构思一首诗："金鸡啼五更，我从梦中醒。起舞锅台边，唤醒吃饭人。"这些反映生活方面的民歌，我写了不少，虽然有点幼稚可笑，但还形象逼真。

---

① 李代渠，女，号兰谷居士，汉族，1943 年生于四川安县，大学本科毕业。重庆市酉阳二中英语高级教师，1998 年退休后研习诗画，写有诗赋曲计 2 000 多首。出版个人专著《诗飞晚霞》《桃源诗唱》《酉州群芳进诗画》（2009 年，大众文艺出版社出版）载 200 余种花卉，700 余种诗。获奖多次，作品载于众多刊物。

20 世纪 50 年代末，文艺界掀起了提倡群众性文艺创作，大搞群众文艺汇演，鼓励采集民歌，写民歌体诗的热潮。随着知识的增长，我也追潮写了几篇像《兄妹开荒》之类的短歌剧以及民歌体诗，如：“六亿神州涉诗海，李白杜甫把路开。一锄挖倒山一座，一笔凿开诗库来。”由于时代影响，就不多说了。我觉得民歌诗体，不受古典格律结束，写起来方便，读起来朗朗上口。从青少年时代起，我对这种诗体似乎情有独钟。

民歌诗体，通俗易懂，语言朴素精练，整齐押韵，具有贴近时代、贴近群众、贴近生活、贴近现实的特点，为老百姓所喜闻乐见，也可以说中学生读得懂，大学教授也觉得写得不赖。

民歌有时存在偏于直露的不足，古典诗词艺术蕴藉含蓄，正可以弥补这种不足。如果也能学好古典诗词，与民歌艺术融于一体，就可以形成既有民歌特色，又有古典诗词韵味的诗风。这种诗风，就是我们的现代诗词（我个人的看法）。其从形式上看，像绝句和律诗，整齐押韵，从格律上讲，与绝句和律诗不同步。一首诗的优劣，主要取决于内容，为了不因格律的限制而妨碍诗的内容，可以冲破格律的某些束缚，而自由抒写。如唐代诗人崔颢的《黄鹤楼》：

昔人已乘黄鹤去，此地空余黄鹤楼。
黄鹤一去不复返，白云千载空悠悠。
晴川历历汉阳树，芳草萋萋鹦鹉洲。
日暮乡关何处是？烟波江上使人愁。

这首诗并没有严格按格律写，但仍被视为千古绝唱。唱民间歌谣的老百姓，他们并不懂格律平仄，然而，他们唱出来的歌是那样的凄楚动人，悠扬婉转。如“一休休，二休休，月儿弯弯照九州，几家欢乐几家愁。愁煞人来关月事，得休休处且休休。”（宋代诗人杨万里记载的丹阳民歌）。又如酉阳土家族民歌：

送哥送到青草坡，青草坡下一条河。
坡上有对山羊子，河中有对戏水鹅。
山羊声声叫妹妹，鹅儿声声叫哥哥。
坡上坡下长相约，只求老天来作合。

酉阳土家山人，并不懂多少比兴手法，他们却用坡上山羊，坡下戏水鹅来比喻一对情人长相厮守的恋情，这是群众智慧和艺术想象力的结晶。

吸取民歌入诗，是适应时代发展的一种创新。这种创新，不是从新文化运动开始的，远在中唐，诗人刘禹锡就吸取民间歌谣的营养，创制了一种文人诗体——竹枝词。他写的竹枝词，由于具有鲜明的民歌格调，又有浓厚的生活气息，被当时的诗界认为是“道风俗而不俚，追古昔而不愧”。这种诗体不受格律平仄限制，像七言绝句，但与绝句不同步。民间诗人白居易也喜欢写竹枝词，刘、白提倡的竹枝词，对后代的影响很大，以至北宋的黄庭坚、苏轼、苏辙，南宋的范成大、杨万里都喜欢写竹枝词。元明时期，不少文人学士对这种带有创新意识的诗体推崇备至。元代诗人杨维桢，是我国诗歌史上第一个将竹枝词集成专集出版的诗人，而且是一部极其富有地方色彩的诗人集体作品集《西湖竹枝集》。

到清代，竹枝词有了很大的发展，也可以说这是竹枝词的最盛时期。康熙年间，诗人王士祯主持诗坛数十年，他主张诗歌要“兴会神到”，讲究含蓄蕴藉，富有情趣。他在一首诗中写道：

曾听巴渝社里词，三闾哀怨此中遗。
诗情合在空冷峡，冷雁哀猿和竹枝。

诗中的巴渝社里词即指刘禹锡的《竹枝词九首》。刘在任夔州刺史时，路过巫山县，见到民间唱联歌《竹枝》，吹短笛击鼓，边唱边舞，引起了他的浓厚兴趣，于是他就依照屈原的九歌，作了竹枝新词九章。三闾指屈原，空冷峡是三峡中的险峡之一。

到乾隆时期，连弘历皇帝也作起竹枝词来。清朝末期，社会急剧变化，朝政腐败，外敌入侵，国无宁日，山河破碎，人民处于水深火热之中，了广大知识阶层聚积了难以控制的愤懑。知识分子具有特有的殉道感，他们纷纷地拿起笔作刀枪，以竹枝词为主体，借眼前之见闻，抒胸际之牢愁。他们强烈反对帝国主义的侵略行为，揭露统治者的腐朽黑暗，书人民之疾苦。诗人郑板桥的诗、书、画堪称三绝，他在任知县时，写了 40 首竹枝词，道尽了民间生活的凄惨与艰辛。

清末，黄宗宪、梁启超等人发动“诗界革命”，主张“我手写我口”，用白话写诗，吸取民歌入诗，这对竹枝词的发展起了很大的推动作用，以至于在海外，凡华人所在国都有竹枝词的作品出版，如《日本竹枝词》《柏林竹枝词》《伦敦竹枝词》等，比比皆是。

综上可见，竹枝词涉及的广度和深度，是其他诗体所不及的，这充分显示了竹枝词诗体广泛的社会性和强烈的人民性。

以上谈及竹枝词的产生和发展，是根据北京诗词学会会长、老诗人段天顺先生主持的学术讲座——“怎样写竹枝词”的大意而写的。根据段老的意思，竹枝词主要有三种类型：

第一类，由文人收集整理的民间歌谣，基本上保持了民歌的原型。所谓宁俚而真，勿宁文而赝也。我们现在收集整理的民歌、山歌、鼓词、弹词、号子等大都属于这种范围。如酉阳土家族山歌：

一

妹坐湖南哥坐川，中间隔座八面山。
八面山高不算远，共个太阳共个天。

二

鸡嘴没有鸭嘴圆，鸭嘴没有妹嘴甜。
记得那年亲一嘴，回味回味还在甜。

又如电影《马路天使》中的唱词：

月儿弯弯照九州，几家欢乐几家愁。
几家高楼饮美酒，几家流落在外头。

第二类，由文人吸取民间歌谣的营养，创作出有民歌色彩和浓郁生活气息的竹枝词诗体，所谓似俗似雅，雅俗共赏也。诗之所及，绘风列俗，美刺兼备，寄兴含毫，万象皆陈。我们今天的诗词，未冠有七绝五绝的绝句诗体，就属于这种范围。如《听涛》：

惊涛拍岸江中吼，吼声轰轰荡千秋。
江卷巨澜昭日月，大江滚滚向东流。

又如《咏荷》：

出污不染荷满塘，不枝不蔓飘清香。
风动碧云芳花笑，疑是众仙舞浓妆。

又如《鼠尾掌花》：

茎长匍匐悬垂挂，褐色短毛鼠尾巴。
琼花不嫌鼠尾丑，鼠辈占艳人笑花。

又如《思慰》：

秋来相思抛红豆，悲欢离合古今有。
但愿明月共婵娟，何必辛酸泪湿袖。

又如《无题》：

胸藏鲲鹏志，脑酝千古诗。
笠翁钓对韵，太公钓城池。

又如《仓鼠》：

金秋收割忙农事，五谷丰登万家喜。
谁料仓鼠成灾患，十家官仓九家虚。

又如《民间艺人》：

有位老人年岁大，民歌快板口头挂。
宣传党的政策好，常见街头闹莲花。

第三类，运用竹枝格调写七言绝句，冠以“竹枝词”或“效竹枝体”，依格律写出，与绝句很难区分。如明代诗人杨慎的《三峡竹枝词》中的一首，格律工整，以典故入诗：

神女峰前江水深，襄王此地几沉吟。
晔花温玉朝朝念，翠壁丹枫夜夜心。

又如一首写北京后海新月的竹枝词：

暮色苍茫万柳间，波平如镜照诸天。
嫦娥不耐蟾宫寂，悄向人间画远山。

再一首咏岁寒三友：

几多物事畏寒冬，松竹梅花却不同。
不做趋炎附势者，傲霜斗雪漾高风。

从上述诗例，我们可以看出竹枝词具有易学、易懂、易写、易流传的特色。从内容形式和艺术表现手法看，竹枝词的语言流畅，通俗易懂。在《桃源诗唱》中，我写了三百多首竹枝词，很少有注释，看后却一目了然，令人回味。如：

昙花

银光四射众目惊，显赫一时叱风云。
夜半开花瞬息逝，春宵一刻值千金。

我觉得传统古诗中的律诗和绝句，虽然蕴藉含蓄，邃密典雅，但有些难于理解，格律较严，不容易为大多数人所掌握。而且注释太多，一首绝句，仅仅二十多个字，注释有时多达几百个字。我觉得与其注释那样多，不如再写几首竹枝词，用诗韵把事情说得一清二楚。竹枝词格律较宽，束缚较少，写起来方便快捷，读起来朗朗上口，有贴近时代、贴近现实、贴近生活、贴近大众的特点。

竹枝词的格调明快，诙谐风趣，深入浅出。如：

春棠沐雨放，昙花子夜开。
昨夜春风醉，今朝泪满腮。

海棠虽美却无香，昙花一现瞬息逝，你不是那种风流女子，显赫一时的人物，切莫高攀。不然会演化成昨夜春风醉今朝泪满腮的短暂爱情之悲剧。竹枝词是由民歌蜕化而来的，民间的口语、俚语均可入诗，而成为易流传的劝世哲理。如：

好狗不咬鸡，好夫不打妻。
雅量容他人，厚德严律己。

竹枝词是在诙谐风趣中，融精深入平淡，达到深入浅出的境界，似俗似雅，从而使它独具魅力。如：

远近闻名恶婆婆，说话好像打破锣。
麻雀从她屋顶过，骂得麻雀羽毛脱。

这首诗是由诗人搜集整理民歌而来的竹枝词，把这个恶婆婆写得惟妙惟肖、形象逼真，读后令人发笑。

“竹枝词涉及的范围很广，凡举风土人情、名胜古迹、社会百业、历史纪变均可入诗。”涉及政治、经济、社会、历史、文化等诸多领域。它使诗的功能得到广泛的开拓，无论从广度和深度上来讲，都是其他诗体所不能比拟的。

目前，我国许多诗词刊物都喜欢刊载标有“绝句”“律诗”等形式的诗词，认为这才是正宗的、高雅的传统诗词。而竹枝词却被认为是打油诗，没有平仄，未遵格律，缺乏艺术性的旁门左道产物，这是对我国诗词缺乏全面的了解。

继承我国诗词的优良传统，这是值得赞扬的，但是我们不应当歧视竹枝词。唐代刘、白提倡的竹枝词，对后代的影响很大，唐朝之后的各个朝代，有不少的文人学士对这种带有创意的诗体推崇备至，就是因为它有广泛的社会性和强烈的人民性。

从现在的情况看，写诗的人多，读诗的人少，人们不愿意把钱花在买诗书上面，诗书越来越卖不掉了。这是人们在大搞经济的浪潮中，去追求金钱而忽视文化艺术熏陶，还是眼下诗人们写的诗太高雅含蓄，玄妙得让人读不懂？我看这两个方面的因素都有些吧！

许多青年读者反映，不是他们现在不喜欢读诗了，而是不愿意读那些写得迷雾梦呓似的、无法读懂的诗。他们非常希望能读到像李白《静夜思》那样美的，明白易懂，又能引起联想产生共鸣的好诗。

在我们国家普及文化教育的大好形势下，摆在诗人面前的首要问题，就是如何增强诗的应时、审美、愉悦功能，写出读者易懂人见人爱的诗，让读者根据各自不同的文化水平和不同的人生经历一读就懂。

诗与史相结合是我国诗歌的优良传统，竹枝词缘于纪事，它反映了各个历史时期不同的社会生活层面。例如：清朝末期，长沙出现了抢米风潮，由于当时米价暴涨，百姓们齐集在巡抚衙门要求平抑粮价。官军开枪，死伤多人，愤怒的群众放火烧了衙门，湖南巡抚逃跑。近人杨世骥编写的《辛亥革命前后湖南史事》中收入了当时人写的 74 首竹枝词记其事，其中一首云：

鸿飞中泽起哀鸣，抚慰无言枭不平。
百姓只缘官逼乱，新军弹压动枪声。

作者愤怒地道出了这次事件是官逼民反。

清末有一种制度，凡是为赈灾、河工、军需捐款的，都可以给官做，谁捐的款多，谁就可以做大官。但实际上，所捐的钱都饱入上级官吏的私囊了。如有一首诗写道：

工赈捐输价便宜，白银两百得同知。
官场逢我称司马，照壁凭他画大狮。

“同知”是知府的辅佐官员，得了同知，便在家门的壁上画上狮子以做当了官的标记。上述例子，我们便可以看出“竹枝词是广为纪事，以诗存史”。

明代万历年间，邝庭瑞编的《便民图纂》绘有“务农”“女红”图，按图又写出了31首竹枝词，对明朝中叶江南农村的农桑劳作习俗、农桑技术、农民辛苦都写得生动细致，农村百景跃然纸上。诗家评论说，“与山歌、田唱密迩，愈得竹枝体制之正”，并非旁门左道产物。

在《桃源诗唱》中，我写了近七十首自由曲，不是标新立异，信手拈来，而是带有探索，尝试创新之意。我不是学汉语言文学的，只不过在青少年时期喜欢文学艺术，由于时代的限制和家庭贫困，中学时代读书也是时断时续的。老师上语文课时，没有提及诗词格律和词谱方面的知识。进大学，攻读外文专业，又正逢“文化大革命”，浪费了青春年华而有怀才不遇之感。退休时，正值中华诗词奔涌之际，我选择了重温青少年时期喜欢写民歌体诗的爱好，想把过去浪费了的韶光年华弥补一下，也使自己晚年过得充实一点，不会因时光的流逝而感到懊悔，同时也给子孙后代留点精神食粮。于是，我参加了桃花源诗社活动。我写的第一首诗就是民歌体叙事诗《桃花源游记》，并参赛于《华夏翰林》举办的“城市风光”海内外诗词大奖赛，获优秀作品奖。因此，坚定了我走老年学习诗词的道路。我和陈梦昭先生曾在一个私立高中共过事，得知他与当代著名诗人丁芒一起共同创新自由曲，我便写了几首拿给陈老看，陈老说我自由曲写得好，有发展前途。这就鼓励我对自由曲进行了一些探讨与尝试，也可以说我是一个创新自由曲的追随者。

元曲虽然是诗坛三大瑰宝之一，但是我觉得曲律过严，曲牌繁多，依模式填写，会削足适履，束缚人们手脚，随着社会的发展，语言音韵的变化，懂元曲的人少，会用的人更少。

元曲处于濒临绝灭的状态，为了继承和发展我国优秀文化传统，摆在我们面前的任务就是要大胆创新，抛掉那些捆绑手足，束缚思想的曲牌僵尸和旧曲写作中的一些极不适应今日的清规戒律。诗词要贴近时代，贴近大众，况且，我自己的文学功底浅薄，没有必要画地为牢，或依样画葫芦，追求那些“阳春白雪”，应该走向生活，面对现实，顺应时代潮流，创新出适应时代发展变化的新的诗词艺术形式。

创新并不意味着否定传统，或是取而代之。中国的诗歌史，本来就是一部不断创新的历史。从最古老的四言“诗经”到“骚体”……从唐诗、宋词、元曲到现代的新诗，每一种新体诗的出现，都给诗歌的百花园里增添了光彩，而不取代尚有生命力的任何诗体。然而，每一种创新，都是历代文人墨客砚底磨穿，艰辛探索的结果。

自由曲比起元曲来，首先是形式上的大解放，大自由。创新者有意识打破固有曲牌的限制和曲律过严的束缚，而自由抒写，不受格律平仄限制；自由曲提倡白话口语入曲，语言通俗，语流畅达，所谓似俗似雅，雅俗共赏也；自由曲用普通话押韵，可以隔句押韵，也可以句句押韵，但要一韵到底，如果行文需要，可以转韵，但要起段抬行；自由曲具有强烈的节奏感，音韵铿锵，读起来给人一种音乐美，使人觉得不是元曲，胜似元曲。然而，自由曲才开始创新尝试，尚处于新旧诗体接轨的过渡阶段，规模不大，影响小，远没有引起诗界的注意，我希望诗界的同仁志士关注它，使这种新生事物健康成长，为推动祖国的诗歌向前发展尽一分力量。

2006 年 5 月

陈梦昭[1]与丁芒先生浅谈其“自由曲散曲”

初答丁芒先生书

丁芒先生：

6月10日来信和承蒙惠赠大作《丁芒诗词曲选》已收到拜读；特别是对您创新之作“自由曲”三十七首，更是聚精会神，反复细读，并邀集几位高明诗友评议，都觉得“铜琶铁板谱新声”，先生当之无愧矣！

您对散曲艺术的继承，确是做到文辞优美，语言清丽，声情并茂，情景交融，其成就自不待言；尤其对“自由曲”的大胆创新，大量实践，做到歌颂暴露，美刺兼施，语言本色，雅俗共赏；揭露贪污腐败的官僚，鞭挞邪恶丑陋的世象，无一不是人民的心声，敢直言人所不敢言，铁骨铮铮，忧怀耿耿，崭露了诗人本色，使我更加钦佩不已。由于您具有人民诗人的高贵品质而取得如此成就，实为匡时济世、难能可贵之作也。

您有意识地打破固有曲牌的枷锁，挣脱格律的束缚，奔向既具散曲形式、神韵及其优长，又熔化古典诗词、提炼民间俚语村言的自由天地：它就更适合表现当代生活，使读者诵之倍感亲切。您倡散曲改革之先声，导旧曲创新的先河；若能振臂一呼，必将从者四应。因此，我也像独具慧眼的杨金亭先生一样，祝您老当益壮，才思奔涌，灵感兴发，青春永驻；企盼着您有更多的浩歌雄唱的新旧诗歌和幽默犀利的散曲、自由曲源源不断问世！

---

① 陈梦昭（1924年1月—2008年10月），国立湖南大学肄业，酉阳民族师范学校教师，“桃花源”诗社创始人。喜爱诗词曲，著有《涉趣园诗集》《涉趣园诗词续集》，编有《桃花源诗文集》《酉阳历代诗词选》，酉阳“自由曲”的创始人。

再复丁芒诗友书

丁芒诗友：

前书仓促，未尽所言，盖因学浅才疏，不敢班门弄斧也。近接6月19日大札及洋洋六千言的理论文章《论自由曲》，几经细心拜读，反复领会，并逐一对照拙作之成败利钝，成教良多，受益匪浅，不胜感佩之至！对您的谠言宏论，远见卓识，我无一不表示赞同而愿执鞭相从，以附骥尾，为共同振兴中华诗词而奉献绵薄。

余也不才，诗坛混迹。荷蒙不以庸才见弃，前书竟以“诗观颇为一致”，而以“知音”视我；受宠若惊，无任惶愧之至。为求教益，也谈谈我的“自由体散曲”及“继承”和“创新”的思想与实践过程。我从来就喜欢汉文学的古典诗词，在大学学的是中国文学；在高中、中师教的也是语文。我在教与学的当中，对元人散曲尤感兴趣，故对很多散曲名作，可以背诵如流。每当诗兴来时，情动于中而形于文，也像填词一样按照曲牌填曲，也写下了不少散曲小令和带过曲，分别发表于江苏的《华夏吟》、辽宁的《湖海嘤鸣集》；在辽宁《当代散曲》一、二两集和拙著《涉趣园诗集》十五卷和拙编《桃花源诗集》一至八集中，共刊载近百首。这些为我学习和继承传统散曲，奠定了一定的基础。

后来，深感到这些短小的散曲小令或带过曲因受其曲牌的限制，只能写出自己生活的零零碎碎，或抒情言志的点点滴滴，颇有挂一漏万、余意难尽之感。于是，又熟读了许多套数和元、明、清人杂剧中的戏曲，尤为爱好。除对《窦娥冤》《牡丹亭》《长生殿》中某些精彩段、句十分喜爱而外，特别对“抒儿女之情，写离别之恨”的《西厢记·长亭送别》那“碧云天，黄花地，西风紧，北雁南飞。晓来谁染霜林醉？总是离人泪……”和“借离合之情，抒兴亡之感”的《桃花扇·哀江南》那“山松野草带花桃，猛抬头，秣陵重到。残军留废垒，瘦马卧空壕。村郭萧条，城对着夕阳道……”等全折戏曲，如获至宝，爱不释手，读得如醉如痴，形成了终生记忆。每一背诵前者，就像回到我青春年少时期一些与此极为类似的真情实景，而沉醉于美丽往事的回忆之中，仿佛在抒发自己悲欢离合的儿女之情；每背诵后者，则满目凄凉，感同身受，不禁潸然泪下！这些都是为了什么？皆因两者都写得声情并茂，情韵凄怆，其情其景，宛如历历在目，一声一韵，均能引起共鸣，使我受到强烈的感染所致。

我爱学，更想写，但若处处为曲牌所拘，真似老虎吃天，无从下口，深感其清规戒律过严，旧曲格律难犯，致使屡写屡罢，深怨自己与此无缘，只好望而却步。因此之故，至今我还没有按律写成一篇套数，更没有写过一折戏曲。欲写无能，欲罢难休，只好让本有鸿篇巨制的宝贵素材，积压在自己的心中，让它随着时间的推移，像轻烟淡雾般渐渐消散！

后来，我又反复读了《红楼梦·贾宝玉神游太虚，警幻仙曲演红楼梦》中那“开辟鸿蒙，谁为情种？都只为风月情浓。奈何天，伤怀日，寂寥时，试遣愚衷；因此上，演出这悲金悼玉的红楼梦……”似套数而非套数，似戏曲而非戏曲的所谓“仙曲”。我在吟诵之中，似闻檀板轻敲，银筝款按，曲词文情并茂，岂非元人之套数、戏曲乎？但警幻却已事先说明：

> 此曲不必尘世中所填传奇之曲，必有生旦净末之则，又有南北九宫之调。此或咏叹一人，或感怀一事，偶成一曲，即可谱入管弦。若非个中人，不知其中之妙；料尔亦未必深明此调。

这明明是雪芹借警幻之口，暗示他“仙曲”并非沿袭传统曲牌，而纯属其自度之新曲。这又使我回忆到中学时代最爱“白屋诗人”吴芳吉的类似佳作《婉容词》，那“天愁地暗，美洲在哪边？剩一身颠连，不如你守门的玉兔儿犬。残阳又晚，夫心不回转……”（以上各曲全文均选刊附录，以供同好欣赏）并不袭用任何固有的词牌、曲牌，而是另拟新名；然其雅词俚语，兼收并用；章节断句，参差不齐；特别是韵脚紧密，平仄互协，一韵到底，几乎句句押韵，颇有“曲”的特色，故读之咏之，流畅爽口，通俗简练，易记易背；兼以写景抒情，淋漓尽致，又善于铺叙，情节、层次井然，俨如一套没有曲牌、突破曲律的套曲或戏曲。

曹、吴二氏的自度创新未袭用元人曲牌，而其风格神韵，不是元曲而胜似元曲。他们在创新上取得可喜成就，不但为传统旧曲输入了新鲜血液，增强了新的生命活力，也使我仿佛看到了一条在元、明固有曲牌桎梏下自求解放与创新的康庄大道。在民国时期的《电影名歌三千曲》中，也有诸如《渔光曲》《燕双飞》《花弄影》《流亡三部曲》《秋水伊人》……类似曲词，亦似创新之曲，也能流传于世，且已谱入管弦，读之爽心怡神，唱之悦耳动听，不亦“自由曲”乎？

既有路可走，也有迹可寻，我终于在 1980 年 11 月读报道“审判林、江反革命集团”的特大喜讯声中，出于对江青那种“虺蜴为心，豺狼成性，近狎邪僻，残害忠良”和她那“入门见嫉，蛾眉不肯让人；掩袖工谗，狐媚偏能惑主”的丑态以及“犹复包藏祸心”，妄图篡党窃国的狼子野心感到深恶痛绝，我第一次写成了《江青哭“林”》的“自由体散曲”，首刊与酉阳民族师范大型黑板报上公之于众。拙作刊出后，观者云集，议论纷纭，曾不止一次地看到许多学生头顶烈日，拿着笔记在黑板前细心抄写。有的猛然见我，即笑脸相迎，赞不绝口。该散曲后来又在《桃花源诗集》和《涉趣园诗集》公开发表。

但也有人说我“胆子大，竟敢写如此重大题材，难道就不怕她东山再起？”我冷笑答曰：“坐牢、杀头，又有何惧！”也有人说：“文辞虽美，非马非驴，就是惯爱标新立异！”余则答曰：“标忠党爱国之‘新’，立讽邪刺恶之‘异’；又何足怪哉？”

从此之后，在漫长的十多年里，我有感即咏，写出了类似曲作四五十章，除《“茨茅草”自述》发表于长江《科学诗刊》（总第 30 期）和《清风明月还诗债》（刊于云南德宏民族出版社出版的《1993 中国诗坛》）而外，其余均已收入《桃花源诗集》，以待广大读者和词曲方家惠正。

我的“自由体散曲”，是脱胎于元、明、清三代的传统散曲和传奇戏曲，这正如您来信所云：“彼此连名也相似。我几经思虑，才定名‘自由曲’。您则名‘自由体散曲’，其实是一也。重在有‘自由’二字，“曲”表示其由来而已，吸收曲的成分多些。”复以两名相较，您的命名不但简洁扼要，而且含义较广（既含散曲，又含戏曲）；而我所继承、创新之作，却多半出于戏曲，今仍以“散曲”名之，颇有名不副实之弊。为正其名而趋于统一，如您认可，我亦以“自由曲”名之。

我写“自由曲”，丝毫不意味着对传统旧曲的否定或以此取而代之。这正如霍松林先生所说：“从《诗经》以来，随着社会、文化的发展，在继承传统的基础上不断形成新体诗；每一种新体诗的出现，只给诗歌的百花园里增添光彩，而不取代尚有生命力的任何诗体。”（见《陕西诗词》发刊词）相反，我却把元、明、清曲，视为“祖宗三代”，是它们以自己特有的香甜乳汁哺育了我新曲的成长，使我的“自由曲”不至成为无源之水、无本之木的历史虚无主义舶来品而陷入“朦胧”“无韵”、不能自拔的绝境。但我们“祖孙”之间既有相同的共性，也有不同的个性。其共性是：我们都是姓“曲”，都一代一代地继承和发扬了“曲”家的优良传统而有其特殊风格。其个性是：他们修建的老房子（曲牌）原是单村独户，破漏难免，容量狭小，却又门槛太高（过严的音律），出入不便，更开不进汽车，使我因此感到自己的房子太小，家底太“穷”！“穷则思变，变则通”。

因此，我继曹、吴二氏之后，在“祖宗三代”所创建旧房的基础上再扩宽占地、扩建出“广厦千万间，大庇天下寒士（借指爱曲而不能自由作曲者）俱欢颜”的创新之举。我想，这种因时顺势的求变举措，在弘扬故宅风格中为它拓开了广阔的视野，增加了无穷的容量，为沉疴不起的“曲”家输入一些新鲜血液，还它们一个活跃而健壮的身体，使它青春永驻，万古长青。这不但不是“曲”氏祖宗的叛徒逆子，相反还是“曲”家的肖子贤孙呢！

元散曲初探

文泽贤[①]

唐诗、宋词、元人散曲是我国优秀的文化遗产。对唐诗、宋词，历来知之者甚多，练习写作诗、词者亦多。然对元人散曲，恐怕就不是那回事了。

要弘扬中国文化，继承和发扬我国优秀的文化遗产，使之服务于社会，服务于时代，首先要继承，在继承的基础上发扬、创新。要继承，首先要认识、了解、懂得。然而，介绍元人散曲的文章不多。为让元曲爱好者更多地了解元曲，笔者试图对元曲作点简要介绍，为弘扬元曲作引玉之砖。

---

① 文泽贤，男，四川三台人，20 世纪 60 年代西南师范学院外语系英语专业毕业，毕业后，到酉阳教育界工作，曾任酉阳师范学校教导主任，酉阳电大工作站站长等职，中专高级讲师。好文学，著有诗曲集《清白坦荡集》。退休后译有《诗词曲英文选译》等。

一、元人散曲的历史渊源

曲，就是乐曲，也就是歌唱的词。其句式往往长短不齐，歌唱起来，曲折跌宕，表现出不同的音律。曲始于战国，《文选·对楚王问》中，宋玉就用了“曲”这个说法。所谓“阳春白雪，曲高和寡”。经孔子删定的《诗三百》，就是古代的乐章。西汉时，汉武帝定郊祀之礼，并成立了主管音乐的官署——乐府。乐府的句子，都是长短句，都要押韵，读起来朗朗上口，唱起来曲折荡漾。《孔雀东南飞》就是汉乐府的代表作之一。汉以后，把凡是和以管弦的歌曲皆称乐府。六朝以后，特别是宋代，乐府歌词大盛，内容渐趋华丽，有的歌词与管弦（音乐）脱节，成为独具风格的“宋词”。

女真人、蒙古族人特别嗜好音乐。故金元时期，散曲得到很大的发展。散曲的作者，既有王公贵人、骚人墨客，又有一般群众、平民百姓，以及歌儿、伎女，还有不少的少数民族；使金元散曲成了一种雅俗共赏的新兴的文学形式。据隋树森先生《金元散曲》一书载，流传下来的元曲作者有 220 多人，作品有 3 800 多首，套数有 470 多套。

元曲可以分为杂剧和散曲两种。杂剧是在舞台上演唱的，其剧本也称杂剧。杂剧有比较完整的故事情节，于曲文之外，还夹杂着宾白、科介。元人杂剧最负盛名的如：王实甫的《西厢记》《破窑记》，关汉卿的《窦娥冤》《拜月亭》，白朴的《东墙记》《墙头马上》，郑光祖的《王灿登楼》《翰林风月》，马致远的《岳阳楼》《青衫泪》……元人散曲称乐府、北乐府或新乐府。散曲可以直抒胸臆，不一定要完整的故事情节，多为一事一议之作。它是金元时期我国北方发展起来的一种口语味比较浓厚，流行于民间的雅俗共赏的歌曲。散曲依其结构又可分为两类，一是套数，一是小令。套数也称“散套”“大令”。它是用若干个属同一宫调的曲牌连接在一起构成的。短的套数可以用两三个曲牌，如徐琰的【南吕·一枝花】，用了两个曲牌。长的可以多到用二十几个曲牌，如刘时中的【端正好·上高监司】用了 24 个曲牌。不忽木的【仙吕·点绛唇】辞朝，用了 14 个曲牌。小令基本上是由一个曲牌构成的，也就是每首小令一调成文，一韵到底。由同一宫调的曲牌构成的“带过”曲，也属小令。如【雁儿落带过得胜令】由【雁儿落】【得胜令】两个曲牌构成，【快活三带过朝天子四边静】由【快活三】【朝天子】【四边静】3 个曲牌构成，在第一和第二支曲牌中间用“带过”“带”“兼”“过”连接，“带过”曲中的两三个曲子都要一韵到底。

散曲的曲牌很多，据元代周德清《中原音韵》称，北曲有 335 个曲牌。清代李玉《北词广正谱》收有 440 多个曲牌。不同的曲牌，其字数、句数和韵脚不同，我们只需把一些常用的，自己喜欢又比较熟悉的曲牌掌握好就行了。

二、元散曲的基本特征

我国古代，把音乐分为七声，即：宫、商、角、徵、羽、变宫、变徵。依其中任一声为主，即可构成一种调式。以“宫”为主的调式即称为“宫”，依其余六声为主的调式称为“调”，统称为“宫调”。

后来，又把音乐定格为“九宫调”，称为“九宫”，它是依琵琶上的四根弦命名的。以“宫弦”上的调式命名的有：正宫、中吕宫、南吕宫、仙吕宫、黄钟宫；以另外三根弦上的调式称为“调”，有：双调、商调、越调、大石调。这五宫四调合称为“九宫调”。这“九宫调”就构成了元散曲的曲调名称，计有：正宫、中吕、南吕、仙吕、黄钟、双调、商调、越调、大石调。“大石调”又称“般涉调”。

每一个曲调下面，依音律的不同，又分为各种不同的曲牌。每一曲牌有基本固定的字数、句数、韵脚。和现在的音乐相比，元曲的曲调名称相当于音乐中的调子名称，如：A 调、B 调、C 调……G 调。元曲的曲牌相当于音乐中的节拍（拍子），如 1/4，2/4，3/4、3/8……元曲中的曲牌即确定这首小令的字、句数、韵律、韵脚。如【越调 · 小桃红】基本定格为：七、五、七、三、七、四、四、五字句，其韵脚在第二、三、五、七句的最末一字上。元曲作者有的爱在曲牌、曲调后加标题，有的不加标题。标题反映的是该首小令的主旨，或中心意思。如：【南吕 · 四块玉】，“南吕”为曲调名，“四块玉”为曲牌名。

闲适（标题）

土茶饭，村酒喝。世态人情经历多。闲将往事审慎过，贤的是他，愚的是我，争什么？

这首小令基本定格为：三、五、七、七、四、四、三字句。

韵脚“o”在第二、三、四、七句的末字上。

即使是同一曲调、曲牌，虽有一个基本定格，但作者可以根据音律的需要，就其字、句进行调整，只要是韵律不变就行了。如徐琰的：

【双调·沉醉东风】

赠歌者吹箫

御食饱清茶漱口。锦衣穿翠袖梳头。有几个省部交，朝廷友。樽席上玉盏金瓯。封却公男伯子侯。也强如不识字烟波钓叟。

这首曲定格为：七、七、六、三、七、七、十。七句，四十七字。

韵脚“ou”在第二、四、五、六、七句末字上。

又如卢挚的：

【双调·沉醉东风】

挂绝壁枯松倒倚，落残霞孤鹜齐飞。四周不尽山，一望无穷水。散西风满天秋意，夜静云帆月影低，载我在潇湘画里。

这首曲定格为：七、七、五、五、七、七、七。七句，四十五字。

韵脚“i”仍在第二、四、五、六、七句末字上。

“带过”曲是由同一宫调的曲牌连起来的，其中的两个或三个曲牌，必须押同一韵，这就是“带过”曲的一韵到底。如贯云石的：

【双调·蟾宫曲兼折桂令】

送春

问东君何处天涯？落日啼鹃，流水桃花。淡淡遥山，萋萋芳草，隐隐残霞。随柳絮吹归那答，趁游丝惹在谁家。倦理琵琶，人倚秋千，月照窗纱。

押“ɑ”韵，韵脚在第一、三、六、八、十一句末字上。

即使是套数，也应保证用同一韵，至少要保证组成套数的每支曲子的最末一字同韵。

如徐琰的【南吕·一枝花】间阻。第一支曲【一枝花】末字为“雨”；第二支曲【梁州】末字为“吁”；第三支曲【尾声】末字为“主”。

古汉语中“u”“ü”同韵。

不忽木的【仙吕·点绛唇】辞朝（套数）

①【点绛唇】末字为“叟”；②【混江龙】末字为“裘”；③【油葫芦】末字为“休”；④【天下乐】末字为“秋”；⑤【哪吒令】末字为“牛”；⑥【鹊踏枝】末字为“钩”；⑦【寄生草】末字为“首”；⑧【林里迓鼓】末字为“首”；⑨【元和令】末字为“头”；⑩【上马桥】末字为“秋”；⑪【游四门】末字为“愁”；⑫【后庭花】末字为“口”；⑬【柳叶儿】末字为“忧”；⑭【尾】末字为“州”。

这十四支曲子末字都用“ou”韵。

三、元散曲的思想性

元代是中国历史上一个封建专制统治严酷的时代，元代的中国人民是在贵族和地主的统治下生活的。既有尖锐的民族矛盾，又有阶级矛盾。在这样一种复杂的社会现实面前，不同的散曲作者，有不同的态度。大体上可以有以下几种类型：

第一，反映人民大众的疾苦和心声的作品。这类作品，有的直述劳动人民的疾苦和统治阶级不顾人民大众死活的社会现实；有的直指封建皇帝。这类作品为数不甚多。如：刘时中的【端正好·上高监司】【新水令·带马述冤】；姚守中的【粉蝶儿·牛述冤】；曾褐夫的【哨遍·羊述冤】；钱霖的【哨遍】；睢景臣的【哨遍·高祖返乡】，无名氏的【醉太平】。

如张鸣善的【水仙子】说：

> 铺眉苫眼早三公，裸袖揎拳享万钟。胡言乱语成时用，大纲来都是哄。说英雄谁是英雄？五眼鸡岐山鸣凤，两头蛇南阳卧龙，三脚猫渭水飞熊。

把在位的统治阶级喻为“五眼鸡”“两头蛇”“三脚猫”，他们对上是“胡言乱语”，是“哄”。

第二，对政治消极，对生活颓唐，实际上是对封建专制的一种抵制，对封建统治者采取不合作、不同流合污的态度。这类作品在元曲中占有相当大的比例。他们高喊“不事王侯”“跳出虎窟龙潭”“辞官归隐”“全身远害”。如：不忽木的【点绛唇·辞朝】；汪远亨的【朝天子·归隐】；周文质的【斗鹌鹑·自悟】；孛罗御史的【一枝花·辞官】；另外，张养浩的许多作品都反映了不事王侯、及早归隐、跳出虎狼丛的思想。再如：徐再思的【红锦袍】，赞扬范蠡、张良“功成身退”；卢挚的【蟾宫曲】；钟嗣成的【清江引】；鲜于必仁的【折桂令】；马致远的【拔不断】赞扬严子陵、陶渊明“不为五斗米折腰”，甘为渔父、农夫。

第三，不涉及政治，写情、写景的散曲，占比例不少。这类曲就不一一列举了。

第四，也有一些散曲对官僚生活十分满意，赞不绝口，表示希望能做官、做大官。如前面举到的徐琰的【双调·沉醉东风】赠歌者吹箫。他要“御食饱清茶漱口，锦衣穿翠袖梳头”，还要“有几人省部交，朝廷友”“封却公男伯子侯”。再如严忠济的【天净沙】说：“宁可少活十年，休得一日无权。大丈夫时乖命蹇。有朝一日天遂人愿，赛田文养客三千。”

四、元散曲的艺术性

元散曲有极高的艺术性。散曲有不少的规律，元散曲中有不少语言精练、声调谐美、自然活泼的优秀作品，体现了曲家高超、精湛的艺术。

元散曲中写景、抒情的作品很多，有不少佳作。比如马致远的：

【越调·天净沙】
秋思

枯藤老树昏鸦，小桥流水人家，古道西风瘦马。夕阳西下，断肠人在天涯。

这首小令，仅28个字，读之诗意盎然，仿佛一幅精妙的山水画呈现在眼前。隋树森先生称为“元人散曲的代表作”。

又如白朴的：

【仙吕·醉中天】
佳人脸上黑痣

疑是杨妃在，怎脱马嵬灾？曾与明皇捧砚来，美脸风流杀。

叵奈挥毫李白，觑着娇态，洒松烟点破桃腮。

这首曲子写得诙谐而有风趣。读后不会觉得作者进行了人身攻击，当然也不会激怒有黑痣的这位佳人，作者对这位佳人，也无恶意。说这是写赫蛮书的李白开玩笑，也恰到好处。

再如姚遂的：

【越调·凭栏人】

寄征衣

欲寄君衣君不还，不寄君衣君又寒。寄与不寄间，妾身千万难。

这首小令仅24字，全是口语白描，写得很自然，类似民歌，十分易懂，但却表达了怨妇的真实心情。

语言精到，容量大，是元散曲的又一特点。如张养浩的：

【双调·沉醉东风】

班定远飘零玉关，楚灵均憔悴江干。李斯有黄犬悲，陆机有华亭叹。张柬之老来遭难，把个苏子瞻长流了四五番。因此上功名意懒。

一首小令写了六个重要人物的经历，班定远、楚灵均、李斯、陆机、张柬之、苏轼，结论就是“功名意懒”。

至于元曲的用字、用对、用韵就不再赘述了。

陈梦昭谈对自由曲的探索与创作

一、对自由曲的研究缘由

我对自由曲的研究源于对古典诗词曲赋的爱好和不甘于其格律束缚及古人创作的启示。我从来就喜欢汉文学的古典诗词。在大学学的是中国文学，在酉阳二中任高中语文教师。我在教与学中，对元人散曲尤感兴趣，对很多散曲名作，可以背诵如流。每当诗兴来时，情动于中而形于文，也像填词一样按照曲牌填曲。在20世纪80年代写下了不少散曲小令和带过曲，分别发表于江苏的《华夏吟》、辽宁的《湖海嘤鸣集》、《当代散曲》等刊物。

后来，在创作中，深感这些短小的散曲小令或带过曲因受其曲牌的限制，只能写出自己生活的零零碎碎、抒情言志的点点滴滴，颇有挂一漏万、余意难尽之憾。于是，又熟读了许多套数和元、明、清人杂剧中的戏曲，尤为爱好。除对《窦娥冤》《牡丹亭》《长生殿》中某些精彩段、句十分喜爱而外，对“抒儿女之情，写离别之恨”的《西厢记·长亭送别》那“碧云天，黄花地，西风紧，北雁南飞。晓来谁染霜林醉？总是离人泪……”和“借离合之情，抒兴亡之感”的《桃花扇·哀江南》那“山松野草带花桃，猛抬头，秣陵重到。残军留废垒，瘦马卧空壕。村郭萧条，城对着夕阳道……”等全折戏曲，更是如获至宝，爱不释手，读得如醉如痴，形成了终生记忆。每一背诵前者，就像回到我青春年少时期，一些与此极为类似的真情实景，而沉醉于美丽往事的回忆之中，仿佛在抒发自己悲欢离合的儿女之情；每一背诵后者，满目凄凉，感同身受，不禁潸然泪下！这些都是为了什么？皆因两者都写得声情并茂，情韵凄怆，其情其景，宛如历历在目，一声一韵，均能引起共鸣，使我受到强烈的感染。

我爱学，更想写，但如此的鸿篇巨制，处处为曲牌所拘，真似老虎吃天，无从下口，深感其清规戒律过严，旧曲格律难犯，致使屡写屡罢，深怨自己与此无缘，只好望而却步。

后来，我又反复读了《红楼梦·仙曲十二支》：

[红楼梦引子] 开辟鸿蒙，谁为情种？都只为风月情浓。奈何天，伤怀日，寂寥时，试遣愚衷。因此上，演出这悲金悼玉的《红楼梦》。

[终身误] 都道是金玉良缘，俺只念木石前盟。空对着山中高士晶莹雪，终不忘世外仙姝寂寞林。叹人间，美中不足今方信，纵然是举案齐眉，到底意难平。

[枉凝眉] 一个是阆苑仙葩，一个是美玉无瑕。若说没奇缘，

今生偏又遇着他；若说有奇缘，如何心事终虚话？一个枉自嗟呀，一个空劳牵挂；一个是水中月，一个是镜中花。想眼中能有多少泪珠儿，怎禁得秋流到冬，春流到夏。

[恨无常]喜荣华正好，恨无常又到。眼睁睁，把万事全抛。荡悠悠，芳魂销耗。望家乡，路远山高。故向爹娘梦里相寻告，儿命已入黄泉，天伦呵，须要退步抽身早。

[分骨肉] 一帆风雨路三千，把骨肉家园，齐来抛闪。恐哭损残年，告爹娘休把儿悬念；自古穷通皆有定，离合岂无缘？从今分两地，各自保平安。奴去也，莫牵连。

[乐中悲] 襁褓中，父母叹双亡。纵居那绮罗丛，谁知娇养。幸生来，英豪阔大宽宏量，从未将儿女私情略萦心上。好一似，霁月光风耀玉堂，厮配得才貌仙郎，博得个地久天长，准折得幼年时坎坷形状。终久是云散高唐，水涸湘江；这是尘寰中消长数应当，何必枉悲伤？

[世难容] 气质美如兰，才华馥比仙，天生成孤僻人皆罕。你道是啖肉食，腥膻；视绮罗，俗厌。却不知好高人愈妒，过洁世同嫌。可叹这青灯古殿人将老，辜负了红粉朱楼春色阑。到头来，依旧是，风尘肮脏违心愿，好一似无瑕白玉遭泥陷。又何须王孙公子叹无缘。

[喜冤家] 中山狼，无情兽。全不念当日根由。一味的，骄奢淫荡贪欢媾。觑着那，侯门艳质同蒲柳，作践的，公府千金似下流。叹芳魂艳魄，一载荡悠游。

[虚花悟] 将那三春看破，桃红柳绿待如何？把这韶华打灭，觅那情淡天和。说什么天上夭桃盛，云中杏蕊多？到头来，谁见把秋捱过？则看那，白杨村里人呜咽，青枫林下鬼吟哦。更兼着，连天衰草遮坟墓，这的是，昨贫今富人劳碌，春荣秋谢花折磨。似这般，生死关劫谁能躲？闻说道，西方宝树唤婆娑，上结着长生果。

[聪明累] 机关算尽太聪明，反算了卿卿性命！生前心已碎，死后性空灵。家富人宁，终有个家亡人散各奔腾。枉费了意悬悬

半世心，好一似，荡悠悠三更梦。忽喇喇似大厦倾，昏惨惨似灯将尽。呀！一场欢喜忽悲辛。叹人世，终难定！

[留余庆] 留余庆，留余庆，忽遇恩人；幸娘亲，幸娘亲，积得阴功。劝人生，剂困扶穷。休似俺那爱银钱，忘骨肉的狠舅奸兄！正是乘除加减，上有苍穹。

[晚韶华] 镜里恩情，更哪堪梦里功名！那美韶华去之何迅！再休提绣帐鸳衾。只这戴珠冠，披凤袄，也抵不了无常性命。虽说是，人生莫受老来贫，也须要阴骘积儿孙。气昂昂，头戴簪缨，光灿灿，胸悬金印；威赫赫，爵禄高登，昏惨惨，黄昏路近！问古来将相可还存？也只是虚名儿后人钦敬。

[好事终] 画梁春尽落香尘。擅风情，秉月貌，便是败家的根本。箕裘颓堕皆从敬，家事消亡首罪宁。宿孽总因情！

[飞鸟各投林] 为官的，家业凋零；富贵的，金银散尽；有恩的，死里逃生；无情的，分明报应；欠命的，命已还，欠泪的，泪已尽，冤冤相报实非轻。分离聚合皆前定，欲知命短问前生，老来富贵也真侥幸。看破的，遁入空门，痴迷的，枉送了性命。好一似，食尽鸟投林，落了片白茫茫大地真干净！

《红楼梦》作者曹雪芹不受元、明旧有“曲牌”之束缚，从其桎梏中解放出来，大胆创新，而又保持了元、明散曲、套数和戏曲的特色，句式参差不齐，文言语体并用，韵脚紧密，平仄自由互用，各段甚至通篇一韵到底，写出咏金陵十二钗的“仙曲”，不是元曲而胜似元曲，是脍炙人口、非常成功的作品。他不按元曲“曲牌”填写，却又保持了曲的风格、特点，从而挣脱了“曲牌”的枷锁，获得了作曲的自由，扩大了视野，丰富了内容，自由自在地抒情、写景、叙事、议论，淋漓尽致，纵横驰骋。这是一次大胆尝试而又非常成功的创新之作。

曹雪芹在创新上取得可喜成就，为传统旧曲输入了新鲜血液，增强其生命活力，也使我仿佛看到了一条在元、明固有曲牌桎梏下自求解放与创新的康庄大道。既有路可走，也有迹可寻，我终于 1980 年 11 月读报道“审判林、江反革命集团”的特大喜讯声中，第一次写成了《江青哭“林”》的“自由体散曲”，反响颇大，从此我踏上了“自由曲”写作之路。

二、自由曲是对元曲的继承和发展

我的“自由体散曲”，是脱胎于元、明、清三代的传统散曲和传奇戏曲。“自由曲”，丝毫不意味着对传统旧曲的否定或以此取而代之。这正如霍松林先生所说；“从《诗经》以来，随着社会、文化的发展，在继承传统的基础上不断形成新体诗；每一种新体诗的出现，只给诗歌的百花园里增添光彩，而不取代尚有生命力的任何诗体。”

我把元、明、清曲，视为“祖宗三代”。是它们以自己特有的香甜乳汁哺育了我新曲的成长，使我的“自由曲”不至于为无源之水、无本之木而陷入“朦胧”“无韵”、不能自拔的悲惨绝境。但我们“祖孙”之间既有相同的共性，也有不同的个性。其共性是：我们都是姓“曲”，都一代一代地继承和发扬了“曲”家的优良传统而有其特殊风格。其个性是：他们修建的老房子（曲牌）原是单村独户，破漏难免，容量狭小，却又门槛太高（过严的音律），出入不便，更开不进汽车，使我感到自己的房子太小，家底太“穷”！“穷则思变，变则通”。因此，我继曹、吴二氏之后，在“祖宗三代”所创建旧房的基础上再扩宽占地、扩建出“广夏千万间，大庇天下寒士（借指爱曲而不能自由作曲者）俱欢颜”而做此创新之举。我想，这种因时顺势的求变举措，在弘扬故宅风格中为它拓开了广阔的视野，增加了无穷的容量，并在“曲”氏脑割掉那个世代遗传的“曲牌”毒瘤，为沉疴不起的“曲”家输入一些新鲜血液，还它们一个活跃而健壮的身体，使它青春永驻，万古长青。

三、探索自由曲的目的

我和丁芒诗友研讨、实践“自由曲”的目的何在？这正如他说的：“自由曲是我实践自由的审美观，探求诗词改革、发展形势，寻求新旧诗接轨道路的试验作品”。这与我的思想不谋而合，因以结下了不解的诗缘，上下求索，以此作为共同追求的目的。

梵语诗学视野中的中国少数民族诗歌[①]

——简析酉阳土家族诗人冉仲景《从朗诵到吹奏》

尹锡南[②]

冉仲景是当代中国少数民族实力派诗人之一，也是重庆文坛最有代表性的土家族诗人之一。著名诗人梅绍静说过:“冉仲景的许多作品您读着读着就要想:‘我怎么不是少数民族？特别是今天，少数的像心灵源头的地方是需要回溯的。’”她还认为，冉仲景这种诗人，永远都是“少数民族”，因为他“要把‘歌是历史，心跳是家’的深刻哲理当土特产捎给您。”[③]梅绍静的评价是中肯的。作为地道的土家族诗人，冉仲景有着长期的民族地区生活经历。他先在四川康定地区教书，后回到家乡重庆酉阳工作。他的创作以诗歌为主，其清新自然的诗风、繁复浓郁的诗情、鬼斧神工的诗语，均给读者留下难忘的印象。

正如有的学者所言，好诗经得起时间考验，也经得起读者从各个角度来阅读品味。读者可以凭自己的生命体验和艺术学养来品味，也可以按东西方任何一种诗学观念来欣赏。梵语诗学理论与古希腊诗学、中国

① 本文原载《中央民族大学学报》2006年第6期，2007年分期连载于《酉阳报》，并为作者的比较文学论文集所收录。参见尹锡南:《华梵汇流：尹锡南教授讲印度文学与中印文学关系》，中央编译出版社，2014年，第82-97页。

② 尹锡南（1966—），土家族，酉阳县五福乡人，2006年获得四川大学博士学位（比较文学与世界文学专业），2008年至2010年在北京大学外国语学院东方文学研究中心进行博士后研究并获博士后证书，现为四川大学（国际关系学院）南亚研究所教授，博士生导师，四川省学术与技术带头人，中国教育部“新世纪优秀人才支持计划”入选者，中国印度文学研究会理事，中国南亚学会理事，国家社会科学基金项目评审专家，教育部人文社会科学规划项目评审专家。主要研究印度古典梵语文艺理论、比较文学与中印关系。先后主持国家社会科学基金项目三项，主持教育部人文社会科学重点研究基地重大项目三项。先后出版《印度文论史》《印度诗学导论》《梵语诗学与西方诗学比较研究》《世界文明视野中的泰戈尔》《英国文学中的印度》《印度古典文艺理论选译》《印度比较文学论文选译》《印度的中国形象》《印度中国观演变研究》《中印人文交流研究》等独著与译著。

③ 梅绍静:《所谓迟到：序冉仲景〈从朗诵到吹奏〉》。

古代文论形成世界诗学的三大源头。诗学发展到当代，理论形态已经发生很大变化，但这并不影响文学理论批评的某种规律发生作用："无论是古典诗学，还是现代诗学，其基本原理是相通的。这犹如蜡烛和电灯，其照明功能是一致的。"[①]实际上，几十年来，印度学者已经不断地运用传统的梵语诗学理论分析、鉴赏东西方文学作品。在以独特方式保护自己传统的方面，他们走在了中国学者的前头。一位学者评价味论之于文学批评的意义时说："味论使人感到神清气爽，清晰易解。"[②]受此启发，笔者在此尝试运用梵语诗学各派理论对冉仲景诗集《从朗诵到吹奏》进行分析。中的与否，当由读者诸君或历史老人进行评判。

一

以公元前后不久诞生的《舞论》为起点，梵语诗学经历了 1 000 多年的发展史，形成别具一格的诗学体系。它有自己的一套批评术语，如庄严、曲语、情、味、韵、合适、风格、诗德、诗病等。其中，最重要的三个批评原则是庄严、味和韵，分别体现诗歌的语言美、感情美和意蕴美。

梵语诗学家将诗歌修辞叫作"Alankara"，汉译为"庄严"。第一部真正意义上的梵语诗学著作是婆摩诃的《诗庄严论》。庄严分为"音庄严"和"义庄严"。音庄严指能产生特殊声音效果的修辞手法，如谐音、叠声等。义庄严指能产生特殊意义效果的修辞手法，如明喻、隐喻、较喻、对偶喻、自比、合说、藏因、奇想、夸张、迂回、明灯等。通过这些修辞手法，形成诗歌语言的优美表达方式。这正是诗歌语言和普通语言的区别所在，也包含了俄国形式主义论者关于诗歌语言"陌生化"主张的合理因素。

冉仲景诗歌之所以读之令人满口余香，首先在于他对诗歌语言和普通语言的鉴别上。他对诗歌语言的精心选择使其诗歌保持了一种恒久的"庄严"美。先以"谐音"为例。梵语诗学家心目中的"谐音"是指重复使用相同的字母，从而达到类似于汉语的押韵效果，以求朗朗上口。以

---

① 黄宝生：《梵学论集》，中国社会科学出版社，2013 年，第 142 页。

② P. Patnaika, Rasa in Aesthetics: An appreciation of Rasa theory to modern western literature, "Preface," New Delhi: D. K. Print World, 1997.

冉仲景诗歌《桑吉卓玛》为例："二十八年里我桑吉着消瘦/八十二年里我卓玛着失眠/在你四四拍的酒窝岸边/你的红颜宽广有如春天的草原。"[①]这里的"眠""边"和"原"均含有相同的韵母，非常押韵。再看《格桑》："一次格桑将永远格桑/谁把她们娶作妻子贴到心窝窝上/谁一辈子都感觉温暖。"这里的"桑"和"上"韵母相同，"暖"的韵母近似。（第 50 页）再看《一群醉汉迎亲归来》："酒酒酒酒酒哦——不过是水/喝喝喝喝喝啊——不过是醉。"这里的"酒"和"喝"都是重复使用，延伸了普通词的美学力度。（第 197 页）

再从义庄严来看，冉仲景诗歌更是异彩纷呈。义庄严中最普遍也最重要的是比喻，比喻在梵语诗学中分得很细，如明喻、隐喻、较喻和对偶喻等。先看《白马》："大地鼓一般隆起/雪是我的家乡，火是我的天涯。"（第 106 页）这里将明喻和隐喻并举。再看《节日》："这是火焰一般燃烧的节日/让我们捧出大地的硕果。"（第 50 页）这里的比喻有些超乎寻常。而《原野》中的小河更是神奇："小河临风飘举/把婀娜的自己舞成了洁白的哈达。"（第 16 页）事实上，冉诗的这些比喻都不是普通的比喻，他们有的已达到另一种义庄严即奇想的境界。所谓奇想指比喻的主旨不强调相似性，而与夸张相关，因此，比一般比喻更具有想象或幻想的成分。它非常切合冉仲景浪漫的诗心，使其诗歌翅膀得以如意翱翔。再举《桑吉卓玛》为例："我走遍了灵魂的每一个角落/如果月亮不是最寒冷的花瓣/你的名字就是我的故乡。"（第 7 页）这里的奇想又藏有对偶喻的影子。冉诗中也有典型的夸张，如《向一个女孩打听远方》："十年，二十年，甚至一千年/我肯定还要回来/回到今天/回到这清浅的河边/回到大地的边缘。"（第 9 页）如《痴望》："我还未到达生命的边缘/便一望三千年。"（第 12 页）冉诗中还有一种称为"迂回"的义庄严。如《重返米旺村》："黑狗年幼/不知道我也姓冉/就闪电一般向我扑来/从泥路上爬起/我没敢伸手/抚摩疼痛难忍的双膝/膝上的泥/真香啊！"（第 205-206 页）在梵语诗学中，"迂回"是指不直接说出想说的事情或观点，而是以另外方式表达。这里的冉诗说黑狗不知道自己姓冉和感叹泥土的清香，就是迂回表达了自己对故土的无比依恋。

① 冉仲景：《从朗诵到吹奏》，北京：中国三峡出版社，2003 年，第 7 页。后引用该书只在文中标明页码，不再一一加注。

冉诗中有许多令人眼花缭乱的明灯。明灯的梵语原义为“照亮意义”，是指诗中某个词语为各句共用，犹如一盏明灯照亮所有事物。明灯分头、腹和尾三种。冉诗多用腹部明灯。且看《格桑》：“她们一朵一朵地格/一朵一朵地桑/极红极黄极紫极蓝极灿烂/也极故乡……于是就美得黑里透红/美得意味深长/直到美得难以为继了/她们就转移到爱情那方。”（第49页）这里的明灯运用极为繁复，体现了诗人极为丰富的想象。“一朵”“极”和“美”就是诗句中一盏盏“明灯”，共同照亮了诗歌的魅力。再如《牵引》：“草的尽头是绿色/果实尽头是甜蜜/雪的尽头是飘舞与飞扬/而语言的尽头并非神话/诗歌与爱情，它们是否有尽头。”（第99页）“尽头”在这里就是明灯，照亮了诗人关于自然与人生的理性思考。再如《声音》：“鸡一声天明/狗一声报告　山路上来了客人/花一声呛了阳光/草一声翠了溪涧绿了野岭。”“一声”又“一声”交织成最纯粹的山乡田园诗。在《高原：我的又高又远的心脏》中，诗人以头部明灯“如果，如果你，如果你愿意”统帅了第一部分六个诗段。冉仲景还创造了一种可以称为“冉式明灯”的义庄严。且看《流浪》：“我就要涉过一条冉的河流/穿过一片仲的牧场/进入那座景的废墟了。”（第103页）他把自己名字拆开来制作一种中国式明灯，让它照亮诗歌的“陌生化”效果。在《返回》中，诗人再次利用这一“冉式明灯”：“冉年仲月景日，我离开真言和雪山……冉年仲月景日，我在坠落/以悲悯的速度到达你们中间。”（第151页）这次的明灯又是另外一种风情。

综上所述，冉诗中运用了各种庄严，这使其诗歌的魅力得到强化。多种义庄严的混合运用有助于达到赏心悦目的美学效果。这表明冉仲景是一个语言运用或曰驱使“庄严”的高手。

二

在梵语诗学发展史上，现存已知第一部诗学专著《诗庄严论》的作者婆摩诃最早提出“曲语”的诗学概念。他认为，一切文学作品都应以曲折方式来表达。曲语是一切庄严即修辞手法的共同特征。11世纪，恭多迦创造性地发掘庄严论中旧已有之的批评概念，大胆地创立了自成体系的曲语论。他在《曲语生命论》中认为：“诗歌是以某种艺术方式处理的语音和词义的结合，它体现诗人的曲折表达，使知音者获得心灵愉悦。”[①]在恭多迦那里，曲语是诗人以艺术方式创造美的过程。他将曲语看成是诗歌的灵魂或生命。不可否认，曲语是在庄严论基础上的创造性发展，它以“曲语为准绳，贯穿一切文学因素”。[②]曲语论因此成为梵语诗学的重要派别。

恭多迦将曲语分成六类，即音素、词干、词缀、句子、章节和作品的曲语。音素曲语是指谐音、叠声等产生特殊声音效果的修辞手法，它与庄严论中的音庄严类似。词干曲语则指惯用词、同义词、转义词、修饰词、委婉词、复合词、词根、词性和动词的特殊运用。词缀曲语是指时态、格、数、人称和不变词等语态变化的曲折性。句子曲语相当于庄严论中的义庄严。章节和作品曲语主要指改编作品的艺术处理问题。这里主要运用词干曲语和词缀曲语的某些原则对冉诗进行分析。

惯用语曲语是指一个常用的词语被赋予它所不具有的含义或属性，或是对一个常用词进行夸张变形以求表达诗人的赞赏或蔑视。如冉仲景的诗歌《简单的草原》：“能否以羚羊的奔走怀念速度……能否以泪水的盐分偿还母亲。”（第 33 页）这里的“速度”和“盐分”即为常用词或惯用语，但它们在这里被诗人赋予了无法言说的丰富意象。再如《走向雪山》：“女神名字的雪山/在诗歌的前面/爱情的后面/等我们直到永远。”（第 48 页）这里的“女神”和“雪山”具有非常丰富的宗教文化内涵，表达了一种虔诚和圣洁的意味，它们与“诗歌”和“爱情”的结合，将诗人心中的礼赞之情表露无遗。再看《草原十四行》：“除了苦难的爱情/你是我最艰深最疼痛的词汇。”（第 69 页）《自白》中曰：“向蝴蝶学习轻盈/向浩浩天宇找寻家乡。”（第 103 页）这里的“词汇”“蝴蝶”和“天宇”都为诗人负担了承重载轻的夸张变形。再如《邀请》：“天亮了，我要把所有的诗句/摊在阳光下：同志们/快来 ，快来看哪/这里有着你们向往已久的黄金。”（第 126 页）这里的“诗句”是一普通词汇，但在诗人笔下却具有匪夷所思的功能。

同义词曲语是指在诗歌中对广义上的同义词的艺术使用。它可以是

① Kuntaka：*Vakroktijivitam*，Dharwad: Karnatak University，1977，p.6.

② 黄宝生：《印度古典诗学》，北京：北京大学出版社，2000 年，第 378 页。

一系列词语的并列，也可以是一系列意象的铺陈，他们在意思或功能相仿的基础上增加诗美。如冉诗《康定》："高远的天空总是充满雪意，充满暗示/所以我把我的爱情叫作康定/把挚友、死敌、围裙与真言叫作康定/从青稞酒中，品味一种高寒的哲学/我把我的欢乐和我的哭泣叫作康定/把短暂一生也叫作康定。"（第 8 页）这里诗人运用了一系列非同寻常的词语如"爱情""挚友"甚至"死敌"等对康定进行"定义"。这些围绕康定而生成的同义词在唤起诗人情感记忆和刺激读者审美愉悦这点上具有相同功能。

转义词曲语是指在引申意义上使用一个词语，表达与它本身没有直接关系的意思。也许这二者之间表面上无任何相似处，但它们之间最细微的一点共同属性也能使之产生独特的诗美。如冉诗《麻雀》："我就是那只麻雀/与生俱来的乡村生活经历/使我温柔，羞怯，唯美/蔑视一切高贵。"（第 221 页）这里的"麻雀"与"我"本身没有任何相似处，但二者在"乡村生活经历"这一共同环境熏陶下便产生了思想共鸣："温柔，羞怯，唯美"等。

修饰词曲语是指对于形容词的艺术使用，它能使诗歌语言变得更加生动形象。对一个诗人的真正考验首先就看其关于形容词的使用。冉仲景诗歌在这点上是优秀的。比如他的《祈祷》："除了一行行脉脉流淌的诗歌""从神话里取出圣洁饱满的种子"。（第 47 页）再看《格桑》："总是在高原最动情的部位开放"。（第 48 页）《扎聂演奏》："今夜，月光将带着明丽的孤独"。（第 59 页）《寄友人》："她有灿烂的笑容纯朴的心灵/还有衣衫下越隆越高的/令山区和我都放心不下的青春。"（第 186 至 187 页）

动词曲语是指对于动词的精心选择和艺术处理，有时候，一个动词能表达其他动词不能达到的效果，或将一个抽象概念形象化。可以说，动词和形容词的选择是考验诗人的两大难关。冉诗在动词运用上已至化境，如《向一个女孩打听远方》："在码头，我将挽住闪电的手/在车站，我将撞见大雪纷飞的冬天。" （第 9 页）"挽"和"撞见"便是诗眼。再如《雪水》："一年四季，任意的阳光/走在每一只飞鸟的羽毛上。"（第 18 页）"走"字用得别出心裁。再看《节日》："我们都是高原既美丽又苦难的孩子/在风中阅读真言/从血液里倾听歌声。”（第 51 页）“阅读”和“倾听”见出诗人的功力。再如《大地的秘密》：“看见梨花/一朵接着一朵涌出枝头/我相信：大地/正藏在春天后面/暗暗使劲。”（第 181 页）这里的“涌出”“藏”和“使劲”最传神地显示了诗人的创造才力。

委婉词曲语是指用梵语或英语意义上的不定代词，如用“什么、一切、所有、一些、如此、那么、怎么、什么样、谁”等指代描写对象。不定代词具有含蓄的特性，能使表述对象变得更有魅力。如冉诗《除夕夜，大雪降落高原》：“唱民歌的汉子站在雪中/期待着什么/他身后的猎狗也期待着什么/而我醉了从瓶口一直醉往瓶底/什么都不什么。”（第 40 页）《祈祷》：“除了一行行脉脉流淌的诗歌/我们什么也没有。”（第 46 页）《草原十四行》：“什么样的河流无始无终/什么样的寒冷铭心刻骨……草原草原，我的草原/你积累和收藏的那一切/是否已被大风搬空。”（第 69 页）《献给雍尼布所尼的诗》：“除了白痴，这个时代谁在抒情/除了傻子，这个夜晚谁在做梦。”（第 167 页）

词性曲语是指将两个不同性（即阴性和阳性）的词语用来表达同一个对象，或是单用阴性词来表达属于其他词性的对象。因为汉语中除了“他”“她”和“它”等少数词语表示词性差异外，一般都不像梵语、印地语、法语、德语等语言那样，将词的阴阳甚至中性分得很细，所以，词性曲语在汉语诗歌上的运用并不是很突出。但是，冉仲景诗歌中还是存在着一些词性曲语的例子。如《草原十四行》：“草原草原，我的草原/众神的情妇，众水之源/全部的情欲使她趋向荡漾。”（第 74 页）这里将草原比作女子“她”，一个青春的形象。再看《重返米旺村》：“白菜是对的/她长期穿着那套绿裙子/呆在菜地一角。”（第 204 页）白菜也变成了温柔娴静的女子“她”。

词缀曲语（亦称语法曲语）如时态、格、数、人称和不变词等的曲折变化是梵语和英语、法语等印欧语系语言的特点，汉语乃是不同语系，无时态、格等变化，因此汉语诗歌只在一个小范围内如第一、二、三人称转换方面存在着类似词缀曲语的艺术变化。如冉诗《格桑》：“她们就这么轰轰烈烈地开放/一往无前地痴情/令你想起身着藏袍的女子。”（第 50 页）这里以“她们”来替代作为“它们”的格桑花，以第二人称“你”

取代第一人称“我”。再如《仰望》:“大雁，大雁，请把稳你的舵/请把双桨伸进我深不可测的冥想。”（第 148 页）这里以第二人称称呼属于第三人称的大雁，显示一种亲昵的姿态。

在恭多迦那里，曲语的使用是考验一个诗人创作才能的重要标志，它要求诗人充分发挥主观能动性，最大限度地调动创作神经，以创作出最好的作品。冉仲景以汉语创作，但他对 1000 年前的梵语诗学曲语论有着很深的体悟，并体现在自己的创作中。这从另一角度显示了梵语诗学理论超越时代地域的批评运用价值。

三

味作为艺术原理，是婆罗多在《舞论》中首先提出的。在他之后，一般的梵语诗学家认可九种味：艳情味、滑稽味、悲悯味、暴戾味、英勇味、恐怖味、厌恶味、奇异味和平静味，它们与人的九种常情相对应：爱、笑、悲、怒、勇、惧、厌、惊、静。

随着梵语诗学的发展，味论逐渐从戏剧学领域进入诗歌领域，并与韵论相结合。梵语诗学家新护对味论有创造性的阐释。他认为，味是普遍化的知觉。诗人描写的是特殊的人物和故事，但传达的是普遍化的知觉。同样，读者读到的是特殊的人物和故事，但品尝的是普遍化的知觉，因为诗中的人物故事经过了诗人的普遍化处理。新护还认为，每个读者都具有心理潜印象，这是世世代代生活经验的心理沉淀。读者在阅读诗歌时，诗中的情由、情态和不定情，唤醒了读者心中普遍存在的感情潜印象。读者自我知觉到这种潜印象，就是品尝到味。新护的普遍化原理揭示了艺术创作中特殊与一般的辩证关系。它对于诗人的艺术创作具有指导意义。

冉诗具有浓郁繁复的各种情味，如艳情味、奇异味、悲悯味、滑稽味等，让人目不暇接地流连忘返于各种情味的品味欣赏之间。先看冉诗《格桑》:“她们就这么轰轰烈烈地开放/一往无前地痴情/令你想起身着藏袍的女子/令你的失眠/也散发格桑淡淡的香。”（第 50 页）这里的情由是“她们”，情态是“轰轰烈烈地开放”和“一往无前地痴情”，不定情就是诗人或读者心中的“想起”和“失眠”。它们的结合产生一种起源于常情爱的艳情味。梵语诗学家欢增曾经认为艳情味是一切味中最迷人、最重要的味。新护曾经指出，有七种因素阻碍味的完美体验，如不适合感知，即观众或读者不能感知到对象，其审美活动会受阻，办法是描写世间通常的事物，以利观众产生心理感应。冉仲景在这首诗中描写的是人所常见的格桑花，这就拉近了读者与欣赏对象的审美距离。花与“身着藏袍的女子”之间的联想是古今中外以花喻人的传统手法的再现，也是诗人对于格桑花的普遍化处理。由于世世代代生活经验的心理沉淀，每个读者都具有这种普遍存在的感情潜印象。于是，诗人借格桑花表达的一种艳情味就顺利地传达给了普通读者。再如《草原十四行》:“霞光里散步，美貌外展开/自由无度的女神阿央嘉玛/腰肢丰腴，乳房硕大/难继的妩媚使众多的野花陷入悲观。”（第 74 页）这里的情由是“女神阿央嘉玛”，情态是“腰肢丰腴，乳房硕大”等外露的美，不定情是野花们妒忌而生的慌乱和“悲观”，它曲折反映了女神在作者和读者心中的美。这也是一种艳情味的体验，同样来自作者和读者在普遍化处理和感情潜印象之间的“心心相印”。

冉诗《邀请》蕴涵着奇异味：“天在上面，我采集星光/地在下面，我收藏道路/黑夜太黑，我拉过厚重的云朵/蒙头一觉就睡到了天明。”（第 126 页）按照梵语诗学家婆罗多的说法，奇异味起源于常情惊，这里的“惊”类似惊讶。冉诗的“天”“地”和“黑夜”就是情由，而“采集星光”“收藏道路”和“拉过厚重的云朵”便是依赖情由而产生的情态，不定情则是作者馈赠读者的无比惊奇的审美愉悦。这样，奇异味就顺利产生。

冉诗《芭茅满山满岭》是一首广受称道的好诗：“她们满头的白发/与青春究竟相距多远/她们风中摇曳的姿影/与幸福和美梦有没有关联。/昨夜，我告别母亲/沿着河流的方向远行/今天，我回到家乡/就看见了芭茅满山满岭。/一边掐指计算儿的行程/一边偷抹脸上的泪痕/谁能像母亲那样把儿牵挂/只有芭茅，只有芭茅。/为给高粱让出小块土地/傻到了不剩一丝芳馨/谁能像芭茅那样宽厚坚韧/只有母亲，只有母亲。”（第 181-182 页）这首诗歌最引人注目的意象便是那显在情由“她们”即“芭茅”，潜在的情由是“母亲”，而显在情态是“满头的白发”“摇曳的姿影”和“不剩一丝芳馨”等，潜在情态是“偷抹脸上的泪痕”，不定情则是由芭茅而白发而母亲而悲伤而感激的味之路线图。这是一种苦涩与幸福交织的悲悯味。

冉仲景的《刀豆》带给我们的是另外一番风味或情味："用藤互相纠缠/用叶互相击打/用锋利的豆荚互相杀伐/在菜园的舞台上/刀豆们正在/演出阳光四溅的戏剧/旁白：它们的结局/小菜一碟。"（第 209-210 页）这里的情由是"刀豆"，情态是"纠缠""击打""杀伐"，不定情是由"阳光四溅的戏剧"和"小菜一碟"所影射的轻松幽默。轻浅一笑中，滑稽味随之产生。

由于冉诗具有以上各具特色的情味，读者在阅读过程中每每感到美不胜收、味之无穷。对于这些繁复浓郁的情味的体验，也就是各种味的产生过程。因此，完全利用西方诗歌理论阐释冉仲景这么一位情味体验丰富的东方诗人，显然是有缺陷的。梵语诗学似乎可以弥补这一缺陷。

四

在味论诗学发展的同时，梵语语法学催生了梵语诗学的重要一派理论即韵论。传统的梵语语法学家认为词语有表示义和转示义两种功能，而韵论派发现词语还有第三种功能即暗示，由此产生第三种意义即暗示义（暗含义）。他们认为诗的最大魅力就在于这种暗示义。韵的实质是词的暗示功能和由此产生的暗示义。暗示义是诗歌的真正本质。韵论派的代表人物是 9 世纪的欢增，他在其代表作《韵光》中指出："诗的灵魂是韵。"而韵的存在是一切优秀诗人的奥秘。换句话说，在优秀的诗篇中，存在一种不同于字面义的暗示义或曰领会义，它的魅力高于字面义的美，正如女人的魅力高于肢体的美。[①]欢增以韵为准绳，将诗分成韵诗、以韵为辅的诗和画诗三类，而后来的诗学家曼摩托则更加明确地将韵诗、以韵为辅的诗和画诗分别称为上品诗、中品诗和下品诗。换句话说，韵诗即暗示义占优的诗最佳，而缺乏暗示义的画诗最差。曼摩托在其代表作《诗光》中形象地揭示了韵的特点："隐含义像少女鼓起的乳房那样产生魅力。"[②]

在韵论派的论述中，有关词的暗示功能最常举的例子是"恒河上的

---

① 黄宝生：《梵语诗学论著汇编》，昆仑出版社，2008 年版，第 234 页。
② 黄宝生：《梵语诗学论著汇编》，昆仑出版社，2008 年版，第 647 页。

茅屋”这个短语。之所以采用“恒河上的茅屋”这一表述，是为了暗示茅屋濒临恒河这一神圣的宗教文化符号，因而清凉、圣洁。地理意义上的恒河从古到今为印度教徒心目中的圣河。不说“恒河岸上的茅屋清凉圣洁”，而说“恒河上的茅屋”，正是一般表述与诗歌表述的区别。[①]与此例相对应，我们在冉仲景诗歌《走向雪山》中可以发现类似的用法：“泪水滚烫，击穿古老梦想/白雪堆积在我们苍白的脸上/这样的季节谁额头荒凉/谁拥有旷世的忧伤/我们从未聆听过雪山的歌唱……在通往顶峰逼仄的道路上/雪莲是一朵冬天递过来的吻/纯洁、含蓄、冰凉……离开梦，又眷恋梦/从雪线出发又到达雪线/我们马不停蹄地走啊走啊/当雪莲把头颅照亮/生命的旗帜就静静舒卷/女神名字的雪山/在诗歌的前面，爱情的后面/等我们直到永远。”（第 48 页）这首诗中次出现与雪有关的词语如“白雪”“雪线”“雪莲”和“雪山”。雪在中国人心目中多代表纯洁无瑕与超凡脱俗。冉诗多次采用与雪有关的词语，其意在于借这些蕴涵丰富的词汇表达心中无比微妙的情思。雪又如同一根韵的红线，贯穿了每一行诗句，使这首诗具有了空灵神奇的深远意境。

如果把眼光转移到印度文化中，我们会发现，冰雪覆盖的喜马拉雅山就是印度众神诞生之地，雪山在此便具有恒河一般圣洁神奇的含义。印度教大神之一湿婆曾经在雪山潜心修炼，不为女色所动。后来成为他妻子的山神之女波哩婆提为了与湿婆大神结合生子，不得不同样在雪山修炼无比的苦行，最终如愿以偿。波哩婆提因此被称为“雪山神女”。这段美丽神话曾被印度伟大的梵语诗人迦梨陀娑改编为著名叙事诗《鸠摩罗出世》。更神奇的是，它还启发了梵语诗学家王顶的诗学著述。在王顶的“诗人学”专著《诗探》中，印度语言和智慧女神娑罗私婆蒂为了生育儿子诗原人，也曾在雪山四季苦修，以求感化大神梵天相助并最终如愿。事实上，两位女神波哩婆提和娑罗私婆蒂都可称为“雪山神女”。她们都求助于湿婆大神或梵天才得以美梦成真。冉仲景诗歌中的“女神名字的雪山”一句，便分明暗示了该诗无形之中与印度宗教文化达成了精神契合。诗人将雪山与爱情、诗歌相联系，使雪山的暗示意义得以全面地延伸渗透。这与雪山体现在上述两位印

① 黄宝生：《印度古典诗学》，北京大学出版社，2000 版第 335 页.

度“雪山神女”身上的丰富韵味相得益彰。以是观之，冉诗《走向雪山》从题目到内容都体现了欢增所谓韵诗的特点，即以暗示义为主。因此，说这首诗是上品诗，当不为过。

五

梵语诗学中的合适概念最早出现在婆罗多《舞论》中，后来的诗学家如檀丁、楼陀罗托、欢增、新护、恭多迦等人都对合适原则进行过一些论述。恭多迦将古老的曲语原则创造性地阐发为一个完整理论体系，新护的学生、生活在 11 世纪的安主沿着前辈诗学家的足迹，将合适论进行系统整理，成为一个同样具有实践价值的诗学体系。安主在其代表作《合适论》中说：“合适有助于产生诗歌的魅力，它还是味的生命所在。”①欢增视韵为诗歌灵魂，安主视合适为诗味的生命。他充分重视诗歌中的合适原则，为此在《合适论》中罗列出二十七种诗歌构成因素，如词、句、文义、诗德、庄严、味、动词、形容词、时态、气质、本性等。安主依据这二十七种诗歌因素，从正反两方面举例说明各种合适原则。从理论总体上看，韵论比合适论更加完善合理，但合适论强调艺术创作中非常重要的和谐原则与分寸感，对于诗歌创作同样有着不可忽视的指导作用，对于诗歌鉴赏和评论也具有深刻的启示。下面以合适论若干原则对冉仲景诗歌作一剖析。

关于词的合适，安主认为，一句话会因为一个最合适的词而美妙无比，如同花容月貌的女子额头上点上一颗吉祥痣。这与《文心雕龙》的“练字篇”里对选用字词的强调有相似处：“故善为文者，富于万篇，贫于一字，一字非少，相避为难也。”②冉仲景诗歌魅力很多时候来自他对合适词语的选择，如《痴望》：“这么多个夏天/我没花过也没草过/只为等待你的驾临。”这里的“花”和“草”用如动词是非常合适的诗歌语言。（第 12 页）再如《鸟语》：“鸟语是一粒粒晶亮的雨水/越过灵敏的听觉/淋湿了每一双充满渴念的眼睛。”（第 23 页）这里的“淋湿”最合适地有助于诗人创造通感的企图。再看《酉阳》：“乱石的房舍外狗儿含愁/乱石

---

① Ksemendra: *Aucityavicaracarca*, Varanasi: Chowkhamba Vidyabhawan, 1964, p.2.

② 刘勰：《文心雕龙》，北京：中华书局，1986 年，第 351 页。

的坟墓里睡着亲爹和亲娘。”（第 193 页）这里的“睡”字不可替换。再如《重返米旺村》：“从泥路上爬起/我没敢伸手/抚摩疼痛难忍的双膝/膝上的泥/真香啊。”（第 206 页）这里的“香”字可谓价值连城，整首诗因为这个字而特别耐人寻味。

关于文义的合适，安主认为，作品因为特别合适的意义而有光彩，如同人因财富而显得光耀，因德行而感到幸福。这是强调诗人的具体描写要与文义即作品主旨相协调。如冉诗《袈裟》：“走进袈裟神秘的象征/你别拐弯/城堡的门大开，庙宇的门大开/我们卑微的肉体/本身就是一座废墟/在袈裟幽远深邃的光里/说话或弹琴，都是禁忌。”（第 60 页）这首诗从题目来看就已散发出一种浓厚的佛教文化气息。作者使用的词汇如“神秘”“庙宇”“卑微”“幽远深邃”和“禁忌”等无不烘托渲染一种宗教虔诚，它们共同营造了一种与主题非常合适的心理氛围。再如《高原：我的又高又远的心脏》：“酒盏高高举过头顶。风情万千的土地/此刻愈加妩媚动人/久违了的季节，久违了的太阳/儿女们鲜花一样自由绽放。”（第 80 页）作者在这里欲表达一种兴高采烈的情绪，所以他使用了一些热情洋溢的词语和句子，从效果上看，他是达到了预期目的。再看冉诗《稻子》：“今天，我看见一个农民/为给稻子施肥/向大地弯下了腰去/他的头/比最矮的那一株稻秧/还要低。”（第 209 页）诗人为了描述农民或自己对于土地的虔诚感情，选用了最朴实无华的词语。

安主在《合适论》中用了较多篇幅论述味合适的问题。他认为，诗人刻画的情由、情态和不定情应该适合所要传达的主味，否则有碍于味的产生。他还认为，一篇作品可以包含多种味，各种味的混合能产生一种奇妙的味，但关键是合适。一篇作品应该有一个主味，其他的味起辅助作用，只有这样，才能保持和谐统一而避免味的冲突。冉诗中常常存在多种味混合的例子，如《高原：我的又高又远的心脏》：“死一千回，活一万次都在高原/既然命里注定，注定我必须如此这般/那么，我的歌与哭、泪与笑/都只能献给这温柔又残酷的摇篮。”（第 80 页）这里有悲悯味和英勇味的混合，但敏感的读者细心品味后会发现，诗中的悲悯味已远远让位于英勇味，使得该诗呈现一种复合的感情色彩和醇厚的韵味。这与诗人对于主味的着力刻画有关。再如冉诗《粪瓢》：“从粪瓢到臭粪/从臭粪到禾苗/从禾苗到粮食/从粮食到酒/这一逻辑天经地义无人怀疑/

但从来没人/从一滴酒里回过头去/看见粪瓢/即使看见了/也不会/把它举到酒杯的高度。”（第 216 页）这是一首令人耳目一新的诗，它是一种滑稽味、厌恶味和奇异味的混合体。由于诗人巧夺天工地精心编织，该诗的厌恶味非常淡薄，滑稽味则时而有之，而品味全诗后，读者感到一种奇异味扑面而来。该诗由于主味突出，不失为一首优秀之作。它体现了诗人对于味合适原则的深刻领悟。

综上所述，梵语诗学或曰印度古典梵语文艺理论经过一定的调适，可以用来评价中国诗歌。推而广之，梵语诗学基本原理具有跨文明批评或跨文化运用的重要价值。这充分说明，每一民族的文学理论都有普遍适用的一面。印度古典梵语文艺理论如此，中国古代文论也是如此。就新世纪的文学评论舞台而言，东方文艺理论应该占有重要的一席。

2019 年 5 月 22 日再改于四川大学。

论冉仲景诗歌的三次嬗变

倪金才[①]

一

放眼如今圈子扎堆、旗帜林立的诗坛，喧嚣和热闹过后，我的脑海中总会浮出一个人的名字——冉仲景。不仅是因为同乡的缘故，更多的是因为，他在日渐沉寂的诗坛，如一头老黄牛，30 多年来，不为名利，不关注是非，埋头创作，笔耕不辍，用《从吹奏到朗诵》《众神的情妇》《献给毛妹的 99 首致命情诗》《米》等一系列厚重的诗集，不断彰显着自己的存在。

---

① 倪金才，土家族，生于 1976 年 12 月 6 月，中学教师。“偶有文章娱小我，独无本事见大人”。生于乡野，居于乡野，一介草民，命比纸薄，心比天高，一辈子都在煨一副叫灵魂的药。诗观：简单、直接、清浅、透明，直抵灵魂中脆弱的部分。曾在《诗刊》《星星》《诗潮》《扬子江诗刊》《燕赵诗刊》《黄河文艺》《重庆日报》《青春潮》《江门文艺》《打工诗人》《乌江》等报纸杂志发表诗歌 300 多首，诗歌入选《诗参考》《汉诗》《最佳网络诗歌年选》等多种诗歌选本及大量民刊。

我初识冉仲景是1997年，在县办报纸《酉阳报》副刊“桃花源”上读到他的诗歌。犹记得那时，《酉阳报》用整版的篇幅，刊登了他的一系列诗歌。其中《向一个女孩打听远方》《请求》两首诗歌至今令我印象深刻。在《向一个女孩打听远方》中，诗人动情地歌唱：

十年、二十年，甚至一千年
我肯定还会回来/回到今天，
回到这清浅的河边
回到大地的边缘

诗人笔下的远方，明显就是阔别多年的故土，正是对故土那分不绝的思念，让诗人身在他乡，心怀故乡，让他“在码头，挽住闪电的手，在车站，撞见大雪纷飞的冬天”。而在《请求》里，诗人却又借助父亲这一形象，表达了摆脱故土羁绊，渴望看到“远处的风景”，到更广阔天地去驰骋的愿望。

村头的梨树，钉住了
我们的脚步、姓氏和憧憬
给我一把巨大的铁钳吧
我能拔起它的根
你的沉默压住了我的歌声
你的肩膀遮住了我的眼睛
父亲，朝边上挪一挪吧
我要看远处的风景

记得那时，我刚从师范院校毕业，分配到家乡一所偏僻的乡村小学，成天面对家乡重重大山，苦闷抑郁，不知道出路在何方。每次诵读到这样的诗句，就会没来由地泪流满面。那时，我还是一个懵懂的文学青年，对诗歌的理解还停留在徐志摩、戴望舒等传统现代诗层面。对报纸杂志上登载的那些所谓朦胧派后朦胧派诗歌，不是感到艰深晦涩，不知所云，就是感到直白无聊，形同嚼蜡。这组诗歌让我一下子就没由来地喜欢，第一次感到现代诗歌还可以这样写，可以写得既晓畅易懂，又值得玩味。不故作高深，不炫弄机巧，而是直抒胸臆，完全是在情感的推动下，让诗句如江河之水肆意流淌。这组诗歌使我感到那么亲切（这其实是一个不贴切的感觉，但我当时的确是这样的感觉），就像在茫茫丛林中突然发现了一条阳光大道，我开始着迷于他的诗歌，并疯狂地模仿。从《酉阳报》上，我知道了他就是酉阳人，刚从一个叫康定的地方回到酉阳，就职于酉阳一中。后来，我禁不住对他的崇拜，竟然凭着一股年少轻狂的闯劲，只身一人跑到他教书的学校，登门拜访。哪知，他对我的突然来到并不十分惊讶，耐心而又十分热忱地接待了我，除了当面指出了我诗作中的不足，还带我到县城，与当时《酉阳报》副刊编辑杨犁民见面，鼓励我多写稿，多投稿。也正是在他的鼓励和推荐下，我的诗歌第一次在《酉阳报》副刊发表。

后来，我慢慢知道，20 世纪 80 年代末期，冉仲景从南充师范学院毕业后，一头扎进了一个叫康巴的高原，在一个盛产民歌和传奇的名叫康定的地方，一待就是十年。十年里，他在蓝天、白云、雪山、草原、牦牛、帐篷等高原自然景观和康定弦子、锅庄、唐卡、经幡、传说、民歌等独特地域文化的浸染下，写出了一大批“纯净”“高远”的抒情诗歌，完成了他诗歌的第一次嬗变，也获得了诗坛的认可，其诗作频频发表在《诗刊》《星星诗刊》《诗歌报》《民族文学》等国家级重点刊物上。

按照冉仲景的说法，有怎样的生活，就有怎样的创作，有怎样的格桑花，就有怎样的抒情诗。的确如此，在康巴高原的十年间，高原馈赠给冉仲景的是一串串色彩斑斓的情感化石，在高原青草微风的轻抚下，许多诗作汩汩而出。在他高原系列作品中，本着对高原的热爱，“诗人犹如一个圣徒，奏出了对高天、远地及物事的朝拜之歌”（赵黎明《持续的还乡——冉仲景诗歌的精神结构论》）。在他 2003 年出版的首部诗集《从朗诵到吹奏》中，包括《羊还是词》《前夜》《从朗诵到吹奏》《秘密情诗》这四辑，几乎囊括了他在高原十年的重要诗作。作为“一个零敲碎打的银匠”（见其博客“卵逛经”），诗人精心打造了自己的诗歌神殿。在他的诗歌里，既有《桑吉卓玛》中对纯真爱情的深切呼唤：

> 二十八年我桑吉着消瘦/八十二年里我卓玛着失眠/在你四四拍的酒窝岸边/你的红颜广如春天的草原/一个迟到的人至今仍在嗓音里跋涉/卑微的人，没有聘礼的人/只能通过无始无终的歌/到来世的高原与你相见。

也有对雪域高原虔诚庄严的热爱：

> 所以我把我的爱情叫康定/把挚友、死敌、围裙、真言叫康定/从青稞酒中，品味一只高寒的哲学/我把我的欢乐和我的哭泣叫作康定/把短暂的一生也叫作康定。

还有，在《高原吹奏·前言》里，诗人要在“天堂进修学习/闪烁和消失着两门功课”，要“驾一匹风登临圣山贡嘎啦/沿着一片草叶指引的方向/走进色达草原的心脏”。这时，诗人不单单是热爱、是表达了，更多的是一种融入，是与高原灵与肉的契合。为此，在高原系列中，诗人歌颂更多的是早晚相伴的神秘雪山、空阔高远的天空及那朵纯美的格桑花。其实无论是《牦牛》《原野》《雪水》《海子》《沿着一条河流往上走》，还是《向一个女孩打听远方》，高原都成了诗人“又高又远的心脏”，成了诗人“朝圣或永远的行程”。

二

海德格尔曾经说过，荷尔德林的全部诗作无外乎只有一个主题，那就是“还乡”。在高原生活的十年里，诗人冉仲景在痴迷雪山草地、异域风情的同时，也同世俗之人一样，成家立业，结婚生子，在康定这样僻远的地方，为柴米油盐而活着，只是他在面对雪域高原的纯美与高远的同时，内心隐约有一种久违的声音，在呼唤。

1997年，冉仲景历经波折，终于回到了生他养他的故乡——酉阳。如果说高原十年，异域的风情激发了诗人创作的灵感，调动了诗人的诗情的话，那么，诗人回归家乡，就犹如鱼儿回归大海。当再次面对家乡神异的山、灵秀的水，面对贫苦而又善良朴实的乡亲，聆听家乡悠久而又深远的歌谣，凝视家乡粗犷而又神秘的舞蹈，诗人觉得这一切，再次锋利了他迟钝的直觉，复苏了他僵死的五官，唤醒了他沉睡的诗心。芭茅、白菜、瓜花、虫鸣、油灯、犁钯等家乡风物，民歌、拉拉渡、舍巴、巫歌等家乡民俗，缓缓流淌进诗人的笔尖。于是，诗人有了《芭茅满山满岭》《土家舞曲》等扎根故土，充满武陵山区、酉水河畔地域特色的组诗。正是这些作品，使诗人获得了诗坛空前的认可。诗人不仅在1999年参加了具有诗坛黄埔军校之称的“青春诗会”，其诗集还先后获得了重庆市庄重文学奖、薛林青年诗歌奖。重庆市少数民族大奖等重要奖项。

著名诗人梅绍静在见到他后，也不禁感叹：如今在汉族中很少见到这样真性情的人了，即使是所谓的那些大诗人。

是的，冉仲景返乡后创作的大量作品，除了在武陵山区这个大背景下，再现了酉水河畔山里人艰难的生存状态和精神风貌外，更是真正进入了他的家乡，一般脑儿没入了那些民歌谣曲中，没入了那片褐色的土地,没入了那律动着历史的厚重和地域的广袤的土家摆手和跳丧舞曲中，成为一个真正的“芭茅和牛羊”的歌者。他的这些诗歌，取材平凡，常把平常的事和物，作为诗歌的支点，以独特的视角、朴实而又清新的语言，将家乡的风物展现在读着眼前。唢呐、芭茅、瓜花、阳雀等这些家乡平常之物，都被他一一揽入囊中，化为动人诗句。无论是他的《芭茅满山满岭》《酉阳》《果园》，还是朴实到极致的《重返米旺村》《粪桶》和《猪圈》，无不在朴素的言说中展现着一种迷人的情愫，那就是对贫瘠而僻远的家乡的热爱，对生他养他的土地的那份赤子之情。

比如诗人在《那是一片褐色的土地》这首诗里，这样打量着故乡的人和事：

在武陵山的西部和乌江的东面
娟子，那是一片褐色的土地
那是生我养我的家乡
无数个孩子因此而失去姓名
成为金黄的谷粒，成为
一代代生生不息的愿望
我的父老乡亲
在那片土地上耕耘和繁殖
永远充满无比的信心

朴实的语言，让以娟子为代表的外面的人，一下子就能感受到武陵山区与诗人同呼吸共命运的父老乡亲的生存状态。也能感到诗人心中涌动的爱与怜的情愫，明白真正的诗人不是小我的浅唱，而是融入民族、地域的歌吼。又比如诗人在诗歌《早晨》中，满怀欣喜地吟唱：

你们好
小鸟、雨滴、花朵、地平线

——大地的小学生们
你们好
林间的烟霞、井畔的水桶、河湾的菜篮
——我无缘无故的忧伤

信手拈来的故土风物，在诗人笔下，那么亲切，那么自然，那么富有生机。在诗人笔下，人和自然和谐一体，诗人和家乡早已“你中有我，我中有你”。诗人在他的另一首诗歌《果园》里，更是展开神奇的想象：

这是橘树、这是苹果树、这是梨
低地里的那一棵
是冉仲景

这里，诗人不光与那些果树站在了一起，而且“互相鼓励、互相学习”，还在一起“朗诵阳光”，完成“开花的作业”，并“酿出醇酒来报答大地”。所有诗人都是赤子，诗人冉仲景也一样，回到家乡，就像回到了母亲的怀抱。诗人在那片生养他的土地上，从民谣的嘴角，踏着摆手舞的节点，顶着一盏盏送行的瓜花，用一组组朴实而又谣曲十足的诗篇，完成了他人生的第二次嬗变。正是在他杜鹃泣血般的执着歌吟中，人们听到了他来自灵魂、大地深处的歌唱！

总之，这时的诗人，诚如著名诗人梅绍静所言，“诗人的精神是来自地层的，是土家舞的，具有极强的亲和力和感染力”（见《从朗诵到吹奏》序）。在他的《土家舞曲》《芭茅满山满岭》中，“他要把‘杏依偎着桃，篱牵着藤/天底下，到处都是相爱的人’的民族性格传染给你，要把‘歌是历史，心跳是家’的深刻哲理当土特产捎给你”（梅绍静语，见《从朗诵到吹奏》序），让你在阅读和感悟中，被感动，“脸贴乌江，泪洒武陵”。

三

在当今诗坛，技术主义横行，冷抒情或零抒情成为时尚，许多诗人在潮流的挟裹中，过早地陷入了技术的泥沼，迷失了“诗言志”的本分，羞于抒情，耻于抒情，视抒情为诗歌创作的洪水猛兽。当今诗坛这样一种流行病，全来源于几位外国大师那几句断章取义的话，比如艾略特的

“诗是经验而非情感”（《荒原》自序）。其实，诗歌区别于其他文体最基本的特征，就在于它的抒情与言志，诚如严羽“夫诗有别材，非关书也，诗有别趣，非关理也”（严羽《沧浪诗话·诗辩》）；也诚如袁枚在《随园诗话》中主张的性灵说，“凡诗之传者，都是性灵，不关堆垛”。只是在西风劲吹，盲目崇拜“横的移植”的诗坛，视抒情为洪水猛兽，只要在诗歌中看到抒情言志，就会有人祭起先锋的大棒，跳将起来，勃然而曰“矫揉造作”，并立即予以封杀。作为立足地域、扎根乡野的抒情歌手，哪怕曾写出过纯净而又高远的高原系列，写出过《芭茅满山满岭》《土家舞曲》等地域色彩浓郁、深邃厚重的乡情系列，诗人冉仲景也明显感到最近几年诗坛对他的冷遇。许多主流诗歌刊物再也难觅他的踪影，而那些曾经关注过他的“诗坛大咖”，也转身去关注所谓的“下半身”“中间代”，就连各大网站、论坛也鲜见他诗歌的影子。

对此，诗人也曾困惑过、迷惘过，但作为一位有思想、有主见的诗人，他并没有绝望，他深知“文学是寂寞的事业”。他迅速收起了委屈和彷徨，一如既往，投身家乡那片褐色的土地，像一位埋头苦干的老农，不断寻找，挖掘，开拓，继续往民族和历史更深处漫溯，耕耘出一大片更为深邃、更为厚重、更为宽广的诗歌。《献给毛妹的九十九首致命情诗》《马桑组曲》等优秀诗歌，就是这样辛苦耕耘所结下的硕果。就是这样一批立足地域、透彻心灵的厚重诗篇，再次证明了他的存在及他存在的意义，同时他也用自己的创作业绩，告诉世界，抒情并未死亡，在他这位“民谣歌手”的笔下，依旧可以焕发出无比迷人的力量。

在诗人的致命情诗、毛妹系列里，诗人以土家族少女“毛妹”为艺术形象，酣畅淋漓地书写出了爱的独立、情的痴语。而“毛妹”成为诗人情感世界的圆心，成为诗人爱和美的圣殿、精神栖息的王国。当然，作为裤管里沉淀着武陵山褐色土地的“民谣歌手”，诗人歌唱的“毛妹”，其实不一定指向某一个人，或者说不一定指向的是“人”，它充其量只是诗人情感和爱的替代品。诗人试图借这一形象，歌颂爱情，歌颂生他养他的土地、亲他爱他的人民，甚至是和他一生朝夕相伴的大自然。他的涓涓情感、悠悠诗心，遍洒家乡的一草一木、一花一虫。在诗歌《毛妹·天》里，他借物喻事，渗透了他的社会责任和悲悯情怀。

我坐在此岸
仰不起面来
只好呆坐槐树底下
看河水深处
那块蓝蓝的天空
河水就要被抽干了
云咋办，鸟咋办

诗歌借一台抽水机为身后秧田抽水的场景，间接而又委婉地表达了他对工业化、现代化的担忧，抑或是对农垦时代的怀念、对土地焦渴的忧虑。同样，在毛妹系列诗歌里，大量的诗歌都在“毛妹”这个大标题下加了一个副标题，比如“圆、罐、穗、电、巫、书”等，从这些副标题，我们已经可以隐约窥见诗人暗藏的雄心和壮志。

在《马桑组曲》这部大型的组诗里，诗人更是透露出了他的“野心”和“狂妄”。诗人说，他的《马桑组曲》应该是一部历史的大书，他准备写四部，第一部定位《人间》，第二部定位《野丫》。目前，前两部已经完成，后两部也正在酝酿之中。他说，他想通过《马桑组曲》这样一部大歌，为他的家乡、他的民族写一部史诗，告诉世人，在贫瘠的武陵山区，在僻远的酉水河畔，有这样一个民族，他们热爱生活，崇尚自然，他们像连绵起伏的群山一样，沉默而坚韧，他们世代击壤而歌，在与灾难和贫苦的斗争中，唱出了动天惊地的歌谣。

就目前诗人已经完成的《人间》《黑丫》来看，诗人不再满足以前的那种直抒胸臆、“零敲碎打”，他不再在乎自己是不是一个精细的银匠，而是关注在自己的书写中，是否有一种气脉相通的韵道。因此，他追求的不再是最直接的抒情，而是那种曲径通幽、让人柳暗花明的幽邃。比如在他的《人间》系列中，你就明显读不出以前那种气韵生动的语言快感，而是一种像江水一样的凝滞。当然，不是诗人更现代了，而是诗人的书写更为高远和深广了。不信，你看：

预　言

为了像马桑那样伸出手去，救下
一朵轻生的白云，我必将生在悬崖

与遍地狗尾草一道成长，我不扬花
也不灌浆，服从大地的荒凉
我也要爱，也要把黑丫揽入胸怀
当我看见了灰烬，什么事物曾经燃烧

燕子是我飞翔的灵柩，百合
是我含羞的墓冢，我必将死在家乡

荒　诞

还没有欢乐够，就看见了苦难
韭菜说：我生日那天收到的礼物是刀子

这边厢，青蛙准备唱戏
那边厢，池塘着手拆台

寅年吃光卯粮，父亲心事重重
要修好漏洞百出的谷仓，他做不到

白菜和幺妹脱光衣服，在夜色里洗澡
吹箫的人，吹熄了灯一盏

这两首诗歌分别选自《人间》和《黑丫》。在这两首诗歌中，不管是命定“生在悬崖的我”，还是“心事重重”的父亲，都在这褐色的大地上“没有欢乐够，就看见了苦难”，哪怕如此勤劳，如此坚韧，到头来“一生的礼物却是刀子”，一生的命运却是“看见灰烬，死在家乡”。明显，主题更为沉重，意蕴更为深广。也就是说他的诗歌更具张力，更为耐读，更具备史诗的气质。

的确，诗人冉仲景就这样“动”起来了，像他的先民一样，随着摆手舞的节拍，舞起来了。我相信，他其实已经完成了他的第三次嬗变。而第三次嬗变后的他，不再仅仅是一个诗人，一个歌者，他已经变成了一个洞彻历史真谛的智者，一个窥见过去未来的哲人。我相信，总有一天，拨开层层云雾，我们一定会转身发现他站在武陵莽苍大地上，那时，我们一定会由衷地大喝一声：

嗬，这才是我们民族真正的诗人！

一棵树是怎样诞生的

——阅读崔荣德诗集《逆光行走》印象

倪金才

我们站在白纸上
构思一个关于树的梦想
给我们添上一些枝丫
再给我们画上一些叶片
我们就成了一棵真正的树
只要是真正的树
花就自然会开
果就自然会甜
鸟儿也就自然飞了过来

（选自诗歌《一棵树的诞生》）

在我持久的诗歌阅读生涯中，曾钟情过深奥枯涩的学院派作品，也曾为民间诗人狂野生猛的诗歌所倾倒，曾信奉过“诗既是思”的诗学理论，也曾痴迷过“诗到语言为止”的零度抒情，甚至为“下半身 ”（沈浩波诗学理论）写过大量泥沙俱下的粗野诗歌。可是，最终蓦然回头，发现诗歌的写作，不以流派为宗旨，不奉先锋为圭臬，其实它几千年如一日，本质只是抒情，功能旨在言志，诚如严羽“夫诗有别材，非关书也，诗有别趣，非关理也”（严羽《沧浪诗话 · 诗辩》）。当我从所谓的先锋探索中醒悟过来，放眼诗坛，依旧操持着两杆极端的旗子，各种官刊民刊，不是充斥着艰深晦涩的含有所谓多种象征隐喻的作品，就是挤满了直白浅显、废话分行的作品，让我彻底倒了诗歌的胃口，曾发誓不再读诗。

最近，在本地一个 QQ 群上，有幸认识了神交已久的崔荣德老师。没有想到，以教学实绩名声在外的他，居然给我寄来一大沓诗稿让我拜读，更没有想到他还十分信任地叫我这个久不作诗的诗歌门外汉给他的诗歌写点什么。开始，我并没有把这当回事，我以为，他是一位曾经入围全国前 100 名最美乡村教师的老师，诗歌只是他附庸风雅的生活调剂品，可万万没有想到，才一开始读他的诗歌，就被深深感动；更没有想到，他在诗歌的道路上走得这么远，这么宽广。厚厚的一大沓诗稿，显覆着沉甸甸的生活的分量。读他的诗歌，能明显感到他的诗歌是从苦难生活中撷取的一朵朵优美的花朵，散发出新鲜的泥土的气息。他的诗歌，语言质朴、清新，偶尔还来点冷幽默。不仅如此，他的诗歌生动隽永且极具艺术张力，像从生活中提炼的醇郁的白酒，让人沉醉，令人回想，充满哲思。当然，深深打动我的，还是他的诗歌态度。我们都知道，他的人生本就是一部苦难史，是一部传奇，但“生活把他用旧”（诗人冉仲景语），却没有磨光他的梦想，幻灭他的希望，他用坚实的脚步，在教育战线、在诗坛都踩出了一条令人叹服的康庄大道。就像他在《一棵树的诞生》里憧憬的那样，他已然成了一棵开花结果、落满花香鸟语的真正的大树，真正实现了他一生追寻的梦想！

一

如果单从身份看，他不过是一个平凡而普通的乡村教师，一辈子扎根乡野，除了一两次短短的远足，基本上就在大西南最贫瘠的武陵山脉、酉水和乌江河畔生活。或许正是这种封闭而又近乎苦行僧的生活状态，使得诗人的目光投向了他熟悉的山野，投向了山间的一草一木，一虫一鸟，在满山巴茅，遍地民歌的乡野，找到了他释放情感的舞台。他像一只蜜蜂，“闻到了荞花和蝴蝶的芬芳”，找到了他丰富而充实的低处的生活，并把一生交给泥土，与花草为邻，和蚂蚁蜗牛为伍。也正是如此，诗人的创作更像是一种生活，而诗人的生活也更像是一种创作。诗人在庄生梦蝶般物我两忘的境界中写出了大量沾满了泥土和花草气息的诗歌，成为一位名副其实的乡土诗人，而且很明显地与那些蜗居钢筋水泥城市的所谓乡土诗人区别开来，比他们多了一些地气，多了一种朴质的力量。

在他的诗歌里，那些普通的事物都和他沾亲带故，和他血肉相连，和他同呼吸共命运。不信，你看诗歌中那只蚂蚁，居然爬到了诗人的头顶，而诗人还感到无比自豪。“一只蚂蚁爬上我们的头顶/我们感到无比自豪（见《让一只蚂蚁爬上我们的头顶》）”。你再看诗人笔下的蜗牛，居然和诗人“一样的起点，一样的平台”，还让诗人感慨：“我常常想世界上\如没有蜗牛的慢/快对我们/还有什么意义（见《和我们一起出发的蜗牛慢了下来》）”。至于那些叶子，在诗人心中，“一生的翠绿/只为果满枝头（见《落叶》）”。至于那些泥土聚集成的山更成了诗人“仰望的家园”。

布罗茨基说过：“无论是一首诗还是一座教堂的圆顶，都显然是作者的自画像。”诗人从自然万物中采撷诗句，很多诗歌直接来自生活，是对现实生活的诗意再现。这些诗歌，既是诗人个人人生履历的记录，也是时代脉络的生动还原，深刻地再现了诗人所处的武陵山野的淳朴的民风、苦难的过去，也再现了乡村日渐凋零的现实，和作者对生活对社会的深入思考。在《乡下亲戚》这首诗中，诗人用几乎残忍的笔触，刻画了一位留守儿童独自进城，寻找所谓的亲戚帮病重的爷爷治病的故事。诗人叙述极为冷静，把炽热的心藏在白描般的记叙中，令人唏嘘。

> 他喊了一声姑姑就不再喊了
> 望着光滑地板上漂亮的沙发
> 他也不坐
> 妻子端来糖果 打开电视
> 他也直直地站着
> 他说 爷爷说进城后不要
> 坐人家凳子 怕给人家弄脏
> 也不要和认不得的人说话
> 有事找公安局
> 妻子一把抱起他
> 一面给他剥糖果一面用手绢
> 悄悄地拭去自己的眼泪

我看着他极不自然的表情
半天也说不出话来

当然，诗人不只是苦难的见证者，诗人还给我们展现了更多可歌可喜的乡村的生机和活力。比如他笔下砌墙的张师傅、列车上读他诗集的姑娘、在城北车站擦鞋的老人，无不让人感动，因为他们身上洋溢着苦难生活中的勇气与自信。

二

崔荣德老师总能从平凡的场景中发现生活的诗意，总能在不经意间给你灵魂以触动。他的诗歌从生活中来，却高于生活，不像最近旗帜林立的诗坛那些所谓呼风唤雨的诗人，有的秉承“诗到语言为止”（韩东语），认为诗歌就是生活的还原，诗歌应该拒绝抒情，“诗歌不外乎是分行的小说”（雷平阳语），诗歌就是废话（杨黎语）。更有甚者，他们直接主张以身体入诗，认为诗歌就是喊出来的快感（“下半身”诗学主张）。一些“诗人”的大量诗歌就像工厂生产的机械产品，千篇一律，枯燥平庸，低俗、无聊。有的坚信“诗即是思”（欧阳江河语），就是语言的艺术，是语言流失的部分，诗歌应该扛起拯救汉语、光大汉语的大旗。他们把原本干净的汉语揉搓、捶打、扭曲、变形，然后再进行嫁接、拼凑，把诗歌变成了一种无解的谜语，还美其名曰“朦胧”。这些诗人的作品除了能得到几个坐在办公室的“研究家”的所谓“能指”“所指”的解剖外，大都被大众弃如敝帚。崔老师远离诗坛的污流浊水，他的诗歌来自纯天然，都没有沾染那些流派的陋习。他的语言总是——那么干净、那么新鲜、那么简洁而又不失张力！

比如他写他的家乡干田堡：

干田堡不认识诗人是什么东西
也养育不了诗人这种怪物
干田堡只认识一个名叫崔荣德的孩子
一块碎石填充了干田堡多少年石阶的空虚
一只青虫喂养了干田堡多少只蚂蚁的日子
干田堡如数家珍都能够一一道出

生活在干田堡转了一个弯就加速旋转
春天在干田堡伸一个懒腰便恣意萌发
干田堡养育了我的忧伤和失败
干田堡也必将成就我最终的荣耀和归宿

——《干田堡》

多么干净直接，只是抓住了“一只青虫、一只蚂蚁、一块碎石”，作者就抓住了他与家乡血浓于水、不可割舍的血缘关系。再比如在他笔下，简单的词语总能闪烁出耀眼的光辉，朴素的意象总能跳荡出诗人澎湃的诗情。你看，无论是化身乳房的花朵：“我欣赏悬崖上的花朵，我把它叫作乳房（《乳房》）”，还是不向天空生长的树：“一棵真正的树/从不向天空生长/天空是她生存的土壤（《一棵真正的树》）”，都那么不由分说地烙上了诗人特殊的情感烙印。

当然，他的诗歌也并不是简单的意象组合，他的诗歌同样充满瑰丽雄奇的想象力。你看在他笔下，平凡的景物总是变得不平凡。“逆光行走，我们把脚印留在空中”（《逆光行走》）。一个一生立志要在空中留下脚印的人，想想他有多大的气魄。再看看他是如何描述泪水：“现在，这一排排泪水，就站在我面前。”再看看他的乡下，烙满生活苦难的乡下，在他眼里，居然变成了棺材：“很多时候我把乡下、想象成棺材。”再看他心中的石头，居然做起了去天安门的梦。

一块石头离天安门有多远
不是看它是否来自乡村
还是城市
我说的石头是坚硬的
那一种 首先它不能叛变
它的内心不能脆弱
那些随便一点风吹草动
就风化的石头
永远也走不进天安门
一块石头离天安门有多远

至于诗人在大量的诗作中，有时把天空看作鱼缸，有时把阳光化为一只毛毛虫，有时扛着一缕风行走，有时连叶子也叽叽喳喳飞来沉睡的枝头。就连纸上的老虎，也居然在诗人的想象中“突然长啸一声/从画纸上纵身一跃/张牙舞爪地/向我扑来”(《画虎》)。

除此之外，由于长期居于乡野，诗人更多了一分对生命、对人生的思索，诗歌中更带了些许满含哲理的禅思。比如“如果没有蜗牛的慢/快对我们/还有什么意义(《和我们一起出发的蜗牛慢了下来》)”。又比如“阳光照不到身上/并不证明天空就没有太阳(《阳光照不到身上并不证明天空就没有太阳》)”。又比如“一生的翠绿/只为果满枝头(《落叶》)。”

当然，这样包含诗人对人生对生命深切思考的独到诗句还有很多很多，它们不可否认地提升了诗歌的境界，使得诗人的诗歌在朴素的叙说中更多了一分包含哲理的深意。

三

爱情，是诗歌永恒的主题，也正是有爱一路相随，诗人才在苦难中走得这么远。虽然崔老师的许多诗歌也歌颂爱情，但是，在他的诗里，不见了花前月下、卿卿我我的你侬我侬，也不见了地老天荒、天长地久的轰轰烈烈。他的爱情，是一炉暖心的炉火，是一根相扶相持的拐杖，是一种相濡以沫，是一种守望相助。他心中的爱情，远离世俗，摒弃物质，洋溢着一种古典的光芒，是对生活对幸福的另一种注解。

不信你看，他在诗歌《很想去山里搭一间木屋》里这样吟道：

很想去山里搭一间木屋
低矮的那种
能容得下我 容得下
我的妻室儿女
……
很想去山里搭一间木屋
我和我的妻子在劳作之余
教教孩子如何走出山里
我们老了 我们互为拐杖
手牵着手在林间走完自己的一生

他在诗歌《给燕子》里这样表白：

别看我的诗里有那么多
女人的名字 你千万别
误会我爱不专一
燕子 你看看我耕种的菜园
长着这些翠绿的女人
飘走的云朵 雪中的霞
古城的水 走散的娅 苦涩的花
长眠地下的珍以及开在
茫茫林海的百合

燕子 我们来共同栽一棵树
白天我们在树下
浇水种菜喂猪放羊
黄昏我们在树下纳凉 数星星?
瞌睡来了 我们就一起
把我们低矮的院门
轻轻地合上

而他在诗歌《唐朝的爱情》里这样倾诉:

唐朝的爱情
大多生长在江边
枫叶荻花
仍然是半遮面孔
就那么轻轻的一曲
害得江州司马
泪湿沾襟
唐朝的爱情
始终是一种疼

在他笔下，爱情不过是“去山间搭一间木屋/劳作之余/手牵着手/在林间走完自己的一生”，不过是“白天，我们在树下/浇水种菜喂猪放羊/黄昏在树下纳凉/数星星，瞌睡来了/我们就一起/把我们低矮的院门/轻轻合上”。

当然，这只是诗人心中理想的生活，理想的爱情，在他的生命中，看似“长着翠绿的女人”，可在诗人苦难人生中，她们只是“飘走的云朵”（据说诗人第一个心爱的女人受不了苦，离家出走），只是“长眠地下的珍”（诗人第二任妻子难产瘫痪，后病逝），只是开在茫茫林海的百合，总是造化弄人。美好最终变成“害的江州司马，泪湿衣衫”的“一种痛”。

只不过“上帝给你关上一扇窗子，一定会给你打开另一扇窗子”，诗人的执着，诗人的善良，还是感动了上苍，感动了一个叫燕的女子，他最终还是找到了幸福，收获了爱情。他心爱的燕子终于“在没有人爱我的时候，从我的诗句中走出”，和他“手挽着手，走过了苍白的日子”，过上了“一种简单而且幸福的生活”。

四

其实，崔荣德老师不仅是一位才情卓越的诗人，还是一位誉满教育界的优秀教师。早在十多年前，他的事迹就见诸当地各类报刊，也曾入围过全国前 100 名最美乡村教师，出版过《六瓣文德书·我的作文秘笈》等学术专著，还参与过初中作文教材的编写。“人品决定文品（朱熹语）”，有怎样的人品，就能写出怎样的作品。诗人一生热爱教育事业，可早年只能与几个高中同学办私立学校，后来，代过课、当过学校图书管理员，年近 40 才逮住机会，在全国最后一班代课老师转正考试中顺利转为公办的小学教师，被分到一个偏僻的村小，一个人撑起一个学校。

不只如此，在此期间，诗人命运多舛，历经贫穷、饥饿、家庭变故、失去亲人等人生大苦。但这些苦难并没有把诗人打倒，反倒练就了诗人坚忍不拔的毅力和洞若观火的领悟能力，诗人从贫瘠中采撷诗歌的花朵，化苦难为动人的诗句，在生养他的武陵大山，写出了一首首堪称经典的诗歌，得到了诗坛的认可，诗歌走进了人民大会堂，得到了张同吾等诗歌前辈的首肯和倾力支持。从他出版的几部诗集来看，他这棵树早已植根于乡野，早已与山花野草、鸟兽虫鱼为邻，早已在“苦难的生活中逐渐长大”，而且“枝叶让天空变得更加美丽”（《一棵树的诞生》）。

我看好他，老师——崔荣德，诗人——崔荣德！

永远的乡情

——读尹锡南的几首诗歌

向笔群

前不久，尹锡南君从他留学的印度传了几首他的诗歌新作给我，要我投给家乡的报刊，并希望我说一点什么。众所周知，他是留学生，他是我们武陵山区的骄傲，而且是写诗的好手。我读了他的几首新作，看到了他永远的乡情，被他浓浓的怀乡情结打动了。

作为土生土长武陵山区的酉阳人，尹锡南君对家乡有着深厚的感情，这在他的《酉阳，土家人的故乡》表达得淋漓尽致，请看："酉阳，土家人的故乡/您将青山绿水的名字赠给我……我感激您，土家人的天堂"。人不嫌母丑，狗不嫌家贫，每一个从酉阳走出去的孩子都有这一种心情。尹君也不例外，他对故乡一往情深："酉阳，儿子曾经在您怀中……而今身在异邦/思乡的云却在心中飘荡/一万里的故乡一秒钟便到……酉阳、酉阳/儿子的爱是一副长生不老药/您在他的亲情中地久天长。"诗歌作为尹君抒发内心的载体，让故乡在自己的诗歌中生根发芽，然后化为心里永恒的歌谣："酉阳/您在中国的西南/儿子的梦不断萦绕的地方/我用诗行串成您吉祥的花环/戴在您天姿国色的胸前/让中国凝视一个神圣的地方/向世界推销一个光辉的形象。"乡愁是远在异国他乡的尹君一块永远的心病，他无时无刻不在回望故土酉阳。他的《方向》就是佐证："大海总要向着小溪回望/那里有……倦鸟总要飞回自己窝/那里有……太阳总要栖息在夜的怀里/那里有……"在反复的追问中表达了他热爱故乡的心境："你在融化中美丽/冰在融化中幸福。"

作为长期研究泰戈尔的专家，他的诗歌明显地受到了印度这位伟大诗人的影响，用清新而又优美的诗句，在故乡的天空抒情。《蓉子，我们的东方和西方》：

请你从十七年的酉阳

把手伸向万里之外的我
我们先是化为远古的精卫
一对精灵从神话里翩翩起舞
我们在酉阳填海
我们在中国填海
我们在时间中填海
我们在命运中填海。

意境深远、气度恢宏的诗句昭示了他那一颗赤子的心。“填海”既是对作者过去绝望情感的一种象征式追叙，又意味着他对酉阳这一神秘故土的永远的精神回归。他在填海中放逐自己的忧伤和绝望，也在填海中寄托对酉阳不老的思念。

怀忆故乡成了他诗歌的符号，酉阳成了故土情怀的代码：“蓉子，酉阳的蓉子/东风和西风在我们的身边穿梭/心与心相思为古典。”一个普通而诗意的名字，乡情在这里以恋情的特殊方式得到宣泄，两种情感的交汇构成了繁复的诗歌之美，使此诗格外耐人寻味。东风与西风象征时间的流逝，相思与古典极言诗作者情感的坚毅。读了他的这些诗句，还有谁不被他的真诚情感所打动呢？深受台湾诗人席慕蓉影响的诗人也在尽力实践清新优美、情深意长的另一诗歌风格。

且看他的另一首诗《当你——》，表面看它不是写乡情的，但只要你细心地品味，实际上也是对故乡的依恋：“但你轻轻的转过身去/走向芳香的十七/岩桑从此永远岩桑/芭蕉从此永远芭蕉。”岩桑和芭蕉作为爱情的代名词，作为故土女孩的象征，羽化成作者心中永远的诗行：“红豆从唐诗中凄然醒来/敲着今天空旷的键盘/任雨雪将心情打湿。”可见乡情已经根深蒂固变为他的诗歌元素，然后从他灵魂里裸露出来，飞向故乡。

家乡作为一个人生命的起点，也是一个人生命的终点。故乡成了绝大多数诗人的抒情主题，锡南君的这几首新作体现出这一创作倾向，愿他的诗歌永远延续着乡情这一伟大而美丽的主题。

空的味道

——冉冉诗歌美感特质

彭　鑫

绪　言

明心见性，是人类永恒的日课，于今为甚。“消费至上”“娱乐至死”之风愈演愈烈，不断刺激欲望，固化对“有”对“多”的执念，使人们深陷物欲的沼泽。社会昌盛、物质丰富的当下，让灵魂不得安宁的，源于内心，而非外物。

中国自古有“以佛修心，以道养身，以儒治世”之说。道、佛二家思想精魂之一——“空”，渗透到民族文化、民族心理之中，积淀成中国美学的重要范畴。“为学日益，为道日损”（老子语），昭示人生要做减法。“三十辐，共一毂，当其无，有车之用……故有之以为利，无之以为用”（老子语），阐述了“无”与“空”的用处。佛家标举“空”为哲学旗帜和美学基调：以“空”洗涤贪嗔痴三毒，进入常乐我净的涅槃寂静境。可以说，物欲横流之世，“空”是净化心灵的一剂良方：从空境入灵境，一解“生死疲劳”，得内心的从容自在。

毛姆有言：“阅读是一座可以随身携带的避难所。”冉冉以诗歌构建出一座隔绝物欲的灵魂的避难所。她“洗净尘滓，独存孤迥”，加之禅意一片、玄思一点，将佛道二家思想精魂——“空”融于诗中，了无痕迹，如盐入水，无形有味。

冉冉的诗歌使尘世的物象现出“空寂”的本体，营造出“秋水著月，境界澄明”的诗境。宋人张戒《岁寒堂诗话》中说：“大抵句中若无意味，譬之山无烟云，春无草树，岂复可观……陶渊明诗，专以味胜。”冉冉诗歌类似之：清幽静远、澄澈淡泊。

一、景空之味：以禅意和玄思烛照世间万物

青源惟信禅师有言：“老僧三十年前未参禅时，见山是山，见水是水；及至后来亲见知识，有个入处，见山不是山，见水不是水；而今得个休

歇处，依前见山只是山，见水只是水。”禅师参禅精进的三个阶段，类似诗人诗艺精进的三个阶段：第一个阶段以素朴之心观照一山一水，一山一水以自然形态出现，物是物，我是我；第二阶段以智识之心观照一山一水，一山一水呈现出另一面，物因“智识”而“变形”，物非物，我非我；第三个阶段以“万法自现”之心观照一山一水，一山一水袒露“本真”，万物各依天性敞亮自身，物是我，我是物。

冉冉诗艺已到第三层境界：诗心空寂、澄澈如一池静水。正所谓“然缘法察景，唯寂乃明。其犹渊池息浪，则彻见鱼石；心水既澄，则凝照无隐”（《习禅篇》）。大千世界的一草一木、一光一影的“空寂之美”在冉冉诗中纤毫毕现。

（一）清冷、静谧、玄远的意象：“空之景”的元素

正如赵历法在《心灵与自然相融的无限禅意》所说：“冉冉是一个沉静而内心洁净的诗人，她远离诗坛的浮躁与喧嚣，只忠实于生活的感召和心灵的呼唤……她以一种超低的姿态，沉潜于生活中，去发现生活中的美和闪光的事物。”冉冉精于“静虑”（指凝神冥想、宁静专一的思考力）与“妙悟”（直觉的对大千世界的观照力）。这些使得诗人长于从大千世界中摄取带有清冷、静谧、玄远的特点的意象。这些意象再经诗人心中禅意、玄思的“空寂之光”烛照，自然滋生出“景空之味”。

冉冉诗歌意象偏于冷色，主要是白、蓝、黑、紫、绿五种。而五种之中，冉冉尤其“偏爱”白、蓝二色。其诗歌中的白色意象主要有：雪、雪山、冰峰、雾、霜、白羊毛、栀子花、槐花、白衣、银、乳酪、盐、糖、刀刃、月华、闪电、白色深渊、白果子、白衣袍、棉花、白桦等。从颜色心理学上看，白色既是圆满状态，又是虚无状态；白色既给人以空寂之感，又给人以超尘拔俗之感，还营造出心神安宁之气氛。其诗歌中的蓝色意象主要有：蓝色花瓣、墨蓝的草原。从颜色心理学看来：“蓝色是大海和天空的颜色，带给人空阔、辽远、庄严、神秘、宁静的感觉。”白、蓝二色为冉冉诗歌意境带来了视觉上和心理上的空灵感。

（二）“雪”“夜”“草原”：“空之景”的三大骨架

每一个优秀的诗人，都有自己独特的诗歌意象群。就如李白的“明月”“美酒”意象群；王维的“空山”“清泉”意象群；陶渊明的“菊花”

“桑麻”意象群。冉冉诗歌中的意象群主要有三个：一个是“雪”意象群（即雪山、积雪、冰山、冰峰）；一个是“夜”意象群；一个是“草原”意象群。这三大意象群常常在其诗歌中统摄其他意象，撑起了“空之景”。它们是诗歌“空之景”的“骨架”。

“雪”意象群，是冉冉诗歌中出现频率最高的。“雪”意象群中主要有：雪、雪花、白雪、积雪、雪山、冰峰、雪天。雪，轻灵飞舞，洁白无瑕，惹人喜爱，激人诗兴。雪，天生具有空灵的气质：雪的前身是雨，也可以说雪是“雨的精魄”；大雪纷飞，满天飘洒，引人诗兴大发，飞雪之景，自是空明之景；雪积成冰，冰雪世界就是一个玲珑剔透、宁谧静穆的世界；雪化为水，滋养大地上的生灵。“以我观物”，是诗人擅长之术。在雪这些原始特征上，诗人加入了自身的禅意与遐想。“雪”在冉冉诗歌中是以空寂和玄远的面目出现。例如《有雪和驯鹿的风景》，这首诗“雪”意象群奠定了全诗的基调：寒意、冷寂、空旷、玄远。“大雪封山他们去狩猎”“丘峦间覆盖着散碎的冰块”“从寒冷的雪原　从回暖的初春/滑雪而来把　太阳的帽子戴在头上”，冰雪制造的冷寂天地，是人们生活的背景。又如《草原上的水洼》：“依靠水洼/她找到了天空和积雪/天蓝得像恋人的空白/积雪坚硬　足以抵抗遗忘。”在这首诗中，雪是诗人的寻觅之物；雪是一个空阔的容器，足以可以装下诗人不想忘记的一切记忆。“雪”意象群为冉冉诗歌的空灵之景出力不少。

“夜”意象群，在冉冉诗歌中出现频率较高。以“夜”为标题的诗歌就有三十余首，其中最具代表性的是《喀拉峻的夜晚》《静夜》《子夜时分》《有星子的夜晚》《除夕夜》。而在诗歌中包含“夜”意象的就更多了。夜，既是一个巨大的深不可测的虚空，又是一个容易引发遐思的时间段。夜晚中的世界，别有一番风景。夜的“朦胧感”，使大千世界变得空灵而梦幻。可以这样粗线条地归纳“夜”在中华民族审美心理中具有的特点：清凉、安静、宁谧、诱发灵感。而冉冉无比细腻和敏感的心，又为“夜”这个意象群增添了充满灵思和遐想的审美感受。例如《子夜时分》，在“子夜”诗人望着自己的伤口，产生了一种别样的感受：伤口像“银杏的叶片缀满露水”；而做了一个浅梦之后，伤口又幻化为“如清晨的鸟儿机警又聪明”。“子夜”就是诗人一个生命的“空处”，在这个“空处”什么都可以想又什么都可以不想，诗人内心最柔软、最具灵性的部分苏醒过来，从而对“伤口”有了别样的感受和哲思。“夜”意象群，就是《子夜时分》空灵意境的“四梁八柱”。又如《静夜》。第一节、第三节和第六节都强调了夜的静：“这静谧的夜晚”“静谧的夜晚”“无声的夜晚啦”。而在最静的夜，又有音乐来映衬，使夜更加静。夜是宽广的，“在这宽大的夜晚”，音乐声回荡，爱情滋长。夜的“静谧”与“宽大”的特点，为静夜营造了一个足够静谧去凝神、足够广阔去遐思的时空。这个时空就是诗歌空灵意境的诞生之所。再如《瓦蓝的穹隆》，“夜”，经过诗人的“心裁”，成为独特的“夜”：“没有黑色的夜晚”。在这个透明的夜晚，一切都是那么透明、那么具有灵气：“枞树林像珊瑚一样透明”“清晰可辨的/有低头刨雪的马”“还有白色的/羊群 牛群”。

“草原”意象群，常常是冉冉的诗“生发”的“场所”。诗集《听谁说话》的第一组诗的题目就是“空中草原”。在喀拉峻草原上“生长”出的诗就有 8 首。草原旷远、辽阔，天生就有远离尘嚣、超凡脱俗之感：“空中草原/一个在天上　一个在喀拉峻”（《喀拉峻的夜晚》）；自带寂灭之感：“比起尘世的喧哗/这儿的冷寂真有点够呛”；兼之诗人以禅意“观照”之，灵气洋溢：“一次短暂的盛开　懵懂的圆满”（《喀拉峻的夜晚》）。在“草原”里，诗人禅意丛生：“没有谁能劝阻 一个诗人在月夜抽丝/晶莹的丝缕从骨肉中飞出/像高高低低的蒲公英/是时候了 她走错的路停在重点/说错的话做错的事装满了汽车/低头疾行——她要在草原中央和自己相会”。“草原”自身玄远的特点，为诗歌空灵之景增色不少。

铃木大拙在《禅宗与精神分析》中说：“只看是不够的，艺术家必须进入事物之内，从里面去感受它，并按事物的本然去生活。”这些清冷、静谧、玄远的意象，是诗人的主观情志与客观物象的结合体。甚至可以说这些清冷、静谧、玄远的意象就是诗人冉冉自身。诗人冉冉就是清冷、静谧、玄远的“化身”。诗如其人，其诗自然而然饱含“景空之味”。

二、情空之味：以禅意与玄思烛照人间万事

禅宗美学暗合人的审美心理机制。有僧问：如何是平常心？景岑禅师答道：要眠则眠，要坐则坐，热则取凉，寒则向火。有僧问：如何是佛法大意？云门文堰答：春来草自青。以平常心来观照大千世界，应对纷繁万事，自然产生“情空”。这种“情空”是一种灵性状态，是一种“无

所为而为”的审美心态。在“情空”的状态里里，能达到一种极致的审美境界：尘虑尽释，体味世间大美，得大自在。

如何拥有“平常心”，使诗歌达到“情空”之状态？冉冉在创作谈《凝神就会看见》中所说的一段话可以作为答案：“因为写作，我的生活一直分成亦真亦幻两个部分。我习惯将现实当成回忆来间离。我希望这样的间离有益于我的观察，使我对事物的判断尽可能做到不偏不倚。”这种“不偏不倚”正是禅宗的“平常心”，正是朱光潜所说的“无所为而为”的审美态度。而这种间离正是葆有“平常心”的一个法门，通往“审美世界”的一条路径。

（一）时空间离，通往“审美世界”的一条路径

朱光潜在《谈美》中写道：“看倒影，看过去，看旁人的境遇，看稀奇的景物，都好比站在陆地上远看海雾，不受实际的切身的利害牵绊，能安闲自在地玩味目前美妙的景致。看正身，看现在，看自己的境遇，看习见的景物，都好比乘海船遇着海雾，只知它妨碍呼吸，只嫌它耽误程期、预兆危险，没有心思去玩味它的美妙。持实用的态度看事物，它们都只是实际生活的工具或障碍物，都只能引起欲念或嫌恶。要见出事物本身的美，我们一定要从实用世界跳开，以‘无所为而为’的精神欣赏它们本身的形象。”要从实用世界跳开，拥有“审美的态度”去观照大千世界，就需要时空的间离，这样方能葆有一个抛弃利害关系的“平常心”，安闲自在地玩味人间万事。

冉冉精于制造距离，将时间、空间、时空巧妙地“间离化”。她的 4 部诗集《暗处梨花》《从秋天到冬天》《空隙之地》《朱雀听》中的相当一部分诗歌，没有时间标记。淡化了时间背景，能达到与当下、此在的“间离”。这种“间离”使得情感不被当下所困，从而葆有一颗“平常心”。她的诗境也常常是远离人群之处：高冷、空阔、辽远、人迹罕至。例如吟咏高原上的草原——喀拉峻。喀拉峻风景区位于新疆维吾尔自治区西北部，人迹罕至，是新疆天山的重要组成部分，景区雪峰与峡谷辉应，森林与草原相嵌。诗人以喀拉峻草原为空间背景的诗歌不下十首，其中代表性的有《喀拉峻的夜晚》《由于下过雨》《草原上的水渠》《翠鸟或鸽子花》等。在这种空间里，诗人更多的是以审美的眼光去看、去听、去闻、去想、去体悟。

冉冉的诗歌生发场所常常是在“遥远的时空”。例如《有雪和驯鹿的风景》（组诗）将诗歌的空间“安放”在极其遥远的时空。这个遥远的时空，各个方面都与当下差距极大，极其“间离化”。这就使得读者更能以一种审美的态度去欣赏诗歌，体味“情空”。这组诗的时空背景是极其遥远的过去，人们还在穿“皮裙”，盖兽皮：“围皮裙的男人/陆续出现在洞口”（《石窟内的旧钟》），“狐皮里的孩子快快睡吧……月光照着他的脸……熊皮里的孩子你睡吧……快睡吧鹿皮里的孩子……睡吧睡吧虎皮里的孩子”（《石窟内的旧钟》）；住所是石窟：“司昏晓”的是“石窟中的旧钟”（《石窟内的旧钟》）；生产方式是狩猎：“鲜红的太阳旁/成群的男人在狩猎……狩猎 狩猎……大雪封山他们去狩猎/太阳旁他们去狩猎”（《狩猎》）。

宗白华先生在《论文艺的空灵与充实》中说道：“……在于能空，对物象造成距离，使自己不粘不滞……”冉冉诗歌通过时空的“间离化”，使读者空澄其心，从而获得“情空”这一极致的审美体验。

（二）平常心应对世间万事

平常心，就是心无利益的挂碍，和事俗观念绝缘。这样就能打开审美的心胸，摆脱生老病死、功名利禄的牵累，葆有“情空”的状态。在“情空”的状态里，人没有执念，不粘不滞：雁过寒潭，雁去湖不留影；风吹疏竹，风过竹不留声。竹影扫阶尘不动，月穿潭底水无痕 。

冉冉以“平常心”应对世间万事，其诗自然形成无限超越、无生无灭的生命禅境。如《手心的镜子》以禅宗中的“安心无为”“超脱一切”来烛照“死亡”。死亡在诗人的笔下，并非敏感者感受的“死生亦大矣”，也非放浪形骸者感受的“死是小事一桩”，而是一件平常之事：“死亡没有那么高 那么小/死是薄薄的摊晒的羊皮。”死亡不是世人以为的那么伤感和残酷，而是体现着生命规律的自然之事：“死亡也没有那么孤单 那么黑/死不过是并拢双膝 好比两座雪山/相视而眠。”死亡不是鞭炮声般的嘈杂，而是一种如藜芦花的静美：“死亡也没有那么喧嚷 那么快/就像安静的藜芦花走过四季/还要走过三起三落。”死亡不是寒气逼人的寒冰，而是一件有温度之事：“仿佛谦顺的豹子 它把草地披在身上/又把雪山偎在小腹。”死亡在这首诗中，不再大悲大痛、不再严峻、不再沉重、不再恐惧、不再灰暗，而是生命交响乐的一个不可或缺的片段、一种回归而已。这是对生命的了悟，是诗人的“空诸一切，心无挂碍，不离此生，又超越此生”的禅意。这首诗既洋溢着“诸法皆空、万物永寂”的气息，又充满着对生死洞彻的性灵。这种性灵是冉冉的生命中的自性，是了却生死的自识；既是生命的自由境界，也是审美的至高境界。此诗可做当下人们死亡焦虑的缓解剂。

冉冉诗歌的“间离”与“平常心”，让读者进入“情空”状态，葆有“审美心态”。这与朱光潜《我们对于一棵古松的三种态度》中的一段关于“审美心态”的至论极其吻合：“假如你是一位木商，我是一位植物学家，另外一位朋友是画家，三人同时来看这棵古松。我们三人可以说同时都‘知觉’到这一棵树，可是三人所‘知觉’到的却是三种不同的东西。……你心里盘算它是宜于架屋或是制器，思量怎样去买它，砍它，运它。我把它归到某类某科里去，注意它和其他松树的异点，思量它何以活得这样老。我们的朋友却不这样东想西想，他只在聚精会神地观赏它的苍翠的颜色，它的盘屈如龙蛇的线纹以及它的那一股昂然高举不受屈挠的气概。”

三、境空之味：奇味、虚味与淡味、至味

《老子》有言：“为无为，事无事，味无味。”“味无味”是体味、观照美的最高境界。正如清人张实居所言：“水味则淡，非果淡，及天下至味，又非饮食之味可比也。”冉冉的诗歌，正是此种况味。而将之细分，是为两种：一是幻境之奇味、虚味；一是禅境之淡味、至味。读者得之，可唤醒本心与本性：空寂、清澈、纯净。

（一）幻境之奇味、虚味

清人唐彪在《读书作文谱》中说：“非虚不足以摇曳神情。”幻境是对实境的一种突破，不板不滞，“空白”大，“召唤性”强。从某个角度说，造幻境是衡量诗艺水平的一个参数。冉冉造幻境，常常采用两种形式：一是变无形为有形，将无形之情感“赋形”为有形之物象；二是化寻常为奇崛，将平常之境“变形”为奇幻之境。在幻境中，冉冉又精于“布白”。其诗常有宋人马远的《寒江独钓图》之韵：画面仅一舟、一渔翁、几渔具而已，其余全是空白。而这空白正是画作神韵之所在，表现

出一种空旷渺漠、寒意肃杀的气氛。所以冉冉诗歌中的幻境，是奇味与虚味融汇。

将无形之情感“赋形”为有形之物象，是冉冉诗歌幻境的特色所在。《伤心博物馆》就是一个经典的例子，将无形的伤心化作有形，并且是奇特之形。伤心成为种种可感之物：呛人之物（“比烈焰更呛人”）；冰冷之物（“比噩梦阴冷”）；酸楚之物（“比逃离更酸楚”）；苦涩之物（“比退让更苦涩”）。在这首诗中，伤心有各种形象，并极具审美冲击力：“他们流淌在柴米油盐中/停驻在生离死别里比博物馆宽/比嘉陵江长。”在这首诗中，诗人将伤心赋以具体可感的奇形，而这种奇形毕竟是想象的产物，所以在可感的同时依然有极大的模糊性，从而自然生成“空白”，激发读者的审美想象力，使读者乐于“续造”诗境。

再如《惊魂之后》：“惊魂之后/我捧着余梦/指缝间　漏掉了一些金屑/一些银屑和铁屑”，诗人将余梦赋以奇形，化作闪着耀眼光芒的金银之屑。又如《新年早晨读友人诗》：“年年品尝你的新茶/那清香 吸附着你的孤傲与决绝”，诗歌之味化为“新茶的清香”。而在《天黑下来》中，悲恸和屈辱仿佛是一双有形的手：“你终于抓住了我了/用你的悲恸和屈辱”；失眠也是一双手：“就像我用失眠/和绝望 抓住你”；而人生的颠簸，仿佛是一颗果实：“这个时辰我半生的颠簸/褪尽了颜色和气味”。在《学田湾》中，幸福看得见，而梦魇像席子样可以卷走：“二十年/哀伤苦厄中/我的幸福　像穿过街道的憧憧人影/失散又回来/废品站的姑娘/麻利的卷好　我的梦魇”。

将平常之境“变形”为奇幻之境，是冉冉诗歌的又一个特色。《化装舞会》非常典型，人都成了鱼虾：“鱼虾都上了岸/巨大的化装舞会/驾驶员 邮递员/厨师一生和病人都闪着磷光/护士给河水打针/保安 守卫着医院”；建筑物也变形了：“广场 球场　机场/都是舞场　根须扎进/众生的梦幻”。这种奇幻之境，让读者体味到人际关系的另一面（面具与伪装），站在另一个角度思考整个社会（历史的二律背反），启人思索。再如《这身体旧了》将人人熟悉的身体“变形”为奇幻之境，身体如桶：“爱它我爱它漏洞百出……它漏电漏光漏风……漏哀伤和喜乐的消息”；耳朵如铁：“我爱它被恶语锻打过的耳朵”；眼睛如茶：“爱他被泪水泡亮的瞳仁”。

脸在《鱼是水的房子》也是呈现一种奇幻之境："鱼是水的房子 脸是/梦的房子"。而平常的草坪，竟有了平静时的海洋的恬静、浩瀚、神秘之美："这是修剪过的草坪/像酣睡的海洋"(《天涯》)。

诗人有时采用通感的手法，将平常之境"变形"为奇幻之境。在《沿江公路》中，黑暗是有黏稠度、有重量的"浓重的黑暗"；冷有颜色，"冷是黑色的"。诗人有时打破惯常性的思维和想法，"反常合道"，营造幻境："睡眠的不是马 是雪亮而/寂静的马蹄"。诗人有时将无形之物与有形之景拼合，形成一种"幻境"："他留下的空白/刚好可以安放我的墓碑"(《空白》)。又如《在他们的房前屋后》中的："时光流逝/我多出的焦虑/他们脸上的皱纹/就像树伸出来的果　藤伸出的瓜/那是大地的触须呀那是岁月的触须。"

（二）禅境之淡味、至味

冉冉心中的禅意，将"有"与"无"共同融汇而成一个富有审美震撼力的"空"。在她的诗歌审美空间里，"空"与"象"辩证统一，以有限之"象"凸显无限之"空"。正如《诗品》所言："超以象外，得其环中"；"不著一字，尽得风流。"冉冉诗歌，物我相融，虚实相生，营造出一种淡味、至味的禅境，氤氲着禅趣与玄美。

《喀拉峻的夜晚》就是一个典型的例子。诗的首句"顺着风的方向/一直走就会走到天上去/与我 与无量的我相互倒映"，营造了一个高冷、极空、极寂的氛围。在这个空寂的情境里，诗人进入心神专注于一境的精神状态。这种状态是进入禅意的前奏，"无量"一词就是一个明证。进入禅意，人的潜意识是跳跃性的、大跨度的，想象力因之得到极大激发，奇特而精彩的比喻就诞生了："没有比星子更大的花朵了/它们清澈地摇曳。"这两句诗不仅描绘出草原天空上星星的灿烂奇美，还点染出天空的空旷、辽远、清冷。"空中草原/一个在天上一个在喀拉峻"。其实还有一个"空中草原"在诗人的禅意之中。诗人在空寂高冷之境凝神冥想，对世界就有了一种超强的直觉关照力，看见了以前未曾看到的"紫色马 紫色骑手从冰山走来"，看到"她"，看见自己。这次看见，也丰盈了诗人的内心："一次短暂的盛开 懵懂的圆满"。是的，要达到"圆觉"之态，是"要历经多少次迷途才能显现"。"我是习惯歌唱的 在无人之地"。诗人喜欢“无人之地”的空寂。在空寂之中，诗人内心更加敏锐，也更加自由：“当我跨过一个又一个险境/在花蕊中下马/别笑我耳垂似雪 面若子夜。”诗人对喀拉峻草原的“烛照”和“体察”是以一种幽微而细腻、朦胧而鲜亮、神秘而灵异的形式表现出来。这种表现与禅意（“静虑”与“妙悟”）密切相连。这样的禅意，由“空”入“灵”，因而，一首饱含“空灵”之味的诗歌就诞生了。

又如《在中庭》一诗，就是一片空寂、澄澈、性灵之境：“夜深人静/我不再跑步疾走/也不再专注呼吸与停顿/只凝望银杏的落叶/叶子骰子般重叠 铺满道路/他们柔软而整齐 摆脱了/ 愤怒的阴影。”在一个静谧的夜晚，诗人独自静静地凝望安详又恬静的银杏落叶。诗人以独特的比喻（叶子骰子般重叠）形容落叶之美，清雅而朦胧，产生了“象外之象，景外之景”的韵味。诗人在纷扰的尘世中脱身而出，远离尘嚣，退守心灵一隅的安宁，享受“禅悦”，构建了一种淡泊宁谧、清虚空幻、一尘不染的诗境。这是至灵至动的慧心与自然无限之美的相互参证，生成一种玄远幽深的佛理禅趣。 这种意境将读者的心带入一片悠然闲适与豁达寂寥。这首诗只有短短 58 个字，恰如朱光潜所说的“从流动的人生世相中摄取的一刹那、一片段”。这一刹那显现了人生宇宙空幻寂灭的禅意。这种禅意使得《在中庭》拥有了与王维《竹里馆》一样的空灵之感。

结 语

唐人张璪论画有句名言：“外师造化，中得心源。”绘画如此，诗歌亦然。诗人的精神之泉，即是诗之“心源”。易光在《朝向自身的世界——冉冉诗歌创作》中说：“冉冉诗歌在很大程度上是面对自己丰富、复杂的内心世界。”这就使得冉冉的诗歌更多地晕染上了心灵的色彩。

同时，冉冉诗中的禅意、玄思与外物又是相参相证的。正如《传习录》中关于王阳明的一个典故：“先生游镇南。一友指岩中花树问曰：‘天下无心外之物。 如此花树，在深山中自开自落，于我心亦何相关？’先生曰：‘你未看此花时，此花与汝心同归于寂，你来看此花时，则此花颜色一时明白起来，便是此花不在你的心外。’”美不自美，因人而彰：花美要显现，需要人的品赏；而人之赏花意趣，无花何以寄托？外物因为禅意、玄思而敞亮出自身的“空寂之美”，禅意与玄思因为外物而有了可感的“肉身”。

冉冉在《有雪和驯鹿的风景》（组诗）的小序中说：“我一直在跋涉，向着最远最美丽的地方。经过漫长的旅程，才发现它就在原地。”这个原地，就是她的精神故乡，也是她的艺术世界。

在这个世界里，她营建出“空明透彻”“灵气一片”的至美诗境：无我，无事碍，无理碍，无情碍，洋溢着生命的活力与性灵。这诗境，是冉冉奉献给这个时代的文学礼物，而其中的“空之味”是冉冉奉献给这个时代的心灵良方。

《桃花源记（并诗）》之赏析

黎　洪

2016 年 8 月 22 日

桃花源记并诗

晋太元中[1]，武陵[2]人捕鱼为业。缘溪行，忘路之远近。忽逢桃花林，夹岸数百步，中无杂树，芳草鲜美，落英缤纷，渔人甚异之。复前行，欲穷其林。

林尽水源，便得一山，山有小口，仿佛若有光。便舍船，从口入。初极狭，才通人。复行数十步，豁然开朗。土地平旷，屋舍俨然[3]，有良田、美池、桑竹之属。阡陌交通，鸡犬相闻[4]。其中往来种作，男女衣着，悉如外人[5]。黄发垂髫[6]，并怡然自乐。

见渔人乃大惊，问所从来。具答之。便要[7]还家，为设[8]酒杀鸡作食。村中闻有此人，咸[9]来问讯。自云先世避秦时乱，率妻子邑人，来此绝境，不复出焉，遂与外人隔绝。问今是何世，乃不知有汉，无论魏晋。此人一一为具言所闻，皆叹惋。余人各复延[10]至其家，皆出酒食。停数日，辞去。此中人语云：“不足为外人[11]道也。”

既出，得其船，便扶向路[12]，处处志[13]之。及郡下，诣太守[14]，说如此。太守即遣人随其往，寻向所志，遂迷不复得路。

南阳刘子骥[15]，高尚士也，闻之，欣然规[16]往。未果[17]，寻[18]病终，后遂无问津[19]者。

嬴氏乱天纪[20]，贤者避其世。

黄绮之商山[21]，伊人亦云逝[22]。

往迹浸复湮[23]，来径遂芜废。

相命肆农耕，日入从所憩[24]。

桑竹垂余荫，菽稷随时艺[25]。

春蚕收长丝，秋熟靡王税。

荒路暧交通[26]，鸡犬互鸣吠。

俎豆犹古法[27]，衣裳无新制[28]。

童孺纵行歌[29]，斑白欢游诣[30]。

草荣识节和[31]，木衰知风厉[32]。

虽无纪历志[33]，四时自成岁[34]。

怡然有余乐，于何劳智慧[35]？

奇踪隐五百[36]，一朝敞神界[37]。

淳薄既异源[38]，旋复还幽蔽。

借问游方士[39]，焉测尘嚣外[40]？

愿言蹑清风[41]，高举寻吾契[42]。

注释

[1] 太元：东晋孝武帝司马曜（yào）的年号。

[2] 武陵：晋时郡名。汉高祖割黔中故治置，郡治武陵（今湖南省常德市）。

[3] 俨然：整齐的样子。

[4] 鸡犬相闻：《老子》八十章："邻国相望，鸡犬之声相闻，民至老死不相往来。"

[5] 外人：谓方外或尘外之人。"男女衣着，悉如外人"多译为"男女衣服，都和外边的人一样"，这是不妥的。桃源中人虽避秦时乱历五百余年，然"俎豆犹古法，衣裳无新制"。衣着与五百年前不异。桃源外的世人，服饰早经数变，尤其是晋代士大夫，更喜奇装异服，故桃源中人衣着，不可能与五百年后晋人衣着之"新制"悉同。诗云："借问游方士，焉测尘嚣外"，则此中"外人"应作方外或尘外解。

[6] 黄发垂髫：黄发，指老人。垂髫，指儿童。

[7] 要：同“邀”。邀请。

[8] 设：陈，摆。

[9] 咸：都。

[10] 延：约请。

[11] 外人：此指桃源外人。

[12] 扶：沿着。向路：旧路。

[13] 志：做标记。

[14] 诣（yì）：到。这里是谒见的意思。太守：郡的行政长官。

[15] 南阳：郡名。秦置。治所即今河南省南阳市。刘子骥：名骈之，字子骥，晋太元年间之晋代南阳郡安众县（今河南省邓州市东北一带）人。隐居不仕，爱游山水。

[16] 规：计划，规划。

[17] 未果：未遂，没有结果。

[18] 寻：不久。

[19] 问津：问路。津，渡口。

[20] 嬴氏：秦姓嬴，此指秦始皇。天纪：日月星辰历数，这里指天道纲纪。

[21] 黄绮：汉初商山四皓中之夏黄公、绮里季。这里指避战乱入商山四皓。

[22] 伊人：那些人。指桃源人。逝：离去，即逃隐至山中。

[23] 往迹：指桃花源中人最初避乱逃往桃花源的踪迹。浸：逐渐消隐。湮（yān）：埋没。

[24] 相命肆农耕，日入从所憩：本《击壤歌》“日出而作，日入而息”。相命，互相招呼。肆，致力。从，相随，结伴归来。所憩，休息的处所。

[25] 菽稷随时艺：菽：豆类。稷：谷类。随时：随着季节的变化。艺：种植。

[26] 暧：昏暗不明。交通：指行走。

[27] 俎豆犹古法：俎豆：古时祭祀时盛物的礼器。这里指祭祀的仪式。俎是用以载牲的器皿。豆是用以盛肉的器皿。犹古法：仍旧用古代的礼法。

[28] 新制：新的款式。

[29] 纵：尽情。行歌：边走边唱。

[30] 斑白：指头发黑白相杂的老人。黑白相间曰斑。游诣：指游玩。

[31] 节和：节气暖和，指春日。

[32] 厉：《庄子齐物论》：“厉风济则众窍为虚”。郑玄英疏：“厉，大也，烈也。”

[33] 纪历：纪年月日的历书。

[34] 四时自成岁：曹操《秋胡行》：“四时更逝去，昼夜以成岁。”四时，四季。

[35] 于何劳智慧：《庄子·缮性》："人虽有知，无所用之。"言上古社会一任自然，举世恬淡无为，无须心知之术。

[36] 奇踪：指桃花源人的隐蔽踪迹。五百：指秦末至东晋过了五百年。此举其大概，实际约六百年。

[37] 神界：神奇境界。

[38] 淳薄：淳，淳朴。指桃花源人情风尚。薄，浮薄。指现实社会人情世态俗世。

[39] 游方士：游于方外之士，指生活在世俗外的人，如道士、和尚。

[40] 尘嚣外：尘世外，指桃花源。

[41] 言：句中助词。蹑：踩、踏。

[42] 高举：高飞。契：契合，融洽。这里指诗人向往的桃花源神境。

《桃花源记并诗》，当为陶渊明晚年之作，究竟作于何年？龚斌校笺《陶渊明集校笺（修订本）》（2011 年 9 月上海古籍出版社）第 428 页载有三种说法：一是太元十八年癸巳（393）；二是义熙十四年（418）；三是宋永初二年辛酉（421）。不论其作于何年，都是作者借以表达其对理想社会的追求。其诗是作者对桃花源的再次记述和作者对理想社会追求的再次表达。诗与记是作者所运用的两种不同的体裁和艺术手法，对桃花源的描述，两者间互为补充和升华，在表达作者思想上，有异曲同工之妙。

文章开端，先以"芳草鲜美，落英缤纷"的桃花林作为铺垫，引出一个质朴自然的世界。在那里，一切都是那么单纯，那么美好，没有税赋，没有战乱，没有沽名钓誉，也没有钩心斗角。甚至连一点吵吵嚷嚷的声音都听不到。人与人之间的关系也是那么平和，那么诚恳。造成这一切的原因，作者没有明说，但从"乃不知有汉，无论魏晋"一句中已隐约透露了消息：原来归根结底，是因为没有一个高踞人民头上为私利互相攻伐的统治集团。这个幻想中的桃源世界，对生活在虚伪黑暗、战乱频繁、流血不断的现实世界中的人们来说，无疑是神往的。作者以简净笔触，恰如其分地表现出桃花源的气氛，使文章更富有感染力。

作者在文中描写了渔人无视"此中人语云：'不足为外人道也'"的告诫，一出去，便把此事告之于当地太守。世俗与淳朴，孰清孰浊，形成了鲜明的对比。

此文艺术构思精巧，借武陵渔人行踪这一线索，把现实和理想世界联系起来。采用虚写、实写相结合手法，增添了神秘感。语言生动简练、隽永，看似轻描淡写，但其中的描写使得景物历历在目，令人神往。文章有详有略，中心突出。

《桃花源记并诗》，境界奇妙，寓意深刻，是《陶渊明集》中最成熟、最具价值的作品之一。桃花源是陶渊明心中的理想，也是中国文学史上一个永恒的经典以及读者心中永远的净土。

关于桃花源之有无及其址在何地，古今众说纷纭，主要的有康骈的"鼎州桃花观"说、吴宽的"古桃源实在武陵境内"说、杜维耀的"谓桃源洞去桃源县邑治三十里"说、余嘉锡的"桃源非实有其地，乃取刘驎之入山采药之传闻，寓以自己理想之虚实浑涵之境"说、陈寅恪的"桃源在北方"说等，近代仍不断有人提出新说，或谓桃花源在庐山康王谷、安徽黟县、山东、重庆（酉阳）……不一而足，皆以彼处地貌与《桃花源记》所叙相似者为桃花源，以寓言当事实。

根据《桃花源记》并诗之境界，唐人多视其为仙境。如王维《桃源行》诗："春来遍是桃花水，不辨仙源何处寻。"刘禹锡《桃源行》诗："仙家一去寻无踪，至今水流山重重。"至宋人，始谓桃源中人不过是避世者。如王安石《桃源行》诗："避时不独商山翁，亦是桃源种桃者。"汪藻《桃源行》诗："那知平地有青云，只属平常避世人。"苏轼《和桃源诗序》："世传桃源事，多过其实。考渊明所记，止言先世避秦乱来此，则渔人所见，是似其子孙，非秦人不死者也，又云杀鸡作食，岂有仙而杀者乎？"后人赞同苏轼见解者众。陈寅恪《桃花源记旁证》以为本篇是"寓意之文，亦纪实之文"。

总之，《桃花源记》创造之境界，既有写实成分，即历史现实中，人民逃入深山绝境，以避秦乱的事实；也有寓意成分，即作者的理想、追求及审美观念。

前人论《桃花源记》寓意，亦见仁见智。洪迈《容斋随笔·三笔》以为渊明作记之意乃借秦以喻刘裕。黄文焕《陶诗析义》（卷四）："盖以避宋之怀匹避秦也。"此说与洪迈相同。也有不以避宋为然者，如马璞《陶诗本义》（卷四）："渊明此作寓避世之意极明显，但不可仅以避宋视之，因早在义熙元年，渊明就以归隐。"

对渝东南土家族地区历代主籍诗歌简述

黎　洪

一、渝东南地区诗歌之源及其表现形式

（一）源　流

何以为诗？

诗是一种古老的、具有韵律的、言志的文学体裁。

“诗言志”作为理论术语提出来，最早大约是在《左传·襄公二十七年》记赵文子对叔向所说的“诗以言志”。《尚书·尧典》中记舜的话说：“诗言志，歌永言，声依永，律和声。”《庄子·天下篇》说：“诗以道志。”许慎《说文解字》云：“诗，志也，从言，寺声。”袁枚的《随园诗话》开篇就是《诗言志》。《诗大序》说：“诗者，志之所之也；在心为志，发言为诗。”

何为渝东南诗歌？

所谓渝东南诗歌，是指在不同历史时期，描写渝东南山光水色、民风民俗、生产生活、历史变革等，具有渝东南地域特质和诗歌属性的文学艺术作品。

诗产生之条件，袁枚“性灵说”的观点是：真情、个性、诗才三方面因素，这是诗歌创作主体必须具备的条件。所谓“真情”，是诗人创作的首要条件，袁枚认为“情至不能已，氤氲化作诗”。所谓“个性”，就是“作诗，不可无我”。“我”者，就是诗人特有的秉性、气质和审美能力。所谓“诗才”，就是诗人创作必须具备的特殊才能，如才思敏捷、文学功底等。古人说：“诗文之道，全关天分，聪颖之人，一指便悟。”

我国诗歌之源在何时？渝东南地区在何时可能有诗歌？土家族最早有文字记录的律诗是何内容？

我国诗歌之源始于殷商时代。酉阳郑宾于在所著《中国文学流变史》中云：“中国诗之发生最早的，据说当以《礼记·郊特牲》所载之伊耆氏《蜡辞》；《帝王世纪》所载尧时之《击壤歌》；《淮南·人间训》所载之《尧诫》；《尚书大传》所载之《卿云歌》《八伯歌》《帝载歌》《元首股肱歌》；

《家语》所载之《南风歌》《禹玉牒辞》;《吴越春秋》所载之《涂山歌》;《尚书大传》所载之《夏人歌》……为最古。然而他们那些成绩本人都不肯轻易相信，因为他们几乎全都是伪托。即使他的文学价值可以倾国倾城，我都绝对不去讲他。是据现今历史学者，如顾颉刚、钱玄同……诸先生告诉我们说：商汤以前的历史是不大可靠的。确实据王国维、罗振玉两先生研究最近河南所发现的骨甲金契文字，仅只上及商朝，而且也只说及商代的事物，并没谈及什么尧舜夏禹以上之各种牛头马面一类的古怪的帝王。中国的信史既然只应以殷商为断，则我们讲述文学史至多也只能从殷商出发。”①

著名古典文学研究专家罗根泽在《中国诗歌之起源·伪古诗歌之考辨》中对三皇及三皇以前的《弹歌》《蜡辞》、宁先生《游海诗》《皇娥歌》《白帝子歌》《有猋氏颂》六首诗歌一一做了考证，其结论是“三皇及三皇以前无可信之诗歌”。②

同样，罗根泽先生对五帝时代之所谓诗源之诗歌：《黄帝语》、黄帝《巾几铭》《击壤歌》、许由《箕山歌》《康衢谣》、唐尧《神人畅》《尧诫》、舜及皋陶之赓歌、舜及八伯之《卿云歌》、舜《南风歌》、舜《祠田辞》、《游南岳七言赞》也一一进行了真伪的考辨。其结论是“五帝时代之诗歌，与三皇时代同样不可信。”③

那么何时是我国诗歌之源？罗根泽在《郑宾于著〈中国文学流变史·中国文学的起源〉》中说：“我是同意于古代诗歌的叙述始于殷商的。”④

郑宾于和罗根泽两位大师都一致认为殷商时期是我国诗歌之源。至于谁是最早的诗歌之鼻祖，则有待专家学者更进一步探讨。

陆侃如、冯沅君在《中国诗史·诗歌的起源》中说：“……《诗经》既然是一部周代的诗选，所以我们就把周代以前（公元前 1066 年以前）的时期算作诗歌的起源时期……郭沫若的《卜辞通纂》所载：‘癸卯卜：

① 郑宾于：《中国文学流变史》，中州古籍出版社，1991 年版，第 2-3 页。
② 罗根泽：《罗根泽古典文学论文集》，上海古籍出版社，2009 年版，第 97 页。
③ 罗根泽：《罗根泽古典文学论文集》，上海古籍出版社，2009 年版，第 97 页。
④ 罗根泽：《罗根泽古典文学论文集》，上海古籍出版社，2009 年版，第 97 页。

今日雨？其自西来雨？其自东来雨？其自北来雨？其自南来雨？' 恐怕是我们诗史上年代最早而又最可靠的作品了。"

上述郑宾于、罗根泽、陆侃如等认为的诗歌之源，都是指有文字记载的可信的诗歌。其实在古代还有很多诗歌没能以文字记载下来，今天我们知道的诗歌之源是打了很大折扣的。其实，"诗是无论什么时代都存在着的，有人的处所，有男女的处所，有自然和人类交涉的处所，就有诗"①。

何为巴渝诗歌之源？②

据《华阳国志·巴志》载：

川崖惟平

川崖惟平，其稼多黍；旨酒嘉谷，可以养父。
野惟阜丘，彼稷多有；嘉谷旨酒，可以养母。

这是一首较为古老的四言诗，反映了巴渝儿女孝敬父母、淳朴敦厚的民风民俗，同时也反映了巴渝一带早期的农业种植情况。

再如祭祀之诗：

惟月孟春，獭祭彼崖。永言孝思，享祀孔嘉。
彼黍既洁，彼牺惟泽。蒸命良辰，祖考来格。

又，好古乐道之诗二首：

一

日月明明，永惟其夕；谁能长生，不朽难获。

二

惟德实宝，富贵何常；我思古人，令何令望。

这是现存巴渝诗中最早的几首，与《诗经》所载作品很相似，故巴

① 郑宾于：《中国文学流变史》，中州古籍出版社，1991年版。
② 熊宪光等：《巴渝诗词歌赋》，重庆出版社，2004年版，第4-5页。

渝诗产生的年代大致可推知为《诗经》之后的春秋战国之际。

渝东南地区何时有诗歌？

根据郑宾于“诗是无论什么时代都存在着的，有人的处所，有男女的处所，有自然和人类交涉的处所，就有诗”的观点，渝东南的酉阳在很早以前的新石器时代就该有诗了。因为据《酉阳清源》《酉阳邹家坝》两部考古著作载，清源遗址和邹家坝遗址的绝对年代应在距今 4800—4600 年。在古老的清源遗址和邹家坝遗址中生活着新石器时代的先民。酉阳大溪笔山坝考古发现，6000 年前，这里的先民已栽培水稻。如此看来，应该说在 6000 年前渝东南之酉阳之域就该有诗歌出现。

这里笔者说 6000 年前酉阳之域就该有诗歌出现，是根据郑宾于的“有人的处所，有男女的处所，有自然和人类交涉的处所就有诗”的观点所进行的推测和臆断，既没有典籍所载，又没有考古可证，难免有牵强附会之嫌，只不过给我们提供了一个探求诗歌之源的思维和想象的依据。

土家族最早有文字记录的律诗是何时？何内容？

据《土家族文学史》[①]记载，在明成化（1465—1487）时期，酉阳土司冉云（字天章，号静轩）创作有《题仙人洞》：

洞里神仙渺莫猜，海风幸不引船回。
四围苍藓雕虫篆，一脉灵泉撒蚌胎。
花自无拘开又落，云如有约去还来。
谁能静习长生术，向此烧丹扫绿苔？

这是迄今所见的土家族最早有文字记载的律诗，也是酉阳律诗之祖，土家族律诗之始。

这是作者写的一首观景感怀之作，首句以“神仙渺莫猜”置疑，尾联以“谁能”作否定，表明作者唯物辩证的观点，从而觉悟了仙人之说。中间两联描景物，“花自无拘开又落”表达了作者追求自由、自然、闲适的生活。“云如有约去还来”句，作者运用了拟人的手法，将自然界的风云变化，写得颇有灵性。该诗格律工稳，文辞秀美，颇具卓识。

① 彭继宽主编：《土家族文学史》，湖南文艺出版社，1989 年版，第 111 页。

（二）渝东南地区古代诗歌的主要内容及其表现形式

渝东南地区在远古时代诗歌的传承是以口头文学的方式、歌舞的方式，耳濡目染，口口相传，代代相传。其内容极有可能就是从远古流传于今，如大家耳熟能详的摆手歌、梯玛神歌、山歌、民歌、儿歌、谜语等。无论是古老的“巴渝舞”，还是流传至今的“摆手歌”“梯玛神歌”，都还留存有远古渝东南地区之酉阳的诗歌内容及其表现形式。

《摆手歌》，土家语叫《舍巴歌》，是用土家语唱的长达万行的民间传统古歌。它是在逢年过节时土家族人举行“摆手”活动所唱的主题歌。“摆手”是土家族人的一种综合性传统文化艺术活动，目的是祭祀祖先“八部大王”“十八土司”，祈求吉祥平安，五谷丰登。摆手活动由土老司主持，众人边歌边舞。《摆手歌》的唱词，包括人类起源、民族迁徙、生产劳动、民间传说故事等；从形式结构上看它是一个整体，从内容上看各部也可单独成篇，结构严谨，语言明快，内容浩瀚，它是土家族劳动人民的一部古老、优秀的传统史诗。

《摆手歌》首篇唱的是“人类起源”。它从洪荒世界张古老制天、李古老制地开头，唱到八兄妹捉雷公、洪水滔天、人类毁灭、兄妹成亲、人类延续、天地再造、日月重明、种植五谷、得到火种、战胜毒蛇猛兽，构成了一个个人与自然斗争的神话故事。它以绚丽奇特的想象、朴实生动形象的语言、曲折委婉风趣的情节，表现了土家族远祖征服自然的坚强意志。如唱洪水滔天后，世间万物都淹死了，仅剩下布所和雍妮兄妹了。快卡块（斑鸠）、热书拔普（乌龟）、是利图介（喜鹊），他们都关心人类命运，苦口婆心地劝兄妹俩成亲，但布所和雍妮总是以一母所生为由不肯答允成亲。经过滚磨子、烧火堆、种葫芦、劈竹子等事件的巧合启示，布所和雍妮还是坚持不能成亲。再经乌龟建议，绕古王界转，转了七天七夜，终于俩眼相遇了，俩手相握了，红槐树下，他俩终于成亲了。百日后生下一个肉坨坨，正为难之时，天上掉下一把金刀，地上滚来一个砧板，把肉坨坨弄在砧板上砍成一百二十坨，合上三斗三升沙子洒出去，世上有了帕卡（汉族），合上三斗三升泥巴洒出去，世上有了毕兹卡（土家族），合上三斗三升树苗洒出去，世上有了白卡（苗族）……兄妹多么高兴啊，唱道：“左边一看咧，毕兹卡唱在了，白卡跳在了，帕卡笑在了；右边一看咧，毕兹卡惹惹了（许多土家族人像蚕儿找食样行动），白卡卵卵卵了（许多苗家族人像蚂蚁牵线样行走），帕卡伙伙伙了（许多汉族人像蜂子朝王样活动）。这里吼声咚咚，那里歌声缭绕，毕兹卡的子孙哩，像笋子一样发起来，数也数不清了，世界上又热热闹闹了！”接着又唱“卵玉射日”“迁徙定居”及如何战胜毒蛇猛兽、如何得到粮食火种等艰苦历程。歌中有大胆的幻想，有生动的比喻，把自然界里的星辰日月、鸟兽飞禽都人格化了，使《摆手歌》既有雄伟气魄，又有精巧的艺术构思和人物、环境的栩栩如生的刻画，是一部内容丰富、民族特色浓郁的优秀史诗。

《梯玛神歌》是土家梯玛活动中一种用土家语演唱的古歌，主要流行在酉阳酉东北地区，其历史悠久，内涵丰富，特色浓郁，对土家族人文社会影响深远。梯玛神歌格局宏大，篇幅浩繁，是一种吟唱式的长篇史诗，对土家族的历史、民族的迁徙、天文地理、信仰禁忌、宗教哲学、生产劳作、生活习俗等，都做了详尽叙述，是土家族民间文学中的珍贵文化遗产，被誉为“研究土家族方方面面的百科全书”。

“梯玛”是土家语音译，既指土家族的一种原始宗教仪式，又是巫师的土家语称呼，即“敬神的人”。《梯玛神歌》以土家族民间祭祀仪式为载体，世代心口相传，集诗、歌、乐、舞为一体，表现出土家族广泛的历史内容和社会生活内容。

《梯玛神歌》在吟唱时，以土家语为主要表述语言，形式上是韵文和散文结合，演唱时既有唱吟，也有对唱合唱；既有深沉、忧郁的古歌，也有轻松、欢快的盘歌；既有抒情、哀婉的祈祷辞，也有风趣、滑稽的玩笑话。《梯玛神歌》以舞贯穿始终，其舞，有豪放者如《开天辟地》，有潇洒者如《坐马》（起马），有缠绵者如《解钱》（摆和事钱），有粗犷者如《大赏兵》（赏众），有风趣者如《选男选女》（拜男拜女），等等。由于梯玛在舞蹈中的主要舞具是铜铃，故称之为“八宝铜铃舞”。其形式有梯玛单独表演的独舞，亦有陪神随之唱和的双人舞或三人舞，是有表演有叙述、亦歌亦舞的长篇叙事舞蹈史诗。

作为民间文学的《梯玛神歌》，篇幅宏大，结构严谨。其内容有：报家先、安正堂、腊月堂、三月堂、挂神像、开天辟地、请师父、访堂大庙、报梯玛、请先师、请四都衙门、请天子爷爷、请九都衙门、办传货、奉主家、赏众、起兵、备马、起马、遇家先、交和事钱、敬九月堂、踩十二板桥、捉魂、过乾搭地界九大坡、七月堂、摘花地界、过堂、过店、过十二重门、摆和事钱、和事堂回程、渡阴河、二过九月堂、宵夜请神、讨保佑、讨兵、退正月堂、讨打发、仿两口子议事、告兵、捉马、拜男拜女、奠酒、求子问卦、七板桥、搭十二板桥、苦连亭、交天钱、杰洛番案等。

浓郁的情感色彩和丰富的想象力在《梯玛神歌》中特别突出，是“天人合一”“人神合一”的统一体。《梯玛神歌》又是一部土家民族的“精神法典”，在娱人娱神的法事过程中，起到了抑恶扬善、劝人为善的作用。在梯玛法事中多次反复出现捞魂、赎魂、造魂等情节，而且还臆造出大秤称人山、大斗量人山等衡量善恶、惩恶扬善的鬼蜮，制造一种“善有善报、恶有恶报”的戏剧性氛围，以此向作恶者提出警示，实现抑恶扬善、劝人为善的目的和道德约束功能。这种宗教性的信仰，对人们的道德观念和行为取向产生深刻影响。

二、清代渝东南地区诗歌发展的条件促成了该地区诗歌发展的鼎盛

《巴渝诗词歌赋》著作者熊宪光、王广福等认为：“清代是巴渝本土诗人崛起的时期，其主要标志是诗人的数量较前大为增多，据孙桐生在光绪五年（1879）主编的《国朝全蜀诗抄》选入巴渝籍的诗人有 60 多位，其中酉阳就有冉正维、田世醇、冉瑞岱、冯世瀛、蔡世佑、冉崇文、田经畬、曾乙垣、冯文愿、冉崇治、冉正岳、万松等 12 位。”认为清代是渝东南地区诗歌发展的鼎盛时期，其标志有三：一是这一时期涌现出的诗人和作品比以前任何时期都多；二是有冉瑞岱、冉广鲤、冉正藻等一批文人从事诗词理论的研究并取得了一定的成果；三是由冯世瀛编辑的渝东南地区第一部诗歌总集《二酉英华》在光绪元年（1875）出版发行。

渝东南地区诗词的发展和诗人的增多，主要得益于以下几方面因素。

（一）清政府对教育的相对重视和乾隆对诗词的挚爱及积极创作的影响

在清代，统治者为了教化民众，加强统治，在一定程度上对教育趋

于重视。康熙帝曾亲颁《训饬士子文》，要求学子“隆重师儒，敦孝悌以事亲，秉忠贞以立志”就足以说明。

乾隆对诗词十分喜爱，并积极创作。据载，乾隆皇帝在位六十三年，总计写下了四万余首诗。其创作之高产，可谓历代诗人中首屈一指者，其对百官的示范和促进诗词的发展作用不言而喻，上有所好，下必有所效。

（二）以酉阳为代表的清代文化教育机构的兴建对诗词的发展产生了积极的影响

诗词是我国具有深厚底蕴的文化元素，文化的传承和弘扬需要积极有效的载体。文化教育机构自然是第一位的有效载体。改土归流后，酉阳直隶州相继创办了四座书院和酉州考棚，即：二酉书院，原名钟灵书院。乾隆二十二年（1757），州牧李光堧始建，同年继任州牧张兑和落成，院址在州治以北，因面临钟灵山而得名。龙翔书院，乾隆二十七年（1762），由州同刘复仁首倡捐养廉银，绅民张祖谋、李联柏、熊永乔、任维志、黄显等复捐银，备材鸠工，数月而成。龙潭经院，光绪初年，龙潭王森泰自置地基修建房屋于龙潭镇的北外灯笼铺（即今龙潭中学桂花园）。酉西书院，光绪初年，龚滩镇巡检司郑子从和地方绅士，在龚滩镇创办，院址在其镇中街四方井下边。

道光元年（1821）七月初三清廷准允酉阳设立考棚，道光三年（1823）初行院试。同时，酉阳州之黔江于乾隆十九年（1754）知县顾惟钫建有三台书院；酉阳州之彭水于康熙五十七年（1718）建有摩云书院。

（三）外来流官对渝东南地区文化事业的影响

主要体现在来酉流官捐俸银或养廉银，购典籍，对酉阳学子耳提面授、与士子诗词唱和。据清代周询所著《蜀海丛谈》云：“酉阳知州每岁养廉银一千二百两。（知县六百两）”据史料知，来酉履职州官，有相当一批人为酉阳的教育自捐俸银或养廉银，办学校、购典籍、授学业，关于这部分内容，本书第26页已有记述，此处不再赘言。

（四）经济的发展和思想的开放促进了渝东南地区诗词的发展

在经济上，康乾盛世的积淀和改土归流后赋税的安设征收，为诗词的传承和发展提供了物质条件。《酉阳直隶州总志·食货志》载：“（邵陆志）载酉阳新辟苗疆，向无田亩科则，雍正十三年奉文安设。”在思想意识上，由于改土归流，打破了过去“汉不入境，蛮不出洞”的封闭格局，通过流官走进来，举子走出去，大大地开拓了酉阳老百姓的视野，使他们思想得到了前所未有的解放，意识得到升华。如冉裕棐、陈继薰、朱德宝（虹父）、冯壶川、冉崇文、陈汝燮、陈景星、蔡世佑等，通过在外为官或游览交友，结识了很多同僚、名士。同时，写下了很多经典之作。特别是陈继薰等还积极支持清政府的改革。

三、渝东南地区历代主籍诗人及其著述

在古代，大凡文人都有三大目标追求：求一顶轿、写一部稿、讨一个小，即做官、立说、找小老婆。在这种内生动力的驱使下，文人著书立说，自然是他们梦寐以求的事，力排种种困难，想方设法要让自己的著述流传后世。渝东南地区的文人亦然，即使在经济和印刷技术都非常落后的条件下，也留下了大量的典籍，为弘扬这一地区的历史文化做出了积极的贡献。虽然经过岁月的洗礼，有很多著述都被历史淹没了，但仍有一些著述依稀可见。

酉阳明代至改土归流前主籍诗人及作品一览表

姓　名	诗词作品及著述	备　注
冉云，字天章	《题仙人洞》	土家族最早的律诗
冉舜臣，字良弼	《题大酉洞》	咏大酉洞的滥觞之作
冉仪，字公表	有诗集，全集佚。存诗《桃洞》等 5 首	诗作多溢“道”气
冉元，字宗易	有诗集，全集佚，存诗《题大酉洞》等 2.5 首	2 次献楠木各 20 根
冉御龙，字中乾	有诗集，全集佚。现存诗《玉盘仙迹》等 4 首	集先人诰敕，付梓
冉跃龙，字上乾	《大酉洞题记》	
冉天育，字大生	有诗集《詹詹言集》，存诗词 40 余首	明代酉阳诗人填词之始

酉阳清代主籍诗人及其著述一览表

姓　名	诗　集	备　注
冉奇镳，字玉岑	《拥翠轩诗草》	其著未见。 见《二酉英华》274 页
冉广鲤，字海容	《信口笛吟草》	其著未见。 见《二酉英华》276 页
冉永涵，字竹田	《蟪蛄声诗集》	其著未见。 见《二酉英华》275 页
冉正维，字德隅，号地山	《老树山房》 《醒斋诗文稿》	其著未见。 见《酉阳直隶州总志》
冉瑞嵩，号祝山	《大酉山房集》	其著未见。见《二酉英华》 281 页
冉瑞岱，号石云	《二酉山房诗集》10 卷 《诗文偶存》	其著未见。 见《酉阳直隶州总志》
冉崇文，字右之	《访酉山房》 《二酉山房诗抄》	其著未见。见《二酉英华》 《酉阳直隶州总志》
田世醇，字旦初	《卧云小草》四卷	其著未见。 见《二酉英华》5 页
冯世瀛，号壶川	《候虫吟草》8 本	藏四川大学图书馆
蔡世佑，字吉堂，号小波	《退思轩诗抄》6 卷	其著未见。 见《二酉英华》44 页
熊永俊，字升之	《从桂山房诗抄》	其著未见。 见《二酉英华》106 页
曾炜，字乙垣，号怡园	《鸿雪留痕》	其著未见。 见《二酉英华》145 页
冉崇治，字宓琴	《容膝轩诗草》	其著未见。见《二酉英华》 188 页
赵郑烜，字小楼，号晴岚	《觉非轩知悔楼诗草》 《怀秋草堂随笔》二卷	其著未见。 见《二酉英华》297 页
周卜熊，字梦渔	《培园诗抄》8 卷	其著未见。 见《二酉英华》119 页
万松，字履云。天龙山住持	《竹院吟》2 卷	其著未见。 见《二酉英华》194 页
冉崇煃，字雨亭	《雨亭诗草》	其著未见。 见《二酉英华》158 页

续表

姓　名	诗　集	备　注
陈鑫，字寅山	《拾唾余草》2卷	其著未见。 见《二酉英华》163页
黄宪章，字鹤林	《蚊雷诗草》2卷	其著未见。 见《二酉英华》283页
朱明易，字鹿岩	《亦可斋吟草》	其著未见。 见《二酉英华》289页
吴熙奎，亮亭	《半农吟草》	其著未见。 见《二酉英华》294页
冯世瀛，字壶川	《二酉英华》12本24卷	藏四川大学图书馆

注：以上表中《二酉英华》指2014年10月长江出版社再版的《二酉英华》。

酉阳民国时期主籍诗人及其著述一览表

姓　名	诗　集	备　注
王简，号栗坡	《竹龛诗录》6卷	藏四川图书馆。 见《清代蜀人著述总目》
王简辑、王闿运著	《湘绮楼说诗》	1934年秋，在成都日印社付印
刘扬，字香浦	《香湖诗草》2卷	藏川大图书馆。 见《清代蜀人著述总目》
陈宸，字子骏	《酉阳陈氏埙篪集前集》	藏川大图书馆。 见《清代蜀人著述总目》
陈宽，字子驭	《酉阳陈氏埙篪集后集》	藏川大图书馆。 见《清代蜀人著述总目》
万钧，字仲衡	《韵篁轩遗稿》	藏川大图书馆。 见《清代蜀人著述总目》
陈汝燮，号答蝯	《答蝯诗草》8本	由其子陈驷光整理出版。民间有藏

清代秀山主籍诗人及著述

姓　名	著　述	备　注
王绳祖，字元圃	《诗鹄约编》12卷 （与王维举同编）	见《清代蜀人著述总目》
张廷曦，字晓村	《晓村诗集》4卷	见《清代蜀人著述总目》

续表

姓名	著述	备注
由升堂，字石棖	《睡鹤山庄诗集》4卷	见《清代蜀人著述总目》
吴熙奎，号亮亭	《半农吟草》2卷	见《清代蜀人著述总目》
李稷勋，字伯粢	《壁龕诗录》5卷	见《清代蜀人著述总目》
向志乾，字易菴	《诗草》1卷	见《清代蜀人著述总目》
田尹耕，字莘农	《莘农诗抄》2卷	见《清代蜀人著述总目》
陈修业，字竹卿	《竹卿诗草》	见《二酉英华》
龚应霖，字澍生	《雨林吟草》	见《二酉英华》
李光第	《寄吾庐诗抄》4卷	见《清代蜀人著述总目》

清代黔江主籍诗人及著述一览表

姓名	著述	备注
李祖培，字栽之、北山	《樗碧山房诗抄》8卷 《词抄》4卷	见《清代蜀人著述总目》
罗尊五	《翠柏轩诗文集》	见《清代蜀人著述总目》
陈景星字小山，号笑山	《叠岫楼诗草》	见《二酉英华》
赵大煊，字云帆	《濯鳞鼓翼轩诗集》	见《清代蜀人著述总目》
赵澍，字雨人		著有诗草若干卷

宋、明时期彭水主籍诗人及作品

姓名	朝代	作品	备注
魏汝功	宋代进士	《摩尼洞》	见《历代诗人咏黔州》
项德	宋代进士	《长溪九曲》	见《历代诗人咏黔州》
栾为栋	明代贡生	《黔江》《三贤祠》	见《历代诗人咏黔州》
吴清	明代举人	《甘山石燕》	见《历代诗人咏黔州》

从现存史料我们了解到有上述诸多著述问世，其实远不止这些。但现在还能目睹的著述可谓凤毛麟角，这不能不说是一件憾事。同时，清代是图书编纂和出版发行空前繁荣的时代，但渝东南也仅仅只有一部诗歌总集《二酉英华》问世，且还是冯世瀛的学生夏承勋、夏绪光捐刻，非官方出版，这也是令我们非常遗憾的。

四、渝东南地区主籍诗人关于诗歌理论的论述

（略。见前相关内容）

五、渝东南地区词的创作

通过现存的史料看，在渝东南地区，词与诗两相比较，可谓诗盛词衰，这非言其思想性和艺术性，而是就其创作群体和作品数量而言。在明清两代，在渝东南地区写作近体诗的人众多，其诗集也难计其数，就是笔者上述“渝东南地区历代主籍诗人及其著述”所统计罗列的，也难免有挂一漏万之嫌。但进行词的创作的人屈指可数，就只见明代酉阳的冉天育、清代酉阳的冉永涵和朱德宝。词的个人专著也只有朱德宝的《选梦楼词》。为什么会产生这种现象？我认为可能有四个方面的原因：一是词诞生的时间较诗晚，诗兴盛于唐代，词则在宋代；二是词的格律要求高于诗，词除了与诗一样，要讲究平仄、韵、对仗而外，还更要讲究声韵之美，要根据高亢、忧郁等所要表达的不同的思想内容，选择不同的词牌。比如要表达忧伤哀思之情，就不能用“满江红”之类高昂的词牌等；三是可能源于一种偏见，过去多数文人认为，诗才是正宗，才能登大雅之堂，词则不然；四是必须按谱填词。

不管是什么原因，不再赘述。下面简要介绍上述三位词人及作品：

（一）冉天育（？—1644？）

冉天育，字大生，跃龙次子，崇祯十四年袭宣抚职。其经历，本书前文已有介绍。冉天育是有文字记载的酉阳第一位词人。

冉天育有诗集《詹詹言集》，谢国梗、腾之伦校定，谢国梗作序。谢在序中有赞。（见第 3 页）

酉阳诗人陈梦昭先生在其编辑的《酉阳历代诗词选》中说：“据编者所见，冉天育为明代酉阳诗人填词之始。”

冉天育是酉阳土司中诗词佼佼者，一则其诗词兼工，二则其思想性颇高，有为国捐躯、视死如归之精神。其思想境界，远远高于那些咏景及写仙风道气之作，其军旅诗词读之让人荡气回肠，颇具男儿之志。其诗有史料与文学价值。冉天育对酉阳文学的巨大贡献，就是对词的传承与创作。其词作有八首，载《冉氏族谱》(389-390页)。

点绛唇·春怀

频眺蓉城，望断江山音信杳。花妍卉巧，只恐朱颜老。
人在天涯，许多归梦绕。春光好。祖鞭应早，莫使迷芳草。

玉楼春·春怨

宝鸭香焚香雾彻，孤眠又度清明节。春日融融春意懒，绿杨枝上鹃啼血。

妾忆君兮君念妾，相思缕缕成千结。何事他乡不早归？令人惆怅花梢月。

点绛唇·咏康隆馆前丛桂双叶

佳树年深，天香长把秋光罥(juàn)。翠云千片，绿荫满庭院。
征瑞尤奇，一叶分两面。群芳羡，娇波频转，欢笑腾清宴。

满庭芳·新秋

高阁寒初，庭阶雨歇，枝头别是丰标。萦黄缀绿，盈袖暗香飘。曾问广寒仙客，移将来，月殿根苗。勤护惜、雕栏宝砌，处处幔红绡。

开筵当此际，红行翠列，舞艳歌娇。正家国康隆，郊甸氛消。趁此芳辰佳夕，借尊罍、磊块频浇。待他时，夷游绿野，日日醉花朝。

捣练子·秋夜

秋夜永，香篝寒。凤帐鸳衾解合欢。妙舞新歌看不倦，玉山无力酒阑珊。

如梦令 · 感旧

花下相携红袖，一别又经秋后。锦字忽飞来，恰似与卿邂逅。红豆，红豆，哑谜开缄参透。

满江红 · 春词

莺斗蝶忙，都只为，流光如掷。更可惜，绿红堆里，飞花狼藉。柳眼新晴金缕灿，竹梢过雨琅玕碧。问溪头、春涨几多深？刚盈尺。

较酒量，犹三石。疏懒性，看成癖。扪壮心不禁，掀髯如戟，一点离情依远梦，数茎短发和心白。见楼头，皓魄几回圆，频移席。

菩萨蛮 · 秋夜

蛩吟灯暗琼窗冷，蟾光移过花枝影。梦觉酒阑时，此际寄相思。檐马因风战，龙漏转更箭。深夜灿冰丸，开轩独自看。

以上词作摘自《冉氏家谱》。参见本书第 20-22 页。

上述冉天育的八首词，从内容上看，多写男女之情，如《点绛唇 ·春怀》《玉楼春 · 春怨》；也有写昔年红颜相忆的，如《如梦令 · 感旧》词云："花下相携红袖，一别又经秋后"。在封建社会，作者作为土司统治阶层，对男女之情，能有如此大胆的独白，实属难能可贵，从中可见作者思想观念开放前卫。还有就是记歌舞盛会以抒怀，如《满庭芳 ·新秋》："红行翠列，舞艳歌娇……趁此芳辰佳夕，借尊罍、磊块频浇。"

就其创作风格而言，感情真挚，语言朴实、流畅，声韵优美。冉天育的词是酉阳词坛史上珍稀之作，犹如凤毛麟角。冉天育是我们所见到的有文字记载的渝东南第一词人。

（二）冉永涵

冉永涵，字芳林，号竹田，冉奇镳次子，土司冉永沛（椿林）之弟。幼嗜读书，耽吟咏。清初贡生，以明经终，博学工诗，著有《蟪蛄声诗集》，冯壶川在所辑《二酉英华》中云："此与前二集，余少时犹及见之，今皆散失，无复有存焉者矣。"居铜鼓潭瓦砖坝，其诗富有田园风味，颇有隐逸之风。在《历代蜀词全集》载有其词二首：

忆秦娥 · 饮周延翁友莲堂

浑无俗，友莲堂护修修竹。修修竹，一番雨过，满庭凝绿。

待云崖畔花如簇，飞云洞里凉如沐。凉如沐，月来云敛，伴人清宿。

该词记述作者与友人饮酒之事，语言朴实。

沁园春 · 山居述怀

裂碎巾衫，阁却经书，去作渔樵。叹微名鸡肋，何须留恋；羊肠险路，着甚奔逃。不扫家门，不过吴市[1]，元亮而今懒折腰。礐山上，有闲花怪石，是我知交。

饶他舞艳歌娇，都付与松风梦一宵。但大杯小盏，频频斟酌；长篇短句，慢慢推敲。酒出田中，鱼搜涧内，也够人来醉几遭。瓦村内，且优游放意，莫问儿曹[2]。

注释

[1] 不过吴市：不乞食街头巷尾。春秋伍子胥的父亲被杀，伍子胥逃到吴国，初靠吹箫以乞食于吴市。

[2] 儿曹：小孩。

该词语言清新，笔触流畅。词人表达了愿效仿陶潜懒折腰，鄙夷功名利禄，志在山水田园、笔墨酒盏之中的情怀。

（三）朱德宝（1858—1942）

朱德宝，朱明易（鹿岩）之次子，德宣（少岩）之弟，字枕虹、虹父。甲戌（1847）冬月十六日入文庠（学校），于丙子（1876）科中第94名举人。娶周氏。生于书香门第，其父系恩贡。酉阳州城朱家院子人。

朱德宝与“戊戌六君子”之杨锐、刘光第为“同岁生”，与诗人陈三立为“同年”。曾任二酉书院山长，曾是襄鄂水师提督谢友鹄的幕僚。曾一度主持编辑上海沪报。与李伯元、吴趼人等交密，与郑文焯、张祥龄、易顺鼎等也较多来往。戊戌变法失败后，朱德宝有挽联悼杨锐、刘光第云："臣罪当诛，君王明圣；人生到此，天道宁论。"极激愤之至。而后四处漂泊。生平事迹不详。著有《选梦楼词》（泸州陶氏排印本）《朱德宝词钞本》。在李宜编的《历代蜀词全辑》中收有朱德宝的词 114 首。严迪昌所著《近代词钞》1786-1789 页录有朱德宝词 7 阕。严迪昌评其词曰："其词多慷慨之音，故宋育仁有'豪过稼轩'之评。"

朱德宝的词，在思想上，慷慨悲凉，深沉凝重，多有豪情壮志，意气风发，亦哀清之衰败没落。在内容上，多忆昔伤今，诗词赠答。在艺术表现上，多用典，借历史的悲剧人物以自喻，其词文约意深，委婉含蓄，具有厚重的历史感。朱德宝的词有较高的成就，堪称同时代词坛高手。

朱德宝对诗、词、文颇有研究，有独特的见解和主张。如在《解佩令·自题啸海楼楼集》中有句云："诗家仲则，文家容甫，数词家、茗柯差近。也难解、碧翁情性，学灵均、草成天问。"

在作诗上，朱德宝崇拜清代诗人黄景仁（字仲则）；在为文上，他仰慕清朝时期著名的哲学家、文学家、史学家汪中（字容甫）；在词的风格上，他推崇张惠言。张惠言（1761—1802），清代词人、散文家。字皋文，号茗柯，武进（今江苏常州）人。嘉庆四年（1799）进士，官编修。为常州词派之开山，创立了茗柯学派，著有《茗柯文集》。王国维在《人间词话》云："张皋文谓飞卿之词'深美闳约'，余谓此四字唯冯正中足以当之。刘融斋谓'飞卿精艳绝人'，差近之耳。"差近，意思是差别很接近。

但他不喜王沂孙之"情性"。王沂孙，字圣与，号碧山，南宋会稽（今浙江绍兴）人。工词，尤以咏物为工。其词章法缜密，在宋末格律派词人中是一位有显著艺术个性的词家。

朱德宝更接受"灵均问天"的那种明朗的忧愤。灵均，屈原字灵均，后引申为词章之士。

下面列举四首：

菩萨蛮四首

其一

碧阑干外秋衫薄。金虫暗啮灯花落。凉月浸红桥。银河风露遥。
海沉香细袅。冰簟尘空扫。雁度我西楼。背灯人自愁。

词的上阕，写深秋的傍晚，有一位身着薄衫的女郎，倚栏放目，对外遐思，不觉虫子暗暗扑落了灯花。月光泻在对岸的桥上，在不知不觉中，思念起远方的人啊，真是路遥风寒，犹如牛郎织女，相思在银河的彼岸。作者围绕人物、景物、人物内心活动三个层次逐一描写，层层展开。一个“薄”字暗示了主人翁的年龄尚轻，在晚秋的傍晚能着薄衫者，一定不是年老之人。一个“暗”字体现了主人翁遐思的专注和入神。一个“遥”字体现了主人翁的内心活动。

词的下阕分为四个层次：香烟、冰簟（凉席）、归雁、深愁。先写室内之景，燃烧的海沉香青烟袅袅，暗香盈室。爱香是女人的天性，从古至今依然。以香的气息，增添室内的温馨和烂漫，为了自己的希望和梦想，女主人早就把上等的海沉香点燃，以此驱除晦气，将凉席打扫得干干净净，为两颗心的碰撞，做精心的安排。她在内心充满了期待和喜悦，期盼伊人早日晤面，月月如此，天天如是，从春到秋，从早到晚。然过尽千帆皆不是，在希望中等待，在等待中失望。

忽然归雁南飞，逾越西屋之顶，主人翁立马意识到，伊人今不再来，惋叹“冰簟尘空扫”。一江春水，付诸东流，顿有雁归生愁之感，一句“背灯人自愁”，否定了原来的一切希望，一切梦想，最终达到了作者所要表达的“愁”的境界。这个“愁”非一般的“愁”，是主人翁从希望到失望的愁，展示了其心理历程，给读者绘出了女主人翁的情感从高到低的线路图，变化大，反差强。作者这种铺垫、烘托的艺术手法实在是高。全词上、下阕，就落脚在这个“愁”字上。这是作者高超艺术手法的表现。余读其词佩服之至！

其二

文小坡招晏寓宅，偕芸子、子艾联句。

玉阶露冷桐阴薄[1]。冰蟾凉袭红兰角[2]。生小便工愁[3]，翠蛾双点秋[4]。　其金河沉雁羽[5]。掩抑星星语[6]，自是不思家[7]。枉开红豆花[8]。

注释

[1] 原注：子苾。
[2] 原注：芸子。
[3] 原注：小波。
[4] 原注：虹父（朱德宝）。
[5] 原注：子苾。
[6] 原注：芸子。
[7] 原注：小坡。
[8] 原注：虹父。

这是一首游戏之作，作者等受文小坡之邀，在其寓宅，把酒填词自娱。描写了一群“乐不思蜀”，愧对“枉开红豆花”，无奈的男人心态。通过这首词的研读，我们佩服古人在词学上的功夫。这首词是集体学识的结晶，非一人所能为。

其三
都门春暮

貂裘远上燕支道，锦囊珍贮吟香稿。消息杏花知。美人春梦时。　落英纷似雪，倦了孤飞蝶。愁听杜鹃催，春归人未归。

“落英纷似雪，倦了孤飞蝶”，好一句阴盛阳衰。花多蝶孤，花落蝶倦，颇富哲理。

其四

小楼昨夜春寒重，海红衾薄偎残梦。鹦鹉唤梳头。流苏帐半钩，玉钗敲枕细。鬓辫兰云腻，强起画蛾眉。知他甚样宜。

“强起画蛾眉”，一个“强”字告诉了读者，女主人翁要么是昨晚因春寒梦残，没休息好，要么是带病在身。因自古就有“士为知己者死，女为悦己者容”的传统，所以女主人依然为悦己者所容，起床化妆，等待伊人。表现出女子有传统的文化素养和喜爱、倾慕之人。

全词运用了铺垫、烘托的手法，重心落在一个“强”字上，起到了画龙点睛的作用。

六、渝东南地区的女性诗人及其作品

（一）酉阳的女性诗人

酉阳可考的女性诗人有胡聆之、陈华先两位。

1. 胡聆之

胡聆之，女，黔东北（贵州德江县枫香溪镇）大家闺秀，酉阳州冯壶川（世瀛）的夫人。

现存其由酉阳回原籍沿途作，录呈夫君（冯壶川）诗十首 ：

上冷水盖

晨风吹透骨生寒，块垒跷跷路几弯。
若得始皇鞭助我，赶开山石免行难。

冷水盖：《酉阳直隶州总志》载“在州西七十里，峰峦起伏，延袤二十一余里。山首居干洞，尾蟠峡口。”

过石马沟

天色朦胧路不明，雷车辘辘走沙声。
人家静静关门坐，风雨凄凄我尚行。

上重重山台

三台以上景重重，烟雾沉沉不见峰。
行到此间人入画，欲呼荆浩写云容。

投　店

黄昏野店客初投，马倦人饥月上钩。
惟念两儿难割爱，倚床坐待五更愁。

过枫香溪

一溪流出近家乡，旧日相逢细柳娘。
壁上诗名犹有我，枫香不及麦花香。

抵　潮

曾向雄滩七度过，潮声澎湃涌风波。
可怜故国犹惊浪，宦海茫茫又若何。

怀主人

渠渠夏屋久相亲，惜别依依望转频。
记得临行犹嘱我，梅开时节盼佳音。

怀冯老人

酉阳何处不诗坛，得似冯家著作难。
轿里尚携团扇在，一回拂面一欣看。

示　儿

一寸光阴一寸金，别来功课可温勤？
阿爷年老儿年少，切莫荒违训鲤庭！

赠　别

别来一月当三秋，望断云山独自愁。
愿借王乔一双履，时时飞上怡经楼[1]。

以上摘录于陈梦昭《酉阳历代诗选》。

注释

[1] 原注：怡经楼，冯府故居藏经之楼。

胡聆之的诗感情真挚，质朴无华，如实抒发，颇多感人之句。例如“阿爷年老儿年少，切莫荒违训鲤庭”“愿借王乔一双履，时时飞上怡经楼”等句，将思夫念子之情，抒发得淋漓尽致。作者善于用典，如“若得始皇鞭助我”借用秦始皇用赶山鞭赶山驱石的故事，抒发其征服自然、渴求幸福的思想。又如“欲呼荆浩写云容”，荆浩，字浩然，沁水（今属山西）人，中国五代后梁画家，博通经史，并长于文章，是中国山水画发展过程中具有重要影响的画家之一。作者一句“欲呼荆浩写云容”表达了对故乡山河的热爱。再有“切莫荒违训鲤庭”，鲤庭，《论语·季氏》载，孔鲤“趋而过庭”，其父孔子教训他要学诗、学礼，后因以“鲤庭”为子受父训的典故，也称“过庭语”。通过这一典故，表达了一位母亲对儿子的殷切希望。诗中也表达了作者的爱国情怀，如“可怜故国犹惊浪，宦海茫茫又若何？”全诗感情真挚，思想性强，堪称佳作，可惜其作存世不多。在封建社会中苗家妇女能有此汉文学水平，亦难能而可贵（陈梦昭语）。胡聆之是我所知道的明清时代酉阳目前发现有作品存世的唯一的女诗人，在落后的封建社会，处酉阳之偏，能有这样的佳作，实属凤毛麟角。

2. 陈华先

陈华先（1896—1942），字希明，系陈茂三之姐，酉阳城南桶井坝人。其父陈榕庵乃同治年间进士，授江苏知州，因母丧丁忧回籍，继掌酉西书院。华先自幼聪慧，有家学渊源，民国初年毕业于省立成都女子师范，执教县立女子小学，开酉阳县女子入学教育之先。1924年为逃避地方势力田品山之部下宋华轩逼婚，由小坝姑父家化装逃离故乡，舟行常德，北上燕京，考入北京女师大文学系，与柳直荀烈士夫人李淑一系同窗好友。系钱玄同等名师的学生。毕业后曾在师大附中及苏州、杭州、天津等地中学任教。1937年在天津法国租界避居。1938年4月8日，与嫂侍亲夏斧私、周子高等并携侄儿女辈由天津乘轮船至香港，再由粤到汉，绕道回四川。1943年返回酉阳，任县立中学女生部主任。她早年与小坝夏恒肃订婚，夏于留日期间病逝，乃抱其照片结婚，抑郁以终。有诗作若干，散落于典籍之中。《巴蜀近代诗词选》收有其诗2首。

陈华先的诗，无脂粉之气，感情真挚，悲情愁绪尤多，更有轻生之念。这与她所处的时代背景和个人在婚姻上的不幸等诸多因素密不可分。读其《重至母校感赋》我们可知，陈华先以一个弱女之身，带领亲朋及自家长幼一大家人，四处漂流，远避战祸，可以说是心力交瘁，在这种时代背景下，我们对陈的感情是理解的、同情的。如《登峨眉山》:

愁听寒鸦噪晚林，幽思强忍一登临。
危岩几欲舍身去，回首恐伤慈母心。

又如《深夜寄怀》：

风清月白夜深时，万籁无声斗转移。
料得萱堂犹未寝，含愁默默问归期。

再如《寄照片》：

风和云淡日光清，帐对黄花摄影呈。
解语未能供色养，披缄应许见亲生。
明珠离掌悲无极，游子思归寐不成。
终胜梦中匆促会，休嫌还少唤娘声。

陈华先的生活坎坷，感情丰富，往往下笔千言。如《重至母校感赋》洋洋洒洒 45 韵，近 700 字，一气呵成。这首诗是作者 1938 年 6 月 29 日，与其六叔夏斧私、周子高到成都女子师范学校时所作。该诗犹如作者的小传，很有史料价值。兹录于下：

重至母校感赋

1938 年 6 月，余重访母校——成都女子师范学校，抚今思昔，感慨万端，有作。

华国文章西蜀萃，儒林学范扬芳誉。
颍川世族湘吾家，皇考超然高节著。
明珠掌上慰慈颜，襁褓嗟予先失怙。
读书自幼矢坚贞，翱翔窃慕鲲鹏翥。
辞亲负笈至榕城，城南肄业黉宫住。
抗节欲希先哲贤，韶光不使轻虚度。
樗栎深承大匠裁，井研彦学徐师傅[1]。
兰芷同馨有屈君[2]，瑜亮齐名夸独步。
荟萃英才重我班，名师嘉许同堂慕。
课余散步池畔游，曼声缓发花荫处。
豪情自欲压须眉，翩翩逸世凌云渡。

忽惊烽火锦官城[3]，失群孤雁分飞去。
蜀道迂回阻且深，天涯辗转归期误。
无端噩耗扶桑来，肖郎跨鹤归何处[4]？
私衷不欲世人知，劳魂时觅仙山路。
沉疴几载病支离，故人相见惊非故。
扁舟侍母返家乡[5]，毁容顿易缟衣装。
忏情代尽晨昏职，承欢日侍何姑旁。
闲来静赏林园趣，原乞梅花作主张。
谁知薄命终成蹇，乡里频闻有虎狼。
仗武声言以势劫[6]，含愁举室人惊惶。
可怜历尽山溪险，陋室蓬门日隐藏。
跪向阿姑苦陈诉，恐因弱质虞萧墙。
宁赴虎穴保家室，躬蹈白刃留芬芳。
慈姑悲哽抱余泣，午夜杜鹃啼断肠。
避秦远去幽燕地，读书重振凌云志[7]。
训诂深将文字求，注疏精计六经义[8]。
自伤无复幼时资，康成犹许能知类[9]。
关山险阻行路难，中原内战依稀记。
誓师北伐庆功成，上庠始获专心治。
学成结伴赴东瀛，三山曾览日光翠[10]。
归来讲学去临安，湖山如画融诗意[11]。
良时胜于苦难常，北旋又作幽燕寄[12]。
国防前线育英才，一己安危非所计[13]。
芦桥事发荷花天，一夕潜师潸泪涟[14]。
千年太液蒙羞色，文化中心感变迁。
侍亲我向津门走[15]，郁郁愁居愤火煎。
南行泛海脱羁缚[16]，波涛历尽风浪恶。
崎岖重至锦官城，风景依稀认城郭。
母校别来恒系牵，疾驱登我旧楼阁。
讲舍巍然草木深，重重静空隐帘幕。

芙蓉古干耸青云[17]，柳丝万楼临风弱。
凝眸眺望伤余心，当时旧事空闪烁。
良朋不寿半凋零[18]，恩师墓木秋萧索[19]。
天意怜侬独不死，归来有似令威鹤。

原注：

[1] 井研彦学徐师傅：余业师为井研县徐同溥先生。

[2] 兰芷同馨有屈君：屈松筠女士与我情甚笃，时有瑜亮之称。

[3] 忽惊烽火锦官城：民国六年有罗（佩金）戴（戡）之战。

[4] 肖郎跨鹤归何处：未婚夫夏恒肃病逝于日本。

[5] 扁舟侍母返家乡：民国十年侍母同叔茂三弟返里。

[6] 仗武声言以势劫：时值防区时代，田品三之部下宋华轩求婚不遂，声言强夺。

[7] 读书重振凌云志：民国十三年由小坝姑家化装逃离故乡，舟行常德，北上燕京。

[8] 注疏精计六经义：至北京入女师大文学系。

[9] 康成犹许能知类：受业师为阆仙、邵西、玄同、季刚诸师。

[10] 三山曾览日光翠：民国十九年曾东渡日本参观，游富士等名山。同年秋至二十年秋执教于浙江省立一中。

[11] 湖山如画融诗意：民国二十年秋季由浙回京，任教母校附中，直至抗战发生。

[12] 北旋又作幽燕寄：宋哲元于民国二十六年七月二十八日夜十二时退出北京。

[13] 一己安危非所计：各国立大学咸往南迁。

[14] 一夕潜师滃泪涟：余于民国二十六年侍亲在津法租界避居。

[15] 侍亲我向津门走：民国二十七年四月八日侍亲同嫂携侄儿女辈由天津乘轮至香港，由粤而汉，绕道回川。

[16] 南行泛海脱羁缚：（民国二十七年）六月二十九日侍六叔（夏）斧私、周子高于母校。

[17] 芙蓉古干耸青云：余辈读书时，常漫歌芙蓉花下。

[18] 良朋不寿半凋零：余之至友苹卿、益卿、玉翔皆先后去世。

[19] 恩师墓木秋萧索：余之恩师如同溥师、中同溥师、铎之师皆早仙逝。

（二）彭水的女性诗人

1. 李贞女

李贞女，彭水甘棠乡武生李三魁之女，幼年许配同乡周玉美，未及嫁，周玉美死，女矢志守贞。幼读书，娴吟咏，针线女红之余，唯以诗自娱，乃贞女兼才女，有七绝数首载光绪《彭水县志》。

悼四妹五首

（一）

三更漏尽四更初，事事思量命不如。
卿隔黄泉知否未，纸钱焚化作家书。

思念到深处，难眠无奈，焚纸作书。

（二）

玉葬他乡甚可哀，芳魂无术得招来。
春前便接梅香寄，知是针绒不忍开。

思妹客死他乡，招魂无术。寄梅一枝，聊表姐心。

（三）

名花坠落动幽思，春去秋来未展眉。
自惜故园分手后，懒拈针线懒吟诗。

思念甚切，百无聊赖。

（四）

尽心教绣十年期，学字攻书待字时。
怜汝少孤为妇早，偷垂血泪湿残诗。

回首往事，历历在目，以泪洗面。

（五）

夜对机头泣素娥，阿娘精细问停梭。
仓皇不诉思卿事，怕惹高堂泪雨多。

好一番怜悯之情，有苦有痛，宁我独受，孝也！作者悼妹之诗，情真意切，乃血泪之诗。辞俗意妙。

咏　梅

相邀同伴觅春回，点缀南枝索笑才。
侬自爱花花爱我，暗香清入竹帘来。

“侬自爱花花爱我，暗香清入竹帘来。”前因后果，前句乃拟人的笔法。作者爱梅，隐含其高洁之气。

2. 李莲航

李莲航，何天福之妻，彭水人。

踏青词二首

（一）

浓绿沿村翠欲流，天开图画豁人眸。
啼莺恰恰浑难解，似说春来不自由。

前两句写景，后两句抒情。“似说春来不自由”一语双关，是年轻女诗人的内心独白。

（二）

离离浅草带泥香，翠毯柔茵夹道旁。
归去不嫌春色恼，一襟花露十分凉。

踏青，又叫探春、寻春，上巳节（农历三月初三）前后到郊野去游览。杜甫有诗云“三月三日气象新，长安水边多丽人”。在春暖花开的季节，其气温、景色等诸多春的元素，总是在情感上挑逗豆蔻年华的男子和女子。这种挑逗有时让人感到烦躁、不安、烦恼。诗人不嫌弃春的烦恼，因为她在回味那种“一襟花露十分凉”的快感和满足。

秧　针

溪边堰接堰边田，作作芒抽欲晚天。
泥絮薄黏绵缕弱，浪花萦蹙锦丝牵。

低丛棘比锋藏密，细叶松争颖脱先。
畦满稻芽新插遍，齐声颂祷乐丰年。

前七句写景叙事，最后落笔在祈丰年。之前的所有写景、叙事，都是在做铺垫，后一句祈丰年才是作者思想的升华，如果最后一句依然是写景或者叙事之类，则该诗就显得平淡了，其艺术手法就没有如此之高。

这首诗还是一首回文诗，从左向右读，押“一先”之“天、牵、先、年”四韵，是一首工稳的格律诗。

从右往左读则是：

天晚欲抽芒作作，田边堰接堰边溪。
牵丝锦蹙萦花浪，弱缕绵黏薄絮泥。
先脱颖争松叶细，密藏锋比棘丛低。
年丰乐祷颂声齐，遍插新芽稻满畦。

全诗押“八齐”之“溪、泥、低、畦”四韵，也是一首格律工稳的律诗。

3. 李香圃

李香圃，高肇俊妻，彭水人。

春日偶成

停针倦绣画栏间，小立窗前看晚山。
记得去年春最早，桃花红过板桥湾。

2019 年 5 月，黎洪的父亲黎廷魁先生将该诗之“小”改为“独”，将“红”改为“飞”，使之更具伤春之情，更具动态之感，其读书善思，值得我们学习。

秋夜二首

（一）

虫声唧唧漏声残，子夜清砧动薄寒。
却喜多情天上月，移来菊影上栏杆。

相思尤深，子夜难眠。

（二）

独坐拈针对短檠，潇潇夜雨滴残更。
剧怜牖下虫声急，似把秋心苦诉明。

托物言情，寄兴虫声。

途中遇雨

凉日隐高树，归途惊欲暮。
一雨西南来，飞丝密无数。
飘风吹罗裳，沾濡殊窘步。
携持有阿娘，导我踏重雾。
猿啸层岩巅，云生涧边路。
瞬息辨里闬，欣奔如脱兔。
挑灯即前轩，惊定有余怖。

诗人记叙了自己途中遇雨，惊恐、躲避的一幕。闬（hàn）：闾里的门。

蝉

鸣蝉吸风露，高洁无与比。
曈曈日将中，戛然一声起。
薰风送清音，长在火云里。
立身非不高，趋炎亦如此。

“鸣蝉吸风露”系作者化用唐代虞世南“垂緌饮清露”（《蝉》）。作者借写蝉讽刺那些趋炎附势的高官。历史上的咏蝉诗，唐代虞世南的《蝉》堪称一流的托物寓意之作：

垂緌饮清露，流响出疏桐。
居高声自远，非是藉秋风。

4. 李桂垣

李桂垣，清代彭水人。

不受暑轩自题

森森青玉冷云窝，郁郁苍龙挂碧萝。
但得风来便留住，松涛竹浪两相和。

后一联甚佳，彰显其烂漫的情怀。

5. 李梅村

李梅村，清代彭水人。

望秋山

金风吹木叶，古径绝来往。
层阁白云飞，幽泉滴清响。

金风即秋风。作者以简练的笔墨给我们描绘了一幅金秋气爽图。“层阁白云飞”是作者将静态的物——阁，与浮动的云两相参照而产生的动态的错觉。全诗以视觉和听觉的描写赋予事物以动态的美，落脚在“吹、飞、滴、响”四种不同的动态。

上诸闺秀诗，皆邑庠高济川采访来者，全稿尚多，兹志仅存一斑，未能备载。（见《彭水清代方志集成》，巴蜀书社，2013 年版）

七、渝东南地区僧尼及其作品

（一）僧人万松及其诗作

渝东南的诗僧，就酉阳而言比较有名的有三位：履云、晓参、东昙。皆出于清溪寺，皆明经冉正岳之诗弟子。履云一名万松，天龙山寺住持，（黄）元丙之胞侄，其诗、字尤超脱入妙。晓参，州东麻旺场人，幼多病，祝发于清溪寺，时明经冉正岳借寺庑为精舍，聚徒讲学；晓参读佛经，多识字，遂从正岳学。为诗造语，清奇有齐己、贯休遗意，正岳极嘉许之。东昙正平不详。

万松（本姓黄），字履云，酉阳州人，天龙寺住持，天资聪颖。曾向冉崧维（正岳）于清溪寺与晓参、东昙等一同学诗。善画。冉崧维应乡试时，其随到成都，遍访杜甫草堂、文殊院、昭觉寺等，又游峨眉山，多年乃归。晚年移锡湖南龙山县桂塘坝，著有《竹院吟》二卷。清代孙桐生编的《国朝全蜀诗抄》中收录有其诗 20 首，在《二西英华》中收有 68 首。薛力新、蒲健夫主编的《巴蜀近代诗词选》选有其诗 2 首：《山中留客》《回龙山》。其诗语意优美，颇具山林气息。

山中留客

一别几经年，留君君不住。
白云知我心，遮断前山路。

一句拟人化的“白云知我心，遮断前山路”表达了作者挽留客人心情之诚，彼此感情之深，有投辖留宾之意。

月下口占

欲眠恐月去，不眠觉梦来。
移床就明月，与梦共徘徊。

表达作者眠与不眠的矛盾心理，皆因一个“月”字。

万松的诗关注民生，痛恨战乱，具有较高的思想性。如《天龙山雪夜感怀》之二：

羽书飞北阙，鼙鼓震东郊。
几处田园废，谁家骨肉抛。
犬声惊竹折，鹤梦冷松梢。
安得二三友，深山结白茅。

又如《回龙山》：

（一）

回龙山上跨龙游，手把黄花笑不休。
尘海茫茫空百岁，仙源杳杳误千秋。
深山欲隐知何处，落日扪怀好倚楼。
闻道江南征战急，猿声四起使人愁。

（二）

拨云重绕古香台，八面奇峰次第开。
岚气吞山穿岭去，天风吹月入楼来。
平生乐处诗千首，大梦醒时土一抔。
笑煞当途名利客，黄金买得白头回。

前两联写景，后两联抒情。表达作者鄙夷名利、追求文化的高洁之志。

诗人注重遣词造句，有不少佳句。如下面这首《旅占》中，“得句胜成佛，求人似上天”就是难得的好句。

入尘尘不染，避事事常牵。
得句胜成佛，求人似上天。
寒虫鸣夜永，病叶坠秋先。
多少新诗债，楚还知几年。

又如《春晴》中的“日懒出云迟”也是难得的佳句。

偶著游山屐，刚逢雨霁时。
林幽忘径远，日懒出云迟。
草怒晴原地，禽争暖树枝。
池塘容活水，养我静中思。

其人旷达浪漫，恃才傲物，其诗清新，超然脱俗，多用对比，颇富哲理。如《自题石壁》之“室窄容尘少，窗虚得月多”，颇有哲理，“到门无俗客”表明其傲物清高，“濯足有天河”体现其浪漫。

结庐岩壁下，瓦上尽藤萝。
室窄容尘少，窗虚得月多。
到门无俗客，濯足有天河。
不扫阶前叶，好听麋鹿过。

从《二酉英华》所载可知，万松的诗浅显易懂，用典较少，多律诗，少古风。重推敲，多佳句。虽隐于寺，常怀民于心，值得一读。

另有《天龙山寺夜雪书怀》三首。

（一）

高峰高不极，踏雪上层层。
刺骨风如剑，离唇唾化冰。
断猿啼半夜，孤影坐残灯。
欲去寻名岳，干戈息未曾。

（二）

冉冉年华逝，悠悠道路牵。
偶来最古顶，聊借一灯便。
不卧诗为祟，怀人雪满天。
闲将知己数，几个竟安眠。

（三）

小住碧云端，凄风入夜寒。
月来常代烛，梅放不焚檀。
世乱随时隐，心空到处安。
才知衰与病，还是养生丹。

“月来常代烛，梅放不焚檀”，体现作者、浪漫的思想。以洁白的月光代替灯烛，以蜡梅的清香代替檀香。“世乱随时隐，心空到处安”，体现作者超然脱俗的心态，心空到处安也颇有哲理。

万松是巴蜀及武陵山地区有名的诗僧之一，孙桐孙在编辑《国朝全蜀诗抄》时收录其诗 20 首。《酉阳直隶州总志》载：“州有三诗僧，一履云，一晓参，一东昙，皆出于清溪寺，皆明经冉正岳之诗弟子。履云一名万松，天龙山寺住持，（黄）元丙之胞侄，其诗字尤超脱入妙。刻有《桂塘韵语》二卷。东昙则工诗而不大作诗，又后来之隽也。晓参州东麻旺场人，幼多病，祝发于清溪寺，时明经冉正岳借寺庑为精舍，聚徒讲学。晓参读佛经，多识字，遂从正岳学。为诗造语，清奇有齐己、贯休遗意，正岳极嘉许之。”

渝东南的诗僧除履云外，还有清代秀山的吼堂，民国时期酉阳后溪三峿山云峰寺的石竹等，在此不一一赘述。

（二）尼僧及其诗作

民国时期在酉阳城南栖鹤庵有崇清、妙慧等。

1. 崇清

崇清，民国时栖鹤庵住持。

尼僧崇清和诗二首

一

抚今追昔兴弥赊，剔藓剜苔破赤霞。
寻得遗诗痕欲辨，不关老眼总生花。

二

飞鸟遗音去去赊，何来我又卧烟霞。
葫芦依贴女娲石，唤醒当年墨浪花。

这两首诗记叙了作者寻得栖鹤庵残碑并得前人诗作若干，自己于民国十一年（1922）正月在栖鹤庵依样重树石碑，刻录文安之，冉奇镳及其他各时期诗人的和诗一事。

一女尼有如此善举，功莫大焉！

2. 妙慧

妙慧，民国时期曾在栖鹤庵修行。

尼僧妙慧和诗

仙鹤高骞去已赊，唯余老衲锢烟霞。
个中谁得真三昧，充钵生莲复放花。

妙慧一心参禅，自得其法，怡然自得个中味。修行到一定程度，就可获得一定的回报。三昧，是佛教的修行方法之一，意为排除一切杂念，使心神平静。

栖鹤庵在酉阳城南七里西山之麓（现阳光小学旁），明万历间土舍，冉绍槐建。清乾隆二十二年（1757）毁于火，州民冉恒修重建。乾隆五十年（1785）冉应安补修。嘉庆五年（1800）冉应常增建殿宇墙垣，昔为土官游赏避暑之所。文人于此题咏尤多。中华民国十一年（1922）正月，该庵住持尼僧崇清树有石碑。顺治癸巳（1653）酉阳土司冉奇镳在栖鹤庵为文安之沅州之行饯别，席间文安之题了《栖鹤庵》《留别（叠前韵）》两首诗，冉奇镳有和诗，并附有诗序。

附：明代文安之在酉阳栖鹤庵诗二首：

栖鹤庵

武陵旧路以非赊，秦晋光阴一缕霞。
一水一山如着我，细栽桑麻胜桃花。

留别（叠前韵）

羽翰高骞道路赊，重来应识旧烟霞。
客行有句怜苔藓，留伴春深木笔花。

本文从七个方面，对渝东南地区中华人民共和国成立以前各个历史时期的诗词情况做了一个简要的梳理，鉴于本人的学识、阅历、精力等诸多局限，自然是管窥之见，挂一漏万，在所难免，旨在给诗词爱好者做一番资料的收集，抛砖引玉，激发有志于此者致力于渝东南诗词文化的研究，以文化自信和文化自觉的精神，弘扬地方文化，净化人的灵魂，为建设我们的精神家园做出应有的贡献。

桃花源说诗

纪事篇

明　代

成化元年（1465）至弘治年间，酉阳土司冉云，字天章，所撰《题仙人洞》："洞里神仙渺莫猜，海风幸不引船回。四围苍藓雕虫篆，一脉灵泉撒蚌胎。花自无拘开又落，云如有约去还来。谁能静习长生术，向此烧丹扫绿苔？"是土家族有文字记载的第一首律诗（见彭继宽、姚纪彭主编《土家族文学史》第 111 页）。

成化元年（1465）至正德二年（1507）间，土司冉舜臣，字良弼，撰《题大酉洞》："鬼斧何年为劈开，洞天风景足徘徊。泉锵佩玉冷丹壑，竹泛莎香上石苔。姑射千年留胜迹，华阳六月净尘埃。莫因仕宦迟吟兴，取次清游览胜来。"是酉阳诗人咏大酉洞的滥觞之作。

土司冉仪，字公表，著有诗集，全集佚，现存诗《桃涧》等 5 首。

土司冉元，字宗易，著有诗集，全集佚，现存诗《题大酉洞》等两首半。

土司冉御龙，字中乾，著有诗集，全集佚，现存诗《玉盘仙迹》等 4 首。

土司冉天育，字大生，著有诗集《詹詹言集》，谢国梗曾为其诗集作序，全集佚，现存诗词 40 余首，冉天育是酉阳填词的第一人。

万历三十八年（1610），工部主事范汝梓贬酉阳司经历，曾作诗《羁怀》八首。见《酉阳直隶州总志》。

范汝梓（生卒不祥），字君材，鄞县人（今浙江宁波鄞州区）。万历三十二年（1604）进士，工部主事（干事），三十八年（1610）因弹劾太监陈永寿等事项被贬为酉阳司经历。天启七年（1627）补官，迁刑部主事，寻升福建延平府知府。著有《妪解西山游籍》。

永历三年（1649）底，吕大器赴诏南行，溯江至龚滩作诗《蛮王洞》："野外裁云雪半留，兵归已上此山头。同人莫慢三冬复，载酒吟诗古洞幽。"

（见胡传淮、陈名扬主编《南明宰相吕大器》，2016 年 6 月现代出版社第 21 页）其在酉阳期间还作有诗《书扇寄沛生世兄》："头发梳千下，休粮带瘦容。养雏成大鹤，种子作高松。白石通宵煮，寒泉尽日春。不曾离隐处，那得世人逢。"见《酉阳直隶州总志》。

吕大器（1598—1650），字俨若，号先自、东川，明末四川遂宁县北坝人。晚明重臣。吕大器不仅是卓越的政治军事家，也是一名独具特色的诗人。著有《东川诗草》《塞上草》《次梅集》《东川文集》《抚甘督楚疏稿》等。

明末清初，明东阁大学士文安之曾两次（1653、1659）来酉阳，其中，1653 年寒食节前一日，土司冉奇镳在司城南栖鹤庵为其饯行，彼此有和诗。文安之还为冉奇镳的《翠拥轩诗集》作序。文安之在酉阳留有诗作五十多首。见《酉阳直隶州总志》。

文安之（1592—1659）字汝止，号铁庵，天启二年（1622）进士。湖北夷陵人，永明王拜为东阁大学士。

清　代

乾隆五十七年（1792），丁映奎任酉阳直隶州知州，好吟诗。尝招州中文士陈盛佩、田洪儒、冉正维、张祉、张廷禧、冉广学、张祐、张琼、刘以瑜、陈继谟、田广钰、石昌文、陈缙、陈维、何天衢与署中名士官懋业等分韵题诗，极一时之盛。丁映奎著有《思州官署杂咏》《清舫诗抄》。

嘉庆十五年（1810）章恺来酉阳任知州，作诗《庚午十月赴任酉阳漫成四首》《题二酉洞》《自麻旺场至龙潭镇，见平野水田，喜而有作》《龙潭河》。见《酉阳直隶州总志》。

嘉庆二十四年（1819）左右龙潭福星桥落成，酉阳州同刘振达赋诗《福星桥落成》："敢云万姓遍恩膏，且喜微功属我曹。百尺平铺文石厚，一弓横卧晚天高。秋凉倚柱看明月，春涨凭栏对怒涛。笑指往来忘病涉，当年空有乘舆劳。"

道光元年（1821），陈怀仁（字心斋）任酉阳州龙潭州同，六年（1826），委署涪州鹤游坪，曾作《留别镇属士民》七律二首。其在酉期间曾作《上巴耳盖作》《望蒲海坝》《石洞沟三坡》《酉阳道中》等诗，著有《心斋诗抄》二卷，见《酉阳直隶州总志》。

道光二年（1822），四川学政吴杰来酉阳主考，题诗《入酉阳试院》二首。见《酉阳直隶州总志》。

道光五年（1825），陆光宗60岁，任酉阳直隶州知州，曾作诗《六十自嘲》6首。解任回籍前作诗《将回里，因集先渭南伯诗寄意，即以留别同人七绝七首》。见《酉阳直隶州总志》。

咸丰元年（1851）前后，酉阳州官王鳞飞和酉阳州州判徐桂元，同游玉柱峰并留有诗作《游玉柱峰》4首。见《酉阳直隶州总志》。

咸丰三年（1853）四川学政何绍基来酉阳主考，留有诗作《以人家团圆同时为韵。当年中秋，酉阳试院与取古诸生同作，冉生崇文诗论甚有怀抱，书扇奖之》《酉阳试院阅岁科诸生崇文皆多佳作，书以志喜》《师小山于酉阳大酉洞得古瓦当，背刻大鸟形，余定为东京物，小山手制为砚，细润宜墨，为作诗以张之，并索（王）梅谿、（边）子重、（马）星四、（彭）梦九诸君子同作》。见何绍基著《东洲草堂诗集》（上册，383-395页，2006年7月上海古籍出版社）。

咸丰八年（1858），余潍廷（字云卿）任酉阳直隶州知州，在任期内曾到龚滩并题诗《龚滩即事》："小住龚滩日，豪情渐欲除。山峰多壁立，尘市半楼居。古迹遗蛮洞，深潭伏巨鱼。浮云飞片片，世事竟何如。"

咸丰十一年（1861）春，黄倬来酉阳主考，应州官王鳞飞之请为白鹿庄陈鲁亭题墓志铭。铭中有诗曰："维州之东，淑气所钟。笃生伟人，望嗣文宗。輶轩戾止，晤诸泮宫。苍颜白发，穆乎德容。文章政事，备载志中。吾家星沙，酉水相通。桑梓接壤，亦属邻翁。遥望鹿庄，佳气葱葱。巍然马鬣，四尺崇封。聊寄数语，景仰芳踪。"

作者以四言之诗，对陈鲁亭的文才、政绩做了高度的评价，同时还表达了酉阳与长沙有"酉水相通"，一衣带水的地缘之情，最后以一句"景仰芳踪"收笔，表达了作者对陈的仰慕之情。

咸丰十一年（1861）春，叶庆和随四川学政黄倬来酉阳主考，其间游二酉洞，叶庆和作有七古一首，七律3首。见《酉阳直隶州总志》。

同治三年（1864），董贻清，字叔纯，署酉阳直隶州知州，曾作诗《酉阳官舍即事二首》《民夫行》《书愤二首》《黔彭道中》《秋日偕同人游大酉洞》《将去酉阳中秋日感怀二首》《留别酉阳士民》。见董贻清著《偶存集》。

同治八年（1869），四川学政钟骏声辑《四川校士录》（乾坤二卷）载有酉阳邓学曾（鲁生）应试诗4首：《古琴》《古砚》《古剑》《古镜》；载有酉阳田经畬（砚秋）应试诗2首：《古砚》《古剑》。

同治十年（1871），冯世瀛著《侯虫吟草》刊印。现藏四川大学图书馆，共8本16卷，全集收录有作者诗2042首，反映了作者"自少至老山川之阅历，朋寮之交游，遭遇之通塞"等诸多历史文化信息。作者在自序中说"权作年谱"。

同治十二年（1873），江西修水诗人陈三立居长沙，时年21岁。春，赴酉阳入赘罗府，迎娶元妻罗孺人于其父罗亨奎（惺四）酉阳知州官廨。两人在定情之夕，罗孺人有诗答陈三立曰：“深宵瞥见无多语，各自低头看烛花”之句。

同治十三年（1874）11 月，张之洞来酉阳视学，其间题诗《摩围阁（在黔江郁山镇）》。见《张文襄公全集》。

光绪元年（1875），冯世瀛（壶川）辑《二酉英华》（12 册）收录酉阳州（含黔江、秀山、彭水）59 人之诗作 2972 首，小坝夏承勋、夏晋光捐刻。这是现在所见的酉阳历史上第一部诗集。

光绪三年（1877）四川学政谭宗浚来酉阳主考，有诗作《酉阳》《二酉山藏书石室歌为州牧李郡侯同年（承邺）作》《赠冯壶川（世瀛）学博》存世。见谭宗浚著《希古堂集·乙集·卷五》。

光绪四年（1878），孙桐生（小峰）编《国朝全蜀诗抄》收录酉阳冯壶川、万松、冉崇文、田经畲、曾炜、蔡世佑、冉瑞岱、冉正维、冯文愿等 12 位酉阳籍诗人诗作各若干首。

光绪十九年（1893），赵藩授酉阳州知州，在任三年。在酉阳期间，于光绪二十年与幕僚游览酉阳大酉洞并作诗《清明节偕幕僚游大酉洞》。其召集酉阳诗人多有吟咏，吟咏之作辑为《酉阳酬唱集》（今藏云南图书馆）。见《石禅老人赵藩诗词选》（赵润、赵静庄等编，1993 年 3 月内部版）。

光绪三十四年（1908），以钢板刻写油印出版。清代孙雄辑《道咸同光四朝诗史》收录黔江陈景星、秀山李稷勋诗作若干首。

中华民国

1929 年，清代徐世昌编辑的一部清人诗歌总集《晚晴簃诗汇》刻印。全集收录诗人 6 100 余家，诗 27 000 余首，详述每人生平并附诗话。分为 200 卷。酉阳州有酉阳冉瑞岱、冉崇文两叔侄和秀山李稷勋、李逊四人作品入选。

冉瑞岱有诗 2 首：《夜泛桃源》《磁州道中》。载《晚晴簃诗汇 · 卷一三二》。

冉崇文有诗《和秦乐山九日登高原韵》。载《晚晴簃诗汇 · 卷一三二》。

李稷勋，有《赴都》《岁晏行赠宋检讨育仁》《赵尧生前辈还蜀过宜昌酒集东山草堂因出示林纾画万松深处卷子索题》《过杨忠愍故宅》《长沙赠寄禅上人（二首）》《访梁洁盦前辈于岁寒堂别后有作（二首）》《丙申南归渡洞庭作》《酒集江亭饯送于侍郎晦若前辈出使德国》《己酉元日感赋》《陪高九舍人楷饮姜孝子祠》《赵芷生提学投诗即行次韵答和》《晚泊青草湖》等。徐世昌评其诗曰："伯粢为湘绮（王闿运）弟子，湘绮教人学诗，恒举东川、伯粢。不尽守诗说，七古喜学梅村，五律学浣花，七律多学玉谷，间有似明七子者。工骈体文，明重于时，诗惜无定本。"见《晚晴簃诗汇 · 卷一八二》。

李逊有《感事》。见《晚晴簃诗汇 · 卷一八二》。

1914 年 2 月 14 日至次年，高凌霄在任酉阳县知事间作《酉阳杂事留别十二首》。高凌霄（1875—1956）字石芝，别号石痴，重庆璧山县八塘乡人，15 岁考上秀才，22 岁通过丁酉（1897）乡试成为举人。越十年始成进士，授内阁中书，被选为四川谘议局议员，北京资政议员。1914 年 2 月 14 日至次年曾任酉阳县知事。

1922 年，唐堃在任酉阳县知事间，曾游酉阳县城南栖鹤庵，并作诗

《游栖鹤庵并引》。见陈梦昭编《酉阳历代诗词选》。唐堃，四川省安岳县人。1922年曾任酉阳县县长。

1934年，酉阳王简辑、王闿运著《湘绮楼说诗》在成都日印社出版。

1934年，姜方锬著《蜀词人评传》载："酉阳朱虹父（德宝），光绪举人，所著《选梦楼词》。泸州陶氏排印本。"

1935年，陈宸、陈宽著《埙篪集》出版，收录酉阳石门山诗人陈宸诗作241首，其中五古27首，七古15首，五律36首，七律77首，七绝85首，五言排律1首。

1939年9月，时任国民党第103师师长何绍周率部在酉阳龙潭整休，题《抗战建国阵亡将士纪念碑奠碑典礼颂词》。见今龙潭镇抗战纪念碑。

抗日战争时期，孔繁章曾来酉阳、石柱等地，在酉阳作有诗《酉阳秋兴》二首，词《金缕曲·酉阳监中探友》二阕。见刘梦芙选编《二十世纪中华词选》2008年12月黄山书社出版。孔繁章（1914—1999），字礼南，四川成都人。1934年入上海震旦大学，抗战期间返川，在交通、金融部门工作。1959年调入成都市体委，后调四川省体委，历任省围棋队教练、主教练。其女孔祥明为围棋国手。1982年迁居北京，1987年受聘为中央文史研究馆馆员，任馆中诗词组组长、《诗书画》丛刊编辑。

1944年至1946年2月，湖南江运鸿在酉阳龙潭避战乱，其间，创作《流亡词》，与酉阳龙潭胡兴镒、周尔宾等诗友有诗词往来，创作有龙潭地域文化的诗词。

中华人民共和国

1950 年 4 月 1 日，酉阳地委主办的《群众报》创刊，除登载新闻稿件外，也登载诗歌等文艺作品。1952 年，随酉阳地委撤销，《群众报》停刊，随后酉阳县委创办《酉阳报》。

1956 年 6 月 1 日，《酉阳报》创刊，为八开二版。杨书成先生任总编辑，冉茂忠先生任一版编辑，杜明松先生任二版编辑。冉光大、孙庭嚼、陈懋功、何佐伦等 10 多位同志成了《酉阳报》的首批撰稿人。自此《酉阳报》除登载新闻稿件外页，长期刊载诗歌等文艺作品。

1957 年至 1958 年，酉阳县根据国家有关要求，曾组织收集有关民歌、谚语等。

1983 年 6 月 15 日，酉阳县志编修委员会创办《酉阳风物》(报纸)第一期发行，每月 1 期，每期 4 版。刊载史料、诗词等。

1984 年 4 月，四川人民出版社出版的《赵世炎选集》收录赵世炎诗《答党家斌》二首。

1984 年 6 月 30 日，酉阳县民委主编的《酉水》民族文艺创刊号出版，本期刊载散文、诗歌、小说等文章 40 余篇。

1987 年 10 月，酉阳县民间文学集成领导小组办公室，采编出版《酉阳县民间歌谣谚语集》。收录歌谣 1 485 首，谚语 3 768 条。此集全来自民间采访，参加采访的有祁天运、吴胜延、吴延安、胡长辉、冉光大、唐腾华、张必成、王兴权、梁建丑、朱开宇等。

1988 年 5 月 1 日，陈梦昭、万藻仁等在酉阳成立“桃花源诗社”。诗社的宗旨为“挖掘乡土文学遗产，改革振兴旧体诗词，反映社会主义时代精神，建设社会主义精神文明，探索汉文学在酉阳土家族苗族地区的发展史”。

1990 年 10 月 1 日，《重庆日报》发表冉庄的《留影》等诗歌。

1990 年 10 月 16 日，《重庆日报》发表冉庄的《梁上泉诗歌的多样性——读〈爱情 · 人情 · 风情〉》。

1990 年，杨春联内部出版《余灰集》。

1991 年 11 月，湖南少数民族古籍办公室主编《历代土家族文人诗选》收录有酉阳诗人冉云、冉瞬臣、冉仪、冉元、冉御龙、冉天育、冉永涵、冉广鲤、冉正维、冉正岳、田序统、陈序礼、冉瑞嵩、冉瑞岱、冉崇文、陈汝燮等诗作若干。

1992 年 6 月，李宜辑校《历代蜀词全辑》收录酉阳朱德宝词 114 首，冉永涵词 2 首。

1992 年 6 月，冉庄著《泼水节的梦》，由广西民族出版社出版。

1992 年，张敬五著《拾惠斋随笔》内部出版。

1993 年 4 月，冉庄著《沿着三峡走》，由四川民族出版社出版。

1994 年 10 月，冉庄著《山海心曲》，由四川文艺出版社出版。

1994 年 12 月，李宜辑校《历代蜀词全辑》（续编）收录酉阳陈宽（子驭）竹枝词 39 首。

1994 年，徐彦平著诗集《游弋的小屋》出版。

1995 年 1 月，万藻仁内部出版《桃源别韵》；冉伯瑜内部出版《联苑精华》。

1995 年 7 月，陈梦昭著《涉趣园诗集》内部出版。

1995 年 9 月，冉庄新作《山海心曲》由四川文艺出版社出版发行。

1996 年 2 月 6 日，第二届巴蜀文艺奖在成都颁发，冉庄等主编的《巴渝民间文学荟萃》获二等奖。

1996 年 4 月，冉庄著《与云为伴》由成都出版社出版。

1996 年 6 月，严迪昌编著《近代词抄》收录长短句五千五百余阙，词人二百余家，其中，收录酉阳朱德宝词 7 阕。

1996 年 8 月，冉冉著《暗处梨花》由成都出版社出版。

1998 年 8 月，陈梦昭著《涉趣园诗集》内部出版。

1998 年 12 月，路曲（向笔群）著《我的保姆》，北京燕山出版社出版。

1999 年 5 月，李克专著《李克专诗文选集》，内部出版。

1999 年 9 月，冉庄著《情之缘》，作家出版社出版。

1999 年 11 月，由陈梦昭负责，酉阳桃花源诗社、酉阳旅游局合编的《桃花源诗文集》(内部版)出版。

2001 年 4 月，中共中央党史研究室科研管理部编《赵世炎百年诞辰纪念集》收录赵世炎诗 2 首：1921 年 2 月的《远望莫斯科》、1921 年 3 月的《怀润之》。

2001 年 4 月，张玉林编著《走进黔江·诗词曲联集》收录万藻仁、田蟠飞、冉景福、牟忠诚、李克专、陈梦昭、冉天育、陈汝燮、陈梦璋、万松、王放、冉瑞岱、蔡世佑、冉崇治、冉龙光、罗子南、冉瞬臣、冉仪、冉奇镳、冉启华、何世炀、邹健、应雪松、陈鹏飞、陈友祥、赵明亮、祝学贤、骆凯夫、黄硕、潘光锐等诗作若干。

2001 年 8 月，崔梦小雪著《想你》，中国文联出版社出版。

2001 年，《冉庄诗选》获第六届全国少数民族文学“骏马奖”(诗歌奖)。

2001 年，冉丽冰当选文联主席，《酉水》复刊，主要登载诗歌、小说、散文等文艺作品。《酉水》创刊于 20 世纪 60 年代。

2002 年 1 月，廖永祥编纂《蜀诗总集》选入自先秦至辛亥革命前的四川历代诗人 2300 余人的作品，其中，收录有酉阳冉正维、田世醇、冯世瀛、冉正岳、冉崇文、蔡世佑、冉崇治、万松的诗作。

2002 年 8 月，全国第七届少数民族文学“骏马奖”揭晓，酉阳土家族女人冉冉以诗集《从秋天到冬天》获得该大奖，是重庆市新作协成立以来获得的第一个国家级文学奖。

2003 年 3 月，王放著《诗化情怀》，内部出版。

2003 年 3 月，冉冉著《空隙之地》，中国文联出版社出版。

2003 年 7 月，薛新力、蒲健夫主编《巴蜀近代诗词选》载万松、陈华先、陈汝燮、陈志宪、蔡世佑、陈景星(黔江人)、李稷勋(秀山人)诗作若干首。

2003 年 12 月，冉仲景著《从吹奏到朗诵》，中国三峡出版社出版。

2004 年 4 月，冉庄著《冉庄文集(诗歌卷)》，四川民族出版社出版。

2004 年 10 月，冉启华著《方药新咏》，中国三峡出版社出版。

2004 年 12 月，冉云飞著《冉云飞诗歌集》，四川民族出版社出版。

2005 年 5 月，《近代巴蜀诗抄》编委会编《近代巴蜀诗抄》收录酉阳诗人刘扬诗 10 首、陈志宪词 5 阙。

2005 年 12 月，何世炀著《何世炀诗词联集》，银河出版社出版。

2005 年，谭建华著《山斋诗联集》内部出版。

2005 年，冉景福《耕夫诗联集》内部出版。

2005 年 9 月，冉云飞著《象唐诗一样生活》，上海社会科学院出版。

2006 年 4 月，由《南方都市报》与《南方周末》联合主办的第四届“华语文学传媒盛典”在中山大学举行，酉阳籍诗人李亚伟的《豪猪的诗篇》获 2005 年度诗人奖。

2006 年 5 月，李代渠著《桃源诗唱》，香港金陵文化出版社出版。

2006 年 6 月，张玉林主编《渝东南少数民族十家诗词选》收录酉阳冉启华诗词 99 首、杨叶 100 首、陈梦昭 100 首。

2006 年 6 月，冉启华著《杏林闲咏》，中华诗词出版社出版。

2006 年 8 月，文泽贤著《清白坦荡集》，内部出版。

2006 年 8 月，杨华民作为全国 20 位正式代表之一，出席第六届全国散文诗香港笔会。

2006 年 12 月，胡长辉编著《酉阳民族民间文艺典集》，中国山峡出版社出版。

2006 年，冉仲景、王义山、崔荣德、石邦清、石胜元、刘德富、石邦富、陈朝恒有关诗作载《酉水》当年第 1 期；李亚伟、二毛、何小竹、蔡利华、何炬学、冉冉、冉云飞、付显武、张万新、杨见、黄光辉、何江涛、张远伦、杨犁民、倪金才、田华、李司军有关诗作载《酉水》第 2 期。

2007 年，赵兴忠、李尚朝、袁飞舟、王世清、宋亚军、谭碧松、白秀、鹜羽、李昔、熊永富有关诗作载《酉水》第 1 期；李亚伟、金轲、谭碧松、陈朝恒、尚洪坝、何艳芳、桂花有关诗作载《酉水》当年第 2 期；李涔、苏若兮、白月、付显武、杨见有关诗作载《酉水》第 3 期；李元胜、西叶、大窗、骨与朵、宋尾、指界、弥赛亚有关诗作载《酉水》第 4 期。

2008 年 1 月，白明跃、冉启华编《古今桃花源诗词曲联选》，西南师范大学出版社出版。

2008 年 1 月，陈梦昭编《酉阳历代诗词选》，西南师范大学出版社出版。

2008 年 9 月，冉启华著《杏林抒怀》，作家出版社出版。

2008 年 12 月，冉仲景著《众神的情妇》，作家出版社出版。

2008 年 12 月，齐德怀著《庸忆录》，中国文联出版社出版。

2008 年，冉冉、李亚伟、张万新、杨犁民、冷盈袖、白月、苏若兮、李尚朝、丝语、田应忠、小点子、田太华、黄奎等有关汶川地震的诗作载《酉水》当年第 3 期。

2009 年 3 月，酉阳籍冉广鲤、冉正维、冉瑞岱、冯世瀛、冉崇文、冉正岳、蔡世佑、田序统、陈序礼、冉瑞蒿、冯世熙、陈继川、冉正基、冉瑞铣、田世醇、田经畬、曾炜、冉崇治、万松、王简、陈宸、陈宽、万钧、刘扬等诗或诗集收录于王晓波主编的《清代蜀人著述总目》。

2009 年 8 月，崔梦小雪著《温柔之城》，内蒙古出版社出版。

2009 年 9 月，冉仲景著《致命情诗》，重庆大学出版社出版。祝居鹏诗集《江山多娇》内部出版。

2009 年 12 月，崔梦小雪著诗集《中国农民》大众文艺出版社出版。

2009 年，李尚朝、石胜河、陈洁、任文贤、郁颜、叶梓有关诗作载《酉水》当年第 1 期；张万新、麻二、杨晓芸、赵兴中、刘清泉有关诗作载《酉水》第 2 期。李代渠著《酉州群芳进诗画》，大众文艺出版社出版。

2010 年 1 月，熊笃主编《巴渝古代近代文学史》载有酉阳陈汝燮、陈景星（黔江）、冉崇文、朱德宝等人的诗词评论。

2010 年 3 月，陈图渊主编《当代杰出诗人成名作精编》，收录应乐山诗词若干。

2010 年 8 月，刘德富《学步集》内部出版。

2010 年 11 月，杨琼芳诗词 15 首收入毛谷风编的《海岳天风集》中，杭州出版社出版。

2010 年，程可石、倪月友、彭俐辉、王琼、月明梨花白、廖淮光、有关诗作载《酉水》当年第 5 期；木芙蓉花下、彭倩、张翔、王小松有关诗作载《酉水》第 6 期。

2011 年 1 月，中华诗词学会图书编著中心主编的《中华诗词文库 ·重庆诗词卷》收录酉阳诗人冉启华、冉景福、孙廷觉、陈梦昭、杨叶诗词若干首。

2011 年 1 月，陈图渊主编《当代杰出诗人经典作精编》收录应乐山、冉光大、侯洪文诗词若干。

2011 年 1 月，梁文福著《老吟学草》内部出版。

2011 年，何毅、周冬梅、王琼有关诗作载《酉水》当年第 5 期；冉启华、刘德富、孙超、汪登文、白明跃、应乐山、张义宣、陈朝恒、杨琼英、杨琼芳、李解、石邦富、石忠诚、刘天海有关诗作载《酉水》第 6 期。

2012 年 7 月 6 至 8 日，由世界汉诗协会格律体新诗委员会、重庆市孔子儒学研究会发起，重庆国际文化交流中心、酉阳县政府主办的“中国格律体新诗酉阳论坛”在酉阳举行。参加论坛的有万龙生、梁上泉、王端诚、龙光复、师运山、鲜于煌、郑毅、周琪、尹国民、梁志宏、赵化鲁、赵青山、马德荣、王民胜、严希、魏萍、刘善良、余晓曲、张先锋及酉阳诗词爱好者。会上，作为三大流派之一的诗人们，热烈讨论了格律体新诗与自由体和旧体诗的内在关联和表现形式，一致认为应该求同存异，以同化异，以异出艺，使格律体新诗有更大的包容性，拓展更大的空间。会上，发了格律体新诗《东方宣言》和《在重庆恢复“诗人节”的倡议书》。会后，万龙生、李勇、郑毅就这次论坛成果，编撰了《桃源在我心——中国新诗格律和格律体新诗酉阳论坛并采风创作诗文集》，其中载有酉阳籍 15 位作者的诗文。

2012 年 8 月，酉阳县文广新局编辑《酉阳民歌集》（酉阳非物质文化遗产丛书），重庆大学出版社出版。

2012 年，张守刚、和慧平、苏堤春晓、虹雨、刘艾居、惠永臣、白亮有关诗作载《酉水》当年第 2 期；盘妙彬、肖华辉、红硕叹息、兰彩勇、唐刚、周冬梅、泉溪有关诗作载《酉水》第 3 期；苏建兵、回车、彭倩、董昭勇、王琼、唐刚、冉丽冰、冉启华、黎洪、杨琼英、杨琼芳、贾美学、陈季方、刘德富、祝居鹏、陈朝恒、白明跃等有关诗作载《酉水》第 6 期。是年，《季芳诗文选》内部版出版。

2013 年 3 月，冉云飞著《像唐诗一样生活》，中国发展出版社出版（再版）。

2013 年 6 月，冉易光编辑，吉林文史出版社出版的《重庆少数民族文化丛书 · 古代诗文选》收录酉阳明清诗人冉云、冉舜臣、冉仪、冉元、冉御龙、冉跃龙、冉天泽、冉天育、冉奇镳、冉永涵、冉永淑、冉天嗣、冉广鲤、陈序礼、冉正维、田统序、冯世熙、冯世瀛、胡聆之（女）、冉正岳、冉瑞岱、冉崇文、冉瑞嵩、蔡世佑、陈继薰、陈汝燮、周梦渔、田经畲、僧万送、田世醇、陈序川、曾炜、冉庚尧、冯文愿、冉崇治、滕代宣、钱焕棠、赵小楼、王正策、萧学荀等41人诗词若干。冉易光编辑，吉林文史出版社出版的《重庆少数民族文化丛书·现当代文学作品选》收录酉阳李玉琨、刘扬、邹杰、王勃山、彭彬如、陈驷光、夏洵、彭藻、王潜夫、陈幼庵、陈华先（女）、陈小山、陈志宪、陈筱郑、赵鼎臣、杨则先、王简、董炳麟、冉庄、李亚伟、冉冉（女）、冉仲景、张万新、任明友等24人诗作若干。

2013年9月，向笔群著《山地诗情——土家族新诗创作评论》，航空工业出版社出版。

2013年11月，冉启华著《杏林逸兴》，作家出版社出版。

2013年，谭碧松、杨清海有关诗作载《酉水》当年第4期。

2014年2月，杨勇《杨勇诗词集》内部出版。

2014年5月，崔荣德著《崔荣德诗选》，中国图书文化出版社出版。

2014年5月，杨清海著《心灵的烙印》，中国文联出版社出版。

2014年7月，向笔群著《家在武陵》，黄河出版社出版。

2014年10月，在四川大学教授尹锡南找获《二酉英华》后，黎洪与四川大学图书馆馆长马继刚、副馆长林平（女），巴蜀书社张照华等合作，于2014年10月，由长江出版社再版影印合订本1000册（到酉阳900册）。

2014年10月18日，杨琼英女士牵头组建酉阳诗词楹联协会，创办《酉阳风华》。

2014年12月，罗时雨著《诗话年华》，内部出版。

2014年12月，冉仲景著《米》，作家出版社出版。

2014年，石丫丫、杨犁民、龙郁、水湄、李永忠有关诗作载《酉水》当年第4期；杨犁民、鸿儿、杨琼英、崔荣德、张爱英、阿黛、王世清、倪月友有关诗作载《酉水》第5期；陈旭明、周鹏程有关诗作载《酉水》6期。

2015年2月，崔荣德著《低处的树说》，中国电影出版社出版。

2015年7月，崔荣德著《梦回唐朝》，中国风行出版社出版。

2015 年 12 月，冉冉著诗集《和谁说话》，作家出版社出版。

2015 年 12 月，向笔群著《地域的光芒 · 武陵山区部分少数民族作家创作评论（小说、散文、诗歌）》，团结出版社出版。

2015 年，侯春明、隆玲琼、袁宏有关诗作载《酉水》第 2 期；杨角、廖兵坤、张尹、姚瑶有关诗作载《酉水》当年第 3 期；吴小燕、倪金才、陈凤、冉晓光、孙江月有关诗作载《酉水》第 5 期；倪月友、崔荣德、廖淮光、白禹、崔梦小雪、袁宏、冉仲景有关诗作载《酉水》第 6 期。

2015 年，重庆市开展“把楹联写在党旗上”“诗词飞扬党旗飘”楹联诗词征集活动，该活动由市委宣传部、市文联主办，市楹联学会、市诗词学会、华龙网承办，共征集到 3 630 条（首）作品。经专家评委评审，最终评出获奖楹联一等奖 2 名、二等奖 5 名、三等奖 10 名，获奖诗词一等奖 2 名、二等奖 5 名、三等奖作品 9 名，共 33 名。其中，酉阳黎洪的《满江红 · 题中国人民抗日战争暨世界反法西斯战争胜利 70 周年纪念日》“旧恨新仇，今尤切，丹心滴血。思往昔，大江南北，炮声无绝。血雨腥风难以睹，奸淫烧杀心肝裂。惨人寰，鬼子罪滔天，苍山咽。英雄汉，驱妖孽。忘生死，心如铁。损兵三千万，日寇方灭。视死如归成底事？效忠社稷三生悦。抗战馆，举国祭忠魂，追先烈”获二等奖；冉启华的《齐天乐 · 党旗颂》“一声霹雳开新宇，南湖斧镰旗树。马列相传，贤豪云聚，革命怒涛尤飓。燎原之炬。令倭举降幡，蒋家台去。地覆天翻，东风浩荡崛黎庶。兴邦伟绩卓著。创新宏业振，五洲称誉。科技扬威，龙翔凤翥，海底空间进取。金瓯稳固。喜盛世中华，国强民富。幸福苍生，火红年代度”获三等奖。

2016 年 4 月，张清洋著《老茶根诗集》，华中师范大学出版社出版。

2016 年 6 月，向笔群著《让灵魂回到故乡——向笔群诗歌评论选》，团结出版社出版。

2016 年 10 月，唐腾杰著《唐腾杰诗文集》，内部出版。

2016 年，刘红娅、袁宏、廖淮光、崔荣德、费丽、方舟、杨正顺、袁志新、张爱英、郑若君有关诗作载《酉水》当年年第 2 期；倪月友、郭子民、熊魁、倪金才、刘荣德、王燕、阿黛、黎洪、孙江月有关诗作载《酉水》第 5 期。泥文、蒋兴明、袁宏、木木、云朵、滕芳、马迎春、陈凤有关诗作载《酉水》第 6 期。

2017 年 3 月 23 日，白明跃先生创办微信诗刊《诗话桃花源》，用新媒体弘扬国粹，弘扬正能量，发出好声音。一方面宣传酉阳大桃源文化，另一方面给诗社会员一个交流平台，通过留言，向全球华人提供一个诗词互动平台。每半月编辑一期，通过公众号发表。

2017 年 7 月，黎洪编著《冉崇文诗文拾遗》内部出版。

2017 年 7 月，杨琼英、杨琼芳主编《桃花源古今诗抄》，内部出版。

2017 年 7 月 18 日，由中国作家出版集团、中国诗歌网主办、酉阳县作家协会、后坪乡教育管理中心协办的“诗意人生 · 风花雪月 · 中国当代诗人诗歌朗诵系列之五 · 崔荣德诗集《逆光行走》研讨暨朗诵会”在北京成功举行。包明德、吴思敬、程步涛、北塔、谭五昌、杨志学、兴安、金石开、李迎兵、李军等 35 位专家学者出席会议。《人民日报（海外版）》《文艺报》《北京日报》《作家报》、人民网、新华网、光明网、央视网、新华社、中国作家网、中国诗歌网、凤凰网、东北作家网等全国数十家主流媒体相继报道。

2017 年 8 月 26 日至 29 日，重庆市诗词学会会长凌泽欣、常务副会长唐元龙率队到酉阳、秀山、彭水、黔江等地调研。

2017 年 8 月，崔荣德著诗集《逆光行走》，黄河出版社出版。

2017 年 8 月，冉乔峰著《漂泊志》，团结出版社出版。

2017 年 9 月 19 日，重庆市诗词学会在华村隆重召开颁奖大会，对参加由重庆市委宣传部、重庆市文联、重庆市诗词学会等承办的“诗词飞扬党旗飘”征诗活动和重庆市诗词学会首届“诗词论文”征文活动获奖作者颁奖。重庆诗词学会会长凌泽欣、副会长唐元龙、陈德仁、马泽尧、周厚勇、郑毅及 20 多名获奖者出席会议。酉阳冉启华参会并代黎洪领奖。

2017 年 9 月，杨犁民著《花朵轰鸣》，作家出版社出版。

2017 年 9 月，费丽创作的诗歌《五连林场》发表于《诗刊》2017 年 9 月下半旬刊，总第 769 期。

2017 年 10 月，袁宏著诗集《擦肩而过的风》，中国文联出版社出版。

2017 年 11 月张清洋著《茶斋诗话》，中国诗话楹联出版社出版。

2017 年 12 月 20 日，重庆市诗词学会年会在酉阳召开。市诗词学会会长凌泽欣、副会长唐元龙、万龙生、陈德仁、郑毅、周厚勇等出席会议。“重庆市首届桃花源诗词大赛”获奖者代表等近 100 人出席会议。会上，凌泽欣、唐元龙做了讲话。

2017 年 12 月，黎洪著《桃源诗草》，贵州人民出版社出版。

2017 年 12 月，萧鸣、程仁全、蔡诗华主编《山野之风（专家点评崔荣德诗歌）》，团结出版社出版。

2017 年，费丽（女，苗族，笔名弗贝贝，民工）创作的组诗《尉犁》（部分）发表于《星星》诗刊，原创 2017 年 7 月上半月刊。同时载于《重庆文学》当年第 12 期。

2017 年，王燕、倪金才、冉茂林、陈健、袁志新、彭鑫、张爱英、袁宏、吴丽、田捷、贾美学、冉启华、田景全、田仁爱、张光尚、向清华、冉建明、梁照祥、张安源等有关诗作载《西水》当年第 1 期；野海、王老莽、刘德路、田景全、曹杨有关诗作载《西水》第 3 期；王淋、任明友、王燕、刘红娅、费丽、瓦儿、刘天海、郑若君、李胜成有关诗作载《西水》第 5 期。

2018 年 1 月，93 岁的牟忠诚先生出版诗集《山河苍茫》，李亚伟先生为其作序。

2018 年 8 月，李亚伟著《人间宋词》，时代文艺出版社出版。

2018 年，费丽的诗歌《嗨呀》《重生》发表于《长江丛刊》2018 年第 8 期上旬刊。

2018 年，费丽、杨清海、方舟、袁志新、杨正顺、郑若君有关诗作刊于《西水》当年第 3 期。

2019 年 1 月，费丽创作的诗歌《尉犁的云》发表于《诗刊》2019 年 1 月号下旬刊。其个人诗集《尉犁》拟于 2019 年出版。

2019 年，张万新、袁宏、倪金才、鬼啸寒有关诗作载《西水》当年第 1 期。

2019 年，《武陵诗风》刊载徐彦平诗作《千手观音》。

徐彦平，男，土家族，重庆酉阳人。陕西省总商会副会长、陕西省川渝商会会长、西安高山流水集团董事长，而始终不变的身份是诗人。先后出版《游弋的小屋》《情商中国》《中国商人》《知音文化管理》等著作。此生愿以诗歌为中国商人正名、立言、传心、述志。

附　录

《国朝全蜀诗抄》之诗人信息

（2016年3月28日黎洪录入）

姓名	字　号	籍贯	科举	著述（备注）
王新命	纯嘏	三台	诸生	东山集
费蜜	此度号燕峰	新繁		鹿峰集、燕峰集
刘道开	非眼号丁庵	巴县		各梦草
先著	渭求号蠲斋	泸州		
余椐	生生号纯庵	青神		增益轩诗草
费锡琮	厚蕃	新繁		白鹤楼诗草
邱履程	鸿渐号一庵	成都	顺治辛卯举人	
简上	谦居号石湖	巴县	顺治辛卯举人，官户部员外郎	
冯天培	默右	西充	顺治甲午举人	
罗为赓	西溪	南充	顺治甲午举人	
李瑨	宕山号梅岑	渠县	顺治甲午举人	片石斋诗集
费锡璜	滋衡	新繁		掣鲸堂诗集
刘沛先	棠溪	阆中	顺治甲午举人	
金光祖	念峰	犍为		
李奕拓	麟武	遂宁	诸生	

续表

姓名	字　号	籍贯	科举	著述（备注）
张吾瑾	石仙	金堂	顺治乙未进士	鹊符斋集
张注庆	元长号曲山	阆中	顺治乙未进士	
彭襄	子赞	中江	顺治乙未进士	
李珪	公执号鹤汀	渠县	顺治丁酉举人	说剑斋诗集
赵弼	子匡	彭县	顺治丁酉举人	半山草堂集
李如泌	邺臣	井研	顺治丁酉举人	胎仙集
李蕃	锡徵	通江	顺治丁酉举人	雪鸿堂集
赵宏(？)	僧照	剑州	顺治戊戌进士	
刘如汉	卓如	巴县	顺治己亥进士	
李仙根	子静号南津	遂宁	顺治辛丑进士	安南使事纪要
张祖咏	又益	内江		枕江堂诗抄
吕柳文	长在号旂山	遂宁	康熙癸卯举人	
林明俊	位旃	丰都		澹远堂巴子园等
张象翀	六飞	安岳	康熙甲辰进士	处和堂集
张象华	五华	安岳		
向上达	恬庵	犍为		
冉德	公让	广元	康熙丙午举人	
刘迪	梅潭	阆中	康熙丁未进士	
赵彦槱	彦文	巴县		
杨岱	东子	彭县	康熙丙午举人	村山诗集
杨崑	葛山	彭县		三树堂诗集
杨岐	周子	彭县		碧萝亭稿
朱裔轸	三瞻	乐山	康熙己酉举人	

续表

姓名	字　号	籍贯	科举	著述（备注）
冉存异	同人	南充	康熙己酉举人	
傅汝和	梅之	奉节		
张鹏翩	运青号宽宇	遂宁	康熙庚戌进士	
王庭诏	宣子	夹江	康熙庚戌进士	耕余集
李先复	曲江	南部	康熙壬子举人	
赵心忭	清章	西充	康熙壬子举人	
杨峤	嵰云	彭县	康熙壬子举人	
范璐		富顺	康熙壬子举人	
李甡	楚才	渠县	康熙辛酉举人	
罗廷璋	文成	阆中	康熙辛酉举人	
李谟	采臣	富顺	康熙甲子举人	
樊曙	旭东	宜宾		
樊叙伦	仲彝	宜宾	贡生	
李以宁	雪樵	营山	康熙甲子举人	绥山草堂集
樊泽达	昆来	宜宾	康熙乙丑进士	
樊泽迥	青郇	成都		
张懋龄	与九	遂宁		
傅作楫	济庵	奉节	康熙丁卯举人	雪堂西山、南山
高人龙		梁山	康熙戊辰进士	
陈书		盐亭	康熙戊辰进士	
张翔凤	鸣冈	富顺	康熙辛未进士	
李钟璧	鹿岚	通江	康熙丙子举人	燕喜堂集
何钺	元鼎号厚溪	涪陵	康熙己卯举人	

续表

姓名	字 号	籍贯	科举	著述（备注）
董新策	嘉三号樗存	合江	康熙庚辰进士	容子山人稿
张晋生	日三	金堂	康熙壬午举人	
刘慈	康成	巴县	康熙壬午举人	
龙为霖	雨苍	巴县	康熙乙酉举人己丑进士	阴松堂诗草
周泗		重庆		
李钟峨	雪原	通江	康熙丙戌进士	
易简	位中	丰都	康熙壬辰进士	
毛振翧	翯苍	华阳	康熙戊子举人	半野居士集
向日贞	一存	成都	康熙癸巳进士	
马天麟	瑞生	奉节	康熙甲午举人	
陈曝雯	泉亭	富顺	康熙乙未进士	
胡瀛	一山	宜宾	康熙戊戌进士	石溪集
严瑞龙	凌云	阆中	康熙戊戌进士	
王恕	中安	铜梁	康熙壬午举人	
杨宏绪	丹山	新繁	康熙辛丑进士	直养斋集
甘日懋	实夫	大邑	康熙辛丑进士	
岳钟琪	容斋	成都		
蔡时豫	笠斋	崇宁	雍正癸卯举人	慈竹园等集
傅煇文	晓亭	简州	雍正甲辰进士	承翼堂集
高继苿	二云	金堂	雍正癸卯拔贡	
张乾元	健也	营山	雍正丁未进士	
陈中	用其	垫江	雍正庚戌进士	
葛荃		温江	雍正庚戌进士、铜仁知府	

续表

姓名	字　号	籍贯	科举	著述（备注）
费轩	执御	新繁锡璜子		
费藻	方洁	新繁锡璜孙	雍正壬子举人	
费盉		成都		
李专	知山	遵义	贡生（其时遵义隶四川）	
顾鸿	农以	阆中	雍正壬子举人	
毛大周	赞伯	成都		
唐叔度	汪波	绵竹	雍正癸卯拔贡	
刘显先	晓江	阆中	雍正癸丑进士	
许儒龙	水南	郫县	乾隆丙辰举博学鸿词不就	水南诗草
彭端淑	乐斋	丹棱	雍正癸丑进士	白鹤堂诗文稿
彭肇洙	仲尹	端淑之弟	雍正癸丑进士	抚松亭诗集
邓时敏	逊斋	广安	乾隆丙辰进士	
周煌	海山	涪陵	乾隆丁巳进士	海山存稿
彭遵泗	磬泉	丹棱	乾隆丁巳进士	
周国器	玉潭	大竹	乾隆辛酉举人	桂湖讲义
蔡时田	修莱	崇宁	乾隆壬戌进士	雪南集
颜汝修	息存号蜜斋	华阳	乾隆壬戌进士	味竹轩诗草
李其昌	敬伯	成都	乾隆壬戌进士	涟溪诗抄
李化南	石亭	罗江	乾隆壬戌进士	石亭诗集
李芝	瑞五号吉山	富顺	乾隆壬戌进士	
宴玿	辉山	富顺	乾隆壬戌进士	
林愈蕃	涧松号青山	中江	乾隆辛未进士	青山堂集

续表

姓名	字　号	籍贯	科举	著述（备注）
高辰	白云	金堂	乾隆辛未进士	白云诗文集
刘天成	乙斋	大足	乾隆甲戌进士	绵潭山馆
王昂	驹若	温江	乾隆甲子举人	
李漱芳	艺圃	渠县	乾隆丁丑进士	
杨垕	耻夫天	全州	乾隆癸酉拔贡	耻夫诗抄
陈琮	蕴山	南部	乾隆丙子副榜	
李藩	价臣	绵竹	乾隆丙子举人	
李天英	约庵	永川	乾隆丙子举人	
何明礼	希颜	崇庆	乾隆乙卯举人	斯迈草
张翯	鹤林	成都	乾隆庚辰进士	鹤林集
姜锡嘏	尔常号松亭	内江	乾隆庚辰进士	皇华诗抄
张邦伸	云谷	汉州	乾隆己卯举人	云谷诗抄
李光绪	聚堂	成都	诸生	红梨书屋集
王纯一	心斋	成都	乾隆乙卯举人	
潘元音	东庵	华阳	乾隆庚辰举人	双石堂集
李调元	雨村	罗江	乾隆癸未进士	童山诗文集
王汝璧	镇之	铜梁	乾隆丙戌进士	铜梁山人集
唐乐宇	尧春	绵竹	乾隆丙戌进士	黔南诗存
王广益	守谦	华阳	乾隆乙酉举人	
沈廷奎		汉州	诸生	
杜芰	南林	成都		
王端	松麓	华阳	诸生	
蔡雪村	名里未祥			

续表

姓名	字　号	籍贯	科举	著述（备注）
杨卓	鹤然	江安	乾隆己丑进士	
王应诏	东野	阆中	乾隆乙酉举人	东野诗抄
周士孝	萧斋号松崖	南川	乾隆庚辰举人	
李鼎元	墨庄	锦州	乾隆戊戌进士	师竹斋诗集
彭以懋	晓村	华阳	乾隆辛卯举人	欲焚草
李垣	平山	犍为	诸生	
孙文焕	有堂	锦州	乾隆甲午优贡	海棕山馆诗抄
黄遵素	竹亭	绵竹	乾隆丁酉举人	
蔡曾源	吕桥	崇宁	乾隆甲午举人、庚子进士	吕桥诗草
朱（禾？）	情田	巴县	诸生	读苏轩诗草
陈璲	瑞甫号稷？	安县	乾隆丁酉拔贡	
赵国泰	虔中	郫县	乾隆丁酉举人	
孙文骅	云衢号晓山	锦州	廪生	
张怀泗	环甫	汉州	乾隆己亥举人	榴榆山馆诗抄
张乃孚	西村	合州	乾隆癸卯举人	
周立矩	石书	南川	乾隆丙子举人	
周士沄	益斋	南川	乾隆丙子举人	
谢攀云	青庵	崇庆	乾隆戊申举人	翠围山房诗草
何人麟	玉书	绵州	贡生	
徐文贲	十樵	双流	乾隆己酉拔贡	
彭昭麟	井南	丹棱	乾隆己酉拔贡	
张问陶	船山	遂宁	乾隆庚戌进士	船山诗草（247页）
何人鹤	鸣九	锦州	诸生	台山诗草

续表

姓名	字 号	籍贯	科举	著述（备注）
张怀淮	玉溪	汉州	乾隆甲申举人	磨兜坚馆诗抄
刘澤	芳皋	温江	嘉庆丙辰进士	弃余录四卷
刘沅	芷塘	温江	乾隆壬子举人	止唐罢语
张问彤	受之	遂宁	乾隆壬子举人	饮杜诗抄
陈一洄	竺山	金堂	乾隆甲寅举人	
周立恭	伯寅	南川	乾隆甲寅举人	
朱近光	白云	郫县	乾隆甲寅举人	
周立规	石兰号佛山	南川	乾隆乙卯举人	天阁诗稿
葛岷	颐仙	温江	嘉庆戊午举人	
奚大壮	安止号雨谷	蓬溪	嘉庆戊午举人	
朱澧	兰皋	巴县	嘉庆庚申举人	
彭蕙支	田桥	丹棱	嘉庆庚申举人	
冉玉嘉	晓山	罗江	嘉庆庚申举人	
卓秉恬	静远	华阳	嘉庆辛酉举人壬戌进士	
刘锡申	晋三号艺圃	仁寿	嘉庆辛酉拔贡	绿云山馆诗抄等
杨燮	对山	成都	嘉庆辛酉举人	树茶轩存稿
颜明典	东坪	罗江	岁贡生	
汪仲洋	少海	成都	嘉庆辛酉举人	心知堂诗抄
唐兆扶	鹿崖	绵竹	嘉庆辛酉举人	
王廉		铜梁	监生	
伍绍会	燕堂	綦江		率真堂诗文稿
丁济南	小峰	成都		问花轩诗草
张怀洵	玉泉	汉州	嘉庆辛酉举人	

续表

姓名	字　号	籍贯	科举	著述（备注）
张怀渭	渔璜	汉州	嘉庆辛酉举人	
冉正维	地山	酉阳州	嘉庆辛酉拔贡	总 5 首，第 364 页
田世醇	旦初	酉阳州	贡生	卧云小草，第 387 页
冉瑞岱	石云	酉阳州	道光乙酉拔贡	29 首 505 页
冯世瀛	壶川	酉阳州	道光辛卯举人	《俟虫吟草》近 50 首 562 页
蔡世佑	吉堂	酉阳州	道光乙巳进士	近 20 首 597 页
冉正岳	崧维	酉阳州	道光丁酉拔贡	10 首 642 页
冉崇文	右之	酉阳州	廪生	二酉山房诗抄
田经畲	砚秋	酉阳州	贡生	18 首，687 页
曾炜	乙垣	酉阳州	贵州试用县丞	鸿爪留痕 688 页
冯文愿	石渔	酉阳州	廪生，候选同知	10 首，698 页
冉崇治	宓琴	酉阳州	诸生，候选训导	4 首，691 页
万松	履云	酉阳州	天龙山主持	竹院吟二卷
何春龄	竹友	金堂	嘉庆辛酉拔贡	竹友诗抄
朱錡	西桥	双流	嘉庆辛酉拔贡	
潘时彤	紫垣	华阳	嘉庆甲子举人	
何耀茹	异斋	锦州	诸生	
唐张友	芝云	绵竹	嘉庆丁卯举人	
李　？（374 页）	漪园号可亭	中江	嘉庆丁卯举人	新竹山房小草
赵遵素	玉山	华阳	贡生	玉沙山房集
邹光第	仲堪	威远	嘉庆丁卯举人	丹崖诗草
褚彦昭	芝田	叙永	嘉庆丁卯举人	

续表

姓名	字　号	籍贯	科举	著述（备注）
张熙宇	玉田	峨眉	嘉庆戊辰举人、道光进士	
盛大器	汝舟	郫县	嘉庆戊辰举人	碧檀栾斋诗草
尉方山	琴南	成都	嘉庆戊辰举人	梦想斋诗草
王炳瀛	莲洲	安岳	嘉庆戊辰举人、甲戌进士	
甘雨施	岱云	荣昌	嘉庆戊戌举人	
董承熙	槲园	忠州	嘉庆丁丑进士	
张子煦	春洲	成都	诸生	
张怀溥	雨山	汉州	诸生	十笏山房诗抄
杨庚	星山号少白	江安	嘉庆辛酉拔贡、癸酉举人	
李惺	伯子号西沤	垫江	嘉庆丁丑进士	西沤诗文集
王怀曾	鲁之	大竹	道光壬午举人	
王怀孟	小云	大竹	嘉庆庚午举人	
车酉	双岚	温江	嘉庆庚午副榜	
陈一津	卯生	金堂	贡生	
潘时鐻	轩三	江津	嘉庆癸酉副榜	
韩崃				不详
周原骆		忠州	嘉庆癸酉举人	
范守贞	固庵	郫县	嘉庆癸酉拔贡、道光壬午举人	
彭懋琪	金沙	合州	嘉庆癸酉拔贡	
嘉石	璞山	剑州	恩贡	
李世新	玉成	宜宾	贡生	妙儿山樵吟草
王承志	藕船	阆中	嘉庆癸酉拔贡	

续表

姓名	字　号	籍贯	科举	著述（备注）
王劼	子任	巴县	嘉庆癸酉举人	晚晴轩诗稿
李炳奎	石芸	夹江	嘉庆癸酉举人	
李菘霖	梦莲　号萧楼	中江	嘉庆丙子举人	三十树梅花书屋诗抄
孙澈	瘦石	郫县		
李嘉秀	东山	乐山	嘉庆戊寅举人、己卯进士	
尧俊	溶川	温江	贡生	
尧湛	露华　号东郎	温江	嘉庆己卯举人	
龚珪	介三	巴县	嘉庆己卯举人	味蔗轩诗抄
张翮骞	槎仙	成都	嘉庆己卯举人	困免斋诗抄
孙澍	雨庵	郫县	嘉庆己卯举人	
黄廷栋	秋平	珙县	嘉庆己卯举人	
吴晋烽	星垣	成都	嘉庆己卯举人	
戴铃	豹臣	中江	道光壬午进士	
彭应祥		合州	嘉庆己卯举人	
洪嘉乐	祉君　号信轩	成都	嘉庆己卯举人	
奚世卿	云章	温江	嘉庆己卯举人	
杜思柔	容谷	蓬溪	嘉庆己卯举人	更名宇昕
陈厚	博庵	成都	贡生	
赵芝玉	蕴山	彭县	监生	
章宝箴	鼎香	宜宾	嘉庆己卯举人	
宋沛霖	雨仁	双流	道光丙戌进士	雨仁诗抄
万孚	昆山	泸州	道光壬午举人	

续表

姓名	字 号	籍贯	科举	著述（备注）
严履丰	？汀（500页）	绵竹	道光壬午举人	
陈瀚	莲舫	涪陵	道光壬午举人	
陈世骐	石桐	洪雅	道光乙酉拔贡	海棠山馆诗草
金健	粹中	绵竹	道光乙酉举人	
黄鳌	海峦	彭县	道光乙酉拔贡、甲午举人	
李代亨	宜斋	绵州	道光乙酉拔贡	
姜兆璜	渔生	新繁	道光乙酉拔贡	
曾钰	枕云	温江	诸生	
陈维谦		彭县	诸生	
张绍华	藻庭	荣县	诸生	
张照南		新繁	诸生	
陈爔	春萸	涪陵	道光壬辰进士	
权祖彦	美堂	彭县	道光乙酉举人	
白豫恺	小裴	营山	道光庚子举人	
何盛斯	蓉生	中江	道光戊子顺天举人	柳汁吟馆诗抄
郑逢年	有庵	郫县	贡生	不然灰集
辅刘顾	孟舆	德阳	道光戊子副榜	
江国霖	小帆	大竹	道光戊戌进士	
李映棻	香雪	宜宾	道光甲辰进士	石琴诗抄
金玉麟	石船	阆中	道光戊戌进士	二瓦砚斋诗集
李志学	敏斋	三台	道光壬辰举人	
赵树桐	听斋	宜宾	道光壬辰举人	
杨树之	荷溪	蓬溪	道光甲午举人	

续表

姓名	字号	籍贯	科举	著述（备注）
甘大琛	棠牧更丙昌	邻水	道光己亥举人	
陈崑	友崧	开县	道光乙酉进士	
聂光銮	东涪 号陶斋	屏山	道光癸卯举人	
李蓉	芙史	乐山	道光庚子举人	
孙缵	梦华	锦州	廪生	梦华诗草
李德扬	芳谷	德阳	贡生	
陈楚湘	镜湖	仁寿	廪生	
嘉汝封	康伯	剑州	贡生	
廖先达	春帆	铜梁安居乡	廪生	
李伟生	鹿门	成都	廪生	邃谧轩诗草
王侃	迟士	温江	贡生	白岩诗文存
苏蕴玉	蓉滨	华阳		绍坡诗草
孙崧生	仲甫	锦州	道光丁酉拔贡	
陈韶湘	莲叔	仁寿	诸生	雨帆诗草
李榑	豸山	合江		武夫草
李嗣元	春甫	江津	道光癸卯举人、庚戌进士	
朱鉅成	小封	兴文	道光甲辰举人	
范泰亨	云吉	隆昌	道光乙酉拔贡	谷海集
魏瀚	海槎	云阳	道光乙酉拔贡	铁檕山馆诗抄
王再咸	泽山	温江	道光壬子举人	燕台集等
张懋？	蓟云	汉州	咸丰辛酉拔贡	
刘秉堃	敦山	万县		
傅大贞	石樵	洪雅	同治乙丑进士	

续表

姓名	字 号	籍贯	科举	著述（备注）
朱鉴成	眉君	兴文	同治甲子举人	题凤馆诗稿
李映冠	方山	宜宾	贡生，官训导	瘦仙诗草
刘嘉谟	纪三	万县	同治辛卯举人	蠢忍轩诗集
杜焕南	唐佽	万县	诸生	假斋诗存
下为女士				
马士琪	韫雪	西充		片石斋烬余草
冯氏		邛州		刘睽度室
高夫人		华阳		岳钟琪室
敬季蘋	有斋	华阳	赵尊素室	松竹斋集
李龙川		成都		孟衍舆室
李瀛洲	怡亭	成都	顺天府府尹顾汝修继室	
王淑照	慎仪	阆中		
李继兰		罗江		李调元之妹
张宜雍	肃庵			
彭舒英	辛斋	丹棱	彭蕙支之妹	
万氏		成都	李调元室	唾绒小草
张瑶缃	怀云	遂宁	张问陶之堂妹	
刘氏			广安欧阳直室	
向氏		涪陵		
陈瑞馨	兰露	华阳		兰露集
陈慧殊	湘篬	浙江海宁	遂宁举人张问安室	香远斋诗稿
林佩環		顺天大兴	遂宁张问陶室	
杨继端	古雪	广元	遂宁张问莱室	古雪诗抄

续表

姓名	字　号	籍贯	科举	著述（备注）
何金英	炼秋	锦州	何人鹤之女	炼香集
何克静	堃吉	绵竹		
萧凤龄	羽仙	德阳	锦州何元如室	
杨氏		乐山	同邑钟生敏室	
黄缃容				
梅娘		奉节		
高浣花	汗雪	华阳	杨廷贤继室	鹃血余草
耿静如		华阳		暇娱集
易玉如	晋卿	华阳		
周湘兰	纫秋	河南祥符		护兰轩诗草
叶福贞	静宜	成都		绣余吟草
彭宝姑	月遗	成都		续红楼梦等
李锡桂	丹樵	绵竹		
陈淑芳		富顺		
赵云霞	绮仙	罗江		
张仲芳		汉州		
王蓉	文贞	温江		
下为浮屠				
海明	懒愚	大竹		破山语录
通发	师远	内江		山居草
了用	雪机	遂宁	俗姓张	
行密	澹竹			峨眉山僧
性一	贯之	犍为		峨眉山僧

续表

姓名	字　号	籍贯	科举	著述（备注）
行喜	雪峨			峨眉山僧
永宣	化机			峨眉山僧
两山	荆门			峨眉山僧
海源	可问			峨眉山僧
元温	琼日			峨眉山僧
照裕	与峨			峨眉山僧
福昆	禅明			峨眉山僧
元英	肖白			峨眉山僧
觉和	屡生			峨眉山僧
礼汀	达澈	什加		罗汉寺僧
昌言	虎溪	长寿俗姓黄		岳池伏虎寺僧
云空	月庵	荣县		某寺僧
通醉	文雪			峨眉山僧
下为羽士				
马法灵		成都		青城山道士
张清夜	子还	成都		潭东草
张野云		成都		灌县二郎庙道士
雪峰道人		锦州		玉京山道士
刘虚静				
张永亮	恒斋		成都二仙庵道士	来鹤亭诗草
徐本衷	虚庐	崇宁		武侯祠道士
黄合初	超然	简州		武侯祠道士

《国朝全蜀诗抄》刊印于光绪五年（1879）（刊印于《二酉英华》之后）。系清孙桐生所辑，选录了清蜀中362人的诗作，约5 900余首，不仅古体、近体俱全，而且单词、小言均有收录。选者有感于清代200年间，巴蜀人文荟萃，诗作繁富。

孙桐生在选录《国朝全蜀诗抄》时，确定了严格的断代限制，凡由明入清的诗人诗作，一概不选。乾隆三十年（1765）以前的诗，均按李调元《蜀雅》录入，乾隆三十年以后的，则是选辑者本人“物色于残篇蠹简，访求于故家书市”所得。其态度严肃，用心良苦。

《国朝全蜀诗抄》中诗人名次的编订，是依照科名的序列，而诸生布衣则按时代先后。至于妇女、羽士等编在59卷之后。每一诗人前列小传。

该书是研究蜀中文化的宝贵资料。惜对我渝东南诗人之作录入甚少。纵观全书，作者仅对酉阳冯世瀛、冉崇文等12位有录，其他秀山、黔江、彭水、石柱等无诗人作品录入。

酉阳直隶州主籍诗人作品载《二酉英华》一览表

姓名、字、号	作品数	籍贯	姓名、字、号	作品数	籍贯
田世醇，字旦初	208	酉阳	冉瑞岱，字石云	134	酉阳
蔡世佑，字吉堂	141	酉阳	冉崇文，字右之	220	酉阳
田经畬，字砚秋	185	酉阳	熊永俊，字升之	105	酉阳
周卜熊，字梦渔	145	酉阳	冉正藻，字棁菴	120	酉阳
曾炜，字乙垣，号怡园	121	酉阳	冉崇奎，字雨亭	47	酉阳
陈鑫，字寅山	69	酉阳	冯文愿，字石渔	172	酉阳
冉崇治，字宓琴	51	酉阳	履雲（俗姓黄，天龙山住持）	68	酉阳
冉云，字天章	1	酉阳	冉仪，字公表	3	酉阳
冉天育，字大生	5	酉阳	冉奇镳，字玉岑	10	酉阳
冉永涵，字竹田，号芳林	15	酉阳	冉广鲤，字海容	6	酉阳
冉正维，字地山	14	酉阳	陈序礼，字立山	14	酉阳
冉瑞嵩，字祝三	5	酉阳	冯世熙，字京菴	15	酉阳

续表

姓名、字、号	作品数	籍贯	姓名、字、号	作品数	籍贯
田序统，字继斋	6	酉阳	黄宪章，字鹤林	18	酉阳
冉正岳，字崧维	36	酉阳	朱明易，字鹿岩	38	酉阳
吴熙奎，字亮亭	14	酉阳	易光吉，字琴斋	14	酉阳
赵郑煊，字小楼，号晴岚	62	酉阳	陈光煦，字斗垣	15	酉阳
郑学曾，字鲁生	8	酉阳			
张延爔，字晓村	50	秀山	田荆芳，字怡斋	62	秀山
王绳祖，字凤池	69	秀山	由升堂，字石棖	32	秀山
陈树勋，字子安	12	秀山	陈修业，字竹卿	33	秀山
龚应霖，字澍生	16	秀山	葛来滋，字纯斋	22	秀山
向志乾，字惕菴	14	秀山			
陈景星，字小山，号笑山	138	黔江	赵大煊，字云帆	83	黔江
陶祖谦，字地山	32	黔江	刘际春，字熙台	21	黔江
赵澍，字雨人	22	黔江	程浏，字雨帆	5	黔江
程，字兰轩	5	黔江	朱肇琇，字梅村	8	黔江
陈昌智，字午峰	52	彭水	黄文中，字静亭	23	彭水
支承祐（zhé），字芙田	57	彭水	李铭熙，字佐卿	49	彭水
邵美璠，字九溪	5	彭水	邓永松，字乔年	6	彭水
高沛源，字卫泉	12	彭水	黄崑玉，字璞山	10	彭水
曾世璜，字佐之	29	彭水			

《二酉英华》系冯世瀛 79 岁时所辑，收录酉阳直隶州本土诗人 59 人 2 976 首诗作。其弟子夏承勋、夏缙光捐刻，于光绪元年（1875）出版。今四川大学图书馆有藏。

参考文献

[1] 冯世瀛，冉崇文. 酉阳直隶州总志[M]. 编修. 四川巴蜀书社，2009.

[2] [清]孙桐生. 国朝全蜀诗抄[M]. 成都：巴蜀书社，1985.

[3] 严迪昌. 近代词抄[M]. 南京：江苏古籍出版社，1996.

[4] 中共中央党史研究室科研管理部. 赵世炎百年诞辰纪念集[M]. 北京：中共党史出版社，2001.

[5] 廖永祥. 蜀诗总集[M]. 成都：天地出版社，2005.

[6] 近代巴蜀诗抄编委会. 近代巴蜀诗抄[M]. 成都：巴蜀书社，2005.

[7] 张玉林. 渝东南少数民族十家诗词选[M]. 北京：中华诗词出版社，2006.

[8] 李宜辑. 历代蜀词全辑[M]. 重庆：重庆出版社，2007.

[9] 李宜辑. 历代蜀词全辑：续编[M]. 重庆：重庆出版社，2007.

[10] 中华诗词学会图书编著中心. 中华诗词文库·重庆诗词卷[M]. 北京：中国文联出版社，2009.

[11] 徐世昌. 晚晴簃诗话[M]. 上海：华东师范大学出版社，2009.

[12] 陈图渊. 当代杰出诗人成名作精编[M]. 北京：作家出版社，2010.

[13] 王晓波. 清代蜀人著述总目[M]. 成都：四川大学出版社，2014.

[14] 罗凌. 重庆少数民族文化丛书·现当代文学作品选[M]. 长春：吉林文史出版社，2013.

[15] 罗凌. 重庆少数民族文化丛书 · 古代诗文选[M]. 长春：吉林文史出版社，2013.

[16] 湖南省少数民族古籍办公室. 历代土家族文人诗选[M]. 长沙：岳麓书社，1991.

[17] 薛新力，蒲健夫. 巴蜀近代诗词选[M]. 重庆：重庆出版社，2003.

[18] 张玉林. 走进黔江 · 诗词曲联集[M]. 成都：四川科技出版社，2007.

[19] 姜方锬. 蜀词人评传[M]. 成都古籍书店复印，1984.

[20] 何绍基. 东洲草堂诗集[M]. 曹旭，校点. 上海：上海古籍出版社，2006.

[21] 熊笃. 巴渝古代近代文学史[M]. 成都：四川民族出版社，2010.

[22] 郑宾于. 中国文学流变史[M]. 郑州：中州古籍出版社，1991.

[23] 彭继宽. 土家族文学史[M]. 长沙：湖南文艺出版社，1989.

[24] 四川省涪陵地区民族资料编辑委员会.《东川南民族资料汇编》（总第一辑），1986。

后　记

近几年来，重庆酉阳土家族苗族自治县民族宗教事务委员会及中国酉阳土家研究院，对地方民族文化的抢救、弘扬工作，可谓力度大、思路清、成效显，每年都有专著出版，有专项资金作保障，有专业队伍主抓。酉阳地方民族文化的抢救、弘扬工作出现了可喜的局面。

酉阳土家族苗族自治县民族宗教事务委员会继长江师范学院编纂的《酉阳土司志》（初稿）完成后，又于2018年组织编纂出版《茶话酉阳》的基础上。经县政府同意，将原拟印刷出版《酉阳苗族史》的工作调项为出版《桃花源说诗》，并组织实施。2019年4月4日，酉阳土家族苗族自治县民族宗教事务委员会主任张昌波，召集该委相关领导冉海波、石正波、刘英、冉春光、冉蔷薇等及黎洪就调项工作进行专题研究，形成书面材料报县政府审批；4月22日，在酉阳县政府审批同意调项后，张昌波主任再次召集石正波、冉海波、刘英、冉春光、冉蔷薇、田德后、周元蓉等相关领导和工作人员及黎洪，就《桃花源说诗》的编纂工作进行认真研究，周密部署，对相关工作提出具体要求，确保该书出版工作顺利实施。

《桃花源说诗》一书的编纂工作除了得到酉阳县政府领导及县民族宗教委员会的高度重视和大力支持外，还得到了选文作者及社会各界的积极支持。一是得到了相关选文作者的积极赐稿，如四川大学教授尹锡南、铜仁学院教授向笔群、重庆工商大学副教授白俊奎等在百忙之中积极撰稿、校稿，还有倪金才先生、彭鑫先生、田景友先生、冉启华先生、文泽贤先生、李代渠女士等积极赐稿。二是得到了行家、同仁的指导和建议。如储再德老师和白明跃先生，不惜牺牲个人宝贵时间，对《桃花源说诗》（初稿）进行了通读，提出了很多很好的合理化建议。在此，编者深表谢意！

《桃花源说诗》还收录了陈景星先生、王大章先生、陈志宪主任、郑宾于教授、白新民先生、陈梦昭先生及各个不同时期诸多已故先贤的作品。以此深表对已故先贤的怀念。

由于编者水平和知识阅历所限，书中错讹之处，在所难免，敬请读者批评指正。

黎 洪

2019 年 11 月